VERLAG TORSTEN LOW

Das Buch:
Vor 2000 Jahren beherrschte eine Weltmacht Europa: Das Römische Reich, von unvergessenen Herrschern regiert und von unsterblichen Göttern erschaffen.
Die Götter des Imperiums sind allgegenwärtig und allmächtig. Sie greifen in Kriege ein und bringen Könige zu Fall. Sie sind Beschützer ganzer Völker und können Namenlose zu Helden machen.
Insgesamt 23 Autoren entführen den Leser zu wilden Kämpfen ins Kolosseum von Rom, zu den Dämonen der Griechen, den Schlachten der Germanen, auf keltische Nebelinseln und ins geheimnisvolle Ägypten.

Aus unserem Verlagsprogramm:

Romane:
- Das Gesetz der Vampire
- Göttin der Finsternis
- Sanktuarium
- Aufstieg einer Heldin
- Blutschwur
- Dark Worlds

Anthologien:
- Lichtbringer
- Geschichten unter dem Weltenbaum
- Geisterhafte Grotesken
- Das zerbrochene Mädchen
- Der Fluch des Colorado River
- Die Einhörner
- Geheimnisvolle Bibliotheken
- Das Tarot
- Krieger

Die Götter des Imperiums

Silke Alagöz & Astrid Rauner (Hrsg.)

Besuchen Sie uns im Internet
www.verlag-torsten-low.de

1.Auflage
Deutsche Erstveröffentlichung Mai 2014
© 2014 by Verlag Torsten Low,
Rössle-Ring 22, 86405 Meitingen/Erlingen

Alle Rechte vorbehalten.
Jede Art von Vervielfältigung, Kopie und Abdruck ist ausschließlich mit schriftlicher Genehmigung des Verlages gestattet. Kein Teil des Werkes darf ohne schriftliche Genehmigung verändert, reproduziert, bearbeitet oder aufgeführt werden.

Umschlaggestaltung und Illustrationen:
Timo Kümmel

Lektorat und Korrektorat:
Maria Blömeke, Silke Alagöz, Astrid Rauner

Satz: Torsten Low

Druck und Verarbeitung: Winterwork, Borsdorf
Printed in Germany

ISBN 978-3-940036-25-4

Das Rom der Antike

Die abgebildete Karte zeigt wichtige Gebäude und Teile der antiken Stadt Rom aus verschiedenen Bauphasen. Dargestellt sind in erster Linie Lokalitäten, die in den Kurzgeschichten erwähnt werden.

- ● Tore
- ■ Gebäude
- — Straßen
- ░ Die 7 Hügel Roms
- ▓ Tiber

- ▬ ▬ Aurelianische Mauer (erbaut 270–282 n.Chr.)
- ⋯⋯ Servianische Mauer (erbaut 6. Jh. v.Chr.)

1 – Tempel des Jupiter auf dem Capitol
2 – Tempel der Vesta
3 – Tempel der Juno
4 – Tempel der Bellona

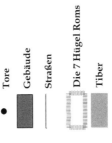

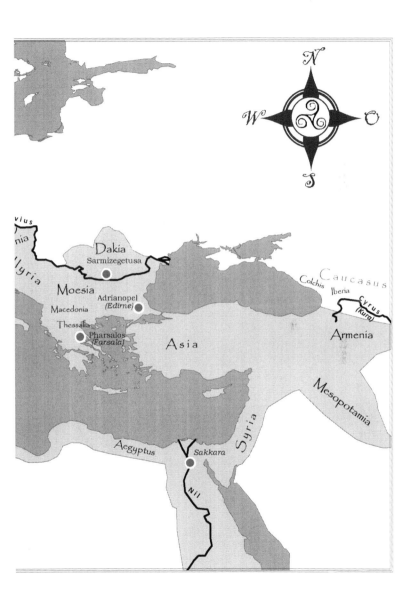

Inhalt

Vorwort *Silke Alagöz & Astrid Rauner*	11
Sacerdos Vestae – Die Priesterin der Vesta *Dag Roth*	13
Das Geschenk der Göttin *Detlef Klewer*	33
Verhängnis und Fluch *Christel Scheja*	49
Der Bona Dea Skandal *Jennifer Bruno*	65
Götterruf *Christine Sinnwell-Backes*	81
Die Göttin der Namenlosen *Susanne Wolff & Isabella Benz*	93
Gottesfeuer *Astrid Rauner*	113
Merkur und Wotan *Volkmar Kuhnle*	135
Proserpinas Lächeln *Kira Licht*	151
Die Morrigan *Petra Gugel*	165
Champions *Michael Edelbrock*	177

Bellonas Weg   195
Sabrina Qunaj

Fand und Tand   209
Jutta Ehmke

Der Freund der Götter   229
Carolin Gmyrek

Cervisia   249
Tatjana Stöckler

Der Zauber Kaledoniens   259
Aileen P. Roberts

Civitas Dei – Das Reich Gottes   285
Atir Kerroum

Die Dämmerung des Sol Invictus   301
Markus Cremer

Wild   315
Katrin Langmuth

Die Ewige Geliebte   333
Silke Alagöz

Schlangensiegel   351
Torsten Exter

Die Statue   373
Jutta Schönberg

Glossar   389

Vorwort

Vor 2000 Jahren beherrschte eine Weltmacht Europa: Das Römische Reich, das sich in seiner größten Ausdehnung von Kleinasien über Nordafrika bis Britannien, Deutschland und Osteuropa erstreckte. Von daher ist es nicht verwunderlich, dass viele verschiedene Götterkulte und Religionen nebeneinander existierten. Aus Sagen und archäologischen Ausgrabungen kennen wir die vielen Gottheiten und Charakteristika ihrer Kulte, die damals so alltäglich und real waren wie Politik und das gewöhnliche Leben, das maßgeblich von der Religion mitbestimmt wurde. Nur – welche Geschichten über sie sind mit den Jahrtausenden in Vergessenheit geraten? Oder gab es sogar Ereignisse, die uns die Chronisten bewusst verschwiegen haben? Welche großen Personen der Geschichte haben ihre Ziele im Geheimen mit überirdischer Hilfe erreicht? In welchen Kriegen und Eroberungen versuchten Götter, ihre eigenen Ziele zu verwirklichen?

Darüber haben wir, die Herausgeberinnen, uns lange Zeit den Kopf zerbrochen:

Zunächst einmal entstand aus der vagen Idee, die auf dem BuCon 2011 geboren wurde, ein Exposé mit dem Arbeitstitel »Die Götter der alten Welt und ihre Diener«, das sich schon bald zu der Ausschreibung »Die Götter des Imperiums« weiterentwickelte. In dieser Zeit fieberten wir jeder einzelnen Einsendung entgegen und waren mehr als zufrieden mit dem Ergebnis: Mehr als sechzig Texte erreichten uns am Ende, von denen wir die Besten auszuwählen hatten. Die Entscheidung fiel uns äußerst schwer, da sich viele richtig gute Geschichten unter den Einsendungen fanden.

Gekrönt wurde unsere Auswahl von den Beiträgen der bekannten Fantasy-Autoren Sabrina Qunaj und Aileen P. Roberts, die sich bereit erklärt hatten, zwei Geschichten zu schreiben. Abgerundet wurde unsere Anthologie durch das phantastische Cover des Illustrators Timo Kümmel. Ihm gilt unser Dank ebenso wie den kreativen und phantastischen Autoren, die aus unserer Idee erst eine Kurzgeschichtensammlung gemacht haben. Besonders aber danken wir an dieser Stelle Torsten und Tina Low, die unserem Konzept eine Chance gegeben und es mit viel Engagement und Herzblut verwirklicht haben.

Deshalb wünschen wir allen Lesern und Leserinnen viele spannende Lesestunden mit unseren Göttern, Dämonen, Priestern, Kriegern, Abenteurern, Liebenden – und auch ganz normalen Menschen, wie sie jeder von uns kennt ...

Silke Alagöz & Astrid Rauner

Sacerdos Vestae –
Die Priesterin der Vesta

Dag Roth

Vesta ist die Göttin des Herdfeuers, Beschützerin des Hauses und Schutzpatronin Roms. Ihre jungfräulichen Priesterinnen, die ein Heiligtum in der Ewigen Stadt Rom bewohnen, beschützen das heilige, immerbrennende Feuer der Göttin und sichern so das Wohl der Ewigen Stadt. Wichtig sind diese heiligen, glückbringenden Frauen und von großem Einfluss. Denn die Römische Republik wächst und sieht sich vielen Feinden gegenüber.

Dag Roth
Dag Roth wurde 1986 in Bonn geboren. Bereits im Grundschulalter verschlang er Tolkiens Werke und besiegelte damit seine Liebe zur Literatur und zur Fantasy. Beides ist ihm auch nach einem Literaturstudium zum Glück erhalten geblieben und verleitet ihn immer wieder dazu, kleine und größere Geschichten zu schreiben.

»Und im Übrigen bin ich der Meinung, dass Karthago nicht zerstört werden darf.«

Caecilia hielt im Schritt inne. Die Worte waren aus dem Inneren des Tempels hinaus auf den Säulenumlauf gedrungen. Sie verdunkelten Caecilias Miene. Was trieb die da drinnen nur wieder?

Rasch nahm sie ihren Schritt wieder auf und trat über den schmalen Säulenumlauf ins Innere des Tempels. Das Licht des *Ignis Aeternus*, der heiligen Flamme, flackerte ihr entgegen und umrahmte eine kleine Gestalt. Sie war wie sie selbst in makellos weiße Gewänder mit purpurnen Säumen gehüllt, auf dem Kopf ein kunstvolles Konstrukt aus Binden, Tüchern und Schlaufen, unter dem Caecilia eine nicht minder kunstvolle Frisur wusste. Die Person beugte sich über das Feuer und nährte es mit einem neuen Holzscheit.

»Was hast du da gerade gesagt?«

Die Gestalt wirbelte auf dem Absatz herum, die Augen weit aufgerissen. Livia hatte sie nicht kommen gehört. Caecilia sah der jungen Vestalin ihre Unsicherheit an und richtete sich zu ihrer ganzen Größe auf.

»Also?«

Livia schrumpfte unter Caecilias unbändigen Blick in sich zusammen. Caecilia hatte schon oft gemerkt, dass sie selbst gestandene Kriegsveteranen in Grund und Boden starren konnte – eine Eigenschaft, die sie sonst nur von Lucilla, der *Virgo Vestalis Maxima*, kannte. Das machte sie stolz.

»Es ... es war nichts.« Livia senkte betreten den Kopf und starrte auf ihre Füße hinab. »Nur ein ... Witz. Ich hatte meine Arbeit erledigt und das sagen jetzt doch immer die Politiker am Ende und ...«

»Woher hast du das?«

»Von Publius. Publius Cornelius.«

»Publius Cornelius wer?«

»Sc... Scipio.« Livia stammelte jetzt. »Dem Sohn des ehemaligen Konsuls Scipio. Ich ... ich hab ihn letzte Woche im Circus getroffen. Sein Vater sagt das immer nach jeder Rede. Wegen Cato, weißt du?«

Livia verstummte und biss sich auf die Lippe. Caecilia starrte auf sie hinab. Es war offensichtlich, dass sie etwas verschwieg. Vermutlich hatte sie sich mit dem jungen Scipio gut verstanden. Caecilia kannte ihn, er war ein Frauenheld und Charmeur, der beinahe jedem jungen Mädchen Roms den Kopf verdrehen konnte. Doch als Vestalin sollte Livia darüber stehen. Nicht umsonst waren ihnen Intimitäten mit Männern verboten. Und Caecilia hatte den Eindruck, dass Livia den Sinn des Keuschheitsgelübdes noch nicht verstanden hatte. Bei diesem Gedanken merkte sie, wie ihr starrer Blick weich wurde. Wer war sie denn, dass sie Livia für solche Gedanken zurechtweisen wollte?

Ihr Blick glitt über das heilige Feuer der Vesta, aber nur flüchtig. Sie konnte die Augen nicht mehr lange darauf richten. Seit Wochen fühlte sie ihre Anklage, ihre Vorwürfe in den Zuckungen der Flammen.

»Immerhin ist deine Sorgfalt bei der Kleidung besser als die Wahl deiner Gesprächsthemen«, sagte sie schließlich. »Oder die deiner Gesprächspartner. Spar dir derartige Äußerungen demnächst. Wir Vestalinnen mischen uns nicht in die Politik ein, es sei denn sie berührt unseren Kult oder Vesta gibt uns ein Zeichen. Hast du ein Zeichen bekommen?«

»Nein.«

Livia hob den Kopf. »Aber ... aber sind wir denn nicht gegen den Krieg mit Karthago?«

»Wir sind weder für noch gegen irgendeinen Krieg, Livia. Wir erhalten Rom durch unseren Dienst, ganz gleich, was kommt. Das ist unsere Aufgabe. Um alles andere kümmern sich die Senatoren.«

»Ja. Verzeih.«

Livia machte eine knappe Verbeugung vor ihr, doch Caecilia beachtete sie schon nicht mehr. Sie hatte keine Ahnung, ob ihre Worte wahr waren. Wenn sie Rom erhielten, mussten sie sich dann nicht auch mit Politik auseinandersetzen? Ein drohender dritter Krieg mit Karthago war das beherrschende Thema. Ganz Rom redete über nichts anderes. Und im Zentrum der Aufmerksamkeit standen Cato und die Scipionen als Fürsprecher respektive Mahner des Krieges. Gerade für den morgigen Tag hatte Cato eine weitere Rede auf der Rostra angekündigt. Eine Entscheidung lag in der Luft.

»Was machst du eigentlich hier, Caecilia?«

Livias Frage schreckte sie auf. Sie versank heute zu schnell in Gedanken.

»Ich kann nicht schlafen.«

Livia musterte sie und Caecilia fühlte, wie sie unter dem Blick zu erröten drohte. Schnell sah sie weg. Hatte die junge Vestalin etwas gemerkt? War ihr Verhalten zu auffällig gewesen, seitdem sie heute früh von der Quelle zurückgekehrt war, seitdem sie ihn gesprochen hatte? Ihre Augen suchten die nach unten spitz zulaufenden Gefäße in ihren Halterungen an den Wänden, mit denen sie von der Quelle Egeria das Wasser holten, das als einziges rein genug war, um den Tempel der Vesta säubern zu dürfen. Womöglich hatte Livia einen

Abdruck an den Gefäßen bemerkt, irgendetwas, das sie in ihrer Erregung übersehen hatte. Oder hatte Livia ihre Zerstreutheit registriert, ihre Probleme, die Hände stillzuhalten?

»Glaubst du, dass du hier im Tempel mehr Ruhe finden wirst?«

»Vielleicht, ja.«

Mehr sagte Caecilia nicht und sie war froh, dass Livia es dabei beließ. Gezwungen ruhig schritt sie um das Feuer herum, vorbei am Penus, und setzte sich auf die steinerne Bank an der Rückwand des runden Tempels. Erneut suchte ihr Blick die Flammen und dieses Mal sah sie nicht weg. Der Tanz des Feuers war ... wissend, als beobachtete es sie, als könne es bis hinab in ihre Seele blicken. Erneut wurde ihr bewusst, wie anders dieses göttliche Feuer der Vesta war: *Ignis Aeternus*, das immer Brennende. Erlosch es, bedeutete dies Gefahr für Rom und das ganze Reich. Und ihnen als Vestalinnen oblag es, dieses Unheil Tag für Tag abzuwenden. Caecilia beobachtete das Feuer, wie es in seinem bauchigen Gefäß aus Eisen auf drei hohen Beinen brannte. Dessen Boden war wie ein Sieb durchlöchert, damit die Asche hinunter auf die Tempelfliesen rieseln konnte. So war sie leicht zu entfernen. Heute Nacht oblag es Livia, sich um das Feuer zu kümmern. Caecilia musste sie irgendwie loswerden.

Verstohlen sah sie zur jungen Vestalin hinüber, doch die war damit beschäftigt, einen Holzscheit nachzulegen. Rasch füllte sie aus einem Wasserkrug einen Becher ab, langte unter ihr Gewand und tröpfelte den Inhalt eines kleinen Fläschchens hinein. Nur für Notfälle, hatte er heute Morgen gesagt. Aber das hier war ein Notfall. Dann stand sie auf und ging zu Livia, die sich gerade über die Stirn wischte.

»Hier, für dich. Du bist sicher durstig.«

»Oh, danke, Caecilia.«

Livia nahm den Becher ahnungslos entgegen und führte ihn an die Lippen. Caecilia hielt den Atem an. Ein Windhauch fuhr durch den Tempel. Der gebauschte Ärmel von Livias Tunika verfing sich am Rand des Feuergestells und plötzlich schlugen ihr die Flammen entgegen. Mit einem erschrockenen Schrei taumelte Livia rückwärts und ließ den Becher los. Klackernd fiel er zu Boden und entleerte seinen Inhalt über die Fliesen.

»Ah! Du ... du Trampel!« Caecilias Frustration hatte sich einen Weg auf ihre Lippen gebahnt, bevor sie sie kontrollieren konnte. Am liebsten hätte sie Livia geschlagen, die entgeistert zu ihr hochstarrte.

»Tut mir leid. Aber ich hab mich doch nur mit dem Ärmel verfangen.«

Caecilia rang mit Worten in ihrem Mund, die sie nicht sagen durfte. Dann schluckte sie sie hinunter.

»Wisch die Sauerei auf. Vestas Tempel muss rein gehalten werden. Und vielleicht solltest du danach ins Bett gehen, wenn du so müde bist, dass du schon stolperst. Vestas Feuer darf nicht gefährdet werden. Ich ... kann für dich ja übernehmen.«

Es war der letzte Versuch, den sie machen konnte. Das Angebot war verlockend, sie konnte es in Livias Gesicht sehen. Umso stärker schlug die Verzweiflung über ihr zusammen, als die junge Vestalin den Kopf schüttelte.

»Nein. Maxima Lucilla hat immer gesagt, dass der Dienst an der Göttin auch Opfer ist. Und welch ein

Opfer würde ich bringen, wenn ich einfach ginge, wann immer ich müde bin?«

Caecilia konnte nur mit Mühe die Frustration von ihrem Gesicht verbannen. Um Livia nicht in die Augen sehen zu müssen, kehrte sie zur Bank zurück. Was sollte sie nur tun? Sie musste Livia loswerden, doch was konnte sie sagen, ohne noch mehr Misstrauen zu erregen? Livia war jung und naiv, aber nicht dumm. Caecilia mied erneut den Blick in die Flammen, obwohl sie das Innere des Tempels beherrschten. Und der Windstoß ... wo war der Windstoß so plötzlich hergekommen? Sie fühlte, wie sich Schweiß unter ihren Achseln und in ihren Handflächen sammelte. Rasch rang sie die Hände.

Gerade als sie es nicht länger aushielt und Livia erneut fragen wollte, hörte sie Schritte draußen. Sie erstarrte. Auch Livia hob den Kopf. Normalerweise waren Schritte auf dem Forum Romanum nichts Ungewöhnliches – selbst nachts war es mit all seinen Tavernen ein belebter Ort. Doch diese Schritte stiegen die Stufen zum Tempel hinauf. Nur Sekunden später erreichten sie das Portal. Er war es. Sein verlockender Umriss machte es deutlich, noch bevor er in den Schein des Feuers trat.

»Verzeih«, sagte Livia sehr laut und ging ihm entgegen. »Aber Männer haben keinen Zutritt zum Tempel der Ves...«

»Nein, Livia, bitte!« Caecilia trat neben sie. Ihr Atem kam nur flach und ihre Hände zitterten. Es half nichts. Sie musste es sagen. »Das ... das ist Titus. Ich wollte ... er hatte mich gebeten ...«

»Ich hatte Caecilia gebeten, ob sie mir nicht das Innere des Tempels zeigen könnte.«

Titus lächelte einnehmend. Caecilia wäre wie so oft in den letzten Wochen bei diesem Anblick dahingeschmolzen, wäre die Situation nicht so prekär gewesen.

»Bitte. Maxima Lucilla muss es ja nicht erfahren.«

»Nein!« Livia schüttelte entschieden den Kopf. »Nein. Das kann ich nicht tun. Männer haben hier keinen Zutritt. Das war das Erste, was du mich gelehrt hast, Caecilia. Du! Und jetzt lädst du sogar Männer hierher ein! Ich gehe und benachrichtige Maxima Lucilla. Und du da!« Sie machte eine herrische Bewegung in Titus' Richtung. »Du gehst besser.«

Caecilia sah verzweifelt zwischen beiden hin und her. Das war es, ihr Vorhaben war gescheitert. Doch Titus ging nicht, auch nicht, als Livia die Geste energisch wiederholte. Stattdessen schloss er die Portalflügel hinter sich und zog anschließend sein Kurzschwert. Die Spitze der Klinge zielte auf Livias Brust. Caecilia erbleichte.

»Was...?«

»Titus!«

»Sei still, Caecilia!«

Mit einem Schritt war er bei ihr und schlug ihr hart ins Gesicht. Erschrocken japste sie nach Luft. Der Hieb ließ ihren Schädel dröhnen. Tuch und Binde sanken zu Boden, ihre kunstvolle Haartracht fiel aufgelöst um ihre Schultern. Sie verstand nicht.

»Nicht einmal die einfachsten Sachen bekommst du hin.«

Titus zog einen kurzen Ast aus seinem Gürtel und verkeilte damit die Portalgriffe. Sein schönes Gesicht, das unter ihren Händen so gestrahlt hatte, war jetzt hart und ernst. Über der Schulter trug er ein Seil, das er ihr nun zuwarf. »Fessle sie damit.«

»Titus, ich ... ich habe versucht, sie loszuwerden. Ich habe ihr angeboten, die Wache zu übernehm...«

»Du Miststück!« Livia starrte sie mit zornroten Wangen an. »Du warst gar nicht freundlich, du wolltest mich nur loswerden, damit du dich in Ruhe vergnügen kannst. Du ...« Sie stockte mitten im Satz. »Der Becher. In dem Wasser war etwas drin, nicht wahr? Etwas, das mir nicht bekommen sollte. Du falsche Schlange. Du Hure!«

»Fessel sie endlich!«

Titus kam drohend einen Schritt näher und Caecilia beeilte sich, seiner Anweisung Folge zu leisten. Das Schwert in seiner Hand machte ihr Angst, ebenso der Ausdruck in seinen Augen. Warum war er so grob? Er hatte doch nur den Tempel sehen wollen. Warum nicht an einem anderen Tag? Warum war er nicht wieder gegangen?

Livia schien ebenfalls Angst zu haben, denn sie wehrte sich nicht, als Caecilia sie fesselte. Dafür durchbohrte sie sie mit ihren Blicken. Caecilia wich ihnen aus. Livias Worte hatten ihr mitten ins Herz gestochen mit all ihrer Wahrheit. Als sie fertig war, lächelte Titus.

»Die Kleine ist aber ganz schön schlau, Caeci. Du bist wirklich eine Hure.«

Caecilia zuckte zusammen. Zu spät bemerkte sie, dass ihr die Gesichtszüge entglitten wie bei einer Wachsfigur, die man über das Feuer hielt. Die Flammen zischten wütend.

»Was?«, entfuhr es Livia.

»Ja. Du hattest absolut Recht.« Titus grinste. »Caecilia hat ihre Keuschheit für mich aufgegeben, sich mir hingegeben.«

»Aber ...« Caecilia starrte ihn fahlweiß an. Etwas rauschte in ihren Ohren und sie wankte. »Titus, ich ... Niemand außer uns darf das wissen! Weißt du, was das heißt? Das schlimmste Verbrechen Roms. Ich dachte ...«

»Du dachtest, ich liebe dich. Ja, ich weiß.« Titus zuckte mit den Schultern. »Ich hätte nicht gedacht, dass es so leicht sein würde, dich um den Finger zu wickeln. Aber euer Gelübde scheint euch ja nicht viel wert zu sein. Ihr seid eben doch nur Menschen.« Er steckte sein Schwert weg. »Und ich weiß, was der Bruch deines Keuschheitsgelübdes bedeutet: Du stirbst, wenn es publik wird. Mal sehen, wie viel der Kleinen hier dein Leben wert ist ... ob sie dich verrät oder nicht.« Seine Augen richteten sich auf Livia. »Aber vielleicht breche ich dein Gelübde auch noch. Dann könnt ihr füreinander schweigen.«

Livia erschauderte und presste ihre Beine zusammen. Caecilia sank unterdessen schockiert auf die Knie. Sie zitterte nun am ganzen Körper. Er hatte sie belogen. Belogen und benutzt. Wie sie jetzt die sündigen Freuden der letzten Wochen bereute!

»Aber du wirst ebenfalls sterben, Titus«, sagte Livia mit schwacher Stimme. »Wer einer Vestalin ihre Keuschheit raubt, wird zu Tode gepeitscht. Wusstest du das?«

»Natürlich.« Titus lächelte erneut. »Aber ich bin kein Römer. Und kein Sklave. Morgen früh bin ich schon weit weg.«

»Was wolltest du von mir?«

»In den Tempel, Caeci. Am liebsten, ohne dass es bekannt wird, mit dir im Glauben, dass alles in Ordnung ist. Aber da du zu unfähig warst, eine Novizin zu entfernen, muss ich leider zu anderen Mitteln greifen.«

»Und was willst du hier?«

»Nur etwas hinterlegen.«

Er warf einen langen Blick auf die Flammen.

»Das ist also Vestas ewig brennendes Feuer.« Titus ging langsam herum. »Interessant. Ich hatte mir das Ganze ein wenig imposanter vorgestellt. Und dann ist das hier wohl der Penus.« Er schritt zu dem mit Vorhängen abgetrennten Bereich an der Innenwand des Tempels und zog das Tuch mit einem Ruck beiseite. Vor ihm lag das Allerheiligste des Tempels, der Ort, wo die Sacra zum Wohl der Stadt aufbewahrt wurden, wo wichtige Verträge und Testamente hinterlegt waren. Der Ort, den außer ihnen, den Vestalinnen, niemand zu Gesicht bekommen durfte.

»Vesta wird dich strafen, Ungläubiger!«, zischte Livia.

»Das glaube ich kaum. Sie ist nicht meine Gottheit.«

»Du wolltest nur etwas hinterlegen?« Caecilia konnte nicht glauben, was sie da hörte. »Ein Dokument? Und dafür hast du mich ...? Warum hast du nicht einfach gefragt?«

Titus lächelte. »Sagen wir einfach, der unechte Vertrag wird weder Rom noch Cato sonderlich erfreuen. Niemand sollte es bemerken. Aber es muss heute sein. Unbedingt.«

Er wandte sich wieder dem Penus zu und zog einen zusammengefalteten Bogen Pergament aus seiner Tasche.

»Für Karthago.«

Titus hob den Arm, um den Vertrag in den Penus zu legen, unterhalb des zentralen Palladiums, der uralten

Statue der Athene, die Aeneas, Stammvater des römischen Geschlechts, aus dem brennenden Troja mitgeführt hatte. Das Feuer knackte. Im nächsten Moment zuckte der Arm der Statue nach vorne und schlug Titus' Hand mit dem Vertrag beiseite.

»O Baal!«, keuchte er und wich einen Schritt zurück.

Caecilia starrte fassungslos auf die Statue, die mit ihrem Speer drohte und sie aus dunklen Augen finster anstarrte. Nicht nur Titus, sondern auch sie. Livia lachte plötzlich.

»Du magst nicht an Vesta glauben, Titus. Aber hier gebietet sie. Hier ist ihre Macht!«

Seine Mundwinkel zuckten unsicher, als er sie ansah. »Ach wirklich? Nun, dann wollen wir doch mal sehen, wie Vesta das hier gefällt.«

Und damit wandte er sich um und kippte mit einem Fußtritt das eiserne Gestell des heiligen Feuers um.

»Nein!«

Livia schrie gemeinsam mit Caecilia, als der Dreifuß mit einem lauten Scheppern aufschlug. Funkensprühend rutschten halb verbrannte Scheite über den Boden und blieben zischend und rauchend liegen. Während sie fassungslos auf die Überreste des Feuers starrte, nahm Titus einen der Behälter, mit denen das Wasser von der Quelle Egeria geholt wurde, und entleerte ihn über den Resten der Flammen.

»Was ... was hast du getan?«, stammelte Livia. »Willst du, dass Rom untergeht?«

»Von mir aus kann Rom jederzeit verlöschen.« Titus warf den Krug achtlos beiseite, ehe er sich wieder dem Penus zuwandte. Die Statue stand reglos auf ihrem Platz. Ein wenig zögernd näherte er sich ihr, dann legte er den gefälschten Vertrag zu den anderen. Nichts passierte. Als Titus sich umdrehte, grinste er.

»Na? Wo ist deine Göttin jetzt?«

Ich bin hier.

Caecilia zuckte zusammen. Sie brauchte einen Moment, um zu begreifen, dass die Stimme körperlos war, dass sie durch das Gestein des Tempels kroch und sich im Zischen der Holzscheite äußerte – und dass Titus und Livia sie nicht hörten. Er warf unterdessen einen letzten Blick auf den Penus, dann näherte er sich der jungen Vestalin.

»Wird Zeit, dass wir dafür Sorge tragen, dass auch du den Mund hältst.«

»Nein! Nein! Caecilia, hilf mir!«

Livias spitze Schreie durchbohrten Caecilias Seele, doch sie rührte sich nicht, als Titus die junge Vestalin auf den Boden zwang und an ihren Kleidern zerrte. Ihr Herz pochte wild. Sie fühlte, wie nah Vesta war. Trotz des erloschenen Feuers war sie noch hier in diesen Mauern und Steinen. Hier in ihr, wenn auch schwach.

Steh auf, Caecilia.

Sie gehorchte augenblicklich. Die Kraft hinter den Worten war so stark, dass sie von innen heraus erzitterte.

Das Feuer ist meine Macht. Richte es wieder her.

Caecilia machte zwei Schritte auf das umgeworfene Gestell zu. Immer noch lagen Livias verzweifelte Schreie in der Luft, doch sie prallten an Caecilias Ohren ab. Titus bemerkte sie nicht, er war zu beschäftigt damit, Livias Gegenwehr zu brechen. Sie wehrte sich erstaunlich erfolgreich, trotz ihrer Fesseln. Hätte sie sich doch auch nur so gewehrt!

Caecilia erreichte das Gestell und packte einen der Füße. Er war glühend heiß. Mit einer Leichtigkeit, wie sie ihren Gliedern noch nie gegeben war, richtete sie es auf. Titus hob den Kopf.

»Was tust du?«

Caecilia antwortete nicht. Sie fühlte, was sie tun musste. Mit zwei Schritten hatte sie die rauchenden Holzscheite erreicht, hob sie auf und legte sie zurück ins Gestell.

Eine Stichflamme entsprang ihren Händen, kaum dass das Holz wieder an seinem angestammten Platz lag. Wie ein Lauffeuer schoss es durch ihre Finger und daraus hervor und entzündete die Scheite von neuem, ungeachtet der Nässe. Unsagbarer Schmerz verzehrte Caecilias Hände und bahnte sich seinen Weg in einem gepeinigten Schrei, der von den Innenwänden widerhallte. Im selben Moment schoss eine Feuersäule in die Höhe, hinauf bis unter das hohe Dach und hinaus durch den Abzug.

»Bei Baal!« Titus sprang auf, doch es war zu spät. Caecilia spürte, wie Vesta mit all ihrer Macht in den Tempel zurückkehrte und ihn bis in den letzten Winkel ausfüllte. Wimmernd fiel sie auf die Knie, den Blick auf ihre verbrannten Hände gerichtet. Im nächsten Moment zerbarst der Penus und schleuderte Dokumente und Verträge durch den Tempel. Caecilia fühlte Vestas Wissen für eine Sekunde in sich und erkannte, welcher Vertrag ihr geradewegs vor die Füße fiel. Unter Tränen ergriff sie ihn und warf ihn ins Feuer.

»Nein!«

Titus' Schrei zeugte davon, dass auch er es wusste. Nur einen Augenblick später schoss neuer Schmerz durch ihren Arm, als Titus ihr einen Hieb mit seinem Kurzschwert verpasste, keuchend und blind vor Wut und Verzweiflung.

»Hexe! Was hast du getan? Du hast alles ruiniert!«

Er hob erneut den Arm, dieses Mal, um sie zu Füßen ihrer Göttin niederzustrecken. Vesta rettete sie. Wie eine Peitsche zischte eine Feuerzunge hervor und verbrannte seine Augen zu Asche. Schreiend vor Entsetzen und Schmerz ließ Titus sein Schwert fallen. Mit Tränen des Zorns in den Augen rappelte sich Livia auf und stieß ihn gegen das heilige Gestell. Vestas Flammen begrüßten ihn und zogen ihn unaufhaltsam in ihre sengende Umarmung. Seine Schreie erstarben schnell. Innerhalb weniger Sekunden war er nur noch ein Häufchen Asche auf dem Boden unter dem Gestell. Das Feuer sackte in sich zusammen und mit ihm schwand auch Vestas Nähe. Es war vorbei.

Im nächsten Augenblick flog das Portal auf. Livia und Caecilia zuckten zusammen. Es waren die übrigen vier Vestalinnen, die eintraten, angeführt von Maxima Lucilla.

»Wir haben die Stichflamme vom Haus aus gesehen. Was ist hier passiert?«, fragte sie und durchbohrte sie mit ihrem stechenden Blick. Caecilia war sich sehr wohl bewusst, welchen Eindruck sie beide erweckten, blutverschmiert, mit zerrissenen Kleidern und aufgelösten Haaren.

»Ein Mann war hier, ehrwürdige Maxima«, sagte Caecilia, als Livia keine Anstalten machte, zu antworten. Die junge Vestalin sah aus, als ränge sie mit etwas in ihrem Mund. »Er hat sich Zutritt zum Tempel verschafft, um einen falschen Vertrag im Penus zu hinterlegen und sich an uns zu vergehen. Vesta hat...«

»Caecilia hat den Mann hereingelassen!«

Sie verstummte. Livia, zusammengesunken gegen die Innenwand, starrte keuchend in die Flammen. Ihre Augen wirkten seltsam leer.

»Caecilia war es. Sie hat den Mann hereingelassen. Sie ist unkeusch!«

Zehn Tage später stieg Caecilia aus der völlig verdunkelten Sänfte. Das helle Sonnenlicht stach in ihren Augen, doch sie wusste auch ohne zu sehen, wo sie war.

Vor ihr lag der Campus Sceleratus, das Frevelfeld an der Porta Collina. Hier würde ihre Reise enden.

Um ihre Sänfte hatte sich bereits eine beachtliche Menschentraube versammelt. In vorderster Reihe standen Lucilla und die übrigen Vestalinnen, dahinter einfache Plebejer. Niemand sprach ein Wort. Einige hatten Tränen in den Augen. Caecilia sah weg. Ihr Blick glitt hinauf zur Sonne. Ein letztes Mal.

Dann senkte sie den Blick und sah auf das Loch in der Erde hinab. Ihr Loch. Panik schoss durch ihre Eingeweide wie brennendes Öl, doch Caecilia rang es mühsam nieder. Die leisen Worte des *Pontifex Maximus*, des obersten Priesters Roms, verstand sie nicht. Doch sie wusste auch so, dass es feierliche Gebete waren, Worte, die Rom und ihr helfen sollten. Immerhin hatte sie das ganze Reich durch ihre Unkeuschheit in Gefahr gebracht.

Dann lagen Hände auf ihr. Es war Lucilla, die ihr persönlich die Insignien des Priestertums abnahm: Ihr weißes Gewand, die kunstvolle Tuchhaube. Dann löste sie ihre Zöpfe auf, bis ihr das Haar lose um die Schultern fiel. Ihr Status war aufgehoben.

Sie zuckte zusammen, als jemand ihre verbrannte Hand nahm. Es war der *Pontifex Maximus*. Ein kurzer Blickkontakt sagte Caecilia, dass es Zeit war. Flatternden Atems nickte sie. Der *Pontifex* geleitete sie zum Loch. Eine Leiter führte hinab. Caecilia konnte kaum atmen, als sie das Holz unter Schmerzen ergriff und die Sprossen hinabstieg. Es hätte nicht viel gefehlt und sie wäre rückwärts hinuntergefallen. Als sie unten angekommen war, sah sie sich um. Ihre gemauerte Kammer war klein. In einer Ecke stand ein Bett, daneben eine kleine entzündete Lampe sowie Krüge mit Wasser, Öl, Milch und Brot. Es war nicht viel, was man einer verurteilten Vestalin in den Tod mitgab.

Die Leiter wurde aus dem Loch gezogen. Erst als es über ihr rumpelte, blickte Caecilia auf. Stück für Stück wurde eine schwere Steinplatte über den Eingang geschoben. Sand und Erde rieselten herab. Als nur noch ein Streifen frei war, erhaschte Caecilia Livias Blick. Die junge Vestalin, die zusammengesunken an Lucillas Seite stand, zuckte wie von Jupiters Blitz getroffen zusammen. Dann schloss sich der Spalt und Caecilia war allein in ihrem Grab.

Ihre Knie zitterten wie ein Baum im Sturm, als sie zum Bett ging und sich darauf niederließ. Zögernd hob sie die Lampe an und sah in die Flamme.

»Es war nicht Livia, die den Bruch meines Gelübdes offenbart hat, nicht wahr?«

Nein. Ich war es.

Caecilia lächelte matt. »Darf ich fragen, warum?«

Du hattest dein Gelübde gebrochen. Freiwillig. Eine solche Vestalin kann ich nicht in meinem Tempel dulden, auch wenn du mir am Ende doch Treue bewiesen hast.

»Weißt du, was Titus wollte?«

Da er in mir gestorben ist, ja. Er hieß in Wahrheit Belisar. Er war Karthager. Ein Spion, der für die Scipionen arbeitete. Er sollte einen gefälschten, Cato kompromittierenden Vertrag hinterlegen. Die Scipionen hätten einen Verdacht geäußert, wir hätten den Vertrag gefunden und Cato wäre des Hochverrats angeklagt worden. Die Befürworter des Krieges hätten ihren entscheidenden Fürsprecher verloren und Karthago würde weiterbestehen.

»Und jetzt?«

Karthago hat Numidien angegriffen. Der Krieg wurde gestern beschlossen. Karthago wird untergehen.

Caecilia schüttelte den Kopf. »Und das ist dein Wille?«

Mein Wille ist, dass Rom weiterbesteht. In den kommenden Jahren des Bürgerkriegs kann sich Rom keinen Feind wie Karthago leisten.

Caecilia sagte nichts dazu. Sie spürte erneut, wie ihr die Enge der Kammer, die Gewissheit des nahen Todes die Brust zuschnürte und ihr Herz zu bersten drohte.

»Bleibst du bei mir?«, fragte sie zitternd in die Stille hinein.

Ja. Für immer.

Caecilia schloss die Augen und ließ ihren Tränen freien Lauf, ehe sie die Krüge zu sich heranzog. Mit der Antwort konnte sie leben. Leben und sterben.

Das Geschenk der Göttin

Detlef Klewer

Rom. Eine Stadt mit vielen Gesichtern. Mit Geheimnissen, die manchmal spurlos in ihren labyrinthischen Gassen verschwinden. Denn jenseits des Glanzes von Adel und Priesterschaft spinnen die Mächtigen ihre Intrigen und sind bereit, den Göttern für ihren Beistand hohe Preise zu zahlen. Mutig sind die, die sich auf diese Spiele einlassen. Doch jene, die einen Handel mit der Göttin des Krieges suchen, benötigen mehr als nur Mut.

Detlef Klewer
Detlef Klewer (Jahrgang 1957), Abitur, lebt und arbeitet in Bocholt als selbstständiger Illustrator und Designer. Veröffentlichte Artikel zum Thema *Fantastischer Film* in den Zeitschriften *Vampir*, *Film-Illustrierte* und *Moviestar*. Außerdem Autor von fünf Sachbüchern zum Thema *Horrorfilm* sowie Mitautor eines Buches über H. P. Lovecraft.

Am Tag pulsierte das Leben in der Ewigen Stadt, doch in der Nacht erwachten die Schatten und die Schatten *lebten*. Manchmal drangen Schreie aus ihnen. Leise Schreie der Lust oder laute Schreie der Qual. In diesen Schatten wartete oft geduldig ... der Tod.

Ein leichter Windhauch strich sanft durch die nahezu unbeleuchteten Straßen, brachte aber kaum die ersehnte Abkühlung nach einem heißen Sommertag. Trimalchios Haut war unangenehm klebrig vom Schweiß, dennoch zitterte er vor Angst. Diese undurchdringliche Dunkelheit um ihn herum war lebendig. Manchmal vernahm er ein leises Stöhnen und konnte einfach nicht unterscheiden, ob es sich um den erregten Freier einer Hure handelte oder ob gerade jemand in einer dunklen Gasse unfreiwillig sein Leben aushauchte.

Trimalchio fragte sich in jeder Nacht, woher er eigentlich den Mut nahm, den langen und gefährlichen Weg vom Haus seines Herrn am Rand der Stadt bis zum *Marsfeld* zurückzulegen. Doch die Aussicht, eines Tages zu den Freigelassenen zu zählen, erwies sich letztlich als übermächtiger Antrieb und führte ihn – trotz aller Gefahren – regelmäßig vorbei an den *Antoniniana-Thermen*, dem *Circus Maximus* und dem *Amphitheater Flavium* hinein in die *Subura*. Das verrufene Armenviertel Roms. Immer mit dem Bild eines schrecklichen Todes vor Augen. Der grauenvollen Vision, am Ende eines traurigen Sklavenlebens während seines Todeskampfes am eigenen Blut zu ersticken.

Zuletzt durchquerte er das Viertel *Argiletum* mit den vielen schmalen Gassen, in denen man eventuelle Verfolger rasch abschütteln konnte ... wenn man sich auskannte. Falls nicht, konnte es ebenso schnell das jähe Ende eines kurzen Lebens bedeuten.

Aus den Fenstern der Tavernen und Herbergen drang nur wenig Licht, einzig die durchgängig gut besuchten Bordelle waren besser beleuchtet. Als vor ihm das Feuer eines Kohlebeckens aufflackerte, wusste er, dass er sich eben einem dieser beliebten Etablissements näherte. In der Nähe dieser Freudenhäuser musste er sich nicht nur gegen die Zudringlichkeiten der aufreizend gekleideten und grell geschminkten Huren wappnen. Auch vor den wachsamen Augen ihrer in den Schatten lauernden Zuhälter musste man sich in Acht nehmen. Die wollten nicht nur an den Entlohnungen für die Liebesdienste ihrer Mädchen verdienen, sondern waren darauf aus, unvorsichtige Freier auch um den Rest ihres Geldes zu erleichtern.

Die scharfen Messer der Meuchelmörder bildeten ebenfalls eine tödliche Gefahr. Denen war auf der Suche nach einem gut gefüllten Geldbeutel kein Menschenleben heilig. Töten war nun einmal ihr Handwerk, die Beute ihr Lohn. Und hier in Rom arbeiteten die besten *Sicarii* ihrer Zunft.

Ein schriller Schrei in seiner unmittelbaren Nähe ließ Trimalchio erstarren. Er drückte sich mit wild pochendem Herzen an eine Hauswand, hielt den Atem an und horchte angestrengt. Bewegungslos stand er da. Doch der Schrei wiederholte sich nicht. Trimalchio wagte nicht sich auszumalen, wer da geschrien hatte und was ihm da gerade angetan wurde. Er zog mit zitternder Hand die Kapuze seiner *Paenula* tiefer ins Gesicht, holte tief Atem um sich zu beruhigen und eilte weiter. Seine eigenen Schritte auf dem Pflaster hallten unnatürlich laut in seinen Ohren.

Zuletzt drohten da auch noch die korrupten Stadtkohorten, die die Straßen der Stadt auf ihrer Suche nach Einbrechern, Glücksspielern und Wucherern durchkämmten, aber auch vor grausamer Behandlung unvorsichtiger Bürger nicht Halt machten.

Angst durchflutete Trimalchio erneut, als er hastig die *Porta Sanqualis* durchschritt. Der Denar, den er zur Vorsicht in seinen rechten Lederstiefel gesteckt hatte, drückte jetzt zunehmend schmerzhaft gegen seinen Knöchel. Doch – den Göttern sei Dank – er hatte sein Ziel nun fast erreicht.

Trimalchio wünschte inbrünstig, sein Herr Quintus Licinius Nobilior hätte an seiner Stelle jemanden aus der Schutzmannschaft geschickt, die zur Abschreckung von Einbrechern schwer bewaffnet des Nachts rund um seine Villa patrouillierte. Er versuchte sich mit dem Gedanken zu trösten, dass diese bezahlten Kämpfer wahrscheinlich nicht vertrauenswürdig genug für einen derartigen Auftrag waren. Allerdings konnte der Hintergrund durchaus auch der sein, dass sein Herr ihn einfach als entbehrlicher betrachtete. Schließlich waren die Märkte der Stadt gut bestückt mit Sklaven aus dem gesamten Reich, die manchmal für nur wenige Denare den Besitzer wechselten. Und Verstümmelung oder Tötung eines Sklaven galten vor dem hiesigen Gesetz nur als Sachbeschädigung.

Vor Anstrengung keuchend erreichte Trimalchio endlich den *Campus Martius*. Vor dem *Theatrum Pompei* führte im flackernden Fackellicht eine Truppe Schauspieler in abgerissenen Kostümen ein griechisches Drama auf. Während die wenigen Zuschauer müde applaudierten, hatte Trimalchio keine Augen für die Darbietung. Er hatte sein Ziel lebend erreicht. Das allein zählte.

Trimalchio betrat den Tempel der *Bellona* so zögernd wie in jeder Nacht. Anfangs hatten ihn diese weitläufigen Räumlichkeiten eingeschüchtert und die riesige Statue der kriegerischen Göttin mit dem goldenen Helm – Lanze und Schwert in den Händen – schien ihn mit ihren durchdringenden Augen zu beobachten.

Bellona, die Göttin des grausamen und blutigen Kampfes. Die Gemahlin des erbarmungslosen Kriegsgottes Mars. Er schlug die Augen nieder, als er an ihr vorbeihuschte, denn weiter hinten in der Halle hatte er den *Bellonarius*, den Priester der Kriegsgöttin, entdeckt, der dort mit einem Mann in der rotgesäumten Toga eines Senators sprach. Wie üblich war der *Bellonarius* in sein Priestergewand gekleidet. Eine lange schwarze Tunika, über der er einen Mantel trug, der von einer kostbaren Agraffe gehalten wurde. An den Füßen zeigten sich Stiefel aus schwarzem Fell. Der Kopfschmuck bestand aus einem Lorbeerkranz mit drei Medaillons, von dem lange und kunstvoll geknotete Schnüre herabhingen.

Sobald der Priester ihn bemerkte, beendete er umgehend sein Gespräch und winkte ihn zu sich heran. Trimalchio übergab ihm mit der respektvollen Geste eines Sklaven sein Fluch-Täfelchen aus Blei, um dessentwillen er Nacht für Nacht sein Leben aufs Spiel setzen musste.

Sein Herr ritzte darauf böse Wünsche ein wie »Lösche ihn aus mit Gift« oder »Alle seine Eingeweide sollen verzehrt werden« und adressierte diese an die Göttin. Trimalchio zweifelte die Wirksamkeit dieser Flüche insgeheim an. Er war ohnehin der Meinung, es sei gefährlich, nur einem einzigen Gott oder Göttin seine Ehrerbietung zu erweisen. Die Götter waren leicht zu beleidigen – und es war noch leichter, sich ihren Zorn zuzuziehen. Trotzdem wechselte der Denar den Besitzer. Sein Herr achtete peinlich genau darauf, dass die Denare, die Trimalchio den Priestern dieses Tempels übergeben musste, immer das Bildnis der Göttin zeigten. Er wollte eben nichts dem Zufall überlassen, um ihre Gunst zu erlangen.

Der *Bellonarius* schloss seine dürren Finger um das Bleiplättchen und konzentrierte sich mit geschlossenen Augen. Trimalchio wartete geduldig. Er kannte die Prozedur bereits. Dann endlich schlug der Priester die Augen auf und blickte ihn kalt und hochmütig an.

»Sage deinem Herrn, die Göttin ist bereit … sein Anliegen zu unterstützen.« Er legte das Plättchen zu zahlreichen anderen in eine Schale, die sich zu Füßen der riesigen Bellonastatue befand. Vermutlich hatten andere Bittsteller sie mit ähnlichen Verwünschungen beschriftet. Wie schon oft registrierte Trimalchio auch diesmal mit Abscheu die rotbraunen Flecken, die die marmornen Füße der Göttin bedeckten. Getrocknetes Blut.

Er wollte sich bereits zum Gehen wenden, als der Priester ihn mit fester Hand an der Schulter zurückhielt. Sein arrogantes Gesicht nahm nun einen verschlagenen Ausdruck an und er sah sich rasch um. Niemand befand sich in der Nähe, um ihr Gespräch zu belauschen.

»Und sage deinem Herrn …«, flüsterte er dann verschwörerisch, »… wir werden von der Göttin erhalten, was er begehrt.« Er sah sich noch einmal um.

»Überbringe morgen Nacht die vereinbarte Opfergabe und wir händigen dir das Geschenk der Göttin aus.« Trimalchio verstand nicht ein Wort, aber er nickte demütig. Dann verließ er hastig die düstere Örtlichkeit, die ihn fast so sehr ängstigte wie die dunklen Straßen der Ewigen Stadt.

Senator Quintus Licinius Nobilior bewegte seinen fetten Körper in eine bequemere Lage und trank einen Schluck Würzwein. Er hielt sich für einen sehr vorsichtigen Menschen. Er hatte zwar stets aufmerksam gelauscht, wenn die Senatoren Gaius Cassius Longinus und Marcus Iunius Brutus ihre Hetzreden gegen den Caesar hielten, aber er selbst hatte sich mit eindeutigen Kommentaren zurückgehalten. Nach vielen Jahren seines Lebens im Dienste Roms hatte ihm diese Zurückhaltung bis zum heutigen Tage das Überleben gesichert.

Während sein Haupthaar langsam ergraute und schütter wurde, hatten ihm Wein und üppiges Essen ein rundliches Aussehen verliehen, das ihn trügerisch gutmütig erscheinen ließ. Man unterschätzte ihn. Dank dieses Umstandes war er bisher niemals Ziel einer tödlichen Intrige geworden. Niemand sah in dem kleinen, dicken Mann eine ernst zu nehmende Gefahr.

Aber er hatte natürlich eine private Meinung zu diesem größenwahnsinnigen Feldherrn, der sich durch seine militärischen Erfolge die Gunst des römischen Volkes gesichert hatte. Der sich nun zum Diktator auf Lebenszeit gekrönt hatte und eine nicht zu tolerierende Buhlschaft mit dieser pompösen ägyptischen Hure eingegangen war. Was war er denn? Kaum mehr als ein Gaukler, ein Blender, der die Bürger Roms durch Versprechungen verführte und einen Platz einnahm, der ihm gar nicht zustand. Nicht diesem Gaius Julius Caesar gebührte die Ehre, der wichtigste und mächtigste Mann des Römischen Reiches zu sein, sondern *ihm* – Quintus Licinius Nobilior. Und sobald sein Plan Erfolg haben würde, dann wären die Tage des großen Caesars endlich gezählt. Die Auspizien der Auguren hatten ihm den Erfolg seines Unternehmens bereits vorausgesagt. Er hatte zwar nie verstanden, wie diese alten Männer aus dem Vogelflug den Willen der Götter herauslesen konnten, aber die Götter waren ihm wohl gesonnen. Daran bestand für ihn kein Zweifel. Und das genügte ihm. Quintus Licinius Nobilior – Imperator von Rom. Er schwelgte noch immer in den fast wollüstigen Vorstellungen absoluter Macht, als endlich die Tür geöffnet wurde und Trimalchio eintrat. Sein Sklave verbeugte sich tief.

»Welche Nachrichten bringst du mir?«, fragte Licinius und seine Stimme klang ungeduldig.

»Der Priester sagt, die Göttin sei bereit, dein Anliegen zu unterstützen, Herr«, sagte Trimalchio. Licinius winkte wütend ab.

»Das höre ich nun schon seit vielen Nächten. Was sagt er noch?«

»Er sagt, du würdest von der Göttin bekommen, was du begehrst.«

Licinius sog zischend den Atem ein. »Wann?« Er ließ den Weinbecher fallen, der scheppernd zu Boden fiel und sprang – angesichts seines fülligen Leibes – äußerst behände von der Liege. Ein gieriger Ausdruck zeigte sich in seinem geröteten Gesicht. Er fasste Trimalchio fest an seinem Umhang, schüttelte ihn und brüllte: »Wann?«

»Morgen Nacht, Herr«, flüsterte Trimalchio erschrocken. »Ich soll die Opfergabe bringen und dann wirst du erhalten, was du begehrst.«

Licinius ließ ihn los. Ein seliger Ausdruck löste die Gier in seiner Miene ab, dann schloss er die Augen. »Morgen Nacht ...«, wisperte er und ließ sich zurück auf die Liege sinken.

»Herr ...«, begann Trimalchio, doch Licinius bedeutete ihm mit einer Kopfbewegung zu schweigen. Trimalchio verbeugte sich ergeben und schickte sich an den Raum zu verlassen.

»Warte«, herrschte ihn Licinius an. »Du wirst morgen Nacht noch einmal zum Tempel der *Bellona* gehen. Du bekommst einen Beutel Aurei, den du dem Priester übergeben wirst.« Trimalchio zuckte zusammen. Schon der einzige Denar, den er Nacht für Nacht zum Tempel der Göttin gebracht hatte, ließ ihn um sein Leben fürchten, doch dieser Beutel mit Goldmünzen würde bestimmt jeden Verbrecher Roms auf seine Spur lenken. Licinius lächelte sardonisch, so als könne er die Gedanken seines Sklaven lesen.

»Keine Sorge«, sagte er dann leichthin. »Ich werde zu deinem Schutz ein Mitglied der Wachmannschaft beauftragen dich zu begleiten. Dieser Mann wird sicherstellen, dass der Beutel ... und du ... euren Zielort sicher erreichen werdet. Und dann ...« Trimalchio hielt den Atem an. »... bist du ein *freier Mann.*«

Der Wächter, der Trimalchio in der folgenden Nacht begleitete, hieß Proculus. Ein wortkarger Hüne, der seine beiden in Militärgürteln steckenden Stichwaffen offen zu Schau trug. Die Narben in seinem Gesicht ließen den Rückschluss zu, dass es sich hier um einen erprobten Kämpfer handelte, der schon so manches hitzige Gefecht als Sieger beendet hatte. Dieser Umstand beruhigte Trimalchio ein wenig, doch auf dem

Weg zum Marsfeld beschleunigte er trotzdem mehr und mehr seine Schritte, so dass sie den Tempel fast im Laufschritt erreichten. Während Trimalchio vor Anstrengung keuchte, war Proculus kaum außer Atem geraten.

Als die beiden den Tempel der *Bellona* betraten, hörten sie den lauten Schall von Posaunen und Zimbeln. Proculus trat einen hastigen Schritt zurück und tastete nach seinen Dolchen, als er die versammelte Priesterschaft erblickte, die sich schreiend mit ihren Doppeläxten an Armen und Beinen Wunden zufügte. Sie fingen das fließende Blut in goldenen Schalen auf, gaben es einander zu trinken und benetzten damit die Füße der Götterstatue.

Trimalchio wandte sich bei diesem Anblick angewidert ab. Er kannte die blutigen Rituale der *Fanatici*, aber sie stießen ihn immer wieder aufs Neue ab. Er beobachtete Proculus, der unwillig sein vernarbtes Gesicht verzog und voller Abscheu stumm den Kopf schüttelte.

Trimalchio ahnte, dass die Göttin das Treiben ihrer Anhänger mit Wohlwollen beobachten würde und blickte zu der unheimlichen Statue hinüber. Dann riss er ungläubig die Augen auf. Die Statue der Göttin hatte sich verändert ...

Trug sie gestern Nacht noch ein Schwert und eine Lanze, so hielt sie nun eine Fackel und einen goldenen Kranz in den Händen. Doch der *Bellonarius* hatte ihn bereits erwartet und ließ ihm keine Zeit, über diese rätselhafte Veränderung nachzudenken. Der Bellona-Priester schoss auf ihn zu wie eine zustoßende Giftschlange. Er hielt einen Lorbeerzweig in der Linken und die blutverschmierte Doppelaxt in der Rechten. In seinen Augen glomm fanatisches Feuer. Trimalchio wich eingeschüchtert zurück, bis er die beruhigende Nähe von Proculus neben sich spürte. Dann erinnerte er sich an seinen Auftrag, ergriff eilig den Beutel mit den Aurei und übergab ihn dem Priester. Der ließ ihn so schnell in den Falten seiner schwarzen Tunika verschwinden wie ein Falschspieler die gezinkten Würfel.

Verstohlen warf Trimalchio einen ängstlichen Seitenblick auf die Statue. Der *Bellonarius* folgte seinem Blick und lächelte höhnisch.

»Die Göttin ist dem Wunsch deines Herrn gewogen. Sie hat sein Begehr mitgebracht.« Er wies auf den goldenen Kranz in der unbeweglichen Hand der steinernen Gestalt.

»Dies hier ist der Helm des Todes. *Der Helm des Pluto*. Geschaffen vom Gott der Unterwelt.« In Trimalchios Augen wirkte er kaum wie ein Helm, eher wie ein großer, goldfarbener Kranz. Wie jene, die der göttliche Caesar während seiner Triumphzüge durch die ihm zujubelnden Menschenmassen auf dem Kopf trug.

»Doch die Göttin verlangt eine Gegengabe für ihr großzügiges Geschenk. Eine ... Opfergabe.« Der Priester fixierte ihn mit seinem kalten Blick und hob seine Waffe.

Die bittere Erkenntnis traf Trimalchio wie ein Dolchstoß mitten in sein Herz. Auf diese Weise also dankte ihm sein Herr die Loyalität. Aber er flehte nicht um sein Leben, nun würde er tatsächlich bald ein ... freier Mann ... sein.

Er blickte zu Proculus, der ja angeblich zu seinem Schutz da sein sollte, doch der trat gelassen einen Schritt zurück. Seine Aufgabe hatte also darin bestanden, die »Opfergabe« bis zu diesem Augenblick am Leben zu erhalten.

»Verzeih mir, Trimalchio«, murmelte Proculus und wandte sich ab, während die Doppelaxt des Priesters ihr blutiges Werk vollendete. Proculus missfiel es zuzusehen, wie ein wehrloser Mann den Tod fand. Doch Trimalchio war das Opfer für die Göttin – und letztlich nur ein Sklave, der seinem Herrn zu dienen hatte. Verlangte der Herr seinen Tod, so war es die Pflicht des Sklaven zu sterben.

Dann ertönte ein überlautes Knirschen. Die Schreie der Priester verstummten augenblicklich und ekstatische Gebete wurden gemurmelt. Von Grauen erfüllt sah Proculus, wie die marmorne Statue – beseelt von der Göttin *Bellona* – die Stufen hinabstieg und den Helm in die Hände des Priesters legte. Danach griff sie mit der nun freien Hand nach dem Leichnam Trimalchios, hob ihn mühelos hoch und drückte ihn so fest an ihre steinerne Brust, dass die Knochen in seinem Leib knackten. Proculus wurde übel von diesem Geräusch. Er hatte schon viele blutige Kämpfe ausgefochten und etliche Schrecken hautnah erlebt, doch dieser Anblick ließ selbst ihn erstarren und erfüllte ihn mit Furcht. Während die Statue gemessenen Schrittes ihr Podest wieder bestieg, reichte der *Bellonarius* dem entsetzten Proculus den *Helm des Pluto*. Der riss das Geschenk der Göttin an sich, wandte sich um und floh hinaus in die Nacht …

Mit hinter dem Rücken verschränkten Armen schritt Licinius auf und ab – wie ein gereizter Tiger in den Käfigen des *Circus Maximus* – und murmelte Verwünschungen vor sich hin. Seine Frau war bereits vor den wütenden Attacken des ungeduldigen Hausherrn in ihre Gemächer geflohen. Mehr als einmal hatte er den Sklaven, der das Wasserstundenglas beaufsichtigte, herbeizitiert und ihn der Unfähigkeit und Nachlässigkeit bezichtigt. Aber den Verlauf der Zeit konnte man durch Drohungen nicht beeinflussen. Und dann, nach einer scheinbaren Ewigkeit, betrat Proculus – endlich – den Raum.

Als Licinius das Objekt in der Hand des Kämpfers sah, entrang sich seiner Kehle ein irres Lachen, dass Proculus befürchtete, seinen Herrn habe nun der gleiche Wahnsinn heimgesucht, wie zuvor die Priester in dem Tempel der *Bellona*. Doch als Licinius die zitternden Hände auf das Geschenk der Göttin legte, beruhigte er sich augenblicklich.

»Der *Helm des Pluto*«, hörte Proculus ihn feierlich sagen. Die Gier in seinen Augen war unübersehbar. »Der Helm, der seinen Träger den Blicken der anderen entzieht.« Dann hob Licinius ihn behutsam mit beiden Händen über den Kopf und setzte ihn sich sacht auf das Haupt.

Der Amtssitz des unrechtmäßigen Herrschers von Rom wirkte mit seinen Säulen, Giebeln und Fresken einfach nur protzig. Er beherbergte auch die hoch besoldeten Elitesoldaten, die schwer bewaffnet das Areal bewachten.

Licinius schlich sich vorsichtig an die Wachen heran. Wenngleich er durch den *Helm des Pluto* nun für jeden Menschen unsichtbar war, konnten die Soldaten ihn sicherlich hören, sofern er sich nicht möglichst geräuschlos verhielt. Er grinste. Wenn er erst einmal an ihnen vorbei gelangt war, würde er ihnen einfach das Schwert in den Rücken rammen und dann genüsslich dabei zusehen, wie sie verbluteten. Eine gerechte Strafe dafür, dass sie einem Bastard dienten, der in der *Subura* groß geworden war.

Die beiden Wachen schienen ihn zu seiner Überraschung stumm zu fixieren. In ihren Gesichtern spiegelte sich keinerlei Regung. Nur einen Augenblick lang befürchtete Licinius, sie könnten ihn sehen. Doch dann dachte er an den magischen *Helm des Pluto* auf seinem Kopf und erinnerte sich an das fassungslose Gesicht von Proculus, als er vor dessen Augen einfach verschwunden war. Mit gezogenem Schwert setzte er seinen Weg fort. Als er auf Armeslänge an die Wächter herangetreten war, zogen sie ihre Schwerter – und bohrten sie ihm ohne jede Warnung in seinen feisten Leib.

»Aber…«, stammelte er noch, ehe ihn der flammende Schmerz ausfüllte und seine Beine kraftlos nachgaben. Ein roter Schleier legte sich vor Licinius Augen. Betrug. Die Göttin hatte ihn *betrogen*. Seine Gemahlin hatte ihn gewarnt. »Die Götter tun, was sie wollen und nicht, worum wir sie bitten«, hatte sie gesagt. Er wünschte jetzt, er hätte auf sie gehört.

Er hustete und wusste, dass es sein rotes Blut war, das er in den Sand spuckte. Er spürte, wie das Leben aus ihm wich. Ein riesiger Schemen tauchte vor seinen brechenden Augen auf. *Psychopompos*, der Seelenbegleiter in die Unterwelt?

»Sei gegrüßt, Quintus Licinius Nobilior«, dröhnte der Schatten mit einer mächtigen Stimme, die jeden Winkel seines Kopfes ausfüllte. »Ich bin Pluto und ich bin gekommen, um dich in meine Unterwelt zu begleiten.«

»Aber ich trug doch deinen Helm, Gott der Unterwelt. Warum konnten die Wachen mich sehen?«

Pluto lachte. »Du hast die falsche Göttin um Hilfe gebeten. *Bellona* ist die Göttin des grausamen und blutigen Kampfes, nicht die Göttin der Intrige und Hinterlist. Sie konnte dir den Helm des Todes zwar beschaffen, aber um ihn zu nutzen, muss sich der Träger seiner *würdig* erweisen.« Klang da Schadenfreude aus der Stimme eines Gottes? Er war nicht mehr als ein Spielball der Götter.

»Wärst du Caesar in einer offenen Feldschlacht entgegengetreten, so hätte dich der Helm den Blicken aller entzogen. Er hätte dich tatsächlich unsichtbar werden lassen. Und dir einen glorreichen Sieg beschert. Doch einen *Feigling* schützt dieser Helm nicht.«

Quintus Licinius Nobilior röchelte. Alle seine Hoffnungen waren zerstört. Er wusste, seine Ehefrau würde – wenngleich unschuldig – als mutmaßliche Mitwisserin des Attentäters öffentlich hingerichtet. Sein gesamter Besitz beschlagnahmt und versteigert. Dazu gehörten auch seine Söhne, Töchter und seine Sklaven. Die Familie des Hochverräters Quintus Licinius Nobilior würde ausgelöscht.

Und während er starb, sah er die Göttin *Bellona* lächeln.

Verhängnis und Fluch
Christel Scheja

Das Römische Reich beginnt, weit über die Grenzen der alten Republik hinauszuwachsen. Eroberungen, Handel und Diplomatie bringen fremde Waren und Ideen in das Reich. Wohl dem, der weiß, was er aus fremden Ländern mit nach Hause gebracht hat!

Christel Scheja
Christel Scheja, geboren 1965 in Solingen, schreibt seit mehr als 30 Jahren. Im Laufe der Zeit entstanden viele Romane, Novellen und Kurzgeschichten, sowie Gedichte, Essays und Artikel, nicht zuletzt auch Illustrationen und Bilder mit phantastischen Motiven. Von 1990 bis 2007 gab sie ihre eigene Magazinreihe »Legendensänger-Edition« heraus, die über 160 Ausgaben umfasste. Ihre Romane »Katzenspuren« und »Das magische Erbe« erschienen beim Heyne-Verlag. Weitere Veröffentlichungen von phantastischen Kurzgeschichten bei Heyne und anderen Verlagen folgten, unter anderem »Der Verfluchte von Tainsbourough Manor« in »Wolfgang Hohlbeins Schattenchroniken: Der ewig dunkle Traum«, mit der sie 2006 den 2. Platz beim Deutschen Phantastikpreis erreichte.

Staub wirbelte hoch, als der zweirädrige Wagen zum Stehen kam. Tribun Marcus Setellus hob eine Hand, um sich den Schweiß von der Stirn zu wischen und die Augen zu beschirmen, damit er im Licht der Mittagssonne besser sehen konnte.

Wenigstens spendeten die Pinien am Wegesrand ein wenig Schatten. Ein lauer Wind ließ die Blätter über ihm rascheln. Marcus atmete tief ein und aus. Ja, das war der Klang der Heimat. Endlich war er wieder zu Hause!

Drei Jahre in den kalten, nebligen Wäldern und der Einöde Dakiens hatten ihn nicht vergessen lassen, wie schön und friedlich es hier war. Weite Felder, auf denen das Korn in voller Reife stand, erstreckten sich vor ihm. Dahinter erhob sich der Weinberg in saftigem Grün. Noch waren die Reben nicht reif. Und hinter der Wegbiegung würde er endlich die Villa sehen können, in der schon Julia und die Kinder auf ihn warteten.

Er griff wieder nach den Zügeln. Oh, wie er sich danach sehnte, seine Frau wieder in die Arme zu schließen. Sein Herz schlug schneller. Wie groß Marcellus und die kleine Julia wohl inzwischen geworden waren? Und würden sie ihren Vater noch wiedererkennen?

Keine noch so ausführlichen Briefe oder Geschenke, die er an Julia geschickt und von ihr erhalten hatte, konnten die Sehnsucht mildern, die er in den endlosen Monaten gefühlt hatte, in denen er in Sarmizegetusa stationiert gewesen war, um die Herrschaft des Kaisers in der jüngst eroberten Provinz zu sichern.

Er hatte seine Pflicht erfüllt, mehrere kleine Aufstände niedergeschlagen, die Steuern eingetrieben, Rebellennester ausgeräuchert und sich auch mit den einheimischen Fürsten und Häuptlingen herumgeschlagen, die niemals das taten, was man von ihnen erwartete und den Verrat mit der Muttermilch aufgesogen zu haben schienen.

Doch in all diesen Jahren waren seine Gedanken immer bei seiner Familie gewesen. Deshalb hatte er sich so kurz wie möglich in Rom aufgehalten, um Trajan Bericht zu erstatten und darauf verzichtet, mit seinen Kampfgefährten die Freuden und Laster der Hauptstadt zu genießen.

Der Kaiser hatte ihm zwei Monate Urlaub gewährt. Und den wollte der Tribun so lange wie möglich auf seinem Landgut und mit der Familie verbringen.

Marcus freute sich schon darauf, ihnen von seinen Erlebnissen zu erzählen, von den barbarischen Bräuchen der Daker, aber auch der wilden Schönheit der Landschaft und der Menschen dort.

Er lächelte, als er an die unheimlichen Geschichten dachte, die ihm sein Leibsklave Atriclos an manchen Abenden erzählt hatte, bevor er überraschend verstorben war – mit Schaum vor dem Mund und irrem Gebrabbel vom Fluch einer Prinzessin. Aber der alte Grieche war schon immer von tiefem Aberglauben erfüllt gewesen, sodass es kein Wunder war, dass ihn eines Tages seine eigene Furcht hinweggerafft hatte.

Auch diese Geschichte wollte er seinem Sohn erzählen und ihn schon früh darauf einstimmen, dass ein wahrer Römer keine Furcht vor den grausigen Wesen aus den Geschichten eines dummen Sklaven haben musste.

Julia würde sicherlich schimpfen, aber der kleine Marcellus war schon vor seiner Abreise ein mutiger Junge gewesen, der sich die Geschichten sicherlich tapfer anhören würde. Inzwischen war er sogar schon acht Jahre alt und damit fast ein Mann.

»Kraaiiiiiuuuu!« Vor Schreck fuhr Marcus zusammen. Ein großer, dunkler Vogel flog kreischend über ihn hinweg. Unwillkürlich riss er an den Zügeln, und hatte daraufhin Mühe, das Pferd vor seinem Wagen zu beruhigen.

Dann überlief ihm ein kalter Schauer, denn nun bemerkte er etwas, was ihm in seiner Freude bisher nicht aufgefallen war: Warum waren die Felder menschenleer? Wo waren die Sklaven, die dort eigentlich ihrer Arbeit nachgehen sollten, bewacht von den Aufsehern? Das Korn stand reif auf dem Acker, aber niemand kümmerte sich darum!

Etwas stimmte hier nicht. Eine dunkle Ahnung stieg in ihm auf, als auch die Villa wie verlassen vor ihm lag ...

Erschüttert blickte Marcus Setellus auf die reglosen Leiber seiner Kinder. Julia barg ihren Kopf an seiner Schulter und klammerte sich an ihn, als habe sie die Furcht, auch ihn zu verlieren.

Nun kannte er den Grund, warum die Arbeit brachlag: Die Sklaven und Diener trauerten mit ihrer Herrin um die Kinder.

Marcus drückte Julia fester an sich, um seiner Verzweiflung Herr zu werden. Wie oft hatte er schon den Tod in den verwüsteten Dörfern und Städten vor Augen gehabt, selbst Männer und Frauen erschlagen, die sich ihm in den Weg stellten, und seine eigenen Soldaten sterben sehen. Das alles gehörte zu dem blutigen Handwerk, das er ausübte, und machte ihm inzwischen nicht mehr viel aus.

Ganz anders nahm er ihn jedoch jetzt beim Anblick seiner Kinder wahr. Nie zuvor war ihm der Tod so grausam und unerbittlich vorgekommen. Marcellus und die kleine Julia sahen aus, als schliefen sie nur. Jemand hatte sie in ihre schönsten Gewänder gehüllt und ihnen die Haare gekämmt. Aber über ihrer Haut lag eine unnatürlich kalkweiße Blässe. »Was ist ... was ist hier geschehen?«, fragte er schließlich mit zitternder Stimme.

Julia hörte auf zu weinen und sah zu ihm auf. »Sie ... ich habe sie gestern Morgen ... genauso leblos gefunden ... in ihren Betten. Ich habe versucht, sie zu wecken, doch sie ... sie waren schon so kalt, so schrecklich kalt! Dann schrie ich um Hilfe und Germanicus ritt sofort hinüber zu Megenus, um seinen griechischen Leibarzt zu holen. Der untersuchte sie sofort, aber er fand keine Wunde, nicht einmal einen Biss.« Sie rang nach Luft. »Dennoch war jeder Tropfen Blut aus ihren Adern verschwunden. Der Grieche wurde blass und schlug Zeichen gegen das Böse. Dann riet er mir, ihre Leiber sofort mit allen Riten zu beerdigen, am besten zu verbrennen, damit der böse Geist, der über sie gekommen sei, nicht länger an diesem Ort Unheil stiften könne ...« Julias Stimme versagte endgültig. Sie verbarg ihren Kopf wieder an seiner Schulter und schluchzte laut.

Marcus senkte den Blick. Das war die einzige Regung, die er sich nach außen hin erlaubte. In seinem Inneren tobte jedoch ein Orkan der Gefühle. Schmerz, Wut, Verzweiflung und die Frage nach dem »Wer?« und dem »Warum?«

Sicher, er hatte schon Männer tot umfallen sehen, aber das war in brütender Hitze und nach langem

Marsch gewesen. Ein Fieber, das die kleinen Körper so schnell erschöpfte und das Blut zersetzte, konnte es so etwas geben? Auch daran mochte er nicht glauben.

Er presste die Lippen aufeinander, als eine brüchige alte Stimme durch seinen Geist hallte und ihn an etwas erinnerte, über das er vor nicht allzu langer Zeit noch spöttisch gelacht hatte, weil er das Ganze nur für die wirren Ideen eines alten Mannes gehalten hatte. Nein, schon gar nicht wollte er an das Wirken böser Geister glauben, denn er hatte als gläubiger Mann immer treu den Göttern gedient, geopfert und war sich sicher, dass die Schatten deshalb sein Haus niemals heimsuchen würden.

Er beschloss, später selbst mit dem Arzt von Megenus zu reden, aber nun war es wichtiger, Julia zu trösten und seiner eigenen Verzweiflung Herr zu werden. Dann mussten sie endlich mit den Begräbnisriten fortfahren, die er unterbrochen hatte.

Er schloss die Augen und vergrub das Gesicht im Haar seiner Frau. Nach all den Jahren in der Fremde hatte er nicht mit einer solch bitteren Begrüßung bei der Heimkehr gerechnet.

Ein kalter Wind fegte in diesem Moment durch das Zimmer. Marcus schauderte. Er fühlte sich an wie ein kalter Hauch aus der Unterwelt.

Endlich war Julia erschöpft eingeschlafen. Marcus saß neben dem Diwan, auf dem seine Frau ruhte und starrte auf die kleinen Statuetten, die den Sims an der Seitenwand zierten und im Dämmerlicht nur schattenhaft zu erkennen waren.

Zwei davon hatte er erst vor einigen Monaten nach Hause geschickt, weil er wusste, dass seine Frau schöne Dinge liebte, um die Villa damit zu schmücken.

Das Weinen und Jammern der Klageweiber hallte noch immer in seinen Kopf nach. Vor allem Fania, die bereits Marcus und seinen Bruder aufgezogen hatte, war gar nicht zu beruhigen gewesen. Immer wieder hatte sie angefangen zu weinen, in ihrer Muttersprache zu wehklagen und wirr zu reden, als wäre das Ende der Welt gekommen.

Genau wie Atriclos war sie im Aberglauben ihrer Heimat gefangen und hatte etwas von Frauen geschwafelt, die von dunklen Göttern dazu verflucht worden waren, Kindern das Leben zu rauben. Ihre schrille, ängstliche Stimme gellte noch deutlich in seinen Ohren, ebenso wie das Prasseln des Feuers, das die kleinen Leiber verzehrt hatte ...

Marcus trank einen Schluck Wein, um seinen trockenen Mund anzufeuchten. Doch der Rebensaft schmeckte bitter und schal. Wie Asche. Aber war das ein Wunder?

Er seufzte und stellte den Pokal beiseite, weil es keinen Sinn hatte, seinen Kummer zu ertränken. Der nächste Morgen würde ohnehin kommen und die bittere Wahrheit würde auf ihn einstürzen. Leise stand er auf, schritt zur Fensteröffnung und stieß die Läden auf, um in die Dunkelheit hinauszustarren.

Das Licht des Mondes bedeckte den niedergebrannten Scheiterhaufen wie ein blasses Leichentuch. Nur an einigen Stellen glomm noch die letzte Glut. Die Natur störte sich nicht an der Trauer der Menschen. Im Gras zirpten Grillen, und Nachttiere raschelten in den Büschen und Bäumen. Das Leben nahm seinen gewohnten Lauf.

Plötzlich schrie in den Zweigen dicht vor dem Fenster eine Eule. Marcus zuckte heftig zusammen. Unwillkürlich griff er an seine Seite – doch das Schwert hatte er längst abgelegt, es ruhte in der Waffenkiste im Schlafgemach. Ihm blieb nichts weiter als der Dolch am Gürtel ...

Im nächsten Augenblick gab er sich einen Ruck. Wut stieg in ihm hoch, als der Verstand über seinen Instinkt siegte und ihn bitter tadelte. Wie konnte er sich nur so von alten Ammenmärchen erschrecken lassen. Und dem wirren Gerede einer alten Frau?

Er drehte sich um und wollte an Julias Seite zurückkehren. Jetzt wollte er einfach nur noch bei ihr sein. Doch im nächsten Moment hielt er im Schritt inne. Seine Gemahlin war nicht mehr allein, denn die schimmernde, durchscheinend wirkende Gestalt einer Frau beugte sich über sie. Geisterhaftes Leuchten ging von einer der Statuetten auf dem Sims über dem Diwan aus.

Marcus riss die Augen auf. Alles was er zuvor über Aberglauben und Märchen gedacht hatte, war vergessen, denn nun konnte er nicht anders, als an die Geschichten seiner alten Sklaven zu glauben. Nur mit Gewalt beherrschte er sich und schreckte nicht zurück. »Bei allen Göttern! Geh von ihr weg!«, schrie er und kam einige Schritte näher. »Lass sie in Ruhe! Wenn du jemanden töten willst, dann nimm mich!« Er breitete die Arme aus, in der einen Hand den Dolch.

Nun erkannte er auch, von welcher Figur auf dem Sims das Leuchten ausging. Er erkannte die zwei Handspannen hohe, filigrane Vogelfigur sofort wieder. Sie stammte aus dem Besitz eines dakischen Häuptlings und gehörte zu den letzten Gaben, die er an Julia und die Kinder gesandt hatte.

Damals hatte er noch über Atriclos' abergläubische Warnungen gelacht. Der Grieche hatte die Statuette erst gar nicht anrühren und schon gar nicht einpacken wollen und immer wieder von einem Fluch gesprochen, von bösen Geistern, die ihr innewohnten. Wenige Tage später hatten andere Sklaven Marcus gerufen, weil sie den alten Mann tot auf dem Boden neben seiner Pritsche gefunden hatten, völlig verkrampft, mit verzerrtem Gesicht, weit aufgerissenen Augen und Schaum vor dem Mund.

»Wenn du gekommen bist, um Rache für dein Volk zu nehmen, dann töte mich!«, fügte der Tribun entschlossen hinzu, während er sich im Stillen verfluchte, dass er seinen Leibsklaven so wenig ernst genommen hatte. Aber nun war es zu spät, sich bei dem alten Mann – und bei seinen Kindern – zu entschuldigen. Er konnte nur noch eines tun.

Er starrte die geisterhafte Erscheinung an, die sich nun aufrichtete und ihn mit einem unergründlichen Lächeln anblickte. Die bleiche Frau trug ein dunkles Gewand, das die Blässe ihrer Glieder und ihres derben Gesichts noch stärker hervorhob.

Rotglühende Augen musterten ihn aufmerksam. Mit einer stolzen Bewegung hob sie ihren Kopf und streifte die wirren dunkelblonden Haare zurück. Ihre wulstigen Lippen verzogen sich zu einem Lächeln. »Rache für mein Volk?«, fragte sie spöttisch. »Ach, du armer dummer Mann – hältst du mich etwa für einen Rachegeist?«, fügte sie belustigt hinzu. »Das wäre sicherlich eine neue Aufgabe für mich.«

»Was bist du dann – etwa eine *Striga*?« Marcus ballte die Fäuste, um sein Zittern zu verbergen. Jetzt spürte er selbst die Geisterfurcht in sich, die Atriclos und Fania immer erfüllt hatte.

Die *Strigen* waren die Seelen verfluchter Frauen, die die Gestalt von Nachtvögeln oder wieder ihre eigene annehmen konnten. Mit Vorliebe fielen sie über Kinder her, tranken ihr Blut und nahmen ihnen so das noch junge Leben.

Marcus schluckte. Nun wusste er, woran Marcellus und die kleine Julia gestorben waren.

Die *Striga* schien seine Gedanken zu deuten. »Ja, ihre Lebenskraft hat mir gemundet und ich hätte gerne noch mehr davon genossen«, lachte sie. »Sie waren weitaus stärker als die Kinder, die ich mir nahm, bevor mich dieser verfluchte illyrische Zauberer gefangen nahm und in die Statue bannte. Ihr Römer scheint doch von einem anderen Schlag zu sein als diese jämmerlichen Barbaren aus den Wäldern rund um das Delta des großen Flusses.« Sie hielt kurz inne und betrachtete ihn nachdenklich. »Ich glaube, wir haben euch zu meiner Zeit unterschätzt. Nun seid ihr Bauern aus Latium also doch die Herren der Welt geworden ...« Langsam schritt sie auf den Römer zu. Der schwere griechische Schmuck an ihren Armen und Ohren klirrte hohl.

Der Tribun starrte sie an. Verzweifelte Wut stieg in ihm auf, während seine Gedanken rasten. Was konnte er tun? Dieses Weib war kein Gegner aus Fleisch und Blut, den er mit bloßen Händen erschlagen konnte. Und er bezweifelte, dass das Eisen seines Dolches viel gegen die Erscheinung ausrichten konnte.

»Nimm den Dank der Prinzessin Kyrenike aus dem Geschlecht der makedonischen Könige für dieses hochherzige Geschenk an, mein stolzer Krieger, denn deine Kinder haben mich aus meinem Gefängnis befreit«, wisperte sie und hob eine Hand, um ihn zu berühren. »Das süße kleine Mädchen hätte sich nicht an dem spitzen Schnabel des Vogels stechen sollen, als sie ihn vom Sims nahm. Ein Blutstropfen genügte, um mich aus dem Bann des Zaubers zu befreien und ihn zu verlassen, ihr ganzes Leben, um mich so stark zu machen, dass ich endlich wieder ganz in irdischen Gefilden wandeln kann. Nun komm – ich will dich belohnen und zu meinem ersten Gefolgsmann machen ...«

War es ihre Stimme, die ihn bannte oder ihre eisige Aura, die ihn streifte? Marcus konnte sich nicht mehr bewegen. Er spürte die Berührung ihrer kalten Finger an seiner Wange. Sie hob den Kopf und öffnete ihren Mund. Marcus sah, wie ihre nadelspitzen Eckzähne aufblitzten ...

Plötzlich jedoch zuckte die *Striga* zurück, als habe sie ein Pfeil oder ein Schwert in den Rücken getroffen. Ein fürchterliches Kreischen entfuhr ihrem Mund, als die Statuette das zweite Mal gegen Stein krachte.

Julia hatte sich unbemerkt vom Diwan erhoben, die Figur mit beiden Händen gepackt und schmetterte sie nun so fest sie konnte gegen die Wand.

»Liebste! Pass auf!« Der Tribun stürzte vor und versuchte die *Striga* festzuhalten, die sich mit wehenden Gewändern umdrehte und auf seine Frau zuschwebte, doch er packte nur in Luft, in einen eisigen Hauch, der seine Haut erbleichen ließ.

Der böse Geist hatte die Römerin fast erreicht, da endlich zerbrach die Statuette in zwei Teile. Klirrend fiel ein Teil zu Boden, aus dem Rest rieselte Asche und bestäubte den Saum von Julias Nachtgewand.

Die *Striga* bäumte sich auf und kreischte ein weiteres Mal. Sie wurde zunehmend durchscheinender, als Julia den Rest der Statue auf ein feines Knochenstück setzte und die Gebeine so gut sie konnte damit zu Staub zermahlte. Ihre Hände formten sich zu Vogelklauen, dann zerfloss ihre Form zu der eines Vogels – eines hässlichen, dunklen Vogels, den Marcus schon einmal gesehen hatte! Damals in jener Nacht, als Atriclos starb. Der hieb in einer letzten Kraftanstrengung noch einmal mit Krallen und Schnabel nach der Römerin.

Dann verschwand er ganz.

Julia atmete heftig ein und aus. Sie ließ den Rest der Statuette fallen und schlug ihre zerschrammten und aus einigen Kratzern blutenden Hände vors Gesicht.

Marcus war sofort an ihrer Seite und umarmte sie erleichtert. »Sie hat meine Kinder ermordet. Ich musste es tun!«, stieß seine Gemahlin aufgewühlt aus. Ihren Leib durchlief ein Zittern, als die Anspannung langsam wich.

Marcus nickte. »Ich weiß«, flüsterte er sanft. »Ich weiß, und ich danke dir.«

Er schob die Reste der Figur und die Asche beiseite. Weitere Knochenstücke wurden sichtbar und damit verstand er nun auch die Geschichte, die ihm Atriclos erst kurz vor seinem Tod erzählt hatte, um zu begründen, warum er die Statuette für einen bösen Fluch gehalten hatte.

Dies also waren die Reste jener makedonischen Prinzessin, die auf der Suche nach dem ewigen Leben einen Pakt mit den thessalischen Hexen und der dunklen Herrin Hekate eingegangen war. Um weit über ihre Zeit hinaus zu leben, hatte sie ihre eigenen

Kinder geschlachtet und ihr Blut getrunken, so wie es die Göttin befohlen hatte.

Doch diese Tat war nicht unentdeckt geblieben. Ihr Gemahl hatte sie auf Geheiß der Göttin Artemis gejagt und schließlich in eine Höhle getrieben, deren Eingang durch eine zornige Geste der jungfräulichen Jägerin eingestürzt war und die Frevlerin in der Dunkelheit eingeschlossen hatte.

Viele Jahre hatte die verfluchte Prinzessin dort verbracht und durch den Pakt mit Hekate doch nicht sterben können. Sie war erst freigekommen, als ein junger einfältiger Schäfer ihren Einflüsterungen und Versprechungen verfiel und sie befreite. Damit hatte ihr Leben als *Striga* begonnen, als dunkler Schatten, der des Nachts in die Hütten gekommen war, um die Lebenskraft der Kinder zu nehmen, bis sie erneut durch das Wirken eines von den Göttern seiner Heimat erwählten Mannes eingesperrt worden war ...

Marcus zertrat auch die restlichen Knochen. Die Gefahr war vorüber, der böse Geist hoffentlich vernichtet, aber was nützte das jetzt noch?

Der Tribun fühlte einen bitteren Geschmack in seinem Mund. Nur ein einziges Mal hätte er auf Atriclos hören und seine Warnungen nicht nur als närrischen Aberglauben abtun sollen. Marcellus und die kleine Julia waren tot und würden niemals wieder zum Leben erwachen. Diese Schuld würde immer auf ihm lasten, denn er hatte die *Striga* in sein Haus geholt und teuer dafür bezahlt.

Was weder Marcus Setellus noch Julia bemerkten, waren die drei Blutstropfen von den zerschundenen Händen der römischen Frau, die auf die Asche und die

Knochen gefallen und dort zu rötlichem Dunst zerstoben waren.

Als das Ehepaar sich in die Arme nahm, erhob sich ein schwacher Nebelstreif von den Überresten und stahl sich wie ein heimlicher Dieb aus dem offenen Fenster davon.

Als dies geschehen war, erklang nicht nur der triumphierende Ruf einer Eule in den Zweigen eines Olivenbaumes ganz in der Nähe der Villa, auch die greisen Lippen Hekates verzogen sich zu einem wissenden Lächeln, ehe sie wieder mit den Schatten der Nacht verschmolz, denn der närrische Krieger hatte einen folgenschweren zweiten Fehler begangen ...

Der Bona Dea Skandal
Jennifer Bruno

Noch herrscht kein Kaiser über das Imperium, doch zehren Machtkämpfe und Intrigen an der alten Republik. In diese Zeit wird ein Abkömmling der mächtigen Julier-Familie geboren, dessen Name noch zweitausend Jahre nach seinem Tod jedem bekannt ist. Schon jetzt zeichnet sich ab, welcher große Weg ihm eines Tages bestimmt sein könnte. Als höchster Priester des Reiches muss er sich jedoch erst einmal den Wohlwillen der Götter sichern.

Jennifer Bruno
Geboren 1970 in Flörsheim a/M, lebt Jennifer Bruno mit ihrem Mann und ihren drei Söhnen in Raunheim. Sie arbeitet als Tagesmutter und schreibt in ihrer Freizeit.

»Habe ich es dir nicht prophezeit, Weib?« Jupiter schaute Juno voller Stolz an. »Caesar zum Pontifex Maximus emporsteigen zu lassen, war eindeutig eine gute Entscheidung. Er erfüllt das Amt des obersten Priesters zu meiner vollsten Zufriedenheit. Er besitzt das Potenzial zu Großem.«

Juno schnaubte wie ein Walross. Dass sie nicht alleine hier auf dem Olymp in der großen Halle standen, war ihr gleichgültig. Auch dass die anderen Götter die Auseinandersetzung mit ihrem Gemahl Jupiter voller Interesse verfolgten. Sie wusste von den Wetten, die abgeschlossen wurden, wenn sie und Jupiter entgegengesetzter Meinung waren. Es war ein beliebter Zeitvertreib unter den Göttern. »Ich bin nach wie vor mit deiner Wahl nicht einverstanden. Caesar ist überheblich, selbstherrlich und ich kann ihm meine Gunst nicht entgegenbringen. Ich finde, Publius Clodius Pulcher wäre nach wie vor eine weitaus bessere Wahl als Pontifex Maximus.«

»Dieser Schönling könnte das Amt nicht halb so gut erfüllen, wie es Caesar tut. Nein ich bleibe dabei, Caesar ist der bessere Mann.«

»Ich verstehe nicht, was du an diesem Sterblichen findest. Er ist ein Ehrgeizling ...«

»Genug«, unterbrach Jupiter sie und ein Donnergrollen lag in der Luft. »Du bist bloß verstimmt, weil Caesar sich entgegen deinen Prognosen als Hohepriester hervorragend entwickelt.«

»Wir werden sehen, ob Caesar in Zukunft sein Amt ausfüllt, oder ob du mit deiner Einschätzung danebenliegst. Immerhin ist er erst seit einem Jahr Pontifex Maximus.«

Jupiters azurblaue Augen verdunkelten sich bedrohlich und nahmen die Farbe von unheilverkündenden Gewitterwolken an. Die Luft um ihn herum begann zu knistern und Blitze zuckten wild darin. Unbeeindruckt von seinem aufkeimenden Zorn verließ Juno die Halle. Sie würde ihm zeigen, wie sehr er sich irrte und wie viel besser Clodius für das Amt geeignet war.

Publius Clodius Pulcher stieg die Marmorstufen des Hauses hinauf und betrat das Vestibül. Mit ausgreifenden Schritten durchmaß er es und gelangte über einen Korridor, der rechts und links von exquisiten Händlerständen gesäumt wurde, in die Eingangshalle. Dort stieß er auf Creusa, die einen Eimer mit Regenwasser aus dem großen steinernen Becken in der Mitte des Atriums füllte. »Ave, Clodius.«

»Salve, Creusa. Ist Fulvia im Hause?«

»Vor ein paar Minuten habe ich sie Richtung Peristylium gehen sehen.«

Clodius nickte der Sklavin kurz zu und setzte seinen Weg fort. Eilig durchquerte er das Atrium und gelangte durch einen kleineren Gang in die Säulenhalle. Ihren Mittelpunkt bildete, zusammen mit einem schön angelegten Ziergarten, ein großer weißer zweistöckiger Marmorbrunnen. Rund um den Garten verlief ein überdachter Gang, angefüllt mit Sitzgelegenheiten und teurem Zierrat. Clodius hatte sich an sein neues Heim noch nicht gewöhnt. Er war erst vor einem Monat, kurz nach der Heirat mit Fulvia, in diese luxuriöse Stadtvilla gezogen.

Auf einer Bank im hinteren Teil des Säulengangs entdeckte er sie, den Blick gedankenverloren auf einen Punkt vor sich gerichtet. Als sie seine Schritte hörte, hob sie den Kopf und ein Lächeln erhellte ihre ebenmäßigen Züge. Ihr zierlicher Körper war in eine knöchellange königsblaue Tunika gehüllt, die mit einem Band unter der Brust geschnürt war und ihre alabasterfarbene Haut besonders gut zur Geltung brachte.

»Clodius.« Fulvia erhob sich und trat einen Schritt auf ihn zu. Das Sonnenlicht verfing sich in ihrem Haar und ließ es wie gesponnenes Gold glänzen. Clodius' Herz setzte einen Schlag aus. Mit schnellen Schritten überwand er die kurze Distanz zwischen ihnen und zog sie in seine Arme. Lachend gab sie ihm einen Kuss.

»Und, konntest du bei Caesar etwas erreichen?«

Er seufzte tief und Fulvia neigte ihren Oberkörper ein Stück nach hinten, um ihm in die Augen zu sehen. Er konnte sich ein Grinsen nicht verkneifen.

»Ach du, machst du dich lustig über mich?«

»Entschuldige, mein Herz, ich konnte nicht widerstehen. Morgen dürftest du von Pompeia eine Einladung für das Fest zu Ehren Bona Deas erhalten.«

»Oh, Clodius, du bist ein Schatz. Du hast keine Ahnung, was das für mich bedeutet.«

»Natürlich weiß ich das. Du hast es mir oft genug gesagt.« Er hauchte ihr einen Kuss auf die Stirn.

»Es wird auch für dich von Vorteil sein«, sagte sie voller Überzeugung.

»Ich glaube kaum. Männer sind zu dem Fest nicht zugelassen«, sagte er und lachte.

»Dummerchen, das ist mir wohl bewusst. Aber es werden dort viele Frauen von einflussreichen Römern sein und es ist die Gelegenheit, Kontakte zu knüpfen."

»Aha, und du meinst, das könnte mir helfen?«

»Selbstverständlich. In der Politik kommt man nur weiter, wenn man die richtigen Verbindungen hat.«

»Ja, leider«, pflichtete er Fulvia bei.

»Wie sieht es mit deiner jüngsten Uneinigkeit aus? Konntest du sie klären?« Fulvia hakte sich bei Clodius ein und gemeinsam schlenderten sie durch den Garten.

»Oh, du meinst meine Meinungsverschiedenheit mit Cicero?«

Fulvia nickte.

»Nun ja, nicht wirklich. Dieser Mann ist so was von … lassen wir das besser. Ich habe keine Lust mich schon wieder über ihn aufzuregen.« Clodius fuhr sich mit der Hand durch sein schwarzes Haar. Womöglich würde sich das nie bereinigen lassen. Cicero war ein sturer Mann und hartnäckig wie ein Bluthund. Nahm er erst einmal Witterung auf, ließ er seine Beute nicht mehr aus dem Visier, bis er sie in eine Ecke gedrängt hatte, um sich in ihr zu verbeißen. Und wie es aussah, war er Ciceros nächstes Opfer. Er hoffte, aus seinem Fokus herauszukommen, ohne großen Schaden zu nehmen.

Juno lief mit schnellen Schritten den Gang entlang. In ihrem Inneren rumorte es. Wie sie es hasste, wenn Jupiter Recht behielt. Und in diesem Fall ganz besonders. Immerhin ging es um Caesar. Diesen aufgeblasenen Gockel. Sie hatte ihn von Anfang an nicht leiden können. Jupiter war auf ihn aufmerksam geworden, als Caesar im zarten Alter von 13 Jahren als Flamen Dialis vorgeschlagen wurde. Jupiter hatte sofort einen Narren an dem Jungen gefressen und ihm gefiel der Gedanke, ihn in dieser Position zu sehen. Aber erst als Caesar ein paar Jahre älter war und verheiratet, durfte er das Amt des ranghöchsten Priesters des Gottes Jupiter antreten. Juno lachte schadenfroh in sich hinein. Sie hatte diesen

Wurm daran gehindert, das Amt des Flamen Dialis auszuführen. Dazu hatte sie den Sterblichen Sulla benutzt. Jupiter war vor Zorn außer sich gewesen. Leider hatte er daraufhin Caesar unterstützt. Und dieser Emporkömmling hatte es tatsächlich zum Pontifex Maximus geschafft. Doch sie würde dafür Sorge tragen, dass er dieses Amt verlor. In ihren Gemächern angelangt, nahm sie einen Spiegel zur Hand, der ihr erlaubte, das Geschehen der Sterblichen zu verfolgen. Mit einer graziösen Geste wischte sie über die silberne Oberfläche und sofort zeigte er das gewünschte Bild. Stumm musterte sie das Szenario in seinem Innern, bevor sie ihn zur Seite legte. In Gedanken ging sie verschiedene Varianten durch, die dazu führen sollten, ihren Wunschkandidaten Clodius zum Pontifex Maximus zu ernennen. Plötzlich trat ein verschlagenes Lächeln auf ihre Lippen. Oh, die Idee war brillant. Das würde Gaius Julius Caesar lächerlich machen und sie würde beweisen, dass Jupiter sich irrte. Vielleicht ließ er dann endlich von dem Sterblichen ab. Kurz kam ihr der Gedanke in den Sinn, dass Vesta von ihrem Vorhaben nicht begeistert sein würde. Sie verbannte ihn. Was sollte Vesta schon gegen sie ausrichten? Nichts. Juno zuckte mit den Schultern. Dann nahm sie erneut den Spiegel zur Hand und konzentrierte sich auf Vestas Tempel. Sie entdeckte eine junge Vestalin, die soeben Holz für das heilige Herdfeuer brachte. Das war die perfekte Kandidatin. Mühelos schlüpfte Juno in den Körper der Priesterin. Sofort eilte sie in das Haus, das die Vestalinnen gemeinsam bewohnten. Zunächst ging sie in den Garten und sammelte ein paar Kräuter. Mit einem zufriedenen Lächeln suchte sie die Küche auf. Auf einem der Tische fand sie einen bronzenen Mörser mit Stößel. Sie schaute sich noch einmal verstohlen um, bevor sie aus den Falten ihres Gewandes das Bündel Kräuter hervorholte. Behutsam begann sie, die Blätter von den Stängeln zu brechen und gab sie in den Mörser. Nachdem das letzte Blatt darin verschwunden war, nahm sie den Stößel zur Hand. Mit ruhigen, gleichmäßigen Bewegungen verarbeitete sie die Blätter zu einer breiartigen Masse. Ein intensiver Kräutergeruch erfüllte den Raum und stieg ihr in der Nase. Vorsichtig füllte sie den grünen Brei in einen Krug und goss ihn mit Rotwein auf, dabei webte sie mit leisen Worten einen Zauber. Während sie das Ganze eine Zeit lang ruhen ließ, lief sie ungeduldig auf und ab. Schließlich filterte sie die Flüssigkeit über einem groben Leinentuch ab. Mit dem Weinelixier verließ sie wenig später ungesehen das Haus. Ihr Zielort lag nicht weit entfernt. Sie stieg die Stufen der Villa empor und gelangte in ein Vestibül. Ohne Zögern steuerte Juno auf eine der dort postierten Wachen zu. »Ich bringe ein Geschenk für Caesar.«

»Warte hier«, befahl der Wächter knapp und verschwand, um kurz darauf in Begleitung von Caesars persönlichem Sklaven Terpnus zu erscheinen. »Ave, Claudia. Welch unerwartetes Vergnügen, dich so kurz hintereinander zu sehen«, grüßte er.

»Salve, Terpnus.«

»Ich hörte, du hast eine Gabe für Caesar?«

»Ja, einen ganz besonders erlesenen Wein. Ich habe Caesar versprochen, ihn heute vorbeizubringen.«

Ein bedauernder Ausdruck breitete sich auf Terpnus Gesicht aus. »Im Moment ist es ungünstig. Caesar hat Gäste. Wenn du warten möchtest?«

»Nein, ich muss ihm den Wein nicht persönlich überreichen. Sorge nur dafür, dass er ihn zum Essen bekommt, so wie ich es ihm gestern versprochen habe. Ich möchte Caesar gegenüber nicht wortbrüchig werden.« Mit einem Lächeln überreichte sie Terpnus den Krug.

»Selbstverständlich, du kannst dich auf mich verlassen«, antwortete er.

»Ich danke dir, Terpnus.« Zufrieden wandte sich Juno um und verließ das Vestibül. Noch während sie die Treppe hinabstieg, verließ sie den Körper der Vestalin Claudia.

Zurück in ihren Gemächern, ließ sich Juno lachend in einem Sessel nieder. Das Spiel hatte begonnen und diesmal würde sie daraus als Siegerin hervorgehen.

Überrascht schaute Jupiter von seiner Tätigkeit auf. Vesta kam in die Götterhalle gestürmt wie ein Orkan. Vor ihm blieb sie stehen und stemmte die Hände in die Taille. »Juno hat eine meiner Priesterinnen manipuliert«, fauchte sie.

»Juno hat was?«

»Eine meiner Vestalinnen für ihre Zwecke missbraucht.«

»Juno hat eigene Priesterinnen, warum sollte sie eine von deinen beeinflussen wollen?«

»Woher soll ich das wissen? Mach ihr gefälligst klar, dass sie in Zukunft Abstand von meinen Vestalinnen halten soll«, zischte Vesta und fegte wutschnaubend aus der Halle.

Seufzend schaute Jupiter der Göttin nach. Was für ein Tumult. Seine Gemahlin konnte es bei ihrem Ränkeschmieden nicht lassen, andere mit hineinzuziehen.

Was hatte sie damit bezwecken wollen? Jupiter ging tief in Gedanken versunken auf und ab. Warum eine Vestalin? Plötzlich verhielt er mitten im Schritt. Natürlich! Die Vestalinnen standen in direktem Kontakt mit Caesar. Sein holdes Weib versuchte, das Geschehen zu ihren Gunsten zu manipulieren. Nicht mit ihm. Er würde mitspielen und Juno schlagen. Voller Vorfreude rieb er sich die Hände. Ein gutes Spiel wusste er zu schätzen. Es war ein schöner Zeitvertreib und er liebte die Herausforderung. Jetzt war es an der Zeit, seinen Zug zu machen.

Clodius lag auf einer Liege im Esssaal. Ihm gegenüber lehnte Caesar, auf einen Ellenbogen gestützt, entspannt auf der Liege und musterte ihn aufmerksam. Unbehaglich rutschte Clodius ein Stückchen nach oben. Irgendwie hatte er das Gefühl, Caesar sähe ihn heute zum ersten Mal. Wenn er nur wüsste, weshalb er ihn hergebeten hatte. Ihm wollte kein Grund einfallen.

»Du kennst Marcus Tullius Cicero recht gut.« Ohne Umschweife kam Caesar gleich auf das Thema zu sprechen.

»Naja, was heißt kennen?«

»Ich weiß, dass du für ihn eine Zeit lang als Leibwächter tätig warst«, sagte Caesar.

»Ja, das stimmt. Doch kann ich dir nicht viel über ihn erzählen«, erwiderte Clodius.

Caesar schnaufte. »Keine Sorge, ich will dich nicht aushorchen, sondern lediglich eine Einschätzung seiner Person.«

Clodius wartete mit der Antwort, bis Terpnus, Caesars bevorzugter Sklave seit geraumer Zeit, mit dem Einschenken des Weines fertig war.

»Wankelmütig. Aber er besitzt politischen Einfluss.«
Caesar nickte.
»Warum fragst du?«
»Ich überlege, eine Allianz mit ihm einzugehen.« Bei diesen Worten beugte sich Caesar nach vorne und nahm den Kelch mit Wein zur Hand. Da er offensichtlich darauf wartete, dass Clodius es ihm gleichtat, nahm er seinen ebenfalls zur Hand. Er nahm einen tiefen Zug und stellte den Becher zurück auf den Tisch.
»Wenn du mich jetzt entschuldigst. Ich muss mich um die Vorbereitung der Festlichkeit heute Abend kümmern«, sagte Caesar und drehte den Becher in der Hand.
Sofort erhob sich Clodius von der Liege. »Selbstverständlich«, sagte er und verabschiedete sich von seinem Gastgeber. Nachdenklich machte er sich auf den Heimweg. Caesar war ihm heute reichlich merkwürdig vorgekommen. Irgendwie fremd. Nun ja, vielleicht lag es daran, dass er mit seinen Gedanken bei der Ausrichtung für das Fest zu Ehren Bona Deas heute Abend war. Es war immerhin das erste Mal, dass es in Caesars Haus stattfand. Aber warum hatte er ihn heute rufen lassen, um über Cicero zu sprechen? An einem der folgenden Tage wäre es noch früh genug gewesen. Clodius schüttelte den Kopf. Er musste es nicht verstehen. Plötzlich erfasste ihn eine starke Müdigkeit und ließ seinen Blick verschwimmen. Er fuhr sich mit einer Hand über die Augen. Als er sein Haus erreichte, ging er direkt in sein Schlafgemach. Fulvia würde sowieso damit beschäftigt sein, sich für heute Abend zurechtzumachen. Also konnte er die Zeit nutzen, um sich ein kurzes Schläfchen zu genehmigen. Sein Körper

hatte kaum die Matratze berührt, da schlief er auch schon ein. Wirre Träume beherrschten seinen Schlaf.

Dunkelheit erfüllte den Raum, als er erwachte. Benommen erhob er sich und zündete ein Licht an. Mit beiden Händen fuhr er sich durch die Haare und anschließend über die Augen, um die restliche Benommenheit zu vertreiben. Er hatte länger gelegen als beabsichtigt. Fulvia musste bereits fort sein. Bona Dea. Der Name füllte ihn allmählich aus. Erweckte eine Sehnsucht in ihm. Winzig anfangs. Doch rasend schnell heranwachsend. Bis nichts anderes mehr übrig blieb, als das dringende Bedürfnis, auf Bona Deas Feier zu gehen. Aber wie sollte er es anstellen? Männern war es strikt verboten. Unruhig lief er in seinem Schlafgemach umher. Je mehr Zeit verstrich, umso stärker wurde der Wunsch. Bis Clodius schließlich von ihm beherrscht wurde und keinen andern Gedanken mehr zuließ. Eine Idee formte sich in seinem Kopf und nahm immer klarere Züge an. Das könnte gelingen. Mit schnellen Schritten ging er zu Fulvias Truhe und suchte nach einem passenden Kleid. Den Göttern sei Dank war er nicht viel größer als seine Frau und von schmaler Statur, weshalb er schnell fündig wurde. Er schlüpfte in das Gewand und drapierte eine passende Palla um die Schultern. Kritisch betrachtete er sich im Spiegel. Etwas fehlte noch, er wirkte noch viel zu männlich. Sein Blick schweifte über die kleinen Tiegel auf dem Tischchen. Er hatte Fulvia oft dabei zugesehen, wenn sie sich morgens zurecht machte, was ihm jetzt sehr gelegen kam. Sorgfältig puderte Clodius sein Gesicht. Der Lidstrich bereitete ihm ein wenig Schwierigkeiten, doch letztendlich schaffte er es seine Augen schwarz zu umrahmen und ein wenig von dem grünen Lidschatten aufzutragen. Zu guter Letzt tupfte er noch rote Farbe auf die Lippen. Eine Perlenkette rundete das Bild ab. Zufrieden mit dem Ergebnis verließ er das Haus. Er eilte durch die Gassen und gelangte schließlich zu Caesars Villa. Zwei Wachen standen vor der Tür. Wie sollte er an ihnen vorbeigelangen? Vielleicht sollte er einfach aufgeben. Sofort stellte sich ein ziehender Schmerz in seinem Inneren ein. Nein, er musste da hinein. Sein Leben hing davon ab. Eine Gruppe Frauen lief an ihm vorbei und steuerte auf den Eingang zu. Er zog sich die Palla etwas tiefer ins Gesicht, senkte ein wenig den Kopf und schloss sich ihnen an.

»Halt! Wer seid ihr?«, fragte eine der Wachen.

»Ich bin Tertulla, Frau von Marcus Licinius Crassus. Und das sind meine Begleiterinnen.«

Die Wache trat beiseite und ließ sie eintreten. Genugtuung erfüllte Clodius. Er hatte es geschafft, ins Innere des Hauses zu gelangen. Unauffällig löste er sich von der Frauengruppe und ging ein Stück abseits in einen Gang hinein. Jetzt musste er nur noch die Göttin finden, dann würde es ihm wieder gutgehen. Er lief den Flur entlang und bog um eine Ecke, dabei wäre er beinahe mit einer Sklavin zusammengestoßen.

»Entschuldige«, sagte sie. »Hast du dich verlaufen? Soll ich dich zurück in den Saal bringen?« Abwartend blickte sie ihn an.

Clodius schluckte nervös. Was sollte er tun? »Ja danke«, antwortete er schließlich. Ein Fehler, wie er sofort feststellte. Die Augen der Sklavin weiteten sich und sie starrte ihn ein paar Sekunden mit offenem Mund an. Verdammt, er musste hier verschwinden.

Noch bevor er sich umdrehen konnte, schrie die Sklavin bereits aus Leibeskräften nach den Wachen.

Donnerndes Gelächter hallte durch die große Götterhalle. Jupiter wischte sich die Tränen aus den Augenwinkeln. Juno hingegen schien nicht belustigt zu sein. Im Gegenteil. Ihre Miene war grimmig verzogen.

»Das nenne ich einen Einfall. Glückwunsch, Juno. Du hast innerhalb kürzester Zeit nicht nur Vesta verstimmt, sondern auch Bona Dea erzürnt. Trotz allem fand ich deinen Schachzug sehr amüsant.« Weitere Lachtränen sammelten sich in seinen Augenwinkeln und liefen ihm über die Wangen.

»Ich kann das nicht lustig finden. Es ist ein Skandal. Eine Entehrung meiner Person«, mischte sich Bona Dea wütend ein.

Jupiter wurde ernst. »Ja, da hast du recht und Juno wird sich gebührend bei dir entschuldigen. Nicht wahr, Juno?«, wandte er sich an sein Weib.

»Es tut mir leid, Bona Dea. Ich stehe in deiner Schuld und ich werde sie begleichen.«

Das schien die Göttin ein wenig zu besänftigen.

»Weißt du, Juno, ich muss dir sogar dankbar für deinen Einfall sein. Damit kann ich Caesar in einer Angelegenheit helfen, über die ich mir schon eine Weile den Kopf zerbrochen habe«, sagte Jupiter.

Juno fauchte: »Nicht genug, dass du Clodius lächerlich gemacht hast, du benutzt ihn auch noch.«

»Du hast dir das ausgedacht. Ich habe nur dafür gesorgt, dass es nicht Caesar trifft.«

»Musstest du das Gerücht verbreiten, Clodius habe versucht, Pompeia für ein Schäferstündchen aufzusuchen?«

»Nun, wie ich schon sagte. Dein ganzes Manöver diente mir vorzüglich. Jetzt kann ich Caesars Wunsch, sich scheiden zu lassen, erfüllen. Ich würde sagen, dieses Spiel habe eindeutig ich gewonnen. Caesar ist immer noch Pontifex Maximus und zudem auch sein Weib los. Dein Kandidat hingegen wird nach diesem Skandal niemals Hohepriester.«

»Es ist noch nicht vorbei. Caesar wird fallen.«

»Ich bin jederzeit zu einer weiteren Partie bereit«, sagte Jupiter süffisant.

»Die du verlieren wirst«, zischte Juno und stürmte davon.

Er schickte ihr sein Lachen hinterher. Vorfreude erfüllte ihn. Nichts ging über ein gutes Spiel.

Götterruf
Christine Sinnwell-Backes

Die Griechen nennen sie Keltoi, die Römer Gallier. Sie sind die Bewohner der Länder jenseits der Alpen. Unzivilisierte Barbaren, die in den Wäldern leben? Nein, schon zu Beginn der Römischen Republik bauen sie Städte an Handelsstraßen und tauschen Salz, Kunsthandwerk, Felle und Bernstein gegen die Luxusgüter des Südens. Zur Zeit der ersten römischen Kaiser hat die keltische Kultur ihre letzte Hochzeit jedoch bereits überdauert und die kampferprobten Stämme sehen sich einer Bedrohung ungeahnter Größe entgegen: Das Imperium wächst und vergrößert seinen Einfluss weit über die Grenzen Italias hinaus.

Christine Sinnwell-Backes
Christine Sinnwell-Backes, Jahrgang 1979, lebt mit Mann und Kind in einem kleinen Ort im Saarland. Nach einem Germanistik- und Geographiestudium arbeitet sie heute an einer Schule. Seit Jahren schreibt sie Gedichte, Gedanken und Geschichten. Genauso gerne wie selbst zu schreiben, versucht sie immer wieder, auch Kinder und Jugendliche fürs Schreiben und für die Welt der Worte zu begeistern. Deshalb hat sie sich vor Jahren einen Traum erfüllt und die Lese- und Schreibwerkstatt für kleine und große Leseratten gegründet.

Warmer Wind umweht sie. Warm: ihre Hände, ihre Haut, ihr Herz. Ihre Augen blicken in eine Welt, die nur sie sieht. »Belenus.« Ihre Stimme flüstert, fast zärtlich, seinen Namen. »Belenus!« Zahllose Kehlen stimmen in ihren Gesang ein. Vereinen sich mit ihr zu einem an- und abschwellenden, tief klingenden Lied. Trommeln schlagen mit ihrem Herzen um die Wette. Dumpf und langsam. Schlag um Schlag. »Belenus!« Auch ihre Stimme ist nun laut. Vergessen die Hitze. Vergessen die Menschen. Nur sie und er. Belenus.

Wie lange sie schon ruft und singt, flüstert und wispert? Sie weiß es nicht. Die Feuer brennen lodernd und heiß. Die Flammen umtanzen sie und auch sie beginnt sich mit leichten Schritten zu wiegen. Ihre Füße federn auf dem weichen Waldboden. Knackend brechen trockene Zweige unter ihren Schritten. Die Nacht ist schwül. Die Sonne – in diesem Jahr brennt sie gnadenlos auf die Felder nieder. Die Halme des Weizens sind klein und verkümmert. Der Boden trocken und staubig.

Ihr Stamm fürchtet sich mit jedem Tag ein Stück mehr. Was, wenn die Ernte verdorrt? Was, wenn die Wiesen weiter vertrocknen? Das Vieh hat kaum genug Futter in diesem Sommer, der so heiß und so anders ist als die Sommer vor ihm.

»Belenus!« Nun sind es laute Schreie, die die Nacht erfüllen. Laut und fordernd. Verzweifelt. Hoffend. Tanzende schweißnasse Leiber, stampfende Füße, fliegende Haare, die sich immer schneller und wilder um die Flammen drehen. Mitten in diesem Wirbel aus Farben und Gerüchen ist sie nur ein weiterer wirbelnder Funke. Auch sie schreit nun seinen Namen, schreit ihn und gibt all ihre Kraft in den Ruf.

Auf dem Höhepunkt ihres Schreies züngeln die Flammen plötzlich hoch in die Luft. Die Menge atmet zischend ein, hält erwartungsvoll die Luft an. Dann bricht das Feuer in sich zusammen. Nur noch die Glut bleibt zurück und die Hitze der Nacht legt sich erdrückend über die heißen Leiber.

Enttäuschung steht in den Gesichtern geschrieben. Enttäuschung und Angst. Hat der Leuchtende sie verlassen?

»Rabenhaar.« Ein düsteres Gesicht schiebt sich in ihr Blickfeld, weinsaurer Atem schlägt ihr entgegen und raubt ihr die Luft. »Du stehst ihm am Nächsten. Sag, warum lässt ER uns im Stich?« Sie blickt in die blauen Augen ihres Gegenübers, die in der schwachen Glut fast schwarz wirken. Vorsichtig zuckt sie die Schultern. Was soll sie ihm, was soll sie all den anderen sagen, die sie nun schweigend anschauen? Eine beklemmende Stille hat sich über die Versammlung gelegt, die nach der rituellen Anrufung umso schwerer wiegt. Ihre Unsicherheit verbirgt sie hinter ihrem aufrechten Stand. Starr steht sie vor ihnen, spürt, wie sämtliche Augenpaare nun auf sie gerichtet sind. »Belenus hat heute wieder nicht zu uns gesprochen.«

Sie versucht ihre eigene Verzweiflung zu verdrängen. Eine Verzweiflung, die ihr Herz lähmt, die es ihr fast unmöglich macht, die Luft für die nächsten Worte aus ihren Lungen zu pressen. »Er prüft seine treuen Diener. Wir müssen beten und ...«

Eine herrische Stimme unterbricht sie: »Endlich opfern!«

Wie eine dunkle Wolkendecke legen sich die Worte über die Menschenmenge. Noch vor wenigen Wochen hätten die Menschen bei diesen Worten an Tonkrüge voller Quellwasser, Schalen gefüllt mit Obst und vielleicht der Schlachtung einer Henne gedacht. Die wenigen im Dorf, die es sich erlauben konnten, hätten einige silberglänzende Denare geopfert, geprägt mit dem Antlitz des fernen Imperators Caesar, der im Osten Krieg gegen die Helvetier führt. Doch nun blitzt ein gefährliches Funkeln in manchem Augenpaar auf. Unwillkürlich fährt sie sich mit ihrer Hand an den schweren, goldenen Reif, der ihren zarten Hals umschließt. So, als könnte sie das Opfermesser spüren. Dabei wäre natürlich nicht sie das Opfer. Sie wäre der Wille der Götter, das ausführende Werkzeug. Ihre Hand sollte die Klinge führen und ein Leben löschen, um das so vieler zu schützen.

»Nein!« Unwillkürlich entweicht ihr der Schrei. »Nicht das. Wir werden beten und fasten.«

»Fasten? Priesterin, wir tun seit Wochen nichts anderes. Selbst wenn wir es anders wollten, wo soll die Nahrung herkommen, die unsere Mägen wieder einmal satt macht? Die Getreidekammern sind leer. Das Obst verdorrt an den Bäumen und die Beeren vertrocknen an den Sträuchern. Unsere Kinder weinen sich nachts in den Schlaf. Wie lange sollen wir noch beten und ja, nennen wir es ruhig *fasten*?«

Unmut spiegelt sich nun in vielen Gesichtern wider. Die Worte sind wahr, viel zu wahr. Sie blickt in die ausgemergelten Gesichter ihres Stammes. Die Augen der Krieger sind müde. Den Kampf gegen den Hunger können sie mit ihren Schwertern und Speeren nicht gewinnen. Und Ehre gibt es auf diesem Schlachtfeld auch nicht zu gewinnen.

Befehlsgewohnt spricht die Stimme weiter: »Wir haben schon viel zu lange gewartet. Ich sage, dass es Zeit

für das Opfer ist. Und du weißt, dass ich Recht habe.«
Herausfordernd schiebt die blonde Fürstentochter ihr
Kinn vor. Eine Geste, die noch deutlicher als ihre
Stimme aussagt, dass sie Widerworte nicht gewohnt
ist. Und die Menge wartet immer noch auf ihre Antwort. Ungeduldiger nun.

»Der volle Mond wird in wenigen Nächten über uns
stehen.« Ihre Stimme droht zu brechen. »Wenn der
Regen bis dahin noch nicht eingesetzt hat, werden wir
das Opfer darbringen und Belenus um seine Gunst anflehen.« Abrupt wendet sie sich ab und verschwindet
auf dem schmalen Pfad, der sich kaum sichtbar zwischen den hohen Bäumen durchschlängelt.

Schweißgebadet fährt sie Stunden später aus ihren
Träumen hoch. Verstohlen wischt sie sich einen Strohhalm, der sich in ihre dunklen Zöpfe verirrt hat, fort.
Dabei schwebt eine schwarze Feder sachte nach unten.
Kaum auszumachen in der Dunkelheit der Nacht,
streift sie ihren nackten Arm und bleibt dann in ihrem
Schoß liegen. Ihr Körper beginnt trotz der Schwüle,
die in der Enge der Strohhütte herrscht, zu zittern. Ihre
Brust fühlt sich an, als ob ein Vogel darin gefangen
wäre, der verzweifelt um sein Leben flattert. ER war
da, ist es vielleicht jetzt gerade auch noch. Beobachtet
sie, leise und abwartend. Sie gehört ihm. Belenus hat
sie gezeichnet, hat sie mit seinen Gaben beschenkt.
Nun fordert er seine Gunst zurück.

Und doch... Sie kann das Opfer nicht durchführen.
Einen Menschen töten. Ihn töten. Tränen schießen ihr
in die Augen, die sie mit einer zornigen Geste wegwischt. Ein Leben für viele. Sein Leben für viele. Und
doch bedeutet ihr dieses eine Leben so viel mehr als

das der anderen. Ist sie dem Rabengott deshalb untreu geworden? Straft er ihren Stamm wegen ihres Treuebruchs? Er wird sie nicht teilen, nicht freigeben. Die Gunst der Götter verlangt einen hohen Preis. In der Einsamkeit der Nacht erfüllen sie diese Gedanken mit tiefer Verzweiflung. Der Schlaf wird in dieser Nacht nicht mehr zu ihr kommen, das spürt sie deutlich. Leise tritt sie aus ihrer Hütte, betrachtet den zunehmenden Mond, der in dieser Nacht zu ihrem Feind geworden ist. Mit jedem Stück, das er zunimmt, wird er seinen Tod näher herbeibringen. Einen Tod durch ihre Hand. Nein. Sie zwingt sich, nicht daran zu denken. Unbeabsichtigt haben ihre Füße längst den Weg zu ihm eingeschlagen. Ihm, dem Fremden, der ihr schon längst nicht mehr fremd ist. Am Ziel angekommen, lässt sie sich auf den Boden sinken. Ist er wach? Im Dunkel der Grube kann sie kaum etwas erkennen. Sie flüstert. Haucht seinen Namen. Ein helles Funkeln zeigt ihr, dass er wach ist und sie von unten herauf ansieht. Er, der Fremde, der ihr doch gleichzeitig vertrauter erscheint, als all die Fremden, die sie ihren Stamm nennt.

Er flüstert ihren Namen, sie seinen. Ihre Hände verschränken sich durch das Gittergeflecht, das ihn in seiner Grube gefangen hält.

»Du hast geweint.« Seine ruhige Stimme lässt ihre Tränen erneut fließen. Stumm sieht er sie an. »Die Zeit ist also gekommen. Sie wollen meinen Tod.«

Sie nickt.

»Wann?« Die Angst, die er ihr nicht zeigen will, lässt seine Stimme rauer erscheinen.

Sie sagt es ihm. »Du musst fliehen!«, fleht sie ihn an.

»Und dann? Du siehst, wohin mich mein letzter Fluchtversuch gebracht hat.« Er deutet auf das enge Loch, das seit zwei Wochen sein Kerker ist. Zu diesem Zeitpunkt begannen sie zu ahnen, wohin die Verzweiflung die Menschen führen konnte und ersannen seinen Fluchtplan. Wenn alles gut gegangen wäre, wäre er längst in Sicherheit, auf dem Weg zu seinem Volk. *Und ich wäre jetzt wieder alleine.* Der Gedanke durchzuckt sie kurz, bevor ihr bewusst wird, wie grausam das klingt. Natürlich wäre sie alleine, so wie sie es seit jeher war. Im Wald aufgelesen vom alten Seher des Stammes, hatte der Rabengott sie bereits als Kind für sich beansprucht. Geachtet, aber nicht geliebt wurde sie von den Menschen des Dorfes. Zu fremd, zu dunkel zwischen den hellen, blonden Köpfen der anderen war sie. Zu seltsam, ihre Gabe mit den Raben zu sprechen. Deren kehlige Schreie zu verstehen. Die Schreie, die es auch waren, die seine Flucht vereitelt hatten. Die den Männern des Stammes zeigten, wo sie nach dem Fremden suchen mussten, der bis dahin ein Gast war und nun zum Gefangenen geworden war.

Ihre Gedanken kehren zurück. Sie drückt seine Hand mit all ihrer Kraft. »Ich besorge dir ein Pferd. Wenn du hierbleibst, stirbst du auf jeden Fall.«

Unwillig schüttelt er den Kopf. »Sie werden wissen, dass du es warst, die mir zur Flucht verholfen hat. Und ihr Zorn wird sich gegen dich richten. Das lasse ich nicht zu.«

Die Entschlossenheit in seiner Stimme bringt sie zum Verstummen. Sie weiß, dass sie verloren hat. Verloren ist. Was, wenn sie mit ihm gemeinsam wegliefe? Doch ER würde sie überall finden. Keine Sicherheit gäbe es für sie. Unendliche Verzweiflung senkt sich über sie. Erst als die ersten Strahlen der Sonne auf sie fallen, huscht sie verstohlen zurück in ihre Hütte. Verfolgt vom kalten Blick des Raben, der sie die ganze Nacht beobachtet hat.

Die folgenden Tage sind die schrecklichsten ihres Lebens. Das stete Zunehmen des Mondes raubt ihre Lebenskraft. Sie taumelt durch die Tage. Die Zeit scheint in manchen Momenten still zu stehen, dann wieder rasen die Stunden an ihr vorbei. Jeder Moment bringt seinen Tod näher zu ihr. Hilflos ist sie an das harte Los des Alltags gefesselt. Zwischen dem Versorgen der Tiere, dem Zubereiten der Mahlzeiten und der mühsamen Beschaffung von Wasser aus der Quelle im Wald stiehlt sie sich kostbare Momente mit ihm.

Das Gefühl beobachtet zu werden lässt sie nervös werden. Einen der wertvollen Tontöpfe hat sie bereits zerbrochen. Der helle Gott hat kein Erbarmen mit den Menschen. Tag für Tag senkt die Sonne ihre Kraft und Hitze über die Menschen nieder. Keine Wolke zeigt sich am Himmel. Die Stimmung im Dorf hat sich ebenfalls gefährlich erhitzt. Ein falsches Wort und schon fliegen die Fäuste der Männer. Mütter schelten ihre Kinder wegen kleinster Vergehen und Nachbarn streiten sich um die letzten Wasserreserven in den fast trockenen Brunnen. Unter der alten Eiche im Wald türmen sich die Opfergaben. Jeder gibt, was er noch irgendwie verschmerzen kann. Doch der Himmel bleibt klar und verwehrt der Erde den so dringend benötigten Regen.

Dann hat der Mond seine Vollendung erreicht.

Bereits als sie die rituellen Gewänder in der abendlichen Dämmerung anlegt, weiß sie, dass sie es nicht tun kann. Sie wird das Opfer nicht darbringen können und hofft verzweifelt auf ein Wunder.

»Belenus, habe Mitleid mit mir. Mit uns.« Ihre Lippen sprechen stumm zu ihm. »Bestrafe nicht sie, wenn du mich strafen willst. Ich werde ihn nie wiedersehen. Werde nur noch dir gehören. Aber verschone ihn. Schenk uns deine Gnade.« Immer wieder murmelt sie diese und ähnliche Worte, auch dann noch, als sie am Heiligtum angekommen ist.

Leise Gesänge wogen ihr entgegen. Die Menge ist zu einer schwarzen, undefinierbaren Masse geworden. Die Einzelnen nimmt sie nicht wahr, hat nur Augen für ihn. Betäubt liegt er auf dem steinernen Altar. Gefangen in drogenverzerrten Träumen. Wehrlos der betäubenden Wirkung eines Trankes ausgeliefert.

Als sie ankommt, erstarrt die Menschenmasse ehrfurchtsvoll. »Die Priesterin ist da.« Murmelnd setzt sich der dumpfe Gesang fort. Sie schaut sich panisch um. Was soll sie tun? Ihr Blick bleibt auf den ausladenden Ästen der heiligen Eiche hängen. Da sitzt er. Beobachtet sie. Fast vermeint sie ein hämisches Funkeln in seinen nachtschwarzen Rabenaugen zu erkennen. Er ist gekommen um sie zu verhöhnen. Um sie zu ermahnen, dass sie sein ist. *Nichts als ein Spielzeug der Götter bin ich.* Bitterkeit steigt in ihr hoch. Anbeten durfte sie ihn, seine Nachrichten an die Menschen überbringen durfte sie, ihm Opfer darbringen durfte sie. Aber ein eigenes Leben? Ein kleines Stückchen Freiheit?

Als der Fremde in ihr Dorf gekommen war, hatte sie zum ersten Mal gespürt, dass es nicht nur Pflichterfüllung gab. Dass auch sie ein Anrecht darauf hatte, gemocht zu werden, zu einem Menschen zu gehören. Und nun wollte er ihr diesen kurzen Moment des Glücks so bitter vergällen? Hass auf ihn und seinesgleichen steigen in ihr auf. Sie schleudert ihm ihre Gedanken entgegen. »Ich werde deinen Willen nicht erfüllen. Ich gehöre dir nicht. Such dir ein anderes Spielzeug!«

Schwarz wird es mit einem Mal um sie, als sich sein aufgebrachter Geist in ihren Körper zwängt. Die Welt um sie herum versinkt, als sich der tobende Gott in ihr ausbreitet.

Als sie wieder zu sich kommt, auftaucht aus der Finsternis, in die sie der Gott gestoßen hat, fällt ihr Blick auf ihre Hände. Ihre Hände, die ein Messer umklammert halten. Blut an seiner Spitze. Blutspritzer auf ihrer Haut, ihrem hellen Gewand.

Ein unmenschlicher Schrei entfährt ihr, als sie ihn vor sich liegen sieht. Seine Kehle eine klaffende Wunde, aus der das Leben unablässig rinnt. Sie sinkt zu Boden, umfasst die Hände. Kalt, viel zu kalt. Ein Laut, ähnlich einem wimmernden Tier, erfüllt ihre Ohren. Sie blickt sich suchend um, sieht die Gesichter, die interessiert, neugierig, verächtlich, mitleidig auf sie hinabblicken. Merkt, dass das Wimmern aus ihrer eigenen Kehle stammt. Schaut wieder auf ihn, sein Blick fängt den ihren noch einmal auf und bricht.

Dunkle Wolken schieben sich vor den Mond. Die Nacht wird dunkel und still. Kein Laut ist mehr zu hören, als sie sich aufrichtet. »Belenus!« Sie speit seinen Namen aus, wie eine verdorbene Speise. „»Du hast deinen Willen bekommen! Bist du nun zufrieden mit deinem Volk? Mit deiner Dienerin?« Ein fernes Donnern lässt die Menschen ängstlich zusammenzucken. Sie bemerkt es nicht, auch nicht die Blitze, die sich am Horizont entladen und die Dunkelheit immer wieder für Sekunden zerreißen. Noch immer hält sie das Messer umklammert, weiß treten ihre Knöchel hervor. »Du hast ein Opfer gewollt und du hast es bekommen. Nun siehe auf deine Dienerin. Sie schenkt dir noch eine Zugabe!« Ein Blitz erhellt die Nacht, spiegelt sich in der niederfahrenden Klinge, die sich tief in ihr Fleisch eingräbt. Ein weiterer Blitz schlägt in die alte Eiche. Sofort fängt das trockene Holz Feuer. Die Nacht ist mit einem Mal lebendig geworden. Ein Hexenkessel, in dem die Menschen schreiend und panisch durcheinander laufen. Donner grollt und manch einer vermag das wütende Brüllen des Gottes darin zu hören.

Sie liegt ganz still, ihre Hände umschließen die seinen. Ihr Blick ist auf sein Gesicht gerichtet. Bald werden sie zusammen sein. Im nächsten Leben.

Eine Träne stiehlt sich aus ihrem Auge. Die Welt um sie herum versinkt. Kälte kriecht in ihren sterbenden Körper. Bevor ihre Seele sich aus ihr erhebt, spürt sie sachte, warme Regentropfen auf sich niederfallen.

Der Himmel weint.

Die Göttin der Namenlosen
Susanne Wolff & Isabella Benz

Zuerst ist Julius Caesar dem Hilferuf der Stämme nach Gallien gefolgt, um die eindringenden Helvetier abzuwehren. Nun sind die Gallier selbst zu den Gegnern Roms geworden. Unter ihrem Anführer Vercingetorix haben die keltischen Fürsten ihre alten Feindschaften begraben und mit einem gewaltigen Aufstand den Einfluss des Imperiums in Frage gestellt. Rom jedoch ist ein gefährlicher Gegner. Seine Armeen haben die Aufständischen in die Festung Alesia getrieben, wo sie seit Monaten von den Soldaten belagert werden. Wer die Gallier aber für gebrochen hält, irrt. Sie bieten all ihre Kräfte auf, um den Eroberern Widerstand zu leisten. So verwundert es kaum, dass auch ihre Götter den römischen Himmelsvater herausfordern.

Susanne Wolff & Isabella Benz
Susanne Wolff wurde 1983 in Stuttgart geboren. Trotz zahlreicher Entdeckungsreisen um die Welt ist sie ihrer Heimat treu geblieben. Wenn sie nicht durch phantastische Welten streift, setzt sie ihre psychologischen Kenntnisse bei Bewerbungsgesprächen ein. Das Schreiben ist allerdings ihre absolute Leidenschaft, und einige ihrer Geschichten sind bereits zwischen zwei Buchdeckeln zu finden.
Isabella Benz wurde 1990 geboren und begann im Alter von zehn Jahren, Geschichten zu schreiben. Nach ihrem Abitur arbeitete sie ein halbes Jahr in einer Kindertagesstätte in Südafrika. Zurück in Deutschland, studiert sie seit dem Wintersemester 2010 Theologie auf Pfarramt. Sie hat bereits mehrere Geschichten in Anthologien und einen Kurzroman veröffentlicht. Weitere Informationen finden sich auf ihrer Homepage www.isabella-benz.de.

Mit angewinkelten Beinen rekelte sich die vollbusige Schönheit vor ihm auf den Fellen. Gierig sog er jede ihrer Bewegungen auf – wie ihre feinen Finger sich in die Decke krallten und ihre glasigen Augen erwartungsvoll zu ihm empor sahen. Der Schein der Öllampen, die die kleine Höhle erhellten, tanzte über ihr Gesicht, ließ ihre olivfarbene Haut schimmern. Er beugte sich vor, fing ihre Lippen in einem Kuss und ließ seine Hand über ihren nackten Körper wandern. Sie schlang die Arme um seinen Nacken, stöhnte und seufzte, so anmutig – wer konnte da schon widerstehen?

Hastig befreite er sich von seiner Toga, während ihre Finger bereits über seine muskulöse Brust strichen. Er vergrub die Hände in ihrem dunklen Haar, drückte ihren Kopf tiefer.

Ein lauter Donnerschlag.

Er stieß die Jungfrau auf das Lager, verwandelte sie zeitgleich in ein Huhn und wirbelte herum. Niemand zu sehen. Ein Lufthauch zog durch die Höhle und die Flammen der Öllampen flackerten. Ansonsten war es still. Zu still.

Die Henne gackerte protestierend.

Genervt verdrehte Jupiter die Augen und zischte ihr zu: »Glaub mir, wenn das meine Frau ist, wollen wir beide nicht, dass sie dich in deiner menschlichen Gestalt mit mir erwischt.«

Das Huhn stieß jammernde Laute aus, die in einem erneuten Donnerschlag untergingen. Jupiter runzelte die Stirn. Hatte Vulcanus Juno ein Werkzeug geschmiedet, mit dem sie lauter donnern konnte als er? Das durfte doch nicht wahr sein! Er war hier der Donnergott, er war für Gewitter zuständig und für heute war kein Gewitter vorgesehen.

Er wandte sich zu dem Huhn um, das nun verängstigt mit dem Flügeln schlug. »Du wartest hier, bis ich wieder da bin!«, befahl er und legte seine Toga an.

Nachdem er sich einmal um die eigene Achse gedreht hatte, stand er im Thronsaal des Olymps. Verwirrt runzelte er die Stirn. Nichts zu sehen. Wenn Juno das Gewitter heraufbeschworen hätte, hätte sie ihn mit Sicherheit erwartet. Wo zum Donnerwetter noch mal war dieser Donner hergekommen?

»Merkur!«, brüllte er durch den Saal und hoffte, dass der Götterbote nicht mit irgendwelchen Händlern unterwegs war.

Er war es nicht. Kurze Zeit später schwebte er durch das Tor, das sich hinter ihm schloss. »Ihr habt mich gerufen, oh großer Jupiter? Was kann ich für Euch tun?« Mit seinen geflügelten Schuhen flatterte er um Jupiter herum, woraufhin dieser genervt mit den Armen wedelte. »Stell dich gefälligst hin!«, fauchte er.

Widerwillig kam der Götterbote der Aufforderung nach. »Ist mein Herr schlecht gelaunt?«, fragte er. »War die Heißblütige nicht heißblütig genug? Oder seid Ihr nicht zum Zug gekommen? Unbefriedigt zu sein kann ja so unbefriedigend sein.« Merkur seufzte theatralisch.

Jupiter funkelte ihn an. Sollte der kleine Flattermann doch an seiner Frechheit ersticken! »Wer hat hier gedonnert?«

Verwirrt blinzelte Merkur. »Niemand?«

»Ich habe es genau gehört. Jemand hat gedonnert. Und ich war es definitiv nicht, das wüsste ich nämlich!«

Merkur legte den Kopf schief. »Wo habt Ihr den Donner denn gehört, mein Herr?«

Jupiter grummelte unwillig: »In der Nähe von Gallia transalpina, in einer Höhle. Es war alles gut. Bis dieser vermaledeite Donner anfing, also: wer hat da gedonnert!« Und zwar lauter als er. Lauter! Was für eine riesige Unverschämtheit.

Merkur grinste. »Das war bestimmt Taranis.«

»Ein Mädchen? Dass ich nicht lache! Ich habe diesen Überfall seit Wochen geplant, deshalb ist es gelungen. Da war ganz sicher keine wildfremde Dirne und hat die Wachen abgelenkt. Das Mädchen geistert wohl durch deine Träume. War hübsch, was? Haar wie Zedern und Haut wie Marmor?« Der ältere Mann schlug sich auf die Schenkel und sein Lachen hallte die Baumwipfel hinauf.

Nach und nach stimmten die anderen Räuber in das Gelächter über ihren Kumpanen ein.

Zornig krallte Laverna die Nägel in den Ast, an dem sie sich festhielt. Nur um Haaresbreite war diese Bande mit dem erbeuteten Schmuck entkommen. Ihretwegen. Dank ihrer Hilfe. Und was machte dieses Pack? Lachte sich krank.

»Kaufen wir lieber einen Stier und opfern ihn Jupiter«, schlug einer vor.

Laverna ballte die Rechte zur Faust. Das durfte doch nicht wahr sein! Was hatte dieser Ich-bin-ja-ach-so-toll-Jupiter denn damit zu tun? Eben: nichts!

»Na, alles klar bei dir?«

Erschrocken zuckte Laverna zusammen, verlor das Gleichgewicht und ruderte mit den Armen, wäre beinahe den Stamm hinunter gestürzt, hätte Merkur sie nicht im letzten Augenblick am Handgelenk gepackt. Wütend zischte sie: »Musst du dich so anschleichen?«

Der kleine Mann, der ihr höchstens bis zur Brust reichte, zuckte belustigt mit den Schultern. »Macht Spaß.«

Laverna verdrehte die Augen. »Was ist?«

»Jupiter will dich sehen.«

Überrascht horchte Laverna auf. »Was will der denn von mir?« Ausgerechnet von ihr. Niemand interessierte sich für sie. Niemand bemerkte sie. Nicht einmal, wenn sie durch den Olymp strich. Außer Merkur wusste dort oben keiner, dass sie überhaupt existierte, und der Götterbote kannte sowieso jeden.

»Das wird er dir schon selber sagen«, erwiderte Merkur und fasste sie am Unterarm.

Ein heftiger Luftstrom riss Laverna den Protest von den Lippen. Der Druck auf ihren Ohren steigerte sich ins Unerträgliche, als Merkur sie, angetrieben von seinen Flügelschuhen, in einem rasanten Tempo zum Olymp trug. Kaum war er durch die Wolken gebrochen, zischte er durch ein offenes Fenster in den Palast der Götterbehausung und stellte sie im Thronsaal auf ihre eigenen Füße.

Laverna taumelte, fing sich hastig und keuchte. Ihr war schwindelig. So gut es ging funkelte sie Merkur an, was der mit einem Grinsen erwiderte, ehe er eilig durch das Fenster verschwand.

»Stultus asinus«, fluchte Laverna.

»Und so etwas wagst du, in den heiligen Hallen auszusprechen?«

Die tiefe Stimme jagte Laverna einen Schauer über den Rücken. Jupiter. Langsam wandte sie sich um. Der Göttervater saß breitbeinig auf seinem Thron, die Arme rechts und links auf den Lehnen abgestützt. Sein gelocktes, weißblondes Haar wellte sich die strengen Wangenknochen entlang und seine Lippen kräuselten sich zu einem dünnen Strich, während er sie abfällig musterte. »Du bist also die Göttin der Namenlosen. Laverna, richtig?«

»Angenehm«, erwiderte sie hölzern und deutete einen Knicks an.

»Merkur meinte, du seist eine Meisterin darin, dich unbemerkt in fremde Kammern einzuschleichen?«, fragte der Göttervater unumwunden.

Laverna nickte.

»Dann habe ich eine Aufgabe für dich.«

Sie hob ihre Brauen.

»Ich will, dass du Taranis aufsuchst. Das ist der Donnergott der Gallier. Von Vercingetorix und so, du weißt schon, gegen die unsere Römer gerade kämpfen«, erklärte er, als ob sie keinerlei Ahnung hätte. Dabei wusste sie wahrscheinlich besser Bescheid als er. Schließlich war sie diejenige, die ständig durch die Straßen streunte oder sich in den Schänken umhörte. Er dagegen saß den ganzen Tag im Olymp und bequemte sich nur seiner Liebschaften wegen ins Reich.

»Was soll ich bei diesem Taranis?«, fragte sie, noch immer gezwungen freundlich.

Wenn Jupiter ihr Unwille auffiel, ignorierte er ihn gekonnt. »Schleich dich ein und finde heraus, warum er lauter donnert als ich, und falls er dazu irgendetwas benutzt, bringst du es mir!«

Laverna starrte ihn an. Den Donnergott der Gallier beklauen, okay. Aber an etwas herankommen, das er tagtäglich benutzte ... »Das ist ziemlich riskant.«

»Ich dachte, du wärst eine so gute Diebin«, erwiderte Jupiter sarkastisch.

»Riskant heißt nicht, dass ich es nicht könnte. Ich frage mich nur, was ich davon hätte. Was bringt es *mir* Euch dieses Geheimnis zu beschaffen?«

Genervt verdrehte Jupiter die Augen. »Selbstverständlich soll deine Tat nicht unbelohnt bleiben ...«

»Ich wüsste nicht, was Ihr mir geben könntet«, unterbrach sie ihn. »Alles, was ich brauche, stehle ich mir.«

»Aber es gibt eine Sache, die du mit deiner Diebeskunst nie erlangen wirst.«

Herausfordernd verschränkte Laverna die Arme vor der Brust. »Die da wäre?«

»Das Ansehen der Menschen«, sagte er. »Einen Altar, Laverna.«

Ihr Mund wurde trocken. Einen Altar. Auf dem die Menschen ihr huldigten. Nur ihr allein. »Ich habe einen Altar«, meinte sie vorsichtig.

Er schnaubte. »Ein Stein auf dem Aventin, den kaum einer beachtet. Wirklich, Laverna, gibst du dich damit zufrieden? Natürlich müssten wir erst deinen Kleidungsstil verbessern ...«

Sein Blick glitt über ihre zerschlissene Tunika, was Laverna die Hitze auf die Wangen trieb. Gut, sie war nicht gekleidet wie die Edelleute, aber sie war ja auch darauf spezialisiert, nicht aufzufallen.

»Du kriegst auf jeden Fall bessere Togen«, fuhr Jupiter fort. »Und dann lassen wir irgendein großes Ereignis stattfinden und schreiben es dir zu. Du kriegst Altäre, einen eigenen Kult und sogar einen Festtag. Das kannst du unmöglich ablehnen!«

Sie biss sich auf die Unterlippe und kam nicht umhin, sein triumphierendes Grinsen zu bemerken. Innerlich fluchte sie. Er hatte gewonnen!

Im Schutz von Regenschleiern und Nebelschwaden pirschte Laverna durch das Unterholz, immer ein wenig abseits des gewundenen Pfades hinauf zum heiligen Hain. Ihre schlichte braune Tunika bot zwischen den nordischen Eichen und Buchen hervorragend Deckung, doch es war auch scheißkalt. Kein Wunder waren die Gallier so grobe, mürrische Menschen, bei dem Wetter ...

Auf halber Höhe des Berges loderte ein Feuer inmitten eines Eichenhains. Hier hatten die Gläubigen sich versammelt und verbrannten ihre Opfergaben. Ausgezeichnet! Während die gallischen Götter sich den Huldigungen hingaben, waren sie abgelenkt. Ohne Zögern strebte Laverna weiter zum Gipfel. Doch der Wald nahm kein Ende, ebenso wie der Nebel. Von einem Götterpalast keine Spur. Wurde es wenigstens wärmer? Oder entsprang das ihrem Wunschdenken? Vorsichtig schlüpfte sie zwischen taunassen Weißdornbüschen hindurch und zuckte erschrocken zurück. Strahlendes Licht zwang sie zu blinzeln. Kein Feuer, nein, Sonnenschein. Und das mitten in der Nacht! Vor ihr öffnete sich das Dickicht zu einer Lichtung voller Blumen, Bienen und Schmetterlinge, während dort, wo sie stand, noch immer grauer Dunst ihre Füße umspielte. Eine Insel ewigen Frühlings.

Laverna sank zwischen die duftenden Grashalme, bis sie flach auf dem Bauch lag. Ihre Tunika glich sich der neuen Umgebung an, bis ihre schlanke Gestalt in dem satten Grün verschwand.

Auf Ellenbogen und Knien robbte sie voran, bis sie die Hügelkuppe erreichte. Mehrere aus Holzbalken und Mörtel gebaute Häuser scharten sich um eine gigantische Eiche und überblickten die Welt der Menschen, die von hier aus nur wie durch einen dünnen Seidenvorhang abgetrennt schien.

Gewaltiger Donner ließ alles um sie herum vibrieren. Sie presste die Hände an die Ohren – zu spät. Durchdringendes Pfeifen in ihrem Kopf überdeckte alle anderen Geräusche.

Beim Olymp! Nicht einmal Jupiter brachte derartigen Lärm zustande. Das erklärte, warum ihm der Auftrag so wichtig war.

Unwillkürlich grinste sie. Die Möglichkeit, der Donnergott eines feindlichen Volkes könnte ihrem eigenen Göttervater überlegen sein – was für eine Schmach! Zu gerne hätte sie sein Gesicht gesehen, als er Taranis' Donner zum ersten Mal gehört hatte. Geschah ihm ganz recht, mal einen Dämpfer zu bekommen. Dennoch musste sie ihm helfen, um in Zukunft endlich die Anerkennung zu bekommen, die ihr zustand!

Laverna war jetzt nahe genug. Durch die Grasbüschel hindurch musterte sie den Häuserkreis genauer. Gut, dass sie immer dem Klatsch in den Gassen und Tavernen lauschte. So fiel es ihr leicht, anhand der Symbole die richtige Tür zu finden. Taranis' Zeichen waren Rad und Donnerkeil.

Trotz der Frühlingswärme brannte ein Feuer in der Mitte des Raumes und verbreitete goldenes Licht. Da es keine Fenster gab, durch die man sie hätte sehen können, brauchte Laverna nicht allzu vorsichtig sein. Töpfe und Krüge, Decken und Felle – fast meinte sie, in die Behausung eines Bauern eingebrochen zu sein. Nur die hochwertigen Waffen, ein reich verzierter Helm und der mit dem Donnerkeil bemalte Rundschild zeugten von dem erhabenen Bewohner. Und die große beschlagene Truhe.

Laverna ließ sich davor nieder und zog eine Gewandnadel aus ihrer Tunika. Damit machte sie sich an dem großen Schloss zu schaffen. Ein Kinderspiel für geübte Finger wie ihre. Der Deckel knarrte, als sie ihn anhob, und der Feuerschein fiel ins Innere.

»Musikinstrumente?« Beim Anblick von Trommel und Sackpfeife hätte Laverna beinahe den Deckel fallen lassen. Das war doch ein Scherz!

Da drangen Schritte und Stimmen von draußen herein. Hastig schloss sie die Truhe und huschte zur Bettnische, hinter deren Vorhängen sie sich zusammenkauerte.

Die Gestalt, die eintrat, war so groß, dass sie beinahe gegen die Deckenbalken stieß. Taranis legte seinen Umhang ab und schüttelte die kupferfarbenen Locken. Kein Bart, stellte Laverna verwundert fest.

Mit großen Schritten passierte der Donnergott ihr Versteck und beugte sich über die Truhe.

Verflucht, das Schloss! Laverna presste die Fäuste an den Mund und hielt den Atem an. Der Deckel knarrte, und leise rumpelte das Ding, das Taranis darin verstaute. Dann drehte er sich um und ging zurück zur Tür.

Erleichtert holte Laverna Luft. Besser hätte es nicht laufen können. Er brachte sein Donnergerät direkt zu ihr.

Die Schritte verstummten. »Ich wusste, es war nur eine Frage der Zeit, bis Jupiter jemanden schicken würde.«

Laverna fuhr zusammen wie unter einem Schwall Eiswasser. Er hatte sie entdeckt! Nein, noch nicht. Er sah nicht in ihre Richtung. Doch er wusste, dass sie da war. Blitzschnell durchdachte sie ihre Möglichkeiten. Es gab nur diese eine Tür. Und er stand direkt davor. Kein Entkommen. Aber vielleicht …

Laverna ließ die Finger über ihre Tunika gleiten. Der Stoff folgte ihrem stummen Befehl, wurde rötlich schimmernd und durchscheinend, sodass ihre Brüste und die Schatten in ihrem Schoß sichtbar wurden. Sie strich sich ihre schwarzen Locken ins Gesicht, senkte den Kopf und gab sich alle Mühe, verführerisch zu blinzeln.

»Aber nein«, hauchte sie und streckte ein Bein aus, damit ihre nackte Haut im Feuerschein golden schimmerte. „Wen interessiert schon dieser alte Mann? Euer Donner hat mein Innerstes so erbeben lassen …« Sie streckte ihm auch das andere Bein entgegen.

Wenn die gallischen Götter nur ein bisschen so waren wie ihr Pantheon, würde dieser zwischen zwei Schenkeln alles sagen.

Taranis trat vor das Bett und spähte um den Vorhang herum. »Du bist nicht Venus.« Irgendwie schien er ein Lachen zurückhalten zu müssen.

Gab es hier irgendetwas Komisches? Hastig glättete sie die Falten auf ihrer Stirn und fuhr sich wie beiläufig über das Dekolleté. »Berichte von deiner Stärke und Wildheit reichten selbst bis hinauf in den Olymp. Da musste ich mich einfach selbst überzeugen.« Sie drehte sich so, dass ihr schlanker Körper voll zur Geltung kam und ließ ihre Augen zu ihm aufblitzen.

»Dein Angebot ehrt mich.« Taranis strich sich über das Kinn, ohne das Schmunzeln abzuwischen. Am Fußende des Bettes setzte er sich.

Mit katzenhaften Bewegungen schob Laverna sich auf ihn zu. Er drehte den Kopf zu ihr und der Feuerschein erleuchtete sein Gesicht.

Sie prallte zurück. »Was? Ihr ...« Sofort schlang sie die Arme um die Brust. Im nächsten Moment bedeckte wieder der grobe braune Stoff ihre Reize. »Ihr seid ... eine *Göttin*!«, stammelte sie. Wahrscheinlich leuchteten ihre Wangen in diesem Moment heller als jede Feuersglut.

»Gut beobachtet.«

»Aber ... wie ... warum ...?«, stotterte Laverna unbeholfen. »... die Tür, das Radsymbol ... das hier ist doch Taranis' Haus?« Sie konnte sich unmöglich in der Tür geirrt haben. Aber wer war dann diese Göttin? Sie trug ein um die Taille gegürtetes Kleid aus kariertem Stoff, ohne irgendwelche Zeichen ihrer Stellung. Eigentlich hätte sie eine gewöhnliche Menschenfrau sein können, wenn man davon absah, wo sie sich befanden. Doch dann fiel Laverna das kleine bronzene Amulett auf: das gleiche Rad wie an der Tür.

Ihr Gegenüber erwiderte den forschenden Blick. »Ich denke, wir können beide froh sein, dass *ich* dich entdeckt habe und nicht er. Wer weiß, was ich sonst am Abend mit euch beiden hätte machen müssen ...« Ein seltsames Blitzen trat in ihre Augen.

Scheiße! Lavernas Gesicht wurde mit einem Schlag eiskalt. Sicher war sie jetzt bleich wie die Laken. Das musste die Frau von Taranis sein! Taranis' Frau hatte sie bei dem Versuch erwischt, ihren Mann zu verführen! Sie wollte sich gar nicht ausmalen, zu was eine eifersüchtige Gallier-Göttin imstande war – ganz zu schweigen von dem, was anschließend im Olymp über sie geredet würde ... Konnte es noch schlimmer kommen?

Irgendwie schaffte die Frau es immer noch, nicht in schallendes Gelächter auszubrechen. »Vielleicht sollten wir noch einmal von vorne anfangen«, schlug sie vor und befreite ihre Züge von jedem grimmigen Ausdruck. »Mein Name ist Regani.«

»Laverna«, krächzte sie und drängte sich ans andere Ende der Bettnische. Besser, sie blieb auf Abstand. »Es ... es tut mir leid, dass ich in Euer Haus eingebrochen bin«, beeilte sie sich zu sagen.

Regani zwinkerte. »Ich bin geneigt, dir zu verzeihen. Denn so habe ich endlich die Möglichkeit, dich persönlich kennenzulernen, Göttin der Namenlosen.«

Laverna verschlug es für einen Moment die Sprache. »Ihr ... Ihr kennt mich? Aber woher?« Es wusste doch sonst kaum jemand, dass es sie überhaupt gab!

Nun lachte die Gallierin doch. »Oh, du unterschätzt dein Wirken.« Sie lehnte sich gegen den Bettpfosten, wie, um sich auf einen längeren Plausch einzurichten. »Das Gesindel, die Sklaven, denen du hilfst – viele von ihnen sind als Kriegsgefangene nach Rom gekommen. Auch aus meinem Volk. Wir haben immer noch ein Auge auf sie, auch wenn die meisten inzwischen in eure Tempel gehen.«

»Aber ...« Laverna schnappte nach Luft. »Dann sind sie euch doch untreu geworden. Das lasst ihr euch gefallen?«

Regani zuckte mit den Schultern. »Es wird kaum ein paar tausend Jahre dauern, bis sie wieder völlig neue Vorstellungen haben. Da brauchen wir uns nicht einmischen. Die Menschen sind so wankelmütig wie Blätter im Wind. Wir haben sie so geschaffen, damit sie sich anpassen können. Sollen wir sie jetzt dafür bestrafen?«

Laverna war sich sicher, dass Jupiter dies ohne Zögern tun würde.

»Warum ist es dir denn so wichtig, was die Menschen in ihren Tempeln und Hainen treiben?«, hakte die Gallierin nach. Ihre Augen bekamen dabei den durchdringenden Ausdruck einer Eule.

Laverna konnte diesem Blick nicht standhalten und senkte den Kopf. »Wir haben sie erschaffen, geben ihnen alles zum Leben. Da steht es uns doch zu, dass sie uns huldigen.« So oft hatte sie sich dies gesagt, wenn sie den Opferungen für einen anderen Gott zugesehen hatte. Doch hier, in dieser einfachen Hütte im gallischen Götterhain, klangen ihre Worte hohl.

Regani betrachtete den Widerstreit auf ihren Zügen und lachte erneut. Es hörte sich an wie das gutmütige Grollen einer Bärin. »Je mehr sie sich an uns hängen, desto mehr Arbeit haben wir mit ihnen«, feixte sie. »Schau dir unseren Arverner-Häuptling an.«

»Vercingetorix?«

»Genau.« Regani griff nach dem Rundschild und legte ihn so auf ihren Schoß, dass Laverna ihr Spiegelbild in der polierten Innenseite sehen konnte. Das Bild verschwamm und die Farben flossen zu einem neuen Muster zusammen, bis ein Kämpfer mit nacktem, blutbespritztem Oberkörper zu erkennen war. »Zugegeben, wir haben ihn ein wenig angestachelt mit unserem Donner.« Sie zeigte ihre Zähne. »Aber die Kraft, euren Gaius in den Allerwertesten zu treten, kommt allein von ihm.«

»Dann wird er siegen?« Laverna wollte sich nicht ausmalen, was in diesem Fall auf dem Olymp los wäre.

Regani hob die Schultern. »Das wissen nur die drei Matronen. Aber wenn, dann hat er es sich selbst zu verdanken. Nicht mir oder Taranis oder einem anderen Gott. Was nützt es denn, wenn sie von unseren Launen abhängig sind?«

Laverna überlegte. »Aber wenn sie Euch nicht mehr brauchen, dann ...« In ihr wuchs ein ungeheuerlicher Gedanke, für den Jupiter sie augenblicklich zu Staub zerfallen lassen würde. »Wo... wozu dann noch Götter ...?« Der erwartete Blitzschlag aus dem Olymp blieb aus.

»Wollen auf der Erde nicht alle Eltern, dass ihre Kinder irgendwann auf eigenen Beinen stehen? Wir können sie immer noch lieben. Das ist es doch, worum es letztendlich geht, oder nicht?« Regani zwinkerte ihr zu. »Frag mal deinen Jupiter, er wird sich bestimmt erinnern.«

In Lavernas Kopf drehte sich alles. »Ihr lasst mich gehen? Einfach so?«

»Nicht ganz. Du bist schließlich aus einem bestimmten Grund gekommen.« Regani grinste. Als hätte sie gerade über das Wetter geredet und nicht das Universum einer kleinen römischen Göttin aus den Fugen gehoben, griff sie in die Instrumententruhe. Ein Dudelsack mit riesigen Pfeifen aus schwarzem Holz kam zum Vorschein.

Lavernas Augen weiteten sich. »Taranis' Donnergerät«, erkannte sie ehrfurchtsvoll.

»Nicht ganz«, erwiderte Regani schmunzelnd. »Mein werter Göttergatte benutzt dafür in der Regel seinen Hammer. Aber ganz unter uns«, verschwörerisch beugte sie sich vor, »das Ding ist mir viel zu schwer. Da bevorzuge ich doch meine Pfeifen.«

»Eure Pfeifen?«, wiederholte Laverna fassungslos.

»Mein Mann hat so viel zu tun, weißt du. Sich um die Toten kümmern, um den Krieg und all die Belange. Wenn ich ihm da nicht ein bisschen Arbeit abnehme, würde ich ihn nie ins Bett bekommen.« Sie zwinkerte.

»Dann ... dann ... *Ihr* habt gedonnert?«

Liebevoll strich Regani über das Instrument. »Es ist aus einem Ast unserer heiligen Eiche geschnitzt und kann deshalb alle Welten durchdringen.«

Laverna sah sie entgeistert an. »Warum sagt Ihr mir das?«

»Weil es nicht um das Instrument geht. Sondern darum, wer darauf spielt.« Mit einem vielsagenden Lächeln hob sie das Mundstück an ihre Lippen und holte tief Luft.

Laverna hielt sich gerade noch rechtzeitig die Ohren zu. Der Donner rollte durch sie hindurch und ließ jede einzelne ihrer Fasern erzittern.

Laverna hockte auf einem Dach und sah mit zusammengekniffenen Augen auf die Menge herab. Auf dem Forum wimmelte es von Händlern und Ständen, von Frauen, die sich die Hälse nach Schmuckstücken verrenkten, und Männern, die um den besten Preis feilschten. Lautes Geschwätz dröhnte zu ihr. Marktschreier priesen ihre Waren an, Kühe brüllten, Schweine quiekten und Hühner gackerten in ihren Käfigen. Zielsicher fanden Lavernas Augen die Unsichtbaren, Namenlose, die in der Menge untertauchten, hier und da etwas mitgehen ließen. *Viele von ihnen sind als Kriegsgefangene nach Rom gekommen. Auch aus meinem Volk.*

Ihre Mundwinkel zuckten. »Ich passe auf sie auf, versprochen!«

Ruckartige Bewegungen erregten Lavernas Aufmerksamkeit. Ein kleiner Junge schlängelte sich durch die Menschenmenge und rannte in die Seitengasse. Er keuchte und seine Wangen zierte ein flammendes Rot. Fest drückte er ein Stück Trockenfleisch an seine Brust.

Laverna entdeckte drei Männer, die den Jungen verfolgten. Und der Bengel lief direkt in eine Sackgasse. Nun stand das Kind wie gelähmt vor der Mauer.

»Er ist da vorne rein.«

»Schnell!«

»Gleich haben wir dich!«

Mit wenigen Sätzen sprang Laverna über das Dach, federte sich ab und landete neben dem Kind. Der Junge starrte sie mit großen Augen an.

»Sch«, wies sie ihn an, schlang ihren Mantel um seinen schmächtigen Körper und zog ihn in den Schatten der Häuser. Schritte hallten von den Wänden wider und die drei Männer kamen in die Gasse. Sie spürte den schnellen Herzschlag des Kindes. Die Augen der Männer huschten vor der Mauer umher, streiften sie und bemerkten sie doch nicht.

Verwirrt kratzte sich einer an der Stirn. »Ich hätte schwören können, dass er hier rein ist.«

»Offenbar ja nicht«, zischte ein anderer und wandte sich um.

Während sie ihm folgten, meinte der Letzte: »Bestimmt ist er in der Menge untergetaucht.« Dann wurden ihre Worte vom Marktlärm verschluckt.

Laverna ließ den Jungen los.

Der stotterte: »W-wie habt Ihr das gemacht?«

»Berufsgeheimnis«, erwiderte sie und zwinkerte, ehe sie sich vom Boden abstieß und auf das Dach kletterte. Mal sehen, ob sonst einer von den Frischlingen ihre Hilfe brauchte. Sie sprang gerade zu einem zweiten Dach, als sie von Ferne lauten Donner hörte.

»Jupiter ist nicht gerade begeistert.«

Sie zuckte zusammen und wäre beinahe vom Dach gefallen, hätte Merkur sie nicht am Handgelenk gepackt. Zornig riss sie sich los und wahrte hastig einen Sicherheitsabstand. »Was willst du?«

Er kicherte. »Dir zu deiner Entscheidung gratulieren. Endlich mal eine, die nicht auf den ganzen Ruhm aus ist.«

»Dann bringst du mich nicht zu Jupiter?«, fragte sie. Als Merkur den Kopf schüttelte, atmete sie erleichtert aus. Was hätte sie dem Göttervater auch sagen sollen? Dass Taranis eine Frau hatte, die besser musizierte als er?

»Jupiter ist wütend. Aber das ist sein Problem. Und spätestens bei der nächsten Jungfrau wird er es ohnehin vergessen haben.«

»Außer dir kann mich niemand finden«, murmelte Laverna.

Merkur grinste. »Hau schon ab, du Meisterdiebin!«

Dankbar nickte sie ihm zu und sah ihm nach, wie er in den Himmel hinaufschoss, ein winziger Punkt, der rasch verblasste. Sie lächelte. Wer würde jemals ihren Namen wissen? Wenige, aber wen kümmerte das? Sie nicht. Sie, Laverna, die Göttin der Namenlosen, sie würde den Menschen helfen, die wirklich ihre Hilfe benötigten.

Gottesfeuer
Astrid Rauner

Am Anfang der Zeit, als Uranos mit der Erdgöttin Gaia die ersten Götter zeugte und die Welt erschuf, brach für die jung erschaffene Menschheit ein Leben in Frieden und Eintracht an. Fern ist heute dieses legendäre Goldene Zeitalter, und seine Spuren sind schwer zu finden. Vielleicht muss man dafür weit in die Fremde reisen, an die Grenzen des Römischen Reiches, die sich nun schon in die Länder jenseits des Schwarzen Meeres ausdehnen.

Astrid Rauner
Astrid Rauner wurde 1991 in der hessischen Wetterau geboren und hat in Gießen Umwelt- und Ressourcenmanagement studiert. Seit dem Abschluss ihres Studiums im Jahr 2013 arbeitet sie als Grundwasserschutzberaterin in der Landwirtschaft. Ihre große Leidenschaft gilt der Vor- und Frühgeschichte Europas. Zum Thema Kelten und Germanen hat sie bereits vier Romane veröffentlicht, in welchen historische Lücken auch gern mit phantastischen Elementen gefüllt werden.

Was haben wir verloren, als die Götter Pandora mit Krankheit, Seuche und Tod in die Welt der Menschen sandten? Prometheus hat das Feuer für die Sterblichen gerettet, und doch scheint es, als wäre seine Flamme vor tausenden Jahren bereits verloschen.

So scheint es.

Obwohl dieser Sieg mit kaum einem Tropfen Blut erkauft war, hing über der Stadt der Gestank von Tod. Er überlagerte den Duft der Nadelbäume an den nahen Berghängen, den Weihrauch, der noch immer in den Räucherschalen des Tempels brannte. Was er nicht überdeckte, war die Ahnung von Angst, von Aufgewühltheit, die wie eine Giftwolke über den Menschenmassen auf dem Tempelvorplatz schwebte.

Phoebus glaubte, dass das Gedränge der Grund seines Schwindels war, mit dem er die Geschehen beobachtete. Die Menschen vor ihm in ihren bunten Gewändern kamen in seinen Augen einem Traumbild gleich. Ihre Kleider waren aus farbenfrohen Stoffen genäht, die Körper mit den dunklen Haarschöpfen von goldenem Schmuck geziert. Vor der Kulisse des imposanten Stadtzentrums glaubte Phoebus sich beinahe in seiner griechischen Heimat. Am Fuß der Stadt schmiegte sich jedoch ein grünes Tal zwischen die mächtigen Berghänge des Caucasus.

Er war angekommen.

Hornstöße rissen den jungen Mann aus seinen Gedanken. Sie kündigten die Ankunft des Königs an. So gefasst, wie es ihm möglich schien, trat der, flankiert von seiner Leibgarde, auf einen Tross römischer Soldaten zu. An dessen Spitze erwartete den Herrscher der siegreiche Legat, Gnaeus Pompeius Magnus. Der große

Heerführer. Er badete sich in dem Augenblick des Triumphs, beobachtete mit der Arroganz des Siegers, wie der besiegte König sich vor ihm zur Andeutung einer Verbeugung durchrang und den Preis seiner Niederlage bezahlte.

Phoebus beachtete das Gold nicht, das dem römischen Heer als Pfand des ausstehenden Friedensvertrages übergeben wurde. Die vier jugendlichen Geiseln, die sich mit ihrer letzten Würde in die Gewalt der Römer begaben, streifte er nur mit einem Blick. Wo war sie? Oft genug hatte sie zu ihm gesprochen, durch die Flüsse, den Regen, Zauberin, die sie wohl war. Die Hoffnungen, die dabei in Phoebus gewachsen waren, wurden in diesem Moment so übermächtig, dass er am liebsten ihren Namen schreiend durch die Menschen gerannt wäre. Wie sinnlos das war, wusste er selbst am besten.

»*Phoebus.*«

Die Stimme streifte den Bauerssohn wie ein eisiger Hauch. Unwillkürlich fuhr er zusammen, versuchte mit aller Kraft, keine Aufmerksamkeit zwischen den Männern zu erregen.

»*Du bist zu mutig, Phoebus.*« Todeshauch. Er schien Phoebus alle Luft aus den Lungen zu saugen. Einen Herzschlag lang gefror er den Moment, erstickte alle Laute, bis nichts mehr blieb außer einem Knistern. Als bewege sich direkt neben ihm uralte, pergamentene Haut. Haut, die ihn berührte. Berührung, die wie Flammen brannte.

»Alles in Ordnung, Junge?«

Die Stimme spülte die Wirklichkeit zurück. Phoebus erkannte die rettende Stimme erst Atemzüge später als seinen Tribun neben ihm, der ihn misstrauisch beäugte. Doch zu seiner Erleichterung drang er nicht weiter auf ihn ein.

Da war sie wieder gewesen. Nicht die Frau, die er suchte. Nein, ein dunkler Fluch, der schon Teil seiner Kindheit gewesen war. Die *andere*, die darauf achtete, dass er niemals zu viel Freude und Hoffnung im Leben empfand. Phoebus´ Atem ging immer noch heftig. Ihre Unruhe war ein untrügliches Zeichen dafür, dass er sich auf der richtigen Spur befand. Die Haut seiner Hand, wo er berührt worden war, brannte, als hätte man ein Stück von ihr von den Knochen gerissen.

Wo also war diese Fremde, die unablässig nach ihm gerufen und Hilfe versprochen hatte? Ihr Name, Leucothea, hatte ihm bisher kein bisschen weitergeholfen. Man kannte sie hier. Das hatte Phoebus bereits in Erfahrung gebracht. Doch den römischen Legionen waren bisher nicht genug Einheimische begegnet, um diesen wissenswerte Informationen abzuringen.

Doch irgendwo an diesem Ort musste sie zu finden sein! Sie hatte ihn beschworen, auf dem Tempelvorplatz nach ihr zu suchen.

»Phoebus!«

Ob er noch einmal jemanden nach ihr fragen sollte?

»Verdammt, Phoebus! Hörst du schlecht?« Bevor der Legionär wusste, wie ihm geschah, trat der Tribun in sein Sichtfeld. Im ersten Moment verwunderte Phoebus sich so darüber, dass er nur dastand und starrte – erst in das Gesicht des Tribuns, dann in das seiner ungewöhnlichen Begleitung.

Zwischen Soldaten und Handlangern, dem Schmutz des Krieges und Blutgestank schien sie reiner als eine Vestalin. Mit blasser Haut unter schwarzen Locken, warmen, braunen Augen und einem kaum zu benennenden Gefühl, das ihre Ausstrahlung verkörperte, haftete dem Mädchen etwas Göttliches an. Dem Tribun schien Phoebus' Erstaunen gelegen zu kommen: »Bring das Kind hier aus dem Trubel raus! Sie soll in meinem Zelt warten, bis die Verhandlungen abgeschlossen sind!«

Phoebus nickte, viel zu perplex, um eine andere Antwort zu geben. »Phoebus!«, fuhr ihn der Tribun darauf an. »Junge, hast du mich verstanden? Ihr wird nichts geschehen! Pompeius hat eigene Pläne mit ihr, sobald wir Iberia verlassen haben.« Er trat einen drohenden Schritt heran und flüsterte plötzlich, sodass nur noch er und Phoebus seine Worte verstanden: »Ich traue diesem Frieden nicht. König Artoces hat unserem Druck viel zu schnell nachgegeben. Ich zweifele daran, dass er uns ohne Widerstand seine vier Kinder überlässt und einer feindlichen Armee obendrein freies Geleit durch sein ganzes Reich gewährt. Ich will, dass du wachsam bist, Phoebus, hast du mich verstanden?«

»Ich habe verstanden, Tribun!« Mehr brachte Phoebus nicht hervor. Einen Herzschlag später stand er allein in der Menge aus Legionären, vor ihm das angststarre Mädchen, von den umstehenden Männern begafft. Sahen sie, was er sah? Ihre Reinheit schien eines Menschen nicht würdig. Als wäre sie ein verstoßenes Götterkind.

»Komm mit mir!«, flüsterte er, die Gedanken wieder zu seinem eigentlichen Problem zurückkehrend. Wenn diese Leucothea jetzt nicht auftauchte, würde er heute keine Gelegenheit mehr bekommen, mit ihr zu sprechen. Das Kind folgte ihm wortlos, während sich seine Schritte beschleunigten. Da auf einmal trafen ihn

Tropfen auf der Stirn, heruntergefallen von einem am Straßenrand wachsenden, jungen Baum.

Phoebus fuhr auf dem Absatz herum. Während er für einen Herzschlag Gefahr von allen Seiten witterte, streifte sein Blick plötzlich eine Person. Unwillkürlich zuckte der Legionär zusammen. Nichts unterschied diese Frau auf den ersten Blick von den anderen Einheimischen, die sie umringten. Ihre Kleidung war ebenso kostbar wie die der Adeligen, ihre schwarzbraunen Haare zu einer kunstvollen Frisur aufgesteckt. Jeder, der an den unzähligen Menschen vorüber gegangen wäre, hätte über sie hinweg gesehen. Phoebus aber schien es, als fühlte er plötzlich ihren Blick auf mehr als hundert Fuß wie eine Lanze stechen. Das musste sie sein!

»Es scheint fast, als hättest du noch eine andere Mission, während du mich beschützt?«

Das Mädchen sprach in gebrochenem Griechisch. Phoebus´ Verwunderung darüber beanspruchte seine Aufmerksamkeit nur kurz. Schärfer als nötig drohte er: »Es ist besser für dich, wenn du dich nicht in meine Angelegenheiten einmischst!«

»Wieso?« Sie ließ sich nicht beirren. Phoebus hatte aus der Haut fahren können vor Wut. Der junge Mann riskierte, die Geisel aus den Augen zu lassen, um der Fremden nachzuspähen, die nun in der Menschenmenge umherlief. Den Blick hatte sie nicht von ihm genommen, war für Phoebus jedoch immer schwerer auszumachen.

»... Leucothea wird zu dir kommen, wenn sie mit dir sprechen will. Es hat keinen Sinn, sie zu suchen.« Phoebus war fassungslos. Bevor er die Bedeutung ihrer Worte wirklich begriff, hatte das Mädchen über seine

Schulter hinweg in die Menge genickt. Hektisch folgte er ihrem Blick, die Frau aber, die dort gerade eben noch gestanden hatte, war zwischen den Menschen verschwunden.

»Was soll das?«, zischte er. »Woher weißt du Bescheid?«

Das Mädchen lächelte. In ihrem wunderschönen Gesicht mutete diese Geste wie ein Wink der Götter an. Überlegen. Alles überragend. Obwohl er nach Beherrschung rang, jagte Phoebus ein Schauer den Rücken herunter. Dann aber siegte in ihm der Zorn. »Was soll das?« Er packte das Mädchen an den Schultern. »Was geht hier vor? Ist dieses ganze Land verhext, dass Dinge um mich herum geschehen und alle davon wissen außer mir?«

Das Mädchen lächelte noch immer. »Alle haben es gewusst, als sie dich gesehen haben.«

»WAS?«

»Dass du der erste bist, der die Prüfung bestehen wird!«

Phoebus zuckte zusammen. Eine unsichtbare Hand schien sein Handgelenk umfasst zu halten. Im selben Moment berührte das Mädchen ihn an jener Stelle, wo er den Griff der schwarzen Frau gespürt hatte.

»Wenn du es zulässt, können wir dich heilen. Komm in einer ruhigen Stunde an den Cyrus, wenn du Leucothea suchst. Sie wird dich empfangen.«

Mit diesen Worten wandte das Mädchen sich von Phoebus ab und schlug ganz von allein durch die engen Gassen den Weg ein, hinaus aus der Stadt.

Leucothea wartete, bis der junge Legionär hinter der nächsten Häuserecke verschwunden war. Lautlos trat die Frau unter die junge Buche am Straßenrand, deren Äste noch immer vom letzten Regenfall tropften und kniete sich vor die Pfütze, die bereits in der Erde zu versickern drohte und von dem Römer einfach übersehen worden war.

»Du bist es!«, flüsterte Leucothea ungläubig, während ihre Finger über die Wasseroberfläche glitten. In den feinen Ringen, die sie dabei hinterließen, rief sie für kurze Zeit das Bild zurück, das das Wasser für Leucothea, seine Herrin, bewahrt hatte. Sein Spiegelbild. Das Bild des jungen Phoebus, das sein Antlitz zeigte und doch wieder nicht. So viel älter war es als er und Leucothea viel zu vertraut.

Der Anblick stach ihr wie ein Messer in die Brust. Wahrlich. Sie hatte sich nicht getäuscht. Ob er bereit war, sein mächtiges Erbe entgegenzunehmen, würde sich zeigen. Für Leucothea fühlte es sich mehr wie eine Eingebung als wirkliches Wissen an, doch ein Gefühl hatte ihr längst verraten, dass der Tag nahe war. Der Tag, an dem Zeus für seine sinnlose Rachsucht büßen würde.

Phoebus' Körper schien zerschmettert, der Tod nur noch eine Handbreit entfernt. Wenn er jetzt die Augen schloss. Wenn er sich nur dieses eine Mal den Qualen hingab ohne Gegenwehr zu leisten, würde es endlich ein Ende haben, für immer.

»NEIN«, lachte die krächzende Stimme. »*Nein, den Tod hast du dir noch nicht verdient!*« Eine Hand krallte sich in Phoebus' Gesicht. Ihre Fingernägel rissen wie schartige Klingen auf seiner Haut. Er konnte die Wunden fühlen, die brennenden Verletzungen, die sie in sein Fleisch rissen ohne, dass er dafür einen einzigen Tropfen Blut vergoss.

»Sieh mich an, Unwürdiger!«

Nein! Er kannte ihren Anblick. Vor Jahren hatte er sich in seinen Geist unvergesslich eingebrannt. Wie schwach sein Wille war, spürte er, als der Schmerz ihn dazu zwang, ihren Befehl auszuführen und sie anzusehen. Sie. Eine von den Jahrtausenden zugerichtete Gestalt. Eine Frau mit schwarzer Haut, spärlichen, weißen Haaren, die wie lange Seidenfäden von ihrem Schädel hingen und auf Haut lagen, verfallen wie altes Pergament. Weniger als eine Leiche schien sie, täuschten nicht ihre nachtschwarzen Augen über diesen Umstand hinweg. Von einem inneren Leuchten waren sie erfüllt, dem Brennen unendlich geschürten Hasses.

»Du glaubst, dass diese Närrin deine Rettung ist, törichter Sterblicher!«

Ihr Daumen fuhr Phoebus über die Wange, als wollte sie ihm höhnischen Trost spenden. *»Fordere Zeus nur heraus, wenn du deinen Untergang selbst herauf beschwören möchtest! Seiner Rache wirst du niemals entkommen!«*

Damit bohrte sie Phoebus beide Daumennägel in die Augäpfel. Der Legionär brüllte auf vor Schmerzen. Sein Körper fuhr in die Höhe, plötzlich ungehemmt von jedem Gewicht. Die Hände auf die eigenen Augen gepresst, schien der Schmerz in seinem Kopf zu explodieren, dass ihm Tränen über die Wangen rangen.

»Bei Jupiter, Phoebus, was ist geschehen?«

Eine Person. Schritte. Phoebus spürte, wie sich ein Männerarm um seine Schultern legte, um ihn zu stützen. Er wagte kaum, die Hände von den Augen zu nehmen. Doch obwohl das Bild vor seinem Angesicht sich von Tränen verschmiert zeigte, blieb seine Panik unbegründet. Er war nicht blind.

Phoebus' Atem zitterte vor Anspannung, als er den Kopf zur Seite wandte und leicht verschwommen das Gesicht eines der Legionäre ausmachte, den der Tribun auch vor kurzem in seine Leibwache aufgenommen hatte.

»Phoebus, was ist dir geschehen?«, hakte er immer noch erschrocken nach. »Hat dich jemand angegriffen? Es war doch niemand hier im Zelt!«

Phoebus hatte keine Antwort. Auch wenn es ihn schier unendliche Anstrengung kostete, wand er sich aus dem Griff des Legionärs, um sich schwerfällig auf die Beine zu hieven.

»Ich habe Alpträume«, war die einzige Erklärung, die Phoebus plausibel genug schien. Bevor der Legionär eine weitere Frage stellen konnte, war Phoebus schon aus dem Zelt verschwunden und hetzte in das Marschlager hinaus.

Es musste ein Ende haben, ein für alle Mal! Der Morgen erhob sich schon grau über den Bergen, sodass Wald und Lager genauso Konturen annahmen wie die Stadt des iberischen Königs Artoces, die über dem Lager auf einem Hügelplateau lag. Diese Leucothea würde auf ihn warten, hatte das Mädchen gesagt. Am Fluss Cyrus würde sie warten.

Phoebus durfte keine Zeit mehr verlieren! Dass die schwarze Frau ihm diese Warnung gesandt hatte, war Beweis genug, welche Macht diese Fremde besaß, die ihn durch Wassertropfen und Bergbäche gerufen hatte. Phoebus sandte der Wache am Tor ein dankendes Lächeln, als sie ihn ohne Fragen in einem unbeobachteten Moment hinausließ.

Die Morgenluft, die von den Flussauen im Tal aufstieg, klärte Phoebus' Geist mit wohltuender Kälte. Ob er den Göttern dieses Landes trauen konnte, darüber war er sich mit sich selbst noch nicht einig. Durch Steppen und steinige Wüsten war Phoebus' Legion wochenlang gen Osten gewandert, entlang einer zertretenen Straße, deren Mythen größer schienen als jedes Ziel, das man auf ihr erreichen konnte. Seide, Gewürze, kostbare Färbemittel kamen über sie in das Zentrum des Imperium Romanums. Der junge Mann hatte geglaubt, der Olymp müsse nahe sein, als das Land vor ihnen plötzlich in Bergen gen Himmel gewachsen war, hoch wie erstarrte Giganten.

Dieses Gebirge, das sein Tribun Caucasus genannt hatte, kannte Phoebus kaum aus alten Göttersagen. Die von Fichten gesäumten Berghänge, die nun auf Phoebus herunter sahen, erschienen dem jungen Mann auch jetzt unwirklich. So urwüchsig und unberührt wie dieses Land sich zeigte, schien es nicht in dieses Zeitalter zu gehören.

Der Cyrus floss im Morgenlicht träge durch das Tal. Die andächtige Stille, mit der er das Zwielicht erfüllte, veranlasste Phoebus, aufgewühlt wie er war, dennoch seinen Schritt zu verlangsamen. Nicht einmal ein Flüstern ließen die Bäume vernehmen, kaum ein Plätschern des Wassers. Es war so ruhig, dass Phoebus wachsam um sich sah, ganz gleich ob er wusste, dass sich Geist wie Gott ihm nur zeigen würde, wenn er es wollte.

»Leucothea?« Phoebus zuckte zusammen, als er das Echo seines Rufes von einem Berghang wiederhallen hörte. Jedoch verklang auch sein zweiter Ruf ungehört.

Phoebus fuhr sich mit einer Hand über die Schläfe, während er in den Flusskies sank. Was immer hier vor sich ging, er verstand schon lange nicht mehr, was es bedeutete. Dieses Land schien wie von einem alten Zauber umgeben. Als hafte ihm der Glanz einer Zeit an, in der die Götter selbst Kinder und die Menschen ihre unschuldige Schöpfung gewesen waren. So fern waren diese Zeit und die Aura des Landes, dass Phoebus nicht einmal mehr sein eigenes Spiegelbild vertraut erschien.

War das noch er selbst, dieser Mann mit den scharf geformten Zügen und den gold-grünen Augen, die schon viel mehr gesehen zu haben schienen, als Phoebus sich Zeit seiner Tage erinnern konnte? Das Gefühl, von Mächten geformt und verstoßen zu werden, wie es ihnen beliebte, sickerte wahnsinnsgleich in seinen Kopf. Wenn nicht bald etwas geschah, würde er vielleicht nicht sein Leben verlieren, aber in jeder Weise seinen Verstand.

»Zeus«, flehte Phoebus. »Zeus, was habe ich dir getan, dass dieser Dämon nicht von mir ablässt? Hilf mir doch! Sag mir, was ich tun muss, damit dieser Wahnsinn eines Tages ein Ende hat!«

»Er wird dich nicht hören!«

Phoebus' Kopf fuhr in die Höhe. Aus Reflex wich er Deckung suchend nach hinten aus, spritzte dort jedoch nur das Wasser auf. Die Tropfen, die über ihm niedergingen, holten ihn mit eisiger Kälte in die Wirklichkeit zurück.

»Zeus will dich nicht hören. Dich und deine Sippe hat er vor so vielen hundert Jahren verstoßen, dass er nicht einmal deinen Namen mehr kennt. Nur die Erinye, die Furie – nenn sie wie du willst – wird er niemals zurückrufen. Sie ist das Erbe, das deine Ahnen schon Generationen vor dir ertragen mussten.«

Im Zwielicht stand eine Frau in den Fluten. Vom Wasser umspült reichten ihre Hüften gerade noch aus den Wellen heraus, ohne dass die Strömung sie ins Wanken brachte. Der Glanz in ihren Augen, der von so viel mehr verlebten Jahren sprach, als Phoebus es sich ausdenken konnte, verriet ihm sofort, dass sie mehr sein musste, als ein Mensch.

Phoebus brachte nicht mehr als ein Hauchen heraus. »Du bist Leucothea.« Zur Antwort lächelte sie nur sacht, während sie durch die Fluten auf ihn zuschritt. »Ich habe dich gerufen«, begann sie. »Und dass du heute vor mir stehst, sagt mir, dass das Schicksal endlich einen neuen Weg für uns alle bestimmt hat. Ich habe dich gerufen, weil du der letzte deiner Sippe bist, der einzige, der das große Erbe deiner Ahnen entgegennehmen kann.«

Phoebus schüttelte den Kopf. Ein Teil von ihm lechzte nach Antworten, während ein anderer sich nicht sicher schien, wie viel er tatsächlich erfahren wollte. Leucothea zu seinem Glück hatte beschlossen, es ihm leicht zu machen. Bevor er wusste, wie ihm geschah, stand sie vor ihm, mit beiden Händen sein Gesicht umschlossen. Unter ihrer Berührung zuckte er zusammen, als hätte er sich verbrannt.

Die Traurigkeit, die diese Reaktion in Leucotheas Gesicht hervorrief, war für Phoebus ebenso unverständlich, wie die Wehmut, mit der sie einen Herzschlag lang in seine Augen starrte. Dringlich flüsterte sie dann auf einmal: »Uns bleibt kaum Zeit. Ich weiß, wie schwer es dir fällt, aber kannst du versuchen, mir einfach, ohne Antwort und Beweis, zu vertrauen?«

Phoebus nickte. Warum, wusste er selbst nicht. Doch kaum, da diese Geste getan war, packte Leucothea ihn bei den Armen, zog ihn mit sich nach hinten. Wasser schlug über ihm zusammen. Bevor der junge Mann in Panik geraten konnte, war die Frau bereits in den Fluten verschwunden und zog ihn mit sich in die Tiefe.

Wie viel Zeit vergangen war, wusste Phoebus nicht, als auf einmal über ihm ein Lichtschimmer das Wasser durchdrang. Dann packte eine Hand die seine, um ihn in die Höhe zu ziehen, hoch ins Freie. Hustend sog er Luft in seine Lungen. Auf dem Boden kniend entging ihm zunächst, wohin ihn die Fremde eigentlich gebracht hatte, bis er feststellte, dass er sich in einer Höhle befand.

Im ersten Moment verschlug es Phoebus die Sprache. Tropfender Sinter umgab ihn von allen Seiten. Die filigranen Tropfsteine ragten wie winzige Türme vom Boden der Decke entgegen, wo sich neue wie Spiegelbilder den anderen entgegenreckten. Dieser Anblick allein war es wert, ihn mit Schweigen zu ehren. Phoebus sah jedoch schnell, was diesen Ort tatsächlich zu einem Heiligtum machte.

Zuerst verriet es der Glanz. Ein sonderbarer Lichtschimmer hing in der Höhle, und Phoebus fühlte sofort seine Macht, seine Heiligkeit. Der Atem stockte ihm jedoch gänzlich, als er Leucothea stehen sah. Sie stand am Rand einer Felsöffnung. Das Wasser, das darin in unendliche Tiefen zu reichen schien, war wie die Höhle von weißem Licht erfüllt. Nur tanzten dort Flammen über den Wellen, weiße Flammen, schwerelos auf dem Wasser, im Wasser. Fassungslos beobachtete Phoebus, wie Leucothea lächelnd mit der Hand durch sie hindurchglitt und das sonderbare Feuer ihren Bewegungen folgte.

»Dies ist dein Erbe«, eröffnete sie ihm.

»Mein Erbe?« Phoebus verstand keines ihrer Worte. »Erbe weshalb? Woher kennst du meine Sippe?«

Ihr Lächeln vergrößerte sich und zeigte nun deutlich ihr Mitleid mit dem jungen Legionär. »Ich habe deine Sippe begründet, Phoebus.«

Schweigen.

»Diese Menschen hier nennen mich Leucothea, weil sie mich für die Göttin der Flüsse halten, die sich ihnen nur selten zeigt. Ich bin nicht Leucothea, aber ihr Name kam mir gelegen, um meine Spuren zu verwischen ...«

»Was soll das?« Phoebus hatte genug! Obgleich er selbst nicht wusste, woher er den Mut nahm, trat er der Frau einen Schritt entgegen und forderte: »Erzähl mir endlich die Wahrheit! Wer bin ich nach deiner Meinung?«

Leucotheas Miene wurde ernst. »Kennst du die Geschichte von Prometheus, dem Titanensohn, dem Freund der Menschen, der eben diesen zur Seite stand, während Zeus seinen Vater Kronos ermordete und im Olymp die Macht an sich riss?«

»Natürlich kenne ich sie.«

»Das ist gut. Dann weißt du auch, dass Prometheus die Menschen anstiftete, Zeus um seine Opfer zu betrügen. Der stahl ihnen darauf das Feuer, das Prometheus ihnen wiedergab und für diese Tat schrecklich bestraft wurde.«

»Ja! Ich kenne die alten Geschichten!«

»Dann höre!«, unterbrach Leucothea Phoebus. »Höre und *sieh*! Glaubst du tatsächlich, das Feuer, um das

Prometheus mit Zeus für die Menschen rang, entsprach den Flammen, die in Lagerfeuern züngeln?«

Darauf hatte Phoebus keine Antwort. »Sieh, Phoebus!« Leucothea fasste mit einer Hand in die Flammen. »Dies ist es, das Feuer. Der letzte Funke von der Geburt allen Seins. Er ist entstanden, als aus dem Chaos die Erdenmutter Gaia geboren wurde. Er ist reine Göttlichkeit.« Sie fasste einen Herzschlag lang Atem. »Als die Titanen noch über die Welt herrschten, wollten sie alle ihre Kinder an dieser Macht teilhaben lassen. Dieses Feuer, es ist das Leben, das Glück, die Unschuld, alles, wofür ein Mensch sein ganzes Dasein opfern würde. Zeus wollte es den Menschen stehlen, um winselnde Diener aus ihnen zu machen. Er, der seinen eigenen Vater tötete, fürchtete die Menschen und Prometheus.«

Phoebus lauschte kopfschüttelnd. »Und warum erzählst du mir dies?«

»Die Legenden erzählen, wie Prometheus befreit wurde. Doch Zeus ließ nicht von ihm ab. Er wollte ihn leiden sehen, bis an das Ende aller Tage. Er hat Prometheus gequält, geknechtet. Dass er sich dagegen nicht wehren konnte, wusste Zeus gut …«

Leucotheas Stimme klang, als wollte sie brechen. Hass und Wut glommen aus ihren Augen, dass sie daran zu zerbrechen schien. Phoebus wagte kaum zu fragen: »Was hat er getan?«

»Er hat alles geopfert.« War das eine Träne, die aus ihrem Auge flüchtete? »Weil er es nicht mehr ertragen hat. Ich selbst habe ihm geholfen, seine Unsterblichkeit zu nehmen. Auch mein Vater war ein Titan …«

Allmählich begann Phoebus zu begreifen.

»Ich bin seine Frau, Phoebus. Ich bin die Mutter vieler seiner Kinder. Prometheus hat sein Leben nicht mehr ertragen und es darum aufgegeben. Als der Göttervater sich bewusst wurde, dass Prometheus seiner Rache entgangen war, richtete er im Zorn über alle seine Kinder. Und deren Kinder. Und deren. Deshalb quält dich diese Furie, Phoebus. Du bist der einzige, der noch übrig ist. Der letzte aus Prometheus´ Blutlinie.«

Die Stille schien in Phoebus´ Ohren Donnerschlägen gleich widerzuhallen. Wie leergefegt fand er in seinem Kopf nichts außer der Fassungslosigkeit über eine Wahrheit, die ihm völlig unmöglich schien.

»Prometheus war der letzte, der über das Götterfeuer herrschen konnte. Ich habe viele begabte junge Menschen hier her gebracht, um das Gegenteil zu beweisen, doch sie haben alle versagt. Es liegt allein in seinem Blut, diese Macht entgegen zu nehmen.«

Phoebus stand reglos. Er wusste weder, was er tun noch denken sollte, während Leucothea unruhig zu werden begann. »Tu es, Phoebus«, drängte sie ihn nun. »Du kannst Pandoras Fluch rückgängig machen und den Menschen die alte, goldene Zeit zurückgeben, die Zeus ihnen geraubt hat. Vollende Prometheus´ Werk, auf dass die Zeit der Seuchen, Kriege, Meuchelmorde und des Hungers ein Ende haben!«

»Wie?«

»Du musst das Feuer von dir Besitz ergreifen lassen!« Unentschlossen machte Phoebus einen Schritt vor. Die Flammen auf dem Wasser züngelten auf im Angesicht seiner Anwesenheit. Er zitterte, als er den Arm nach ihnen reckte. Die ungeheure Macht, die sich im selben Moment auf ihn zubewegte, raubte ihm den Atem.

Konnte er so etwas überhaupt beherrschen? Die ersten Flammen leckten bereits an seiner Hand, kalt und elektrisierend. Fast schien es, als sauge sein Körper das weiße Licht in sich auf, eine Kraft, der er nicht standhalten konnte.

»*PHOEBUS!*« Das Zischen brachte den Raum zum Beben. Leucothea wirbelte herum, stellte sich mit geöffneten Armen vor ihren Schützling, während die Luft sich plötzlich mit schwarzem Rauch füllte. »*Phoebus, du unwürdiger Wurm!*«

Die schwarze Frau, die Furie, bebte vor Zorn. Ihre aus göttlicher Wut und Hass genährte Kraft schlug Phoebus und Leucothea wie eine Flammenwand entgegen. Der junge Legionär sah nur noch verschwommen, wie die Titanentochter alle Macht gegen ihre Angreiferin schleuderte. Ihn selbst trieb das weiße Feuer in einen Schwindel. Was tat er hier eigentlich? Sollte er, ein winziger Mensch, dessen Vorfahr vor hunderten Jahren einmal ein Titan gewesen war, einen Krieg gegen den Göttervater eröffnen?

»Zeus!«, flüsterte er mit geschlossenen Augen. »Zeus, ich weiß, dass du mich hörst! Ich war nie dein Feind, Zeus. Dieses Feuer ist das Erbe der Götter, nicht meines allein. Ich will euch diese Macht nicht stehlen, Zeus. Doch werde ich auch nicht weiter Opfer deiner Rachsucht sein!«

Für Herzschläge flackerten plötzlich in seinem Licht Bilder auf. Bilder der Vergangenheit? Nein, es musste die Gegenwart sein. Phoebus erkannte sein Marschlager, Männer die eilig umher rannten, Blut vergossen. Es hatte einen Angriff gegeben?

»Phoebus«, drang eine bebende Stimme durch den Raum. Zeus! Er war es. Der Göttervater selbst. »Die

Menschen sind des Götterfeuers nicht würdig, Phoebus. Prometheus wollte es nicht wahrhaben, aber du weißt es heute. Sieh hin, Phoebus.«

Die Bilder wurden schärfer. Das Zelt des Tribuns erschien vor Phoebus' Augen. Bevor er begriff, was er sehen sollte, erblickte er plötzlich das Mädchen, die Geisel. Ihre Unschuld schien im Dreck des Krieges wie eine Aura zu scheinen. Erst jetzt begriff der junge Mann, dass auch sie das Feuer berührt hatte. Phoebus verschlug es den Atem, als er seinen Tribun in das Zelt stürzen sah, auf das Mädchen zu. Er erwartete, dass der Heerführer es schlagen, es angreifen würde. Doch das Mädchen kam ihm zuvor.

Konnte das wahr sein? Ohne zu zögern riss das Mädchen ein Messer aus ihren Kleidern. Es zuckte kaum mit den Zügen, als es die Klinge dem perplexen Römer in die Brust rammte, Blut über und über ihre Heiligkeit besudelte.

Das konnte nicht wahr sein, war Phoebus erste Impression. Doch aus seinem Innersten wusste er, dass Zeus ihm die Wahrheit zeigte. *Unschuld*, schoss es ihm durch die Gedanken. *Es gibt keine Unschuld!*

»Was soll ich tun, Zeus? Ich will keinen Kampf mit dir. Mein Blut allein macht mich nicht zu deinem Widersacher, Zeus.«

»Wirst du mir dienen, Phoebus?«

»Ich habe dir immer gedient, Zeus. Seit ich lebe! Glaube mir doch!«

Das weiße Feuer umschloss Phoebus' gesamten Körper. Der junge Mann spürte, dass seine Macht ihn in die Höhe hob. Krachend barst Sinter zu allen Seiten. Was geschah hier? Das Feuer sprengte die Höhle! Phoebus konnte spüren, wie das Götterfeuer die Erde zum Beben brachte. Er versuchte, die Macht darüber zu gewinnen, das Feuer zurückzuhalten. Doch diese Kraft gehorchte ihm nicht. Zeus war es, der es lenkte. Er tat es tatsächlich, lenkte es hinaus in den Himmel, verteilte es über das Land.

Der Göttervater selbst gab das Schöpfungsfeuer den Menschen zurück. Und welche Rolle Phoebus dabei auch immer spielte, Macht hatte er keine darüber.

Phoebus stand an einem Abhang, während tief unter ihm der Cyrus dahinfloss. Hier, unweit der Grenze nach Armenia, war der Fluss zu einem Strom angewachsen, der zum einzigen Mitwisser der Geschehen an jenem bedeutungsvollen Morgen in Phoebus' Leben geworden war.

Tatsächlich hatten die Iberier einen kleinen Aufstand gewagt, der einige wenige Tote gekostet hatte. Pompeius hatte er nicht aufgehalten, durch das Land weiter nach Osten zu ziehen, neue Verträge zu schließen und letztendlich fast ohne Blutvergießen Iberia zur Provinz zu erklären.

Phoebus war an jenem Morgen nach Stunden am Ufer des Cyrus erwacht. Welche Absicht sich hinter Zeus' Tat, das Schöpfungsfeuer in die Welt zu entlassen, verborgen hatte, hatte der junge Mann erst Tage später verstanden, Wochen danach, in denen die schwarze Frau ihn kein einziges Mal mehr heimgesucht hatte. Bis heute blieb die Furie verschwunden. Zeus hatte ihn befreit, weil Phoebus verstanden hatte. Dabei war es so einfach.

Die Lösung lag vor ihm, in jedem Blatt der Bäume, jedem Stein in den Bergen. Nun, da er seine Macht in dieser Reinheit gefühlt hatte, erkannte Phoebus das

Götterfeuer überall in den Bergen. Und nicht nur dort. Auch in Armenia erblickte er seine Funken in jedem Fremden, der ihm begegnete, ja, sogar in jedem römischen Legionär.

Zeus hatte den Menschen das Feuer nie genommen. Wie auch? Seine Macht hatte auch die Menschen erschaffen und war somit für immer von ihnen ein Teil geblieben. Die ganze Welt war von seiner Göttlichkeit erfüllt, sodass Zeus diesen Funken, der in den Bergen verborgen geblieben war, zwar in die Welt entlassen, doch damit keinerlei Veränderung erzeugt hatte. Zeus hatte es Phoebus beweisen wollen. Die Heiligkeit des Götterfeuers, die Weisheit der Unsterblichen – sie war seit dem Tag der Schöpfung Teil der Menschenwelt gewesen. Nur hatten seine Bewohner schon vor Generationen vergessen, wie man es erkannte und somit auch, wie man sich seiner Macht würdig erwies.

Merkur und Wotan
Volkmar Kuhnle

Die römischen Kaiser erobern in wenigen Generationen Dutzende Provinzen in ganz Europa. Deren Bewohner nennen sich nun Römer, vergessen deshalb jedoch ihre alten Götter nicht. Bald sind es auch die Eroberer, die den Gottheiten der Einheimischen Tempel bauen. Sie erkennen in diesen ihre eigenen, römischen Götter und nennen diese bei den vertrauten, römischen Namen. Irgendwann ist mancher einheimischer Gott nur noch schwer von einem der römischen zu unterscheiden.

Volkmar Kuhnle
Volkmar Kuhnle, Jahrgang 1964, ist Astrophysiker und arbeitet als Berater im EDV-Bereich. In seiner Freizeit verfasst er ansonsten Rezensionen und Sachartikel und seit ein paar Jahren auch Fiktives. Seine erste publizierte Kurzgeschichte »Der Lauf des Gletschers« erschien Ende Februar 2008 in der Anthologie »Naturgewalten«, seine bisher letzte veröffentlichte Story »Der Engel in der Nische« erschien in der Anthologie »Geheimnisvolle Geschichten: Die Kathedrale«. Außerdem gewann Volkmar Kuhnle im Oktober 2011 den Island-Schreibwettbewerb des Autorenportals bilandia.de mit der Geschichte »Die drei Raben«. Weitere Storys und Romane sind in Vorbereitung. Volkmars weitere Hobbys sind Rollenspiele, FOLLOW, Schlaraffia, Kino, Konzertbesuche und die Beschäftigung mit Dinosauriern und ihren modernen Nachfahren.

»Geflügelte Sandalen brauche ich auch«, sagte Rosmerta zu Merkur, als sie an seiner Seite in Mogontiacum eintraf. »Ich komme kaum hinterher.« Der Götterbote lächelte und nickte. »Ich wüsste nicht, was ich ohne sie täte«, sagte Merkur. »Aber denk daran: Die Schuhe entfalten ihre Wirkung am besten zusammen mit dem Flügelhelm.«

An der Brücke über den Rhenus hielten beide an. »Du kennst dich hier besser aus«, sagte Merkur zu seiner Begleiterin. »Wo ist die Taverne, über der diese Schankmaid wohnt, an die die Botschaft gerichtet ist? Müssen wir auf die andere Flussseite ins Castellum?«

»Nein, die Taverne liegt in einer Seitenstraße, nicht weit entfernt von unserem Tempel. Was für eine Botschaft ist es denn, die Venus an diese Lioba übermitteln will?«, fragte Rosmerta weiter. »Darf ich raten: das Übliche?«

Merkur nickte. »Das Übliche. Lioba hat sich in einen jungen Legionär namens Lucius verliebt und Venus um Hilfe angefleht, damit der sie erhört.«

Rosmerta schmunzelte. »Das habe ich mir fast gedacht. Warum sollte jemand sonst Venus anrufen? Lass uns zur Taverne gehen und die Botschaft abliefern. Um die Zeit müsste Lioba schon im Bett liegen.«

Als Merkur und Rosmerta die Taverne erreichten, war sie bereits dunkel. Auch in den Fenstern der benachbarten Häuser war kein Licht mehr zu sehen. Abgesehen vom Schein des fast vollen Mondes war kein Licht zu sehen. Kein Laut war zu hören, außer des Rhenus' Plätschern in der Ferne. Plötzlich ertönte von oben ein Krächzen. Als Rosmerta und Merkur aufblickten, sahen sie im fahlen Licht des Mondes auf dem Dach der Taverne zwei stattliche Raben sitzen. Sie breiteten die Flügel aus, stießen herab und landeten auf Merkurs Schultern, einer links, einer rechts. Der Götterbote zuckte zusammen und ließ vor Schreck seinen Stab fallen. Rosmerta sprang zwei Schritte zur Seite.

»Habt keine Angst«, sprach der Rabe auf Merkurs linker Schulter. »Wir sind es. Hugin ...«

»... und Munin«, ergänzte der Rabe auf der rechten Schulter. Seine Stimme klang höher als die Munins. Sowohl die Namen als auch die Stimmen kamen Merkur bekannt vor. Irgendwo hatte er die beiden Raben schon gesehen – aber wo?

»Was soll das? Wo kommt ihr auf einmal her?« Rosmerta hatte ihre Sprache wiedergefunden.

»Wir gehören zu ihm, ehrwürdige Rosmerta!«, antwortete Hugin.

»Das ist mir neu«, sagte Merkur. »Mich begleiten, wenn überhaupt, ein Hahn und ein Ziegenbock, und ab und zu eine Schildkröte. Ihr seid nichts von alledem.«

»Stimmt«, sagte Rosmerta. »Ihr gehört zu dem einäugigen Wanderer – wie hieß er doch gleich?«

»Wotan! So lautet sein häufigster Name«, sagte Hugin.

»Ich kenne noch 999 weitere«, fügte Munin hinzu.

»Ach, daher kenne ich euch!«, sagte Merkur. »Wotan ist mir gut bekannt, da er und ich oft zusammen verehrt werden.«

»Zusammen verehrt werdet Ihr an vielen Orten«, sagte Hugin. »Und bald werdet Ihr eins sein! Dann gehören wir auch zu Euch.«

Bei Hugins letztem Satz runzelten Merkur und Rosmerta die Stirn. »Eins sein? Was meint ihr damit?«, fragte Merkur, dem der Satz komisch vorkam.

Hugin antworte: »Eins sein! Ihr werdet er, und er wird Ihr. Bald schon ist es soweit.«

Merkur und Rosmerta sahen sich an. »Ich will aber nicht eins mit Wotan sein«, sagte Merkur. »Ich will ich bleiben. Ich brauche keine Raben, keine Wölfe, kein achtbeiniges Pferd, und schon gar keine Augenklappe.« Er hob seinen Stab auf und sprach zu den Raben: »Ich denke, ich liefere euch beide mal bei eurem Besitzer ab. Dann werden wir sehen, wer hier mit wem verschmilzt.«

»Gute Idee. Rede mal mit Wotan darüber«, sagte Rosmerta. »Ich kann solange die Botschaft übermitteln, wenn du sie mir sagst.« Der Götterbote holte aus seinem Beutel ein kleines Stück Papyrus hervor und gab es seiner Begleiterin. »Hier. Venus hat es für mich aufgeschrieben. Danke, dass du mir hilfst. Ich muss jetzt los.« Er verabschiedete sich von Rosmerta und eilte davon in Richtung Norden. Rosmerta nahm das Pergament und konzentrierte sich darauf, den Inhalt Lioba als Traum zu senden. Als Lioba zu träumen begann, war Merkur bereits über alle Berge.

Kurz vor Sonnenaufgang erreichte Merkur zusammen mit den beiden Raben den strahlenden Palast Gladsheim, einen der beiden Wohnsitze Wotans. Dieser erwartete sie bereits, auf Sleipnir sitzend, vor dem Palasttor. Das achtbeinige Pferd wieherte laut zur Begrüßung, während Merkur zu Wotan sagte: »Sei gegrüßt, Wotan. Ich, Merkur, bringe dir heute keine Botschaft, dafür aber deine beiden Raben.« Wotan sprach: »Willkommen in meinen Hallen, alter Freund! Ich habe Hugin und Munin schon vermisst. Wie du weißt, reite ich jeden Morgen zusammen mit ihnen aus, um die Welt zu erkunden. Aber das kann warten. Wir haben etwas zu besprechen.«

»Das trifft sich gut«, sagte Merkur, während sich Hugin und Munin auf Wotans Schulter niederließen. »Ich wollte auch etwas mit dir besprechen. Wir können auch gerne mit deinem Thema anfangen, wenn du möchtest. Über was möchtest du sprechen?«

Anstelle einer Antwort zeigte Wotan auf seine Füße. »Hier. Fällt dir etwas auf?« Merkur stellte mit einem Blick eine verblüffende Veränderung fest. Statt seiner normalen Stiefel trug Wotan auf einmal Flügelschuhe, die seinen eigenen bis aufs Haar glichen. »Ah, du hast dir Flügelschuhe zugelegt, so wie ich«, sagte Merkur. »Wo hast du sie her?«

Wotans Gesicht wirkte auf einmal grimmig. »Wenn ich das wüsste. Gestern Abend hatte ich noch Stiefel, und heute Morgen finde ich an ihrer Stelle diese Sandalen. Weißt du, wer sie ausgetauscht haben könnte?«

»Keine Ahnung. Ich dachte bisher, meine geflügelten Schuhe wären einmalig. Fragen wir mal andersrum: Wer hätte denn heute Nacht Zugang zu deinen Schuhen gehabt?«

»Jeder Gott auf Asgard hätte sie austauschen können. Ich habe auch schon Loki gefragt, aber der sagt, er war es nicht.« Wotan strich sich über den langen grauen Bart. »Vielleicht reden wir erstmal über dein Thema. Was kann ich für dich tun?«

»Mir ist heute Nacht auch etwas Komisches passiert. Rosmerta und ich gehen nach Mogontiacum zu einer Taverne, um eine Nachricht von Venus zu überbringen, und da sitzen deine beiden Raben auf dem Dach, fliegen zu mir auf die Schulter und erzählen merkwürdige Sachen.«

Wotan wandte sich seinen beiden gefiederten Freunden zu. »Was muss ich da hören? Ihr gehört zu mir! Was sollte das?«

Hugin antwortete: »Merkur und Ihr, Walvater, Ihr seid noch zwei, aber bald eins.«

Munin bestätigte es: »Bald seid Ihr einer.«

»Genau das haben sie mir auch erzählt«, sagte Merkur. »Sicher verstehst du nun, warum ich unbedingt mit dir darüber sprechen musste.«

Wotan nickte. »Mich beunruhigt das auch. Aber es würde beides erklären. Die Raben kommen zu dir wie zu mir, wir haben jetzt die gleichen Schuhe.«

»Stimmt, wir werden uns immer ähnlicher, bis wir verschmelzen zu einer Person. Aber das will ich nicht! Ich mag dich sehr, alter Freund, aber ich will ich bleiben.«

Wotan lachte. »Glaubst du, ich will mit dir verschmelzen? Nein! Ich bin sehr gerne ich selbst, trotz meiner Fehler – oder vielleicht gerade deswegen!«

»Weißt du, ich habe so etwas schon hinter mir. Früher hieß ich Hermes, aber die Römer eroberten Griechenland und tauften mich in Merkur um. Vielen anderen Göttern Griechenlands erging es ähnlich.«

»Das ist es«, sagte Wotan. »Die Römer! Sie versuchen immer, die Götter eroberter Gebiete mit eigenen zu identifizieren, stimmt's?«

»Ja, das ist die *Interpretatio Romana*. Fremde Götter werden mit römischen gleichgesetzt und so ins römische Pantheon integriert.«

»Jetzt wird mir einiges klar. Seit der Eroberung ganz Germaniens durch das Imperium werden wir beide fast überall gleichgesetzt und praktisch immer zusammen verehrt. So entsteht über die Jahrzehnte der Eindruck, wir seien ein und derselbe Gott.«

»Genau! Das muss die Ursache sein!«

»Gut. Jetzt haben wir es herausgefunden. Aber was tun wir dagegen?«

Merkur kratzte sich verlegen am Kopf. »Schwierig, schwierig. Wir werden schon so lange gemeinsam verehrt. Wie machen wir das rückgängig?«

»Fragen wir doch mal die Raben.« Wotan wandte sich seinen beiden gefiederten Begleitern zu. »Hugin, Munin: Seit wann werden Merkur und ich nur noch gemeinsam verehrt?« Munins Antwort kam nach kurzem Nachdenken: »Seit 197 Sommern, Walvater. Vor 197 Sommern eroberte Publius Quinctilius Varus die ganze Magna Germania.«

»So lange ist das schon her?«, seufzte Wotan. »Wie können wir das ändern? Hätte Varus nur damals nicht die Gegend, die die Römer Magna Germania nennen, erobert!«

Da hatte Merkur einen Geistesblitz. »Das ist es, Wotan! Das ist es! Wir müssen die Römer an ihrer Eroberung hindern!«

»Wie willst du das machen? Die Provinzen existieren seit zwei Jahrhunderten, die Eroberung ist längst Tatsache.«

»Ja, *heute* ist eine Tatsache. Aber vor 197 Jahren noch nicht! Hat Varus nicht einmal einen Aufstand germanischer Stämme niedergeschlagen?«

»Das hat er. Aber die waren chancenlos und sind komplett gescheitert. Sie hatten keine Ahnung von römischer Militärtaktik.«

»Stimmt. Aber was wäre, wenn wir in die Vergangenheit reisten und es ihnen beibringen?«

»Vergangenheit? Niemand kann in die Vergangenheit reisen. Oder?«

»Doch. Ich kenne jemanden, der kann es.«

»Wer soll das sein?«

»Er nennt sich der Medicus und wohnt in einem kleinen Häuschen in Londinium.«

»Ein Medicus aus Londinium soll uns helfen können? Bist du dir sicher?« Als Merkur das bestätigte, sagte Wotan: »Gut, dann reiten wir am besten auf Sleipnir dorthin. Nichts ist schneller.«

»Hier ist kein blaues Haus«, stellte Wotan fest. Die kleine Reisegruppe, bestehend aus zwei Göttern, zwei Raben und einem achtbeinigen Pferd, stand in Londinium, in einer einen Schritt breiten Lücke zwischen zwei kleinen Umgangstempeln. »Hier passt auch kein Haus mehr dazwischen«, setzte Wotan seine Feststellungen fort. Er wandte sich um zu Merkur. »Wann warst du das letzte Mal hier? Wurde inzwischen eventuell umgebaut?«

»Wir müssen warten, bis es dunkel wird«, sagte Merkur. »Dann erst erscheint das Haus.« Er blickte nach Westen, wo die Sonne längst von der Stadtmauer verdeckt wurde. »Gleich ist es soweit.«

»Aha, es ist vom Stand der Sonne abhängig. Komisches Gebäude. Komischer Medicus.«

In diesem Moment blitzte hinter ihnen kurz ein Licht auf. Als Wotan wieder hinsah, erblickte er ein kleines Häuschen. Es war etwas höher als Sleipnir und komplett dunkelblau angestrichen. Von der Breite her passte das Häuschen genau zwischen die beiden Tempelgebäude. Etwa auf Kopfhöhe waren zwei trübe Glasfenster angebracht, die jeweils durch Querhölzer in vier Abschnitte unterteilt waren. ›Sieh mal einer an! Der Medicus kann sich Glasfenster leisten‹, dachte Wotan, der wusste, dass Fensterglas normalerweise der römischen Oberschicht vorbehalten war.

Während Wotan noch die Fenster betrachtete, öffnete sich die Tür an der Vorderseite des Häuschens, und ein schlaksig wirkender Mann Mitte zwanzig trat heraus. Er trug eine Frisur und Kleidungsstücke, die Wotan noch nie in seinem Leben gesehen hatte. Um den Hals hatte er ein schmetterlingsförmiges Schmuckstück aus Stoff gebunden. Der Oberkörper war bedeckt von einem hellblauen, eng anliegenden Kittel mit merkwürdigem Kragen, der vorne eine Reihe von kleinen, runden Fibeln aufwies. Über dem Kittel trug der Mann einen zweiten Kittel in derselben Farbe wie das Häuschen, der vorne offen und ebenfalls mit ein paar farblich passenden Fibeln versehen war. Darunter trug er eine schwarze Hose, die eine Handbreit vor den Knöcheln aufhörte. Die wiederum waren in Socken gehüllt. Über die hatte der Fremde wiederum schwarze Schuhe angezogen, die mit schwarzen Bändern verschlossen waren. Anhand der Kleidung war sich Wotan sicher, dass der Mann weder ein Mitglied eines germanischen noch eines gallischen Stammes oder gar ein Römer sein konnte. So eine verrückte Kleidung könnte sich nicht einmal Loki ausdenken, dachte er.

Der Fremde lief sofort auf Merkur zu und umarmte ihn. »Merkur, altes Haus! Lange nicht mehr gesehen!« Dann wandte er sich Wotan zu. »Gestatten, ich bin der Medicus. Und Ihr seid ... lasst mich raten: blauer

Mantel, grauer Bart, ein Auge, zwei Raben ... Ihr seid der berühmte Gott Wotan, stimmt's?« Er streckte dem Walvater die Hand hin, die dieser ergriff. »Ihr seid ein ungewöhnlicher Mann, Medicus. Ihr kommt sicher aus einem fernen Land, nicht wahr?«, sagte Wotan.

»Nein, ich komme aus Britannien«, antwortete der Angesprochene. »Aber aus dem Britannien der Zukunft. Genauer: etwa achtzehnhundert Jahre nach eurer Zeit.«

»Achtzehnhundert Jahre? Und Ihr kennt mich noch?«

»Aber sicher! Wir haben sogar einen Wochentag nach Euch benannt.«

»Achtzehnhundert Jahre, und man benennt einen Wochentag nach mir! Welche Ehre!« Wotan fühlte sich sichtlich geschmeichelt. Der Medicus hatte sich inzwischen Sleipnir zugewandt und tätschelte ihm die Flanke. Zu Wotans Überraschung ließ Sleipnir sich das gefallen. Normalerweise war das stolze Ross Fremden gegenüber nicht so zutraulich. Durch Sleipnirs Zutraulichkeit stieg der seltsame Mann in Wotans Ansehen.

Letzterer wandte sich nun an alle: »Kommt herein! Die Raben dürfen gerne mitkommen.«

Wotan band Sleipnir an einem Baum, der vor einem der Tempel stand, fest und trat zusammen mit Merkur ein.

Im Inneren erwies sich das Häuschen als überraschend geräumig. Wotan stellte fest, dass man sogar Sleipnir hätte mit hineinbringen können. Der erste Raum, den sie betraten, war weiß gestrichen und überraschenderweise nicht eckig, sondern rund. In der Mitte war ein großer runder Tisch mit lauter seltsamen Gerätschaften, Hebeln und bunten Lichtern. Weder Wotan noch Merkur konnten damit etwas anfangen. Neben dem Tisch in der Mitte gab es einen zweiten, rund und weiß, der am Rand stand und um den herum drei ebenfalls weiße Stühle aus einem unbekannten Material platziert waren. Der Medicus bot seinen Gästen zwei der Stühle an und nahm selbst Platz. »Merkur, du hast mich gerufen. Wie kann ich dir helfen?«

Merkur erklärte ihm den Plan in allen Einzelheiten. Der Medicus wurde recht nachdenklich.

»Eure Motive finde ich nachvollziehbar. Auch ich habe euch lieber als zwei Götter denn als einen. Aber ihr plant einen schweren Eingriff in die Geschichte. Wisst ihr schon genau, wie ihr Quinctilius Varus aufhalten wollt?«

Merkur antwortete. »Nein, ganz genau wissen wir es nicht. Zuerst dachten wir daran, Varus zu töten. Aber dann würde ein anderer an seine Stelle treten, und das Ergebnis wäre das gleiche. Wir müssen es anders verhindern. Aber wie?«

Der Medicus dachte nach. »Ihr sagtet, dass Varus während seines Germanien-Feldzuges eine Schlacht hatte gegen aufständische Stämme, und dass sie verloren, weil sie sich nicht auf die römischen Schlachtstrategien einstellen konnten. Ich wüsste jemand, der den Stämmen helfen könnte. Und ihr braucht Varus dabei nichts zu tun.«

Der Medicus erklärte ihnen seine Idee.

»Das wird schwierig«, sagte Wotan. »Aber mit deinen Erfahrungen im Träumesenden, Merkur, schaffen wir das.«

»Wenn du mir die richtigen Bilder lieferst, geht das«, sagte Merkur. »Dann kriegen wir das hin.«

»Jetzt gibt es nur noch ein kleines Hindernis«, sagte der Medicus. „Meine Maschine kann nur durch die Zeit reisen. Ihr werdet also in Londinium vor 200 Jahren herauskommen, und müsst dann von dort aus weiterreisen. Wie wollt ihr das bewerkstelligen?«

»Kein Problem«, sagte Wotan. »Wenn Ihr gestattet, Medicus, nehmen wir Sleipnir mit. Hier drinnen ist es groß genug.«

Der junge Ritter wälzte sich im Schlaf herum. Schon die neunte Nacht quälten ihn seltsame Träume – Träume, wie er sie noch nie gehabt hatte. Der Ritter setzte sich im Bett auf. Jetzt konnte er nicht mehr weiterschlafen, nein, jetzt musste er sein Leben überdenken.

Kurz dachte er an seine Vorfahren. Schon sein Vater Sigimer hatte aufseiten der Römer gestanden. Er war ihnen gefolgt und hatte in der Armee des Imperiums als Anführer germanischer Verbände gedient. In dieser Funktion hatte er erst vor Kurzem bei einem Feldzug in Pannonien aktiv geholfen, einen Aufstand germanischer Stämme niederzuschlagen. Dabei hatte er sich glänzend bewährt und war mit dem Rang eines Ritters und dem römischen Bürgerrecht belohnt worden. Vor allem Letzteres hatte er schon immer heiß begehrt.

Doch die Träume stellten alles infrage. In ihnen sah er immer wieder seine Heimat vor sich, das Land an der Visuri. Er sah, wie riesige Legionen sich in das Land ergossen und es in eine römische Provinz umwandelten. Am Ende gab es seinen Stamm nicht mehr, er war komplett im Römischen Reich aufgegangen. Sogar die alten Götter gerieten völlig in Vergessenheit.

Nun war der Ritter keinesfalls ein Feind Roms. Durch seine jahrelange Mitgliedschaft im römischen Heer hatte er viele Vorzüge Roms kennen- und schätzen gelernt. Es stünde seinem Stamm gut zu Gesicht, wenn er einige davon übernehmen würde, fand der Ritter. Aber rechtfertigte dies, dass seine Leute vergaßen, wer sie waren? War das der richtige Weg?

Gerüchteweise hatte der Ritter bereits von Plänen gehört, die Magna Germania vollends ins Imperium einzugliedern. Aber nun hatte er neunmal denselben Traum geträumt. Neun, das war die heilige Zahl seiner Ahnen. Er mochte vielleicht kein Seher sein, dessen Träume immer die Zukunft zeigten – aber neunmal derselbe Traum? Das konnte kein Zufall sein. Hier sprachen die Götter seines Stammes zu ihm, da war er sicher. Zumal sie ihm gleichzeitig großen Ruhm versprachen. Sollte es ihm gelingen, die drohende Eroberung des Gebietes seines Stammes zu verhindern, so würde man seinen Namen noch in über tausend Jahren kennen. Ein solch gewaltiger Tatenruhm – das war ein Ziel, für das es sich zu kämpfen lohnte.

Der Ritter fasste einen Entschluss: Sobald sich die nächste Möglichkeit ergab, musste er zu seinem Stamm heimkehren! Er musste wissen, was in der Heimat vor sich ging, und ob es möglich sein würde, die benachbarten Stämme zu einer Allianz zu bewegen.

Seine jahrelange Erfahrung in römischer Heerführung würde ihm in jedem Fall von Nutzen sein, wenn es darum ging, Varus in seine Schranken zu weisen. Wenn er dieses Wissen weitergab, waren vielleicht selbst die als unbesiegbar geltenden Römer zu schlagen.

Mit diesem Wissen versuchte der junge Ritter wieder zu schlafen und wartete angespannt, ob die Götter noch eine weitere Nachricht für ihn bereithielten.

Merkur und Wotan standen, für Menschenaugen unsichtbar, neben dem Bett des jungen Ritters. »Tatsächlich, das neunte Mal hat gewirkt«, sagte Merkur zu Wotan. »Hätte nicht gedacht, dass die Anzahl so wichtig ist. Übrigens, ganz Germanien werden sie nicht befreien können. Nur die Germania Magna.«

»Das müssen sie auch nicht«, sagte Wotan. »Ich finde es gut, wenn ein Teil in römischer Hand bleibt. Dadurch können sowohl das Imperium als auch die Stämme vom jeweils anderen nützliche Dinge übernehmen. Gerade von den Römern kann man einiges lernen. Mauern, Glasfenster, steinerne Brücken, Aquädukte, Straßen – das sind nützliche Erfindungen.«

»Und das geht alles, ohne dass wir zwei verschmelzen müssen!«, sagte Merkur. »Und wenn wir gerade bei Erfindungen sind, Wotan: Träume erzeugen macht durstig. Ich könnte jetzt eine germanische Erfindung gebrauchen: Met.«

»Dann komm mit. In Gladsheim haben wir den besten Met, den sich Götter wünschen können. Lass uns nach Londinium reiten, mit dem Medicus in unsere Zeit zurückreisen und dann einen trinken.« Er wandte sich vom Bett ab und ging.

Merkur folgte ihm. An der Tür drehte er noch einmal seinen Kopf in Richtung des schlafenden Ritters und flüsterte: »Gute Nacht, Arminius!«

Proserpinas Lächeln
Kira Licht

Um das Jahr, das zweitausend Jahre später als Zeitwende der Geschichte beschrieben wird, stoßen die Römer immer weiter in den Norden und Osten Europas vor. Die Barbaren, denen sie dort in der Schlacht gegenüberstehen, leisten jedoch immer größeren Widerstand gegen die römischen Eroberungszüge.

Kira Licht
Kira Licht, Jahrgang 1980, hat Biologie und Humanmedizin studiert. In ihrer Freizeit interessiert sie sich für Archäologie und Mythologie, hortet unzählige Bücher und backt leidenschaftlich gern Cupcakes. Seit Oktober 2012 wird sie von der Literaturagentur Schmidt & Abrahams vertreten. Sie lebt und arbeitet im Ruhrgebiet.

Germanien, 9 n. Chr.

Die Raben sind immer die Ersten. Ihr schrilles Krächzen hallt über den Himmel, lange bevor das Rascheln der Schwingen ihre Ankunft verrät. Es sind große, hässliche Tiere. Ihre Federn sind so schwarz wie Ebenholz, mit einem staubigen, bläulichen Schimmer, wenn das Licht darauf fällt. Die Augen schimmern wach und scheinen mit Verstand in die Welt zu blicken, doch beobachtet man, mit welch barbarischer Wonne sie die Eingeweide aus verendeten Tieren picken, dann mag man daran zweifeln. Die Germanen halten sie für heilige Tiere, Boten zwischen den Welten, Wesen, die mit den Göttern im Bunde sind. Doch für mich werden es immer nur Aasfresser bleiben.

Eine Wurzel bohrt sich in meinen Rücken, doch ich habe keine Kraft, mich ein Stückchen weiter über den Waldboden zu schieben. Das Leben sickert in einem steten rubinroten Fluss aus mir hinaus und mir bleibt nur hilflos abzuwarten.

Ich höre das Reißen von Stoff, als einer der Raben seinen kräftigen Schnabel ansetzt.

»Verschwindet!« Meine heisere Stimme erschreckt sie nicht. Wieder erklingt ein zerrendes Geräusch, dann fliegt einer der großen schwarzen Vögel mit dem Fetzen eines roten Soldatenumhangs über meinen Kopf hinweg. Ich bringe nur ein paar gemurmelte Verwünschungen zustande.

»Praetor?«

Die Stimme klingt mühsam und gepresst. Langsam drehe ich den Kopf in ihre Richtung. Etwa zwei Meter entfernt liegt einer meiner Legaten. Er wird halb verdeckt von seinem toten Pferd.

»Ist es vorbei?«

Ich seufze kaum hörbar. »Ja, Legatus.«

Der Mann hustet und spuckt dann einen halben Zahn aus. Er reibt sich über die verschmierte Stirn, als wolle er seine Gedanken ordnen. Eine Platzwunde an der Schläfe lässt vermuten, dass er einen Schlag auf den Kopf bekommen und bis gerade ohnmächtig neben seinem Pferd gelegen hat.

»Verfluchter Wald.« Gurgelnd holt er Luft. Ich kenne das Geräusch sehr genau. Sind die Knochen im Oberkörper gebrochen, mischt sich Blut mit Atemluft. Ich schaue in sein graues Gesicht mit den blassblauen Lippen und erkenne, dass ihm nicht mehr viel Zeit bleibt.

»Praetor ...«

»Ja?«

»Es war ...« Wieder holt er mühsam Luft. »... ein Hinterhalt.«

Ich antworte nicht. Zu tief sitzt die Schmach einer vernichtenden Niederlage. Meine linke Hand schiebt sich über den Boden, tastet nach einem Schwertgriff und die schwieligen Finger schaben über das abgenutzte Leder. Es ist meine eigene Waffe, die mir so viele Jahre gute Dienste geleistet hat. Dass ihre letzte Aufgabe darin bestünde, mein eigenes Leben zu beenden, hätte ich niemals gedacht. Meine Fingerkuppen tasten sich vorwärts, gleiten über die Klinge und klebrige Nässe heftet sich an meine Haut. Es ist mein eigenes Blut, das nun an meiner Hand klebt.

»Nicht ... deine ... Schuld.« Der Legatus bekommt kaum noch Luft.

»Ruh´ dich aus«, flüstere ich. »Du hast es verdient.«

Er schluckt und nickt dann zustimmend, obwohl wir beide wissen, dass er aus seinem Schlaf nicht mehr erwachen wird. Stöhnend schiebt er sich einen breiten Siegelring vom Finger und wirft ihn mit letzter Kraft zu mir herüber.

»Meine Gemahlin ...« Er bricht ab, weil seine Stimme versagt. Ich taste nach dem Ring und umschließe ihn mit meiner Hand. Offenbar hat er die tödliche Wunde in meinem Unterleib nicht bemerkt. Und ich habe nicht die Kraft, ihm seine Illusion zu nehmen.

»Ich sorge dafür«, erwidere ich, obwohl seine Frau den Ring niemals erhalten wird.

Er scheint erleichtert, erlöst, und als seine Augenlider zu flattern beginnen, wende ich den Blick ab. Nur einen Moment später höre ich ihn ein letztes Mal ausatmen.

Das Blattwerk über mir raschelt leise, als ich meine Augen auf die Baumkronen richte. Ich habe Germanien nie gemocht. Männer mit unrasierten Gesichtern und einer Haarpracht, die jeder römischen Bürgerin alle Ehre machen würden. Seltsame Gebräuche und eine Sprache, die wie ein Stakkato plump hervorgestoßener Silben klingt. Wälder, in denen Geister hausen. Eisige Winter, Regen und Gewitter. Schnee, verfaulende Blätter und ewig nasse, stinkende Erde. Das Klima passt gut in diese Gegend, denn es ist genauso rau und widerspenstig wie seine Bewohner.

Meine Hand berührt ein Grasbüschel neben mir und selbst das ist borstig und hart. Wehmütig denke ich an Rom, an das Meer und den warmen Wind, der die sanften Hügel wie die Rundungen einer Geliebten streichelt. Nicht ohne Grund wird meine Heimat von den Dichtern als eine zeitlose Schönheit besungen. Es ist ein Land, in dem das Leben so viel leichter scheint als hier im kalten Norden. Hier scheint es fast, als würde die Erde gegen ihre Bewohner kämpfen. Nur mühsam ringen die Bauern den Feldern ein paar Ähren ab. Viel öfter wird die Ernte durch plötzlichen Frost oder andauernden Regen vernichtet und die Menschen hungern.

Oft hatte ich Mühe, die Versorgung meiner Legionen zu sichern. Oft mussten Nahrungsmittel von weither herangeschafft werden.

Oft fluchten die Männer über das fade Essen und das schlechte Wetter.

Mein Blick wandert über die vielen toten Soldaten. Ihre Körper sind so zahlreich, dass kaum noch ein Stück Waldboden übrig ist, das nicht von einem Menschen bedeckt wird. Mein Hals schnürt sich zu, bei dem Gedanken, dass auch sie ihr Heimatland nicht wiedersehen werden. Stattdessen wird das raue Germanien sie für sich beanspruchen. Schon bald werden die ersten Leichenfledderer erscheinen, ihnen Kleider, Schmuck und Waffen abnehmen und sie dann den Tieren überlassen.

Das bittere Gefühl der Schuld ergießt sich in meinen Körper wie ein beißendes Gift. Hilflos vor Wut grabe ich meine Finger in die feuchte Erde, spanne die Muskeln meiner Arme an und ein Nagel splittert an einem Stein. Lange wird es nicht mehr dauern, dann werde ich meinen Männern folgen.

Irgendwo streiten sich die Raben um ein Stück Beute und mir bleibt nichts, als nur zu warten.

Gerade als ich die Augen schließen will, knirscht die Erde. Ein feuriger Nebel fegt über mein Gesicht und nur mit Mühe schaffe ich es, die Lider offen zu halten.

Die Gestalt einer Frau erscheint. Ich kenne diese alabastergleiche Haut, die einen so herrlichen Kontrast zu dem nachtblauen Gewand bildet. Ihr prachtvolles Haar leuchtet dunkelrot und fließt in sanften Wellen ihren Rücken hinab wie flüssiges Magma. Sie ist so schön, dass es einem immer wieder den Atem raubt.

»Proserpina.«

»Praetor.« Sie deutet einen Gruß an, doch ich erkenne keine Freundlichkeit darin.

»Was ist ...« Meine Stimme versagt. »... passiert?«

Sie kommt näher, geht neben meinen Kopf in die Hocke und eine Falte ihres Gewands kitzelt an meinem Ohr.

»Nun ja ...« Sie lässt ihre langen schlanken Finger durch mein verkrustetes Haar gleiten. »... was mag passiert sein?«

»Sie sind alle tot, meine Göttin! Alle!«

Proserpina lächelt. Die Haut über ihren vollen sinnlichen Lippen spannt sich verführerisch, als ihre Mundwinkel nach oben wandern. Eine Andeutung schneeweißer Zähne blitzt durch das Rot. Ich starre sie an, weil ihre überirdische Schönheit selbst einen sterbenden Mann in ihren Bann zu ziehen vermag.

»Ich weiß.«

Nur langsam dringen ihre Worte durch meinen benebelten Verstand.

»Aber ...«

Proserpina springt auf, dreht mir den Rücken zu und reißt in einer triumphierenden Geste die Arme nach oben. »Natürlich sind sie alle tot!« Flammen züngeln aus ihren gestreckten Fingerspitzen und Funken leuchten durch den Nebel wie tanzende Irrlichter. Die Raben lassen von den Körpern der getöteten Soldaten ab und fliehen ärgerlich krächzend in die Baumkronen. Von dort aus starren sie auf uns hinunter. Sie wissen genau, dass es nur eine Frage der Zeit ist, bis sie wieder zum Zug kommen. Proserpina dreht sich wieder zu mir. Die Flammen versiegen und ihre Finger scheinen gänzlich unversehrt.

»Du hast Recht, Praetor. Alle deine Soldaten sind tot.« Wieder lässt sie sich neben mir nieder und tätschelt mein Haar, als wäre alles nur ein Spiel. Sie zieht mich ein Stück auf ihren Schoß und wiegt mich wie ein kleines Kind. Ihr Geruch ist einfach köstlich. Proserpina riecht nach trunkener Süße, nach Ambrosia, frischen Granatäpfeln und einem Hauch gerösteter Nüsse. Ihr Duft verdrängt den Gestank faulender Erde, trocknendem Blut und Exkrementen. Ich will mich in ihr verlieren, vergessen wer ich bin und mich von ihr bezaubern lassen so wie zuvor.

Niemals werde ich den Moment vergessen, als sie mitten in der Nacht in meinem Haus erschien. Ich saß noch über wichtigen Dokumenten und nur der Schein einer kleinen Öllampe leistete mir Gesellschaft. In einem Traum aus fliegender Glut manifestierte sie sich, ein Weib, wie aus Flammen geboren, entstieg sie der Venus gleich einem Meer aus tiefroten Wellen. Als der Boden unter ihr wieder zu Stein wurde, erkannte ich erst, mit welch exquisiter Schönheit ich das Vergnügen hatte. Ein schlanker wohlgestalteter Körper mit Rundungen, die jeden Mann verführen konnten. Ein Gesicht, das nur von Götterhand gestaltet worden sein konnte. Eine Anmut, ein Liebreiz, der jeden Sterblichen zu einem willigen Diener machte.

Auch an diesem Abend hatte sie mich in ihre Arme gezogen, mich mit ihrem Duft berauscht und verführerische Worte in mein Ohr geflüstert.

Proserpinas Finger streicheln meine zerkratzte Wange und reißen mich aus meinem Tagtraum.
»Hast du es gewusst?«, krächze ich. »Wusstest du, dass die Kunde über einen Aufstand nur eine Lüge war, um mich in diesen Hinterhalt zu locken?«
Ich spüre ihr Lächeln, obwohl ich es nicht sehen kann.
»Natürlich wusste ich das.«
»Warum ...?«
»Weißt du, was es heißt, im Tartaros zu leben, Praetor?«
»Warum ...?« Ich wiederhole mich, doch es ist mir egal.
Proserpina neigt den Kopf und drückt ihre Lippen an meine Stirn. Sofort jagen Bilder vor meinem geistigen Auge an mir vorbei. Flammen, Hitze, der Geruch von Feuer. Das Schreien der Schatten, umherirrende Seelen, unendliche düstere Weiten, schwarze Flüsse und eine immerwährende Dunkelheit. Eine Villa, erbaut aus den Steinen untergegangener Kulturen, ragt aus dem trüben Schwarz hinaus. Flammen säumen ihre Mauern und die Luft ist fast zu heiß zum Atmen. Verzweiflung überzieht die Einöden wie ein gazegleiches Leichentuch. Das Totenreich! Schlimmer, als in all meinen Vorstellungen, ragt es vor meinem inneren Auge auf.
Proserpina löst ihre Lippen von meiner Haut.
»Er hat mich nicht gefragt«, flüstert sie. »Er hat mich einfach nicht gefragt, ob ich so leben will.« Sie

seufzt und eine Strähne ihres langen Haars rutscht über mein Gesicht. »Jupiter sei Dank, dass der Herrscher der Unterwelt mich nur die Hälfte des Jahres besitzt.«

»Du hast mich betrogen, Göttin.«

Proserpina ignoriert meine Worte. »Pluto ist ein grausamer Ehemann. Er meint, ich solle glücklich sein über den Handel, dem er zugestimmt hat.« Sie schiebt meinen Kopf von ihrem Schoß und springt ein zweites Mal auf. »Aber selbst die Hälfte des Jahres ist zu viel Zeit in dieser Hölle!«

Ich schaue ihr zu, wie sie ihre rote Haarpracht über die Schulter wirft und kleine Funken die nebelfeuchte Luft erhellen.

»Einfach ... betrogen!«, stoße ich hervor.

Sie beugt sich zu mir herunter. Um ihre Pupillen zucken Flammenringe. »Pluto ist grausam, aber er ist auch ein Spieler. Und ich habe mir ein nettes Spiel für uns ausgedacht.« Proserpina richtet sich wieder auf und ihr Mund wird zu einer geraden, schmalen Linie. »Ich bringe ihm, was er am meisten begehrt und dafür gesteht er mir weitere Zeit außerhalb des Tartaros zu.« Sie schnauft verächtlich. »Hundert Seelen für einen Tag in Freiheit. Ist er nicht ein großzügiger Gatte?«

Es fühlt sich an, als weiche schlagartig alle Luft aus meinen Lungen, als ich begreife, was sie mir dort eben erzählt. »Meine Männer ... ihre Seelen ... bezahlen deine Tage in Freiheit?«

Proserpina strahlt mich an und ein eisiger Schauer jagt mir die Wirbelsäule hinunter.

»Du hast mich grausam betrogen!«

»Nicht doch, nicht doch.« Proserpina schnalzt missbilligend mit der Zunge.

»Du hast mir deine Hilfe angeboten, damit ich Germanien ...!«

»Du wolltest derjenige sein, der Germanien unterwirft, ich weiß«, plaudert sie. »Aber wenn wir ehrlich sind, wissen wir beide, dass Germanien nur ein Vorwand war. Du sagtest zu mir, du wolltest in die Geschichte eingehen.« Sie verlangsamt ihren Sprachfluss, so als wäre ich nicht mehr ganz bei Verstand. »Und ich sagte dir, ich könne dir dabei helfen.«

»Aber das hast du nicht! Stattdessen hast du mir geraten, meinem cheruskischen Berater zu trauen und den Gerüchten über einen Aufstand nachzugehen, anstatt die Reise in unsere Winterlager anzutreten. Und nun sind alle meine Männer tot!«

Proserpina schmunzelt und stupst mit einem Fuß vor mein Schwert. »Und du wirst ihnen schon bald folgen, wie edel von dir.«

»Ich bin es ihnen schuldig.«

»Rührend.« Müßig ordnet sie die Falten ihres dunkelblauen Gewands. »Nun, mir soll es Recht sein. Erwähnte ich, dass ich noch Gäste eingeladen habe?«

Mein ratloser Blick scheint die Göttin zu amüsieren.

»Wo seid ihr, meine Schönen?« Sie klatscht in die Hände, als erwarte sie den Beginn eines Schauspiels. Leicht wackelt der Boden und Rauch zischt durch das berstende Gras, als die Silhouetten dreier Gestalten auftauchen. Die Erde scheint sie in einem wütenden Fauchen auszuspucken.

»Willkommen, willkommen!« Proserpina deutet eine Verbeugung an. Der Rauch verfliegt und dort vor mir im Gras stehen drei hässliche alte Frauen. Ihre Gesichter sind tief zerfurcht, ihre Rücken gebeugt und ihr

Haar steht in einem Wust aus hellem Grau von ihren Köpfen ab.

»Seid gegrüßt ...« Ihre Stimmen klingen, als hätte man versehentlich gegen einen rostigen Eimer getreten. Krächzend und schief zugleich vereinen sie sich zu einem ohrenschmerzenden Crescendo, obwohl sie kaum mehr als geflüstert haben.

Ich blinzele, schärfe meinen Blick und plötzlich weiß ich, wer dort eben erschienen ist. Als eine der drei einen kleinen Dolch zieht, besteht kein Zweifel mehr. Vor mir stehen die Parcae, die drei Schicksalsgöttinnen, deren Macht so groß ist, dass selbst die anderen Götter sie fürchten.

»Da du mir so hilfreich warst, dachte ich, ich biete dir ein besonderes Spektakel als Dank.« Proserpina deutet auf die drei alten Frauen. Die Parcae kichern und eine zieht einen hellen Faden aus einer Tasche. Er schwingt sanft hin und her, solange bis eine der drei Schicksalsgöttinnen ihn spannt. Die andere hebt den Dolch, den Blick fest auf meinem Lebensfaden gerichtet.

Proserpina sieht mir direkt in die Augen. »Ich habe dich nicht betrogen, Praetor.«

Hilflos versinke ich in ihrem fesselnden Blick, unfähig, etwas zu erwidern.

»Um mir weitere Tage in Freiheit zu sichern, wollte ich Pluto so viele Seelen wie möglich beschaffen. Du hast darauf gebrannt, dass man noch Jahrhunderte später von dir erzählt, dass dein Name unsterblich wird. Germanien endgültig zu unterwerfen, den Aufstand niederzuschlagen, war eine gute Gelegenheit, dein Ziel zu erreichen. Doch es hätte auch jede andere bedeutende Schlacht getan, denn in all deiner selbstherrlichen Maßlosigkeit hattest nur den einen egoistischen Wunsch: Du wolltest in die Geschichte eingehen.« Ihre Stimme verebbt zu einem Flüstern. »Und genau das wirst du auch.«

Ein letztes Mal an diesem späten Nachmittag kämpft sich die Sonne durch die Wolken und ein Lichtstrahl bricht sich gleißend auf dem polierten Metall. Tausend sonnengelbe Funken rasen über die Klinge, die sirrend die Luft um sich herum schneidet.

Was ist schon ein Menschenleben im ewigen Spiel der Götter?

Der Faden zirpt leise, als der Dolch ihn durchtrennt. Um mich herum wird es dunkel. Ich lasse los, gebe auf, habe endgültig verloren. Proserpinas schwindendes Lachen klingt wie ein letzter Gruß.

Mein Name ist Publius Quinctilius Varus und ich werde in die Geschichte eingehen als der Mann, der zwanzigtausend römische Soldaten in einen grausamen Tod geführt hat.

Die Morrigan
Petra Gugel

Julius Caesar ist der Erste, der einen Vorstoß in das von Kelten bewohnte Britannien wagt. Doch erst unter den Kaisern Claudius und Nero gelingt den römischen Feldherren der militärische Vorstoß auf die Insel, deren Einheimische in Aufständen und auf Festungen verschanzt erbitterten Widerstand leisten.

Petra Gugel
Petra Gugel wurde 1965 in München geboren und lebt seit 1995 in Wolfratshausen. Sie ist verheiratet und Mutter einer 18jährigen Tochter. Seit ihrer Jugend von Literatur fasziniert, begann sie vor einigen Jahren selbst mit dem Schreiben. Nach der Veröffentlichung mehrerer Kurzgeschichten in verschiedenen Verlagen erscheint Ende 2014 ihr erster Roman »Sirrah« im Merquana Verlag.

Der Norden Britannia Secundas, im Sommer 77 n. Chr.

Gewitterwolken hingen über der Siedlung. Die Luft stand unbeweglich in den Gassen und der Marktplatz schmachtete unter einer bleiernen Dunstglocke. Selbst die reetgedeckten Häuser, in denen sich Krieger, Handwerker und geflohene Bauern verkrochen hatten, ächzten in der schwülen Wärme. Allein die Wachen auf der Befestigungsmauer harrten aus und hofften vergeblich auf einen kühlenden Windhauch. Über den Graben hinweg spähten sie auf die Ebene, wo das Heer des Gnaeus Iulius Agricola Stellung bezogen hatte. Doch bei den Römern herrschte dieselbe Stille wie in der belagerten Siedlung.

Ruadh saß auf der Schlafstatt seines Hauses und polierte sein Schwert. Er hatte aufgehört zu zählen, wie oft er den Stahl diese Woche schon eingeölt und wieder blank gerieben hatte. In den zahllosen Stunden des Wartens gab es für ihn jedoch nichts anderes zu tun.

Ruadh wusste nicht, was ihm mehr zu schaffen machte: der Zwang zur Untätigkeit oder der Hunger. Am dreißigsten Tag der Belagerung waren fast alle Vorräte zur Neige gegangen. Nach den Schweinen waren die Rinder und nach den Rindern die Pferde geschlachtet worden. Den Hunden, denen man zuvor noch die Knochen des Viehs hingeworfen hatte, blühte eine Woche später das gleiche Schicksal. Nun gab es kein Fleisch mehr, außer dem der Ratten, die sich in der Nacht über die Schwachen und Kranken hermachten.

Ruadh nahm sein Schwert und ging hinaus in den Garten. Im Schatten einer Eiche umfasste er das Heft mit beiden Händen, hob die Klinge und parierte den

Angriff eines unsichtbaren Gegners. Ein Sonnenstrahl fand den Weg durch die Wolken und das Blätterdach der Eiche. Er zauberte Eis in den Stahl und Feuer in Ruadhs rotes Haar.

In der Baumkrone stieß eine Krähe ihren heiseren Schrei aus. *Ruf nur, du Botin der Schlachtengöttin*, dachte Ruadh. *Sag deiner Herrin, dass sie sich noch eine Weile gedulden muss.* Ruadh erinnerte sich an die Geschichten, die ihm sein Vater Ellyll einst über die Morrigan erzählt hatte. Nach einer Schlacht durfte bis zum Morgengrauen niemand das Schlachtfeld betreten. Denn in der Nacht kam die Morrigan, um die Seelen der Toten einzufordern. Sie besaß sogar die Macht, aus den Körpern der gefallenen Krieger ein Heer aufzustellen. Ruadh schauderte bei dem Gedanken.

»Du kannst es wohl nicht mehr erwarten, wie?« Eine Stimme, rau geworden vom Kriegsgeschrei zahlloser Schlachten, vertrieb Ruadhs düstere Gedanken. Er wandte sich um und blickte in das Gesicht seines Vaters. Es war das wettergegerbte Antlitz eines Kämpfers, gezeichnet von einer alten Narbe und umrahmt von langem, grauem Haar. »Das ewige Warten zermürbt mich«, sagte Ruadh. »Wir sollten einen Ausfall wagen, solange wir noch bei Kräften sind!«

Ellyll legte seinem Sohn die Hand auf die Schulter. »Du musst Geduld haben. Der König hat seine Verbündeten um Hilfe gebeten. Sie werden uns nicht im Stich lassen!«

Ruadh schüttelte den Kopf. »Bis dahin sind wir verhungert. Es gibt schon jetzt nur noch eine Handvoll Getreide für jeden!«

»Es wird reichen. Zumindest für jene, die überleben müssen!« Ein Hauch von Bitterkeit mischte sich in Ellylls Stimme.

»Was soll das heißen?«, fragte Ruadh.

»Alle, die zu alt und zu schwach zum Kämpfen sind, werden heute die Siedlung verlassen. Ich werde auch gehen.«

Ruadh rang nach Luft und seine Augen füllten sich mit Entsetzen. Mühsam bewahrte er die Fassung, doch seine Hände verrieten seine Bestürzung. Verzweifelt umklammerte Ruadh das Heft seines Schwertes, bis seine Fingerknöchel weiß hervortraten. »Sie werden euch niedermetzeln wie Schlachtvieh!«

Ellyll straffte die Schultern und blickte Ruadh in die Augen. »Es ist ein ehrenvoller Tod.«

»Geh nicht!« Ruadhs Rechte löste sich vom Heft des Schwertes und ergriff die Hand seines Vaters. »Du bist noch immer ein guter Kämpfer und kein zittriger Greis.«

»Es ist bereits beschlossen.« Ellyll wand seine Hand aus dem Griff seines Sohnes. »Bei Sonnenuntergang werden wir aufbrechen.«

Nachdem Ellyll gegangen war, eilte Ruadh zurück in sein Haus. In seiner Vorstellung tauchten grauenvolle Bilder auf, in denen Ellyll von den Römern abgeschlachtet wurde. So durfte das Leben seines Vaters nicht enden. Es musste einen Ausweg geben.

Kurz vor Sonnenuntergang kniete Ruadh vor seiner Kleidertruhe. Mit fahrigen Händen zog er ein Kleidungsstück nach dem anderen heraus, warf einen kurzen Blick darauf und ließ es dann achtlos fallen. Erst am Boden der Truhe wurde er fündig. Der fadenscheinige Umhang, den er eigentlich längst hatte wegwerfen wollen, war genau das, was er brauchte.

Niemand beachtete die gebeugte Gestalt, die sich der Befestigungsmauer näherte. Dort, wo sich eine unscheinbare Holzpforte im Mauerwerk verbarg, drängte sich bereits ein Heer aus Greisen. Einige von ihnen verabschiedeten sich von ihren Verwandten, trösteten weinende Enkelkinder oder stimmten ein Kriegslied an.

Das Gesicht von der weiten Kapuze verhüllt, mischte sich Ruadh unter die Wartenden. Seine Hand tastete nach dem Schwert, das er unter seinem Umhang trug. Es war aus norischem Eisen geschmiedet und würde ihm bei seinem Vorhaben gute Dienste leisten. Er wollte nicht tatenlos dabei zusehen, wie Ellyll erschlagen oder versklavt werden würde.

Die Sonne kam hinter den Wolken hervor und stand wie ein gleißender Feuerball über dem Horizont. Die Wachen öffneten die Pforte, hinter der eine Treppe hinunter zum Graben führte. Ruadh überließ sich dem Fluss aus menschlichen Leibern, welcher dem schmalen Durchlass zuströmte. Auf der Treppe stockte die Menge. Einer der Greise war gestürzt und lag reglos auf den Stufen. Ruadh hielt den Atem an, als er die Stelle erreichte. Doch der leblose Körper mit den verdrehten Gliedmaßen war nicht der Leichnam seines Vaters. Ruadh ertappte sich dabei, wie er erleichtert aufatmete.

Die Treppe endete im Schilfdickicht des Grabens. Schwärme von Mücken stiegen auf, als sich Ruadh den Weg durch die mannshohen Stängel bahnte. Wie ein Schwimmer streckte er die Arme nach vorn, schob die Pflanzen beiseite und stapfte zügig durch den Schlamm. Die Alten blieben dagegen immer wieder im Schilf hängen oder im Morast stecken. Einige von ihnen waren bereits am Ende ihrer Kräfte. Mit einem platschenden Geräusch fielen sie nieder und blieben mit den Gesichtern im Schlamm liegen.

Diejenigen, die den Graben überwanden, fanden sich im Niemandsland zwischen Belagerern und Belagerten wieder. Wie in Trance marschierten sie auf das römische Lager zu, manche festen Schrittes, andere schwankend und zuweilen strauchelnd.

Ein sirrendes Geräusch erweckte Ruadhs Aufmerksamkeit. Er kniff die Augen zusammen und blickte nach oben. Pfeile! Im Licht der untergehenden Sonne leuchteten sie wie ein glühender Funkenregen. Viele der tödlichen Geschosse fanden ihr Ziel. Auch eine alte Frau, die vor Ruadh einherschritt, sank stöhnend zu Boden. Ruadh warf sich auf die Erde und verbarg sich hinter der Leiche. Sein Magen krampfte sich zusammen. Hoffentlich hatte sein Vater mehr Glück als die Tote, die ihm als Schutzschild diente!

Dann hagelte es Steine. Dicht an dicht wie Regentropfen prasselten sie vom Himmel und rissen weitere Greise zu Boden. Ruadh fluchte. Er hätte wissen müssen, dass die Römer diesem Marsch nicht tatenlos zusehen würden.

Als die römischen Funditores eine Pause machten, hob Ruadh den Kopf. Sein Blick irrte suchend umher. »Vater, wo bist du?«, schrie er. Doch seine Worte verloren sich in einer neuen Salve aus geschleuderten Steinen. Das letzte, was Ruadh mitbekam, war ein stechender Schmerz auf seiner Stirn. Danach wurde es dunkel vor seinen Augen.

Als er das Bewusstsein wiedererlangte, erfüllte ein dumpfes Pochen seinen Kopf. Ruadh öffnete die Augen und erblickte nichts als tintenschwarze Dunkelheit.

Plötzlich blendete ihn ein gleißendes Licht. Ein Blitz zuckte über den Himmel, gefolgt von ohrenbetäubendem Donner. Dann fiel ein Tropfen auf die durstige Erde, weitere folgten ihm nach und stürzten wie schwere Glasperlen zu Boden. Ruadh erhob sich und breitete die Arme aus. Einen Moment lang stand er da und hieß den Regen willkommen, der ihm die Stirn kühlte und die trockenen Lippen benetzte. Danach folgte ein Sturm, wie ihn Ruadh noch nie erlebt hatte.

Die Wolken wurden zu einer brodelnden Masse, und der Regen peitschte beinahe waagerecht über die Ebene. Ruadh stemmte sich gegen den Wind, der heulend an seinen Beinen zerrte. Blitz und Donner vereinigten sich mit ekstatischer Wucht und tauchten die Erde in grelles Licht. Einen schrecklichen Augenblick lang erblickte Ruadh die Toten auf der Ebene.

Es wurde kälter, und das Heulen des Sturms verwandelte sich in ein jammerndes Wehklagen. Eine Gestalt löste sich aus der Dunkelheit und kam auf Ruadh zu.

»Vater?« Ruadh streckte die Hand aus und zuckte kurz darauf zurück. Dieses Wesen war nicht sein Vater.

Eine Frau, gehüllt in einen Umhang aus Rabenfedern, stand vor ihm. Ihr fahles Gesicht war hager, als wäre das Fleisch von den hohen Wangenknochen geschmolzen, und ihre Lippen waren zu einer schmalen Linie erstarrt. Doch ihre Augen fesselten Ruadh und hielten ihn mit ihrem Blick gefangen. Unergründlich lagen sie in der Maske ihres Gesichts, zwei glühende Abgründe der Dunkelheit.

»Weißt du, wer ich bin?« Ihre Stimme klang kalt und hohl, als käme sie aus den Tiefen der Erde.

»Man nennt Euch die Morrigan«, antwortete Ruadh. »Mein Vater hat mir von Euch erzählt.«

»Du meinst Ellyll? Er war ein tapferer Krieger!«

»Ist er tot?« Ruadhs Hand fuhr zum Griff seines Schwertes.

»Lass dein Schwert stecken!« Ein flüchtiges Lächeln huschte über ihre Lippen. »Es sei denn, du willst gegen die Römer zu Felde ziehen.«

Ruadh zuckte mit den Schultern. »Was könnte ich allein schon ausrichten?«

»Du kennst meine Macht.« Sie streckte ihre Hand aus und strich Ruadh sanft über die Wange. Ihre Finger waren so kalt wie eine Winternacht und ließen Ruadh noch mehr frösteln als der Wind und der Regen. »Ich könnte dir eine Armee zur Seite stellen, der nicht einmal die Römer gewachsen sind!«

Ruadh hielt der eisigen Berührung stand. »Ich bin nur ein einfacher Krieger. Warum möchtest du mich zum Heerführer machen?«

»Deine Mutter war eine weise Frau und besaß die Gabe des zweiten Gesichts. Schon vor deiner Geburt wusste sie, dass du mehr sein wirst als ein einfacher Krieger. Doch sie fürchtete den frühen Tod, den du in der Schlacht finden würdest. Also bot sie mir einen Handel an: Ihr Leben für deines.«

Ihre Worte trafen Ruadh wie ein Dolchstoß ins Herz. Er wusste wohl, dass seine Mutter bei seiner Geburt gestorben war. Von dem tödlichen Handel hatte er jedoch nichts geahnt. Einige Lidschläge lang war Ruadh wie betäubt vor Schmerz. Ein grenzenloses Gefühl der Verlassenheit stieg in ihm auf, als wäre er der letzte Mensch auf Erden. Welch zerstörerisches Spiel trieben die Götter doch mit den Menschen!

Dann bahnte sich kalte Entschlossenheit den Weg in sein Bewusstsein. Seine Mutter sollte ihr Leben nicht umsonst für ihn gegeben haben.

»Welche Gegenleistung forderst du dafür?«, fragte Ruadh.

Ihr Lächeln verschwand. »Deine Seele. Wenn du stirbst, soll sie mir gehören.«

Ruadh senkte den Blick und nickte. Er hatte nichts mehr zu verlieren.

Die Morrigan wandte sich um und rief ihre Armee. Ruadh stockte der Atem. Vor ihm versammelten sich die Toten, die er zuvor auf der Ebene hatte liegen sehen. Ein flüchtiges Licht umgab ihre Gestalten, als ob noch ein Rest menschlicher Wärme an ihnen haftete. Fast alle waren unbewaffnet, doch diese Kämpfer brauchten keine Waffen. Schon die Berührung ihrer kalten Hände reichte aus, um den Tod zu bringen.

Der Kreis der Untoten teilte sich. Einer von ihnen trat vor, das Gesicht gezeichnet von unendlicher Trauer.

Ruadh kämpfte gegen das Grauen, das ihn überwältigen wollte. »Vater?«

»Du hättest mir nicht folgen sollen!« Ellylls Stimme hörte sich an wie ein weit entferntes Echo.

»Das Einzige, das ich bereue, ist, dass ich zu spät kam«, sagte Ruadh. Er riss sich den Umhang von den Schultern und zog sein Schwert. »Und jetzt jagen wir die verdammten Römer in die Unterwelt!«

Ruadh wandte sich dem römischen Heerlager zu. Hinter ihm schlossen sich die Reihen der Geisterarmee. Mit einem Schlachtruf auf den Lippen begann er zu rennen. Das Totenheer folgte ihm und brandete über das römische Lager. Als Ruadh sich den Weg durch die feindlichen Reihen bahnte, kam es ihm vor, als würde die Schlachtengöttin seinen Schwertarm führen. Trotz der Düsternis fand jeder Hieb sein Ziel, während Ruadh selbst unverletzt blieb. Ohne Pause attackierte er seine Gegner und verspürte weder Schmerz noch Müdigkeit. Im Gegenteil, je mehr er auf die Legionäre einschlug, umso leichter fiel es ihm zu kämpfen. Seine Klinge schien die Kraft, die die Körper seiner Feinde zusammen mit dem Lebenssaft verließ, auf ihn zu übertragen. Ruadh berauschte sich an der unbändigen Vitalität und schwang sein Schwert wie in Ekstase. Bald lag ein Großteil seiner Feinde tot oder verwundet zu seinen Füßen. Der Rest von ihnen floh, und das Klirren des Stahls verstummte. Auch die Geisterarmee verschwand, wie Rauch, der vom Wind davongetrieben wird. Danach herrschte Stille. Ruadh erkannte, dass er gesiegt hatte und ließ sein Schwert fallen. Kaum war es aus seiner Hand geglitten, brach er erschöpft zusammen.

Als er wieder zu sich kam, dämmerte der Morgen. Zwischen grauen Wolkentürmen glänzte der Himmel, kalt und hart wie Stahl. Eine Krähe hüpfte über das Schlachtfeld und pickte das Fleisch von den toten Legionären.

Ruadh erhob sich und griff nach seinem Schwert. Nachdem er die blutige Klinge am Umhang eines Legionärs gesäubert hatte, fiel sein Blick auf den blanken Schild des Toten. Ruadh erkannte sein Spiegelbild darin, und doch war es nicht sein Gesicht, das ihm entgegenblickte. Dort, wo die Morrigan ihn berührt hatte, prangte ein dunkles Mal. Zaghaft führte er die Hand an die Stelle und zuckte augenblicklich zurück. Seine Wange war so kalt wie die Haut eines Toten. Ein

Schauer durchfuhr ihn und hinterließ eine Kälte wie im tiefsten Winter. Das Mal an seiner Wange würde ihn immer daran erinnern, dass er der Morrigan eines Tages in ihr dunkles Reich folgen würde.

Champions
Michael Edelbrock

Mit Brot und Spielen versuchen die römischen Kaiser, das gemeine Volk für sich zu gewinnen. In blutigen Kämpfen verlieren tausende Sklaven als Gladiatoren ihr Leben. Nur wenigen der Todgeweihten ist ein glückliches Schicksal bestimmt. Die meisten sterben im Sand der Arenen des ganzen Imperiums, nicht zuletzt bei den Schauspielen des Colosseums, des größten Amphitheaters der römischen Welt.

Michael Edelbrock
Michael Edelbrock wurde 1980 geboren und beschäftigt sich am liebsten mit dicken Schmökern oder langen Sagen, sowohl in der klassischen Phantastik wie auch der Science Fiction. Heute lebt er am Rande des Ruhrgebiets im Kreis Recklinghausen und schreibt dort seine Kurzgeschichten sowie eine phantastische Saga in Romanform. Zu seinen bisherigen Veröffentlichungen gehören »Die Amazonas-Anomalie« auf dem dritten Platz der Kurzgeschichten-Ausschreibung »Koexistenz«, sowie »Die Pantoffeln des Glücks« in der Anthologie »Andersens Märchen Update 1.1«.

Verus' verzweifelte Gebete hallten in der schmalen, dunklen Zelle wider.

Er hatte sich noch niemals in seinem jungen Leben so elend gefühlt. Sein Magen war ein nervöses Knäuel, obwohl er nur ein karges Frühstück zu sich genommen hatte. Nicht, dass ein Gladiator sonst mehr erhalten würde.

Der Geruch nach kaltem Stein, nach Schweiß und Pisse umfing ihn. Oben im Colosseum dröhnten die Schreie von Kämpfern. Sie waren noch mitten in der Vorübung, bevor die eigentlichen Kämpfe begannen. Bevor er dran war. Hier unten, im Hypogeum, herrschte die Anspannung nahender Schmerzen und drohenden Todes.

Verus kniete neben einer Holzbank, die Arme ausgestreckt, die Handflächen nach vorne gebeugt.

»Jupiter, oh Herrscher der Götter, gerechter Vater ...«, betete er. Verus wollte nicht hier sein, *sollte* nicht hier sein. Das hatte er auch jedem, der ihm zuhören wollte, hundertmal gesagt. Geändert hatte es nichts. Es hatte noch nie jemand auf ihn gehört. »Oh Minerva, Schutzgöttin der Helden, hab' Erbarmen mit mir ...« Bloß warum sollten die Götter ausgerechnet *ihn* erhören, warum sollten sie ausgerechnet *ihn* überhaupt wahrnehmen? Den unwichtigen, kleinen, weinerlichen Verus.

»Gut, dass du betest«, drang eine Stimme in sein Murmeln.

Verärgert blickte Verus auf. Dann schluckte er seinen Fluch herunter. Ein Bürger – in grüner Toga und mit reichlichem Schmuck – stand auf der anderen Seite des Zellengitters. Was machte der Mann hier unten?

»Es ist manchmal wirklich wichtig, wie die Kämpfe im Colosseum ausgehen«, sagte der andere im Plauderton. Er hatte einen weißen Bart und schlohweißes Haar, das im Fackellicht beinahe leuchtete. Die Haut war dermaßen sonnengebräunt, dass sie wie aus Bronze gegossen schien. Hatte er diesen Mann nicht schon an der Gladiatorenschule gesehen? Da hatte er mit den Schülern geschwatzt und sie vom Üben abgehalten.

»Es war noch niemals wichtig, was ich getan oder nicht getan habe. Ich werde da oben höchstens abgestochen«, klagte Verus und ärgerte sich über den weichlichen Unterton.

»Du lässt dich ganz schön gehen. Dabei lastet einige Verantwortung auf dir«, sagte der Bronzehaut-Mann.

»Welche Verantwortung denn? Sieh mich an, ich wiege so viel wie ein neugeborener Hund! Ich habe nur einen Monat in der Gladiatorenschule üben können! Ich werde im Staub landen!«

»Reiß dich zusammen«, sagte der Ältere scharf und richtete einen beringten Finger auf ihn.

»Damit das Publikum mehr zum Jubeln hat? Ich habe selbst die Gladiatorenkämpfe geliebt, aber da war ich auch noch keiner!«

»Nein«, sagte der Bronzehaut-Mann plötzlich ruhig. »Jeder Kampf ist von Bedeutung. Du hast bereits selbst gewettet, oder? Nun, das tun auch andere, die weit über dir stehen. Die reichen Patrizier machen manchmal ihre Händel davon abhängig, welcher Gladiator gewinnt. Dann senden sie ihren Champions vorher Aufmerksamkeiten und opfern den Göttern. Oder die Senatoren: wenn sie sich untereinander nicht einigen können, wählen sie ihre Champions und hoffen darauf, dass das Kampfesglück und die Götter ihnen gewogen sind.« Er beugte sich vor und sprach verschwörerisch leise weiter. »Dann senden sie natürlich Weiber und Wein und bringen den Göttern Rauchopfer dar.«

»Aber«, sagte Verus irritiert und blickte auf die funkelnden Ringe an den Fingern, »ich habe vorher überhaupt keine Geschenke erhalten! Es bedeutet niemandem etwas, ob ich da oben sterbe oder nicht!«

Irgendwo rasselten Ketten und Tiere fauchten. Staub rieselte von der Decke, als irgendein mächtiger Mechanismus in Bewegung geriet.

Verus erhob sich deprimiert. »Es ist freundlich von dir, dass du mich ablenken willst, aber ich werde mein Schicksal schon irgendwie ertragen. Du brauchst dir das mit den Champions nicht für mich ausdenken.«

»Ha«, machte der andere und in seinem Bronzegesicht blitzten perlenweiße Zähne auf. »Ich denke es mir nicht aus. Auf dem Weg zur Schlacht von Pharsalos sah ich selbst, wie zwei Legaten ihren Disput durch ihre Champions klären ließen. Mehr noch! Sie liehen ihnen sogar ihre Waffen, um ihre Siegeschancen zu erhöhen. Du solltest dich also nicht so gehen lassen. Man weiß nie, was vom Ausgang eines einzigen Kampfes so alles abhängt.«

Verus verzog das Gesicht säuerlich. Die Schlacht von Pharsalos? Wann sollte die denn gewesen sein?

Eine laute Stimme drang durch das Netz der unterirdischen Gänge. »Verus«, rief sie. »Verus gegen Martius, bewegt euch!«

Verus konnte sich für einen Moment nicht rühren. »Martius«, stammelte er nur. »Bitte nicht Martius!«

Sie holten ihn aus seiner Zelle. Der Bronzehaut-Mann warf ihm einen letzten Blick zu. Von weiter hinten wurde Martius den Gang entlang begleitet. Seine zwei Wächter wirkten klein gegen ihn.

Verus setzte seinen Helm mit dem Greifenschmuck auf. Er saß lose. Als alle Geräusche nur noch dumpf zu ihm drangen, fühlte er sich seltsam entrückt. Er spürte ein Zittern in den Gliedern, das er mit aller Kraft unterdrückte. Man brachte sie hinaus in das Colosseum.

Das veränderte alles. *Oh Jupiter*, stöhnte Verus in Gedanken.

Der Jubel von Zehntausenden war unbeschreiblich. Er brandete wie eine Sturmflut gegen ihn, wollte ihn umwerfen und über ihn hinwegspülen. Sein Helm vibrierte wie eine angeschlagene Glocke. Der Sand des Amphitheaters rieselte in seine Sandalen und brannte auf der weichen Haut zwischen den Zehen. Die Hitze war enorm, Sols Wahrzeichen stand im blauen Baldachin des Himmels, seine Kraft eingefangen im Trichter der Tribünen. Die vorderen Ränge waren gefüllt mit Toga-Trägern und weißgekleideten Vestalinnen. Je weiter entfernt, desto mehr verschwammen die Zuschauer zu einer gleichfarbigen, beige-grauen Menge. Erwartung stand in allen Gesichtern.

Verus blickte verstohlen zur Seite. Martius, der Etrusker, war groß wie ein Bär und fast genauso behaart. Er hatte schon ein Dutzend Kämpfe gewonnen und es verwunderte nicht, dass er nach dem Kriegsgott Mars benannt war. Verus schluckte den bitteren Geschmack nach Galle herunter.

Die Tierhatz war vorüber, das Amphitheater schon wieder gereinigt. Die Vorübung war abgeschlossen. Jetzt würden die Zuschauer Blut sehen wollen. Und damit sie nicht zu lange darauf warten mussten, ließen sie einen Hänfling wie ihn gegen den Bären antreten. Ihm wurde übel.

Martius verneigte sich zur Tribüne und Verus beeilte sich, es ihm gleichzutun. Ob die Senatoren oder gar der Caesar Hadrian es überhaupt zur Kenntnis nahmen, konnte er gar nicht sehen.

Als er aufblickte, war der Bär schon zwei Schritte zurückgegangen, Schild und Gladius erhoben.

Verus fasste sein gekrümmtes Schwert fester. Er hob seinen rechteckigen Schild – warum war der so verdammt schwer? Er schwitzte unter dem gesteppten Schutz, den er an Schwertarm und Beinen trug. Bei Martius sah alles so mühelos aus.

Der erste Schlag seines Gegners war einfallslos, aber kräftig. Verus nahm den Rechteckschild hoch. Der Lederriemen schnitt in das Fleisch seines Arms. Das Gladius schlug überlaut gegen den Schild. Es verwundete ihn nicht, presste ihm aber dennoch die Luft aus den Lungen. Er konnte nicht mal schreien oder wimmern.

Aber er fiel nicht um. Er stand noch. Ihr Götter, wie lange sollte er das durchhalten?

Bei den Übungen hatte es immer leichter ausgesehen. Eilig nahm er den Schild unterm Kinn weg. Keine Anfängerfehler!

Er fasste das Schwert fester – es war schon rutschig vom Schweiß. Dann stellte er die Füße wieder richtig auf. Wie – bei allen Gladiatoren Roms – sollte er Martius hinter seinem mächtigen Schild treffen?

Der Bär nahm die Schulter hoch – er würde zuschlagen!

Verus tauchte ab. Das Schwert raste mit der Wucht einer bei voller Fahrt gebrochenen Wagendeichsel heran. Und über ihn hinweg!

Jetzt musste er zustechen! So nah würde er Martius nicht wieder kommen!

Das Knie traf ihn mittig vor den Helm. Plötzlich war heißer Sand unter seinem Rücken. Er schmeckte etwas Metallisches im Mund. Nicht den Helm, nein, es war Blut. Seine Lippen waren taub und sein ganzes Gesicht – sein ganzer Kopf – schmerzte.

Sein Herz pochte, als wolle es ihm zum Halse heraushüpfen und flüchten. Blut von seinen aufgeplatzten Lippen rann heiß unter dem Helm hervor.

Johlen erfüllte das weite Oval. Wenn man starb, sollte es einem eigentlich egal sein. Trotzdem war das Gelächter von Zehntausenden schwer zu ertragen.

Martius hatte nicht nachgesetzt, hatte das nicht nötig.

Verus blinzelte Tränen der Scham und Wut weg. Am liebsten wäre er in den verborgenen Falltüren des Hypogeums – buchstäblich im Boden – versunken.

Es war nur eine Frage der Zeit, bis sie ihn tot oder schwer verletzt aus der Arena tragen würden. Vielleicht dauerte es ja nicht mehr lange.

Dann war die Welt von einem Lidschlag zum nächsten nicht mehr dieselbe.

Für einen Moment legte sich Schweigen über alles. Kein Johlen aus zehntausenden Kehlen, kein Getrampel oder Geklatsche, nicht einmal Wind. Dafür erstrahlte ein Licht, das nichts mit der Sonne und ihrem unnachgiebigem Leuchten zu tun hatte. Verus' Schmerzen wurden nebensächlich.

Er blickte Martius an, der Etrusker war der Quell des Lichts. Es erstrahlte in ihm und durch ihn, war das Schönste, das Verus jemals gesehen hatte. Jetzt waren es Tränen der Rührung, die seine Augen füllten. Gleichzeitig schien Martius zu wachsen, auf eine unfassbare Art gewaltiger und erhabener zu werden. Sein Rechteckschild war nicht mehr einfach nur genietetes Holz und Leder. Er glänzte wie ein goldenes Abbild des Mithras. Sein Gladius war ein gestaltgewordener Lichtstrahl in seiner Hand.

Verus erhob sich endlich. Die Welt hielt nicht mehr inne und schwieg auch nicht mehr.

Statt andächtiger Stille hallten nun profane Rufe und Flüche herüber. Sah das Publikum denn nicht … nein, sie konnten es nicht sehen. Sonst würden sie nicht grölen und rufen. Würden nicht mit dem nächstbesten Unrat werfen, um ihren Unmut über die Pause auszudrücken.

Alles war wieder normal, nur Martius nicht.

Verus blickte in den Helmschlitz seines Gegenübers, der ihn wiederum voller Staunen und Ehrfurcht betrachtete. Verwirrt blickte er an sich selbst herab. Er war nicht gewachsen, nicht körperlich. Er war bloß nicht geringer als Martius, zeigte dieselbe überirdische Erhabenheit. Niemals hatte er so gerade gestanden, niemals so würdig Schwert und Schild gehalten. Und niemals hatte seine Schlaksigkeit so drahtig ausgesehen.

Die Worte des Bronzehaut-Manns kamen Verus in den Sinn. All das Gerede über die Bedeutung der Kämpfe, dass die Höherstehenden ihre Champions erwählten. Die Patrizier, die Senatoren, die Legaten. Dass sie ihren Champions Geschenke sandten und sie mit ihren Waffen kämpfen ließen.

Was, fragte er sich, *wenn die Götter es ebenso hielten, wenn auch sie Champions erwählten?*

Nur würden sie ihnen kein Schwert leihen. Nein. Die Götter würden ihre Champions stattdessen mit ihrer Gnade erfüllen.

Und was hieß das? Kämpfte er nun wie der legendäre Spartakus? Hatte er die Kraft eines Herkules? Auf jeden Fall, dachte er grimmig, hatte er seine Bedeutungslosigkeit überwunden.

Er griff sein gebogenes Schwert fester, tat schnelle Schritte auf Martius zu. Der Bär hob das strahlende Rechteckschild.

Verus' Schlag fühlte sich gut an, richtig. Er war so schnell und präzise. Martius war zum ersten Mal zu einer Verteidigung gezwungen. Waffe und Rechteckschild schlugen zusammen wie Hammer und Amboss, trennten sich funkensprühend.

Verus riss die Augen auf, doch die Reaktion der Zuschauer war gewöhnlich, fast gelangweilt. Er bildete sich das doch nicht nur ein! Auch Martius sah es und starrte verwundert den Schild an. Dann sahen es vielleicht nur die Champions selbst?

Ihr Götter, dachte Verus. Ja, genau das war es. Eine Tat der Götter. Doch das machte ihn noch lange nicht unverwundbar. Er würde mit jeder Faser seines Körpers kämpfen müssen, um nicht doch erschlagen zu werden.

Zwei schnelle Hiebe und sein Gegner wich zurück. Dann holte der Bär aus. Fast schon geruhsam kam das Gladius heran.

Und traf seinen Rechteckschild mit der Wucht eines durchgehenden Bullen. Verus verlor zum zweiten Mal in diesem Kampf den Boden unter den Füßen. Diesmal schlug er noch härter auf den brüllend heißen

Sand auf. Sofort öffnete er die Augen wieder – Sterne tanzten im blauen Himmel. Martius setzte nach. Offensichtlich entschlossen, den Kampf hier und jetzt zu beenden.

Die dicken Bein- und Armschützer behinderten Verus, der schwere Schild und das gebogene Schwert wollten ihn am Boden halten. Wie ein umgefallener Käfer versuchte er einen entsetzlichen Moment lang, auf die Füße zu kommen. Dann rollte er einfach zur Seite.

Die Menge schrie auf, offensichtlich gefesselt von dem Schauspiel.

Das Gladius ließ den Sand aufstieben, wo Verus noch einen Herzschlag zuvor gelegen hatte. Er rollte zwei Schritte weiter. Wie er den Schild mitbekam, wusste er selbst nicht – schaffte es sogar, sich nicht mit seinem eigenen Schwert aufzuschlitzen. Dann kam er wieder auf die Füße. Als er sich umdrehte, war Martius heran.

Verus schrie überrascht auf, riss nur noch das Schwert hoch. Der Bär rammte ihn, den Rechteckschild voran, und schleuderte ihn mehrere Schritte weit zurück.

Diesmal war Verus schneller auf den Füßen. Sein Oberkörper war zerkratzt von blutig tiefen Striemen, die die Nieten des Rechteckschilds hinterlassen hatten. Es brannte und schmerzte, als hätten sie ihm Haken durchs Fleisch gezogen.

Mit äußerster Konzentration wandte er sich wieder Martius zu. So eine Kraft! Wieso verfügte der Bär über solche Kraft und er selbst nicht? Wieso hatten die Götter …

Das ist es!, schoss es Verus durch den Kopf. Sie konnten ja nicht von demselben Gott erwählt worden sein! Martius war ohne Zweifel der Liebling des Mars, Gott des Krieges und der Schlachten. Seine Kraft, seine Waffenkunst, sie zeigten es deutlich.

Verus hingegen ahnte nicht einmal, wessen Champion er war. Wie sollte er nur ...

Martius kam wieder heran, die Waffe hoch erhoben. Verus wich zurück und zielte mit der Spitze seines gebogenen Schwertes auf ihn. Leuchtete es nicht weißglühend im Sonnenlicht? Wenn jetzt ein Blitz übersprang und den Champion des Mars vernichtete, das wäre eines Jupiters doch würdig – eines wahren Herrschers über Blitz und Donner! Nichts passierte.

Martius ließ drei Schläge auf den Schild des Gegners niederprasseln. Jeder drückte Verus tiefer in die Hocke und den heißen Sand. Der Schild musste doch bald bersten, sonst würde es sein Arm tun.

Er stach nach Martius' Magengrube, doch traf nur den Rechteckschild. Er war zu langsam, zu sehr von Arm- und Beinschienen behindert. Vielleicht konnte er ...? Es wäre Narrheit, aber nicht seine erste. Während er langsam zurückwich, löste er mit den Zähnen die Schnallen der Armschiene.

Die Menge pfiff. Sie sahen sich schon um diesen Kampf betrogen.

Martius schüttelte beschwörend den Kopf. Er wollte ihn redlich besiegen und das bisschen Ruhm einstreichen.

Dann fiel die Schiene zu Boden, sein Arm fühlte sich viel freier an. Die Menge tobte wütend.

Martius trat Sand in seine Richtung, um ihn zu beleidigen und herauszufordern. Die Körnchen brannten übel in den Wunden auf seinem Oberkörper. Wenn Vulcanus ihn erwählt hätte, würde das zumindest die Hitze in seinem Helm erklären. Aber er hatte keinen Schmiedehammer – das liebste Werkzeug des Gottes – zur Hand, um seinen Feind zu zerschmettern.

Er rannte halsbrecherisch auf Martius zu, Hals und Oberkörper blutüberströmt. Er hielt das nicht mehr lange durch, er musste das hier beenden! Wenn er Fortunas Champion war? Dann würde sein Gegner vielleicht stolpern – mitten in sein Schwert!

Martius erwartete ihn und nahm Schild und Gladius zur Abwehr hoch. Verus hieb über den feindlichen Schild. Spürte, wie er nur seine Kante traf, als es hochgerissen wurde.

Das feindliche Gladius kam heran, er streckte den Rechteckschild in die Richtung, das Gladius traf am Rand – und rutschte ab.

Heißer Schmerz brandete in Verus' Seite auf. Jetzt schrie er. Die Menge übertönte ihn spielend.

Er taumelte zurück, spürte warmes Blut seine Hüfte und sein rechtes Bein hinunterlaufen. Dann erst traute er sich hinzublicken. Das Gladius hatte ihn in die Seite gebissen, war auf den Hüftknochen geschlagen.

Der Schmerz ließ ihn taumeln und trieb ihm die Tränen in die Augen. Sie spülten wenigstens den beißenden Schweiß fort. Gebrochen konnte die Hüfte nicht sein, sonst stünde er nicht mehr.

Er fluchte wie ein Eseltreiber und schrie. Wenn ihn doch ein Gott zu seinem Champion erwählt hatte, wieso hatte er dann keine Chance? Wieso wusste er nicht, wie er siegen konnte? Verdammt, es war so ungerecht!

Was, wenn er von Vesta, Göttin des Herdfeuers und der jungfräulichen Liebe erwählt worden war? Oder von Venus, der man Liebe und Schönheit zuschrieb? Wie sollte er dann Martius besiegen? Sollte er mit ihm schlafen?

Er schrie noch einmal voller Wut.

Die Menge bekam, was sie wollte.

»Martius!«, schrien sie. Aber auch »Verus!«. Hatte sein ungestümer Angriff ihm Sympathien eingetragen?

Die Beinschienen kamen ihm mit einem Mal unglaublich schwer vor. Göttliche Ausdauer hatte er wohl nicht verliehen bekommen. Der Blutverlust schwächte ihn.

Mit dem gebogenen Schwert zerschnitt er die Lederriemen, die den gesteppten Schutz und die Bronzeschienen hielten. Ihre rechte Seite war bereits blutgetränkt. Er war nur ein Mensch, das durfte er nicht vergessen. Ein Champion der Götter zwar, aber blutig, zerschlagen und am Ende.

Als die Schienen abfielen, spürte er seine Erleichterung. Mehr, als fiele nur ihr Gewicht von ihm ab. Vielleicht war sein Kopf vom Blutverlust so leicht geworden? Er nahm den Helm ab, seufzte, als Luft an das schweißnasse Gesicht und den kurzgeschorenen Kopf kam. Dann warf er auch seinen Schild fort.

Die Menge war still geworden. Martius blickte ihn gelassen an. Seine erhabene Gestalt war von der Gnade des Mars erfüllt. Schienen, Waffen und Schild erstrahlten in überirdischem Licht.

Verus spürte die Agilität seines eigenen Leibs. Das Verlangen, sich zu bewegen, den Wind an sich vorübergleiten zu spüren. Er war jetzt ganz von Ballast befreit, trug nur noch den Lendenschurz und sein geschwungenes Schwert. Keine Zeichen göttlicher Macht an ihm, oder vielleicht gerade …

Dann endlich verstand er.

Er lief auf Martius zu. Die Wunde in seiner Seite sandte bei jedem Schritt glühenden Stahl durch seinen Unterleib, doch es behinderte ihn nicht mehr. Die Strecke schien plötzlich länger, als wolle sie ihm mehr Zeit geben, Geschwindigkeit aufzunehmen. Irgendwie wusste er, dass kleine Sandfontänen emporwirbelten, wenn er seine Füße vom Boden nahm. Der Wind kühlte bereits die Hitze seiner Stirn, auch wenn er erst drei Schritte getan hatte.

Mars' Zeichen an Martius waren unübersehbar: Der Gott hatte Schwert, Schild und Helm seines Champions mit strahlendem Licht erfüllt.

Die Zeichen von Verus' Patron waren subtiler.

Dann war er heran an dem Bollwerk, das Martius darstellte. Verus tauchte mühelos unter dem Schlag des Gladius hinweg, bog sich wie der Lorbeerbaum im Sturm. Aber was konnte er hier ausrichten? Martius' Rechteckschild verhöhnte ihn wie ein ewig verschlossenes Festungstor. Doch Verus war so unbeschwert, dass er in seiner Vorwärtsbewegung noch gar nicht innegehalten hatte. Und er tat es auch jetzt nicht.

Er umging den Rechteckschild. War wie das letzte Blatt, das noch vom Wind hereingetragen wurde, während sich die Tür unaufhaltsam schloss. Dann stand er plötzlich hinter Martius.

Mitten in der Bewegung wandte er sich halb um – und mit einem kräftigen Rückhandschlag ließ er das gebogene Schwert auf die Hinterseite von Martius' Helm krachen.

All das dauerte kaum einen Atemzug, wenig mehr als einen Lidschlag. Jetzt erst begann die Menge wirklich zu verstehen, was sie gerade gesehen hatte. Raunen setzte ein.

Ja, Verus hatte seinen Patron gefunden. Mercurius, den die Griechen Hermes nannten. Den Götterboten, den Schützer der Diebe, der Händler, der Reisenden. Der gänzlich unbeschwert war und dessen Schuhe Flügel trugen.

Neben ihm fiel Martius der Länge nach in den Sand, als stürzte eine Statue und kein Mensch.

Die Menge schwieg einen winzigen Moment, dann wurde der Jubel ohrenbetäubend. Sie warfen die Arme hoch und riefen seinen Namen. »Verus!« Noch nie hatte jemand seinen Namen gejubelt.

Martius stöhnte. Verus hatte nur mit der flachen Seite zugeschlagen. Die Menge entschied, dass er leben solle. Sie liebten ihn trotz seiner Niederlage. Aber abgesehen von drei Tagen Kopfschmerzen würde dem anderen nichts von diesem Kampf bleiben.

Wie im Traum verneigte Verus sich vor der Tribüne, während Martius hinausgetragen wurde. Dann humpelte er in den Eingang zum Hypogeum.

Der Bürger stand dort, der Bronzehaut-Mann. Eine stattliche Gestalt, die Hand lässig in eine Falte seiner Toga gehakt. Er leuchtete schwach, im dunklen Gang deutlich sichtbar.

»Woher ...«, fragte Verus nur.

»... ich wusste, was geschehen würde? Ich wusste es nicht, aber ich bin gut im Raten. Sehr gut.« Er lächelte tiefgründig.

»Du bist ...«

»... ein Champion der Götter? So wie ihr? Ja. Jene Legaten auf dem Weg nach Pharsalos, die ihren Champions das Schwert liehen. Sie verlangten es natürlich nach dem Kampf zurück. Ebenso halten die Götter es mit ihrer Gnade. Doch was euch beide erfüllt, verblasst nur sehr langsam. Du kannst noch viel bewegen, junger Verus.«

Damit drehte der Bürger sich um.

»Warte«, sagte Verus. »Wie viel, wie lange?« Einer plötzlichen Eingebung folgend fragte er: »Diese Schlacht bei Pharsalos, wann war das?«

»Du bist wirklich ungebildet in der Geschichte des Reiches, nicht wahr? Pharsalos liegt in Thessalien, mein Freund, und Pompeius verlor dort seine letzte Schlacht. Julius Caesar gewann sie.«

Damit ging der Bronzehaut-Mann.

Verus hielt sich an der Wand fest. Pharsalos, der Bürgerkrieg. Das war vor mehr als 170 Jahren gewesen.

Bellonas Weg
Sabrina Qunaj

Noch zu Zeiten des Kaisers Titus hat es den Anschein, als würde ganz Britannien und seine angrenzenden Länder an das Imperium Romanum fallen. Doch je weiter die Legionen nach Norden vorstoßen, desto weniger scheinen sich die Feldzüge zu lohnen. Nicht nur der unerbittliche Widerstand der keltischen Stämme zehrt an der Kraft der römischen Soldaten – einer ihrer Feinde ist das kalte, regnerische Land selbst, das die Götter der Britannier nicht kampflos aufgeben wollen.

Sabrina Qunaj
Sabrina Qunaj wurde im November 1986 geboren und wuchs in einer Kleinstadt der Steiermark auf. Nach der Matura an der Handelsakademie arbeitete sie als Studentenbetreuerin in einem internationalen College für Tourismus, ehe sie eine Familie gründete und das Schreiben zum Beruf machte. Sie begann mit Fantasy für Erwachsene und Jugendliche, schreibt mittlerweile aber auch historische Romane. Ihre Bücher erscheinen bei Aufbau, Baumhaus und Goldmann. Die Autorin lebt mit ihrem Mann und ihren zwei Kindern in der Steiermark.

»Folge mir und du wirst Ruhm erlangen.« Die Göttin streckte eine Hand nach ihm aus und führte die andere in einer einladenden Geste zum vor ihnen liegenden Waldstück. »Der Sieg erwartet dich, Agrippa, du musst nur danach greifen. Zögere nicht.«

»Ich zögere nicht.« Agrippa blickte zurück zum Lager, wo sich die Zelte dicht aneinanderdrängten und Rauchsäulen der einzelnen Kochfeuer gen Himmel stiegen. Die Wiese war von einer dicken Reifschicht überzogen und das vor ihm liegende Nadelgehölz erstarrte unter dem weißen Frost. »Wir sind zu wenige«, wandte er sich wieder an die Göttin und rieb die vor Kälte tauben Finger aneinander. Sein Atem stand ihm in weißen Wolken vor dem Gesicht. »Mit nur einer Vexillation können wir die Wilden nicht besiegen. Wenn wir auf die anderen der Legion warten ...«

»Mit Warten wirst du nicht in die Geschichte eingehen.« Bellona kam auf ihn zu und ließ sein Herz mit jedem Schritt, den sie über die gefrorene Wiese näherschwebte, schneller schlagen. Seit Tagen erschien sie ihm nun schon und doch hatte er sich noch nicht daran gewöhnt, tatsächlich mit einer Göttin zu sprechen. Er war der Einzige, der sie sah, und so hatte er keinen Zweifel an der Besonderheit seiner Person. Er war von den Göttern auserwählt, um den letzten Widerstand der Britannier zu brechen und Rom einen weiteren Sieg zu schenken. Er war Gaius Flavius Agrippa, Centurio über die erste Kohorte der zweiten Legion und er war von den Göttern gesegnet.

»Deine Feinde sind wenige«, sagte Bellona und blieb dicht vor ihm stehen, sodass er ihren Atem auf der Haut spüren müsste, doch er roch nichts als den Winter und die schwitzenden Pferde, die neben ihm in ein Seilgeviert gesperrt waren.

In einer römischen Rüstung stand sie vor ihm; ein Kettenhemd verhüllte den feingliedrigen Frauenkörper, kastanienbraunes Haar floss in Wellen bis zur Hüfte hinab, und Beinschienen schlossen sich um ihre schlanken Waden. Auf ihrem Haupt trug sie den Helm eines Centurionen mit einem querstehenden Kamm aus rot gefärbtem Pferdehaar. Sie war die Göttin des Krieges und eine Frau, von der jeder Mann nur träumen konnte.

»Hast du etwa Angst?«, säuselte sie und durchbohrte ihn mit Augen so blau wie der frostklare Himmel über ihnen. »Es gibt andere, die mir mit Freude dienen würden.«

Agrippa straffte die Schultern. »Ich bin dein Diener, Herrin«, erwiderte er rau und wies zum Lager, von wo das Klirren von Rüstungen her klang. »Doch ich handle einzig nach meinem Verstand. Ich riskiere das Leben meiner Männer nicht leichtfertig.«

Ein Lächeln spielte um ihre Lippen, als sie den Kopf schieflegte und ihn mit sonderbarem Blick ansah. »Sag mir, Agrippa«, hauchte sie in die Kälte, doch anders als bei ihm war ihr Atem nicht sichtbar. »Was bist du bereit, für das Leben deiner Männer zu opfern?«

Agrippas Augen verengten sich. Er öffnete den Mund zu einer Erwiderung, als sich ihre Gestalt plötzlich vor ihm auflöste und vom Wind davongetragen wurde. Ihm war, als hörte er noch immer ihr leises Kichern in der Luft nachhallen.

»Centurio!« Marcus Mucius erschien neben ihm und reichte ihm einen Becher mit erwärmtem Mulsum. »Sprichst du schon wieder mit den Gäulen?«

Agrippa brummte lediglich und nahm einen Schluck des heißen Getränks. Der mit Honig gesüßte

Wein tat ihm besonders auf Feldzügen wohl, da es zu dieser Zeit kaum anderes als Getreidebrei zu essen gab, und er auf seine alten Tage auf seinen Magen achten musste. Zwar stand ihm als Primus Pilus durchaus besseres Essen zu, aber er fand es für die Moral der Männer förderlich, wenn er sich denselben Entbehrungen aussetzte, die auch sie erdulden mussten. Er war nicht Centurio der ersten Kohorte und damit ranghöchster unter den Centurionen geworden, weil er sich seinen Wanst vollgefressen hatte. Seine Dienstzeit war nun bald zu Ende und dieser Feldzug sollte entscheiden, wie er bei seinen Nachfolgern in Erinnerung blieb.

»Wir nehmen den Weg durch den Wald«, teilte er Marcus mit, der es nicht erwarten konnte, Agrippas Platz einzunehmen. Als Optio war er Agrippas Stellvertreter und ein gefährlich ehrgeiziger Mann.

»Was gibt es in diesem Wald?«, wollte Marcus wissen und verschränkte die Arme vor der Brust. »Ich dachte, wir folgen der Straße.«

»Nein.«

»Aber im Wald sind wir angreifbar. Es ist unmöglich, den Tross in Formation zu halten, wenn wir durch solch unwegsames Gebiet marschieren. Welchen Plan verfolgst du, Centurio?«

Agrippa hob die Schultern und ertappte sich bei einem Lächeln. Die Göttin wies ihm den Weg und er würde Ruhm erlangen.

Mit Bellonas Unterstützung gelangten sie sicher durch die Moorlandschaft im feindlichen Gebiet der Silurer und bezwangen einen Hügel nach dem anderen. Immer tiefer drangen sie in die Berge vor und kämpften gegen die widrigen Umstände des winterlichen Britanniens.

»Wenn es nicht regnet, dann schneit es«, schnaubte Marcus, der sein Pferd neben Agrippas lenkte und in den grauen Himmel hochblickte. »Wie sehr ich dieses Land verabscheue.«

»Dann hättest du mit der dritten Kohorte gehen sollen, die aufs Festland beordert wurde.«

»Und mir die Zerschlagung des britannischen Widerstands entgehen lassen?« Er warf Agrippa ein wölfisches Grinsen zu. »Willst wohl den Ruhm für dich allein?«

Agrippa schüttelte seufzend den Kopf und trieb sein Pferd an, um den Optio hinter sich zu lassen. Einst waren sie Freunde gewesen, doch seit Agrippa den Jüngeren zu seinem Stellvertreter ernannt hatte, war nichts mehr wie zuvor. Als Primus Pilus konnte er sich keine Freunde erlauben. Er durfte niemandem trauen.

»Mir kannst du trauen«, erklang plötzlich eine ihm bekannte Frauenstimme und im nächsten Augenblick erschien die Göttin neben seinem Pferd. Der Wallach schnaubte und schüttelte unwillig den Kopf, als Bellona ihre Hand in seiner Mähne vergrub, aber mit wenigen geflüsterten Worten brachte sie das Tier zur Ruhe. Lächelnd klopfte sie ihm den Hals und blickte zu Agrippa hoch.

»Es ist nicht mehr weit«, versicherte sie ihm und schritt neben seinem Pferd her. »Schon hinter diesem Hügel wirst du die Britannier finden.«

»Und wenn sie uns erwarten?«

Die Göttin zog die Augenbrauen in die Stirn. »Zweifelst du etwa an mir, Agrippa? Ich sagte dir doch, die Britannier haben sich dort versteckt und sind so gut wie wehrlos. Du musst sie dir nur holen.«

»Was murmelst du schon wieder vor dich hin?« Marcus schloss zu ihm auf und ließ seinen prüfenden Blick auf Agrippa ruhen. Er wartete geradezu auf einen Fehler seines Herrn, das war ihm deutlich anzusehen.

»Ich murmle überhaupt nichts«, erwiderte Agrippa und wies mit einer herrischen Kopfbewegung zurück zum Tross. »Was tust du noch immer hier? Dein Platz ist am Ende des Zugs, also scher dich weg.«

Der Optio machte eine beleidigte Miene. »Wollte hören, wie die Befehle lauten, Centurio«, erwiderte er rau. »Dann unterhalte dich weiter mit dem Wind, auf dass er dir endlich ein Ziel einflüstert, ehe die Männer anfangen zu glauben, dass du uns ins Nirgendwo führst.« Mit diesen Worten schlug er die Fersen in den Bauch seines Pferdes und riss es herum.

Agrippa schnaubte in die kalte Winterluft und zog seinen Umhang fester, der aus verfilzter Wolle hergestellt war und nur unzureichend wärmte. Er hatte keinen Zweifel an seinen Männern. Ein Legionär war weniger ein Mensch als eine funktionierende Waffe. Agrippa hatte die Männer selbst ausgebildet und so lange geschliffen, bis sie eine Elitetruppe geworden waren. Niemals würden sie seinen Befehl in Frage stellen oder die Disziplin schleifen lassen. Er konnte sich auf sie verlassen.

»Die Britannier werden geschlagen«, wandte er sich an die Göttin, die sich noch immer an seiner Seite hielt. »Und wenn es das Letzte ist, das ich tue.«

»Und wenn es tatsächlich das Letzte ist?«, wollte die Göttin wissen und lächelte vor sich hin, ohne zu ihm aufzublicken. »Bist du bereit, dein Leben für die Sache zu geben?«

Agrippa zögerte nicht mit der Antwort, denn seit seinem letzten Zusammentreffen mit der Göttin hatte er darüber nachgedacht. Besser ruhmreich sterben, als in Schande weiterleben. »Ich bin bereit ...«, begann er, doch genauso wie beim letzten Mal trug der Wind ihr leises Lachen mit ihrer Erscheinung davon.

Sie gelangten in eine Schlucht, die weit ins Herz der Berge hineinführte und ihnen als Abkürzung dienen sollte. Es gefiel Agrippa nicht, derart von Steilwänden eingeschlossen zu werden, aber Bellona hatte ihm diesen Weg gewiesen und er folgte ihr.

Das Knirschen der Schritte hunderter Männer über gefrorenes Gestein hallte durch die Senke und verlor sich in den Höhen ihres Gefängnisses. Denn ein Gefängnis war es, dieses Gefühl ließ ihn nicht mehr los.

Die Sonne stand hoch am Himmel und brachte die Eiskristalle um ihn herum zum Funkeln, was ihm stets eine feindliche Bewegung vorgaukelte. Er musste die Augen zusammenkneifen, um nicht geblendet zu werden, und mit jedem weiteren Schritt verstärkte sich das schmerzhafte Stechen in seinem Magen. Da stimmte etwas nicht. Dies konnte unmöglich der Weg sein.

»Bellona«, flüsterte er und es fiel ihm schwer, seine vor Kälte zitternden Lippen zu bewegen. »Bellona, sprich mit mir.« Er sah sich um und lauschte, aber es erklang keine Antwort. »Bellona!«

Ein Reiter aus der Vorhut preschte in seine Richtung und bestätigte mit seiner Eile Agrippas Verdacht von nahendem Unglück. »Centurio!«, rief er schon von Weitem. »Centurio!«

Agrippa trieb sein Pferd an und ritt dem Legionär über das letzte Stück entgegen. »Sprich!«, forderte er

den Untergebenen auf, kaum dass er ihn erreicht hatte.
»Was gibt es da vorne?«

Der Legionär sah ihn aus großen Augen an, sein Gesicht war von Kälte und Wind gerötet. »Das musst du selbst sehen, Centurio«, keuchte er und deutete mit der Hand hinter sich zu der Biegung, die den Rest der Vorhut vor seinem Blick verbarg. »Du wirst es nicht glauben.«

Agrippa sah den Mann einen Moment lang schweigend an und dankte den Göttern dafür, dass Marcus Mucius im Moment nicht an seiner Seite war. Der Optio hätte sich nur wieder in den Vordergrund zu drängen versucht und Agrippa mit unnötigen Reden aus der Ruhe gebracht.

Seufzend blickte er zurück zur Mannschaft, die sich in enger Formation vorwärtsbewegte. Das Feldzeichen – ein goldener Pegasus mit gespreizten Flügeln – funkelte in der Sonne über ihnen. Der Legionsadler war nicht bei ihnen, denn er verließ das Lager nur, wenn die gesamte Legion ausrückte. Doch Agrippa war einzig mit zwei Kohorten unterwegs und diese Truppe würde den britannischen Widerstand brechen.

»Also schön.« Er befahl den unter ihm stehenden Centurionen mit der Armee weiterzumarschieren, während er selbst mit dem Legionär vorausritt. Der Weg verengte sich, bis nur noch drei Reiter nebeneinander Platz fänden, und führte in einer Biegung an einem scharfkantigen Felsgestein vorbei. Dort verbreitete sich die Schlucht erneut zu einem kreisförmigen Kessel, an dessen Ende Steilwände in die Höhe ragten und ein Weiterkommen unmöglich machten. Es war eine Sackgasse.

In der Mitte der Senke erkannte Agrippa einen aus Stein geschlagenen Altar. Etwas – oder jemand – lag darauf. Weißes Tuch flatterte im Wind.

Seine Kehle wurde eng und er verspürte plötzlich ein penetrantes Pochen in der Schläfe.

»Ich sagte ja, du wirst es nicht glauben, Centurio«, ließ sich der Legionär vernehmen, doch Agrippa erwiderte nichts. Er trieb sein Pferd voran und ließ seinen Blick über die kargen Wände schweifen, von denen kleine Rinnsale leise gluckernd hinabliefen. Die Sonne vertrieb den Frost und verwandelte die Senke in ein Tal des Wassers. Agrippa versuchte eine feindliche Bewegung auszumachen, irgendjemanden, der für den Altar verantwortlich war, aber alles blieb ruhig. Also schwang er sich zwei Schritte vor dem Opfertisch aus dem Sattel und trat näher. Hinter sich vernahm er die Schritte der näher rückenden Armee, der Wind pfiff zwischen Felsspalten hindurch und doch schien plötzlich alles stillzustehen. Agrippa blickte auf den Altar hinab und spürte, wie sich sein Herz zusammenzog.

»Bellona?«, hauchte er und streckte die Hand nach der jungen Frau aus, die reglos daniederlag, mit geschlossenen Augen und einem faustgroßen Blutfleck über dem Herzen. Wie eine Blume hatte sich der Lebenssaft über das weiße Tuch des Kleides von der Stichwunde nach außen hin ausgebreitet. Das dunkle Haar nahm unter dem Schein der Sonne einen rötlichen Glanz an, ihre Haut war blass und rein wie frisch gefallener Schnee. Sogar jetzt noch war sie schön.

»Ein Anblick, den man nicht so schnell vergisst, was?«

Agrippa schüttelte den Kopf. Er konnte den Blick nicht von der Frau nehmen. »Ich verstehe nicht.« Weshalb sollte Bellonas fleischgewordene Erscheinung auf diesem Altar liegen, niedergestreckt von einem Stich ins Herz? War sie den britannischen Barbaren zum Opfer gefallen? Aber sie war doch eine Göttin, sie war ihm als geisterhafter Schemen erschienen und nicht aus Fleisch und Blut. Vor ihm lag ein menschlicher Körper, wie war so etwas möglich?

»Was bist du bereit, für die Leben deiner Männer zu opfern?«

Agrippas Kopf fuhr hoch und er sah sich Bellona gegenüber, die auf der anderen Seite des Altars stand und ihrem menschlichen Ebenbild über das Haar strich. »Erinnerst du dich? Ich stellte dir diese Frage.« Sie sah zu ihm hoch und der Blick ihrer stechend blauen Augen schien ihn wie ein Frostsplitter zu durchbohren.

»Ich erinnere mich«, erwiderte er immer noch verwirrt und sah zwischen dem Mensch und der Göttin hin und her. »Was ...«

»Wie lautet deine Antwort?«

Agrippa legte die Stirn in Falten. »Meine Antwort?«

»Auf meine Frage. Was bist du bereit, für die Leben deiner Männer zu opfern?«

»Centurio.« Der Legionär beugte sich vor und sah ihm ins Gesicht. »Mit wem sprichst du?«

Agrippa ignorierte den Mann und ließ seinen Blick auf Bellona ruhen. »Alles«, antwortete er ihr und ballte seine Hände zu Fäusten – sie zitterten, so wie sein gesamter Körper. Der schneidende Wind schien durch ihn hindurchzufahren, als stünde er nackt vor der Göttin. Er hatte das Gefühl, dass ihre Frage keineswegs hypothetischer Natur gewesen war und sie es tatsächlich ernst meinte.

»Wer ist das?«, verlangte er zu wissen und deutete auf die Tote auf dem Altar. Am Rande nahm er wahr, wie immer mehr seiner Männer hinzukamen und sich über ihn unterhielten. Manch einer versuchte ihn anzusprechen, aber es schien ihm, als wäre er durch einen Schleier von ihnen getrennt. Er war allein mit Bellona und der leblosen Menschenfrau.

»Das bin ich«, erwiderte die Göttin und verzog ihre Lippen zu einem kalten Lächeln. »Mein Körper.«

»Aber ...«

Sie schüttelte den Kopf. »Einst wurde mir eine ähnliche Frage gestellt, Agrippa.« Ohne den Blick von ihm zu nehmen, schritt sie um den Altar herum auf ihn zu. »Was bist du bereit, für die Freiheit deines Volkes zu opfern, Hafren? Wirst du dein Leben geben? Legst du deinen Geist in Andrastes Hände, auf dass sie den Feind zerschlägt?«

»Hafren?« Er schüttelte den Kopf. Die Klarheit, die ihn auf dem Weg hierher begleitet hatte, strömte genauso wie die Wärme aus ihm heraus und ließ nichts als den Schauer der bösen Vorahnung zurück. »Wer ist Hafren? Und Andraste?«

»Centurio!« Der Optio Marcus Mucius erschien neben ihm und deutete nach vorn. »Sieh nur!«

Agrippa riss seinen Blick von der Göttin los und blickte über den Altar hinweg zur Steilwand. Eine kleine Gestalt in weißen Gewändern hob sich vom dunklen Gestein ab. Sie stützte sich schwer auf einen Stab und als sie nähertrat, erkannte Agrippa in ihr einen greisen Mann mit langem, weißem Bart und Kopfhaar. Der Optio zog sein Schwert, aber die anderen rührten sich nicht und warteten auf Agrippas Befehl.

Die Göttin trat in sein Blickfeld. »Ich bin Hafren«, sagte sie und wies auf die junge Frau auf dem Altar. »Und Andraste ist die Göttin des Krieges, deren Zauber mächtiger ist, als du dir vorstellen magst, Agrippa.«

»Die Göttin ...« Er sah sie aus verengten Augen an. »Aber Bellona ...«

»... mag in deinem Land Macht haben, aber hier ist sie ein Nichts. Dies ist unser Land, Agrippa. *Unseres.*«

Und da klärte sich plötzlich der trübe Schleier, der die Wahrheit vor ihm verborgen hatte. »Du hast mich getäuscht.« Er sah an ihr vorbei zu dem alten Mann, der fünf Schritte von ihm entfernt stehenblieb und seinen Stab schüttelte. Agrippa konnte nicht sagen, woher der Mann gekommen war, aber er wusste, dass er ein Druide war. Ein Priester von falschen Göttern in diesem Land der Barbaren. Die durchscheinende Frau war nicht Bellona. Sie war ein Produkt aus blutigen Ritualen und abstrusen Zauberkräften. Und er, Gaius Flavius Agrippa, Centurio über die erste Kohorte, Primus Pilus der zweiten Legion, war darauf hereingefallen.

»›Was bist du bereit, für die Freiheit deines Volkes zu opfern, Hafren?‹, haben sie mich gefragt.« Die geisterhafte Frau legte ihm die Hände auf die Schultern, doch er spürte ihre Berührung nicht. Nicht als etwas Greifbares, doch er vernahm Kälte, die durch ihre Finger in seine Adern floss. »Wirst du dein Leben geben?« Das stets so überlegene Lächeln wich einem Hauch von Mitleid, als sie ihm direkt in die Augen blickte. »Meine Antwort lautete ›ja‹, Agrippa. Und das heißt ...« Sie legte den Kopf in den Nacken und blickte hoch, und als Agrippa es ihr gleichtat, erkannte er mit Schrecken die schwarzen Schemen, die sich am Kamm der Klippen vom strahlend blauen Himmel abhoben. Es waren in Pelze gehüllte Männer, Eisen blitzte unter den Sonnenstrahlen dieses Nachmittags.

»Centurio! Wach endlich auf! Sie sind überall!«

Agrippa vernahm Angriffsschreie und wusste, dass die Feinde ihnen in den Rücken gefallen waren. Sie versperrten den einzigen Ausweg aus diesem Kessel. Es waren tausende und abertausende, während Agrippas Truppe kaum dreizehnhundert Mann zählte.

»Es ist Zeit für dich, Agrippa.« Die Frau trat von ihm zurück zum Altar und ließ sich darauf nieder. »Es ist Zeit zu sterben.« Sie legte sich zurück und wurde eins mit dem todesstarren Körper des Opfers. Im nächsten Moment prasselten die Pfeile auf sie herab.

Fand und Tand
Jutta Ehmke

Hibernia nennen die Römer die grüne Insel westlich von Britannien, an deren felsiger Küste sich die Festungen der Kelten erheben. Für die Eroberer Europas ist das raue Land wenig reizvoll. Und als ein Statthalter Britanniens sich gegen einen Feldzug dorthin entscheidet, bleibt der Plan unausgeführt. Die Herren dieses Landes bleiben somit die Kelten – und das Feenvolk der Sidh, das in den Flüssen und den grünen Hügeln lebt.

Jutta Ehmke
Jutta Ehmke, 1967 in Herxheim geboren, lebt und arbeitet in der Nähe von Speyer. Alles Kreative begeisterte sie von klein auf, und so wurde ihr das Schreiben schon als Zehnjährige zum liebsten Hobby, das prompt wiederentdeckt wurde, als das eigene Kind im Vorlesealter war. Bald darauf entstand die bislang dreiteilige Fantasyreihe um das Mädchen Yabra, die 2011 erschienen ist. Einige Kurzgeschichten folgten. Am Schreiben reizt sie besonders die Erschaffung phantastischer Welten, die sie gerne mit Rätselgeschichten, aber auch mit philosophischen und psychologischen Themen verknüpft.

Als wir zum ersten Mal einem *Curiogle* begegneten, staunten wir nicht schlecht über die Besatzung: ein wild zusammengewürfelter Haufen Barbaren, der genauso gut von einem Stammestreffen wie von einem Zechgelage hätte kommen können. In nichts glichen sie den Mannschaften römischer Schiffe. Niemand hatte sie nach Größe oder Kraft sortiert, ihnen Disziplin und Gehorsam beigebracht, nicht einmal die Fähigkeit synchron zu handeln. Nichtsdestotrotz hätte mein Herr so manches darum gegeben, mit ihnen zu reisen und schickte mich aus, um zu verhandeln.

Meinem Sprachtalent alleine habe ich es zu verdanken, dass Licinius einen dürren Sklavenjungen wie mich behielt, obwohl andere Diener weitaus attraktiver gewesen wären. Seit drei Jahren führte ich, Caius Decimus, für ihn nun die Übersetzungen und begleitete ihn auf seinen Reisen. Ich sprach das Gallisch der Aquitanier ebenso fließend wie Latein oder Griechisch, sogar einige Dialekte der im Norden beheimateten Keltoi, wie die Griechen sie nannten, waren mir nicht fremd.

Zur Vorbereitung auf unsere Fahrt nach Britannia hatte ich mich extra mit einigen gälisch sprechenden Gefangenen angefreundet, die man am Stadtrand Roms zum Straßenbau einsetzte. Trotzdem blieb ich an jenem Morgen erfolglos. Die Barbaren fanden mein Anliegen zum Brüllen komisch, klopften sich auf die Schenkel und dachten nicht daran, Passagiere an Bord zu nehmen.

Also blieben wir vorläufig auf dem römischen Schiff, das uns hergebracht hatte, was ja auch viel komfortabler war und reisten weiter bis nach Noviomagus. Von dort wollte mein Herr nach Westen, das sagenumwobene Muria finden, wobei es ihn nicht im Mindesten störte, dass es dort keinerlei römische Stützpunkte gab. Anschließend sollte es dann, seinem Vater zuliebe, nach Caledonia gehen, um zu klären, ob es sich mit den Pikten Geschäfte machen ließ. Im Gegensatz zu ihm, der sich gute Handelsverbindungen erhoffte, verabscheute mein Herr jedoch insgeheim das Kaufmannsleben. Licinius liebte das Abenteuer. Dem Drängen seines Vaters zu dieser Reise hatte er nicht eines erhofften Gewinns wegen nachgegeben, sondern einzig deshalb, weil ihn das fremdartige Aussehen und wilde Gebaren der hiesigen Krieger faszinierten und deren Legenden ihn in ihren Bann zogen.

Nachdem wir einige Tage in Noviomagus verbracht hatten, heuerten wir etwas abseits der römischen Route einen Fischer an, der es nicht ehrenrührig fand, für etwas Gold und gute Worte ein paar Umwege in Kauf zu nehmen. Er hatte, wie sich herausstellte, von uns abgesehen noch weitere Passagiere an Bord genommen: zwei Männer, wie sie unterschiedlicher nicht sein konnten. Der eine war, zumindest der Kleidung nach zu urteilen, ein skotischer Krieger, was natürlich sofort das Interesse Licinius' weckte. Wir erfuhren, dass der junge Mann auf den Namen Gwain hörte. Er war stark und großgewachsen, doch zur Enttäuschung meines Meisters so wortkarg wie ein Karpfen. Merkwürdig nur, dass er alleine reiste. Selten ließ er sich an Deck blicken und falls doch, umhüllten ihn nicht nur Überwurf und Tunika, sondern auch ein eisernes Schweigen.

Den krassen Gegensatz zu ihm bildete der zweite Passagier. Ein verhutzelter Alter mit Wanderstab und zerschlissenen braunem Umhang, der nicht stillsitzen konnte und jedermann in ein Gespräch verwickelte, der nicht bei drei über die Reling sprang. Dem Alten gefiel es, die Mannschaft mit uralten Geschichten zu unterhalten, von denen er tausende zu kennen schien. Auch war er ein Ausbund an Temperament und ein unerschöpflicher Quell guter Laune. Er wusste mehr Seemannswitze als Fische im Ozean und war sich selbst für Altweibergewäsch nicht zu schade. Genau wie abzusehen, wollte mein Meister viel Zeit mit dem Alten verbringen, um seinen Hunger nach Sagen und Legenden zu stillen und so saßen wir beieinander, ich übersetzend, Licinius ehrfürchtig lauschend.

Nach ein paar Tagen, wir waren beinahe am Ziel unserer Fahrt angekommen, legte sich ein nebliger Dunst über die Welt, so dass sich weder Richtung noch Entfernung abschätzen ließen. Der Kapitän war gezwungen, die Segel einzuholen. Als nun die Takelage eingerollt war, geschah etwas Seltsames: Eine Krähe flog heran, setzte sich in den leeren Mast und starrte zu uns herab. Ihr Anblick bereitete mir auf der Stelle ein merkwürdiges Unbehagen und auch unter der Mannschaft herrschte Einigkeit darüber, dass das Auftauchen des Tiers nur ein äußerst schlechtes Omen sein konnte. Eine Krähe, mitten auf See? Jemand warf sogar mit einem Schuh nach dem Vogel, verfehlte aber sein Ziel. Mein Meister gab zu bedenken, dass wir uns in Gewässern befanden, über die die Götter der Barbaren herrschten und von denen verstanden es so manche, in Krähengestalt zu reisen, das war bekannt. Der Alte nickte zustimmend und nahm sofort den Faden auf. Mahnend wies er darauf hin, dass Samhain nicht mehr fern war, jene eine Nacht im Jahr, in der die Welt der Lebenden und die der Toten nur noch durch einen dünnen Schleier voneinander getrennt waren. Er wusste von schaurigen Vorfällen zu berichten, die sich in den Nebelnächten der Vergangenheit ereignet hatten und bald hingen alle gebannt an seinen Lippen, sogar der junge Krieger.

In der Nacht wurde der Nebel dichter und ein heftiger Wind kam auf, der unser kleines Boot beharrlich vorantrieb. Tagsüber ließ er nach, nur der Nebel blieb, doch schon in der nächsten Nacht kehrte der Sturm zurück und in der Nacht darauf verhielt es sich ebenso.

Jeden Morgen, sobald ich aus der Koje kroch, blickte ich als Erstes zum Mast empor und hoffte, der Todesbote möge weitergeflogen sein. Aber nein, der schwarze Vogel saß noch immer still und harrte, Tag um Tag, Stunde um Stunde. Die bedrückende Stimmung an Bord erreichte ihren Höhepunkt, als sich zu der Krähe eine zweite gesellte, dann eine dritte. Die Vögel sahen herab und krächzten, als sängen sie unser Totenlied. Eine flog auf und wagte sich zu der Stelle, wo gerade der junge Skote stand. Wie üblich war er gut verhüllt, sogar einen Mantel hatte er weit über den Kopf gezogen. Doch die Krähe ließ sich vor ihm auf der Reling nieder und neigte den Kopf zur Seite, als legte sie es darauf an, ihm direkt in die Augen zu blicken. Sofort wurde der junge Mann kreidebleich, wandte sich ab und ging unter Deck davon. Die Krähe flog auf, als hätte sie einen Sieg errungen.

Am Morgen eines weiteren Nebeltags, ich hatte längst die Orientierung verloren, lief das Boot auf Sand. Augenblicklich herrschte helle Aufregung an Bord. Wir stürmten zur Reling und hielten Ausschau. Viel konnten wir nicht von den fremden Gestaden erkennen, dazu war es zu diesig, doch der Kapitän schwor Stein und Bein, dass an dieser Stelle kein Land sein dürfte. Jemand brachte das Gerücht auf, wir müssten die sagenumwobenen westlichen Inseln erreicht haben, von denen die hiesigen Legenden behaupten, dass auf ihnen die Grenze zum Totenreich verlief. Der Mannschaft war angst und bange. Kaum einer wollte von Bord, nur eine Handvoll Männer wagten die Exkursion, darunter der Alte mit dem Stab, der Skotenkrieger Gwain, mein Meister und ich.

Wir schulterten unsere Beutel und liefen landeinwärts. Der Boden war hart und holprig. Trotz der schlechten Sicht hätte ich darauf wetten mögen, dass auf dieser Insel nichts als Steine wuchsen, doch dann hoben wir zweimal trockene Blätter auf, an Stellen, wo weit und breit keine Bäume standen und immer wieder roch es nach Honig, Milch und Rosenblüten.

Aus heiterem Himmel stand sie vor uns: eine Frau, so schön, wie ich keine zweite jemals erblickt hatte. Sie trug ein weißes fließendes Gewand, einen Blütenkranz in den dichten Locken und einen Korallenstern um den Hals. Alles an ihr wirkte licht und freundlich, nur ihr Umhang war schwarz, wie die Federn der vermaledeiten Krähen.

Mit schwebenden Schritten ging sie auf den Krieger zu und strich ihm zärtlich übers Haar. »So bist du endlich gekommen!«, sprach sie ihn an.

»Ich bin nicht freiwillig hier. Ihr besitzt nichts, das mich locken könnte«, erklärte der junge Skote und stieß sie beiseite.

Die Schöne schnappte gekränkt nach Luft. Zwei Krähen flogen wie aus dem Nichts heran und ließen sich rechts und links auf ihrer Schulter nieder, als wollten sie ihr stummen Beistand leisten.

»Hab ich dir nicht alles geboten, was sich ein Mann erträumen kann? Meine Liebe und Schönheit, Macht und Gold ...«

»Im Gegenteil: Ihr habt mir alles genommen, was ich mir je erträumt hatte!«, widersprach Gwain heftig. Er drehte sich ab, angeekelt und im Tiefsten gequält.

Mein Meister beugte sich zu mir herüber. »Sag, worum geht es, Caius?«, flüsterte er in mein Ohr. »Und wer ist diese Frau?«

Ich öffnete den Mund, um zu antworten, doch klopfte in diesem Moment der Alte mit seinem Stab so vernehmlich auf den Boden, dass ich zusammenschrak. »Bei dieser Frau«, sagte er laut, »handelt es sich um Fand, Königin der Meerestiefen, Göttin der Feenwelt und eine meiner nichtsnutzigen Töchter!«

In seinen Augen loderte ein Feuer, das leicht die ganze Insel und alles, was sich darauf befand, hätte verbrennen können, hätte sein Besitzer es nicht mühsam im Zaum gehalten. Wütend schlug sein Stab ein zweites Mal auf den Boden. Rauch stieg empor und mit ihm hob sich die Illusion, mit der unser Mitreisender sich umgeben hatte. Statt dem zerbrechlichen Alten stand da auf einmal ein Mann in seinen besten Jahren.

Der junge Skote riss die Augen auf. »Ihr seid Aed Abrath«, murmelte er, sank auf ein Knie und neigte ehrerbietig den Kopf, während seine Faust sein Herz berührte. Ich musste nicht lange in meinem Gedächtnis kramen, denn von diesem Gott hatten wir schon zahlreiche Geschichten gehört. Den Feuergeborenen nannten sie ihn.

Erschrocken fuhr Fand zurück, als sie ihren Vater erkannte. Die beiden Krähen, die ihre Schwestern sein mussten, flogen auf und davon.

»Wie die Elstern jedem glitzernden Tand hinterherjagen, so kann meine Tochter nicht die Finger lassen von sterblichen Kriegern. Sie will immer das, was sie nicht haben kann. Ein altes Lied. Es ist nicht das erste Mal und wird vermutlich nicht das letzte Mal sein. Doch diesmal, *mo cridhe*[1], bist du zu weit gegangen!«

»Was hat sie getan?«, fragte mein Meister, nachdem ich Fands Schweigen für eine kurze Übersetzung genutzt hatte.

Es war der junge Krieger, der uns die Antwort gab: »Fand sah mich auf dem Schlachtfeld und verliebte sich, doch ich war gebunden und ging nicht auf ihre Verführungskünste ein. Also schickte sie ihre Schwestern aus und die nahmen meiner Geliebten das Leben. Seither bin ich auf der Flucht vor Fand und ihren Krähenschwestern. Doch man kann Göttern nicht entfliehen, das weiß ich jetzt. Helft mir, Aed Abrath, ich flehe Euch an. Ihr seid mächtig und vermögt mir meine Liebste zurückzubringen!«

Der Feuergeborene wandte sich tonlos seiner Tochter zu und Fand schluchzte unter seinem anklagenden Blick: »Wir haben sein Liebchen nicht umgebracht!«, behauptete sie und wirkte für einen Moment wie ein trotziges Kind. »Eine Krankheit war es, die sie hinwegraffte! Doch da sie nun einmal nicht mehr ist …«

»Schweig!«, unterbrach Aed Abrath sie harsch. Die Flammen waren aus seinen Augen verschwunden, jetzt waren sie dunkel wie tiefe Brunnen und man sah ihm an, dass er um ein weises Urteil rang. Er konnte die

---

[1] Gälisch: mein Herz

Tote nicht aus der anderen Welt zurückholen, wenn sie tatsächlich eines natürlichen Todes gestorben war, denn das wäre Unrecht gewesen. Doch stand dem jungen Krieger eine Entschädigung zu und auch seine ungezogene Tochter musste in ihre Schranken verwiesen werden. Aed Abrath schloss die Augen und als er sie wieder öffnete, war er zu einer Entscheidung gelangt.

»Gwain Dhoire«, sprach er den jungen Krieger an. »Da dir von der Hand meiner Tochter Unrecht widerfahren ist, will ich dir Gnade gewähren. Du darfst deine Liebste noch einmal sehen, falls es dir gelingt, drei Aufgaben zu lösen und somit deine Klugheit, deinen Mut und deine Liebe unter Beweis zu stellen.«

»Ich will alles tun, was Ihr verlangt!«

»So sei es.« Aed Abrath hob die Hand und deutete in jene Richtung, in der ich Norden vermutete. »Inmitten dieser Insel steht ein Turm, der weder Türen noch Fenster hat. Gelange dennoch hinein, dies ist deine erste Aufgabe. Im Innern wirst du eine Maus finden. Fange sie ein und trage sie ins Freie, denn sie kennt den Weg, den du gehen musst. Nimm dir ruhig ein paar Helfer mit, so sich Freiwillige finden lassen!«

Gwain schaute hoffnungsvoll auf die wenigen Männer, die mit ihm an Land gegangen waren, doch blickten alle zu Boden, als wollten sie auf der Stelle im Erdreich versinken. Mein Meister und ich blieben die einzigen, die bereit waren, den jungen Krieger zu begleiten.

Wir liefen in die angegebene Richtung und gelangten nach einiger Zeit zu einem dicken Turm, der, umgeben von drei mächtigen Bäumen, aus dem Boden ragte. Mehrmals umrundeten wir ihn, doch genau wie Aed Abrath gesagt hatte, waren weder Türen noch

Fenster auszumachen. Die Steine saßen dicht an dicht im Mauerwerk und ganz gleich, wie sehr wir es auch abklopften, nach verborgenen Mechanismen oder magisch gewirktem Blendwerk suchten, wir blieben erfolglos. Schließlich war Gwain die Suche leid. Er schlang ein Seil in das Astwerk des Baums, hob einen geeigneten Felsklotz vom Boden auf und baute einen primitiven Rammbock. Wieder und wieder ließ er Stein gegen Stein hämmern. Dann, nach einer Stunde harter Arbeit, bröckelte erstmals das Mauerwerk und ein schmales Loch entstand, das er rasch vergrößerte. »Hier habt Ihr Euer Fenster!«, rief der junge Skote Aed Abrath zu, der abseits stand und sich über die unkonventionelle Lösung des Problems amüsierte.

Zusammen mit Gwain kroch ich durch die entstandene Öffnung. Im Innern des Turms war es dunkel, nur durch das frisch geschlagene Loch fiel etwas Licht herein. Die steinernen Wände waren mit hellen Stoffen verkleidet, die von einer Konstruktion aus Holzstäben in Form gehalten wurden. Davon abgesehen war der Raum leer.

Wir hielten inne und lauschten. Die Bewegungen der Maus waren gut vernehmlich und bald erkannte ich, wie sie eine der Stoffbahnen erklomm. Wortlos deutete ich nach oben, Gwain verstand, zog an der Verkleidung und schüttelte den Nager herab. Ich machte einen schnellen Satz nach vorne, um das Mäuschen zu erwischen. Sobald ich das zittrige Ding in Händen hielt, vernahm ich ein sonderbares Knirschen, das aus den Tiefen des Mauerwerks zu kommen schien. Mir blieb gerade noch Zeit, das Tier in meinem Beutel zu verstauen, als schon die ersten Steine bröckelten. Die Stäbe fielen um, die Stoffe zerrissen und stürzten herab. Mit Mühe erreichten wir das Loch, durch das wir eingestiegen waren, und zogen uns ins Freie.

Schon brachen weitere, größere Steine von der Wand und fielen krachend zu Boden. Das ganze Mauerwerk wackelte und ruckelte. Es war ein unsagbares Getöse. Wir rannten, stürzten, krabbelten auf allen Vieren weiter und wagten nicht, uns umzusehen. Als wir es dennoch taten, lag nur noch ein Haufen grauer Steine an der Stelle, wo gerade noch der Turm gestanden hatte. Zitternd rappelte ich mich auf, über und über mit Staub bedeckt und zog Gwain in die Höhe. Schon lief Licinius herbei und erkundigte sich besorgt nach unserem Befinden. Als er sah, dass wir nicht nur wohlauf, sondern auch noch im Besitz der wegkundigen Maus waren, beglückwünschte er uns hocherfreut.

Auch der Feuergott gesellte sich nun zu uns und setzte den jungen Skoten über die zweite Aufgabe seiner Prüfung in Kenntnis. »Diese Maus kennt den Weg zu einem *Sidh*«, erklärte er. »Zu einem Feenhügel, auf dem der Zugang zur Anderswelt liegt. Deine Aufgabe ist es nun, ihr zu folgen. Doch sei vorsichtig, denn dein Weg führt durch einen Wald, über den ein zorniger Keiler herrscht! Er ist der Wächter des Sidh und wird alles daransetzen, keinen Sterblichen in die Nähe des Hügels zu lassen.«

Bevor wir aufbrachen, traf Gwain seine Vorbereitungen. Er bat mich, ein Feuer zu machen, holte einige Stäbe aus den Trümmern und inspizierte sie gründlich. Dann setzte er sich in aller Seelenruhe ans Feuer, zog sein Messer hervor und verpasste dem Holz eine scharfe Spitze, die er gleich darauf im Feuer härtete. »Ein primitiver Speer ist besser als gar keiner«, sagte mein Meister und sparte nicht mit lobenden Worten. Erst als Gwain auch uns mit je einer Waffe versorgt hatte, war er bereit, aufzubrechen. Er nickte und gab mir ein Zeichen, die Maus freizulassen.

Wie ein Blitz sauste der Winzling davon und wir hinterher. Es war nicht einfach, bei dieser Geschwindigkeit Schritt zu halten und gleichzeitig Vorsicht walten zu lassen. Wir erreichten den Wald, der dicht und dunkel war, rannten über Stock und Stein, kamen ins Keuchen und Schwitzen. Über uns flog krächzend Fand in ihrer Krähengestalt. Wenn der Keiler hier irgendwo war, konnte er uns schwerlich überhören.

Immer wieder raschelte es im Gebüsch oder knackte so gewaltig im Blattwerk, dass wir zusammenschraken, doch wagten wir nicht, innezuhalten, aus Angst, die Maus aus den Augen zu verlieren. Ein paar Mal war es mir, als erspähte ich einen Schatten im Unterholz und wähnte den Keiler ganz nah, doch es geschah nicht das Geringste.

Schließlich lichtete sich der Wald und wir erblickten in nicht allzu weiter Ferne den Feenhügel. Drei weiße Monolithen auf seinem Scheitelpunkt markierten den Zugang zur Anderswelt. Zwischen den Findlingen strahlte ein zartes Licht, das seinen Ursprung nicht in dieser Welt zu haben schien. Es war ein warmes, eher sanftes Leuchten, das dennoch das Zwielicht des Waldes durchdrang und sich nur langsam im Nebel verlor. Die Maus rannte direkt darauf zu und verschwand zwischen den Steinen.

Jede Vorsicht vergessend, eilte Gwain der Lichtung entgegen. Nur noch wenige Schritte, dann hätte er sein Ziel erreicht.

Wie aus dem Nichts kam der Keiler in diesem Moment aus dem Unterholz geschossen. Er war größer als seine Artgenossen, doppelt so groß wie seine aquitanischen Verwandten, die wir bei einer früheren Reise gesehen und erlegt hatten. Seine Muskeln waren gewaltig, seine Hauer unsäglich, lang wie ein Arm und spitz wie ein Pilum.

Der junge Skote fuhr herum, erkannte die Gefahr und hob den Speer, bereit, sich dem Monster entgegenzuwerfen. Der Keiler baute sich vor ihm auf und senkte den Kopf. Als er wütend schnaubte und zum Angriff ansetzte, bewies Gwain wahre Stärke. Er wankte keinen Lidschlag, hielt inne und wartete seelenruhig den rechten Moment ab. Erst als das Untier unmittelbar vor ihm stand, stieß er ihm die Waffe in den Hals. Getroffen ging das Monster zu Boden und riss den jungen Helden mit sich. Gwain rollte beiseite. Seine Aktion wurde mit zahlreichen Blessuren bestraft, aber unser Skote war hart im Nehmen.

Das Wildschwein tobte vor Wut und ließ nichts unversucht, wieder auf die Beine zu kommen, doch Gwain hatte ihm den Speer tief genug ins Fleisch getrieben, wo das Monstrum ihn nicht so ohne weiteres abschütteln konnte. Die bloße Länge der Waffe erschwerte dem Keiler das Aufstehen. Ich wagte mich heran und stieß mit dem zweiten Speer zu, mein Meister platzierte den dritten und schon war wieder Gwain zur Stelle, warf sich der Länge nach auf das Untier und gab ihm mit seinem Dolch den Rest.

Jetzt erst entdeckten wir Aed Abrath. Er saß etwas oberhalb im Gras und applaudierte lauter als jeder Senator im Circus Maximus.

Fand, noch immer in ihrer Krähengestalt, ließ sich auf einem der Findlinge nieder und krächzte aufgebracht, als ihr Vater aufstand, dem jungen Skoten entgegenging und ihm die Hand reichte. Wie zuvor der Turm fiel nun auch der Keiler in sich zusammen. Seine Überreste verwandelten sich in eine stinkende Flüssigkeit, die mit brodelnden Geräuschen ins Erdreich sickerte. Dann war der Spuk vorbei und es war, als hätte es das Untier nie gegeben.

Gwain ergriff die Hand des feurigen Gottes und ließ sich von ihm den Hügel hinauf zum Tor geleiten. Licinius und ich beeilten uns, den beiden zu folgen.

Zwischen den Steinsäulen flirrte die Luft wie an sehr heißen Tagen. Dahinter hatte sich eine ganze Welt aufgetan. Blühende Wiesen wurden sichtbar und eine sanfte Melodie wehte von der anderen Seite herüber, ebenso der süße Honigduft, den ich schon ein paar Mal an diesem Tag in der Nase zu haben glaubte.

»Da ist Floraigh«, rief Gwain aufgeregt und ein Lächeln erhellte seine Miene. »Ich kann sie deutlich erkennen, sie ist ganz nah!«

Auch wir sahen jetzt das Mädchen. Es saß auf der Wiese und flocht einen Kranz aus bunten Blumen, dazu sang es ein Lied. Floraigh bot einen so lieblichen Anblick, dass wir eine Weile entrückt in der Betrachtung innehielten.

»Ruf sie beim Namen«, flüsterte Aed Abrath schließlich dem jungen Krieger zu. »Und wir werden sehen! Wenn deine Geliebte tatsächlich zu Unrecht im Totenreich ist, wird sie dich hören und ihren Namen erkennen. Dann kann ich ihr erlauben, zu dir zurückzukehren.«

Gwain tat wie geheißen. Er trat vor und sprach, zuerst flüsternd, dann immer lauter werdend, das junge Mädchen auf der anderen Seite mit ihrem Namen an. Doch die schöne Floraigh war ganz und gar in ihr Spiel vertieft und fuhr damit fort, Kränze zu binden, als gäbe es nichts anderes. Es war offensichtlich, dass sie ihren Liebsten weder sehen noch hören konnte.

Fand hatte sich unterdessen wieder in eine Menschenfrau verwandelt und stand mit verschränkten Armen abseits. »Ich hab's doch gesagt: Wir haben deinem Feinliebchen nichts angetan! Sie gehört rechtmäßig in die Welt der Toten! Der Beweis meiner Unschuld ist erbracht. Deine Holde kann dich nicht hören, das heißt, sie ist wahrhaftig gestorben und kann nicht zu dir zurückkehren. Niemals wieder!«

Mit blutendem Herzen stand Gwain vor dem steinernen Tor, so nah bei seiner Geliebten und doch so fern, wie ein Lebender und eine Tote einander nur sein konnten. Schwer löste er seinen Blick von der anmutigen Gestalt Floraighs und dem Zauber der Anderswelt. Dann sah er zu Aed Abrath und bemerkte, dass er lächelte. Jetzt begriff Gwain. »Ihr habt von drei Aufgaben gesprochen«, sagte er. »Aber mir erst zwei gestellt! Nicht nur Klugheit und Mut wolltet Ihr testen, sondern auch meine Liebe. Ich flehe Euch an, sagt mir, was ich tun soll!«

Noch bevor der Feuergeborene zu einer Erklärung ansetzen konnte, fuhr Fand herum und kam auf ihren Vater zu. Sie war so wütend, dass jetzt auch ihr ein loderndes Feuer in den Augen stand.

»O nein, das wirst du nicht zulassen! Nicht einmal du kannst so grausam sein! *Mo gràdh ort, athair*[2], doch

---

[2] Gälisch: Meine Liebe gilt dir, Vater.

wenn du mich bestrafen willst, so bestrafe mich auf eine andere Weise!«

Der alte Gott lachte. »Nicht ich werde derjenige sein, der die Entscheidung trifft«, sagte er. Dann wandte er sich Gwain zu, der ihn erwartungsvoll anblickte. »Deine Liebste kann nicht zu dir zurückkehren«, erklärte er leise. »Doch du bist frei zu ihr zu gehen. Jederzeit.«

Mein Meister war starr geworden. Dass er diesmal auch ohne Übersetzung verstanden hatte, verrieten mir seine schreckgeweiteten Augen. Auch ich hielt den Atem an. Alleine Gwain zeigte sich unbeeindruckt und nickte vertrauensvoll. Ohne auch nur einen Augenblick zu zögern, hob er seine Hand und berührte die flirrende Wand. Er schob einen Arm hindurch, dann ein Bein und schon stand er auf der anderen Seite. Wie durch einen hauchdünnen Wasserschleier konnten wir Floraigh ausmachen, die ihn endlich erkannte, die Hände in unbändiger Freude vor den Mund schlug, aufsprang und Gwain mit schnellen Schritten entgegenlief. Die beiden Liebenden fielen einander in die Arme und küssten sich.

Zufrieden lächelnd hob Aed Abrath seinen Stab und schloss das Tor. Die Bilder des Jenseits verschwanden und nur noch die drei steinernen Säulen zeugten, dass hier an manchen Tagen der Zugang zur Anderswelt lag.

Fand kniete am Boden, wo Gwains Körper niedergefallen und zurückgeblieben war und begann lauthals zu schluchzen. Ihr Vater stellte sich hinter sie und legte eine Hand auf ihren Rücken. »*Och, mo cridhe*, immer willst du das, was du nicht haben kannst«, schimpfte er. »Fand und Tand, Fand und Tand, so war es schon immer mit dir!« Der Feuergott seufzte milde, zog seine Tochter hoch und legte ihr tröstend einen Arm um die Schulter. Sie schniefte, als wollte sie nie wieder glücklich werden, dennoch ließ sie es geschehen. »*Mo gràdh ort, athair*«, brachte sie nach einer Weile leise und mit gebrochener Stimme hervor. Trotz aller Trauer und allem Missfallen hatte Fand sich der Entscheidung ihres Vaters unterworfen. Auch wenn es nur eine Floskel war, die ehrerbietenden Worte seiner Tochter genügten, um Aed Abrath endgültig versöhnlich zu stimmen. Mit seinem Finger wischte er eine Träne von ihrer Wange. »Vielleicht wird es langsam Zeit, dich zu vermählen, was meinst du? Sag, was hältst du von *Manannan mac Lir*? Er ist seit langem an einer Liaison interessiert und zudem groß und stattlich, wie es heißt.«

Vater und Tochter drehten sich um und kehrten uns den Rücken zu, dann verschwanden die beiden. Sie lösten sich einfach auf, ohne sich zu verabschieden oder uns weiter Beachtung zu schenken. Mein Meister und ich blieben zurück, alleine auf einer steinigen Insel, über die sich der Nebel senkte. Der Feenhügel verschwand darunter, wie unter einer Decke. Licinius ging leise zu dem geschlossenen Tor, dessen Licht nun erloschen war und schulterte Gwains sterbliche Hülle. Leicht befremdet blickte ich in das bleiche Gesicht des jungen Skoten und hoffte, dass seine Floraigh kein Trugbild gewesen war und er in der anderen Welt sein Glück finden würde.

Wie wir zurück zum Schiff gekommen sind, weiß ich nicht mehr zu sagen. Ich weiß nur, dass bald darauf ein guter Wind aufkam, der uns von der Insel weg und unserem eigentlichen Ziel entgegenwehte.

Aed Abrath hat uns die Erinnerung an unser Abenteuer gelassen, doch an den Ort des Geschehens sind wir nie wieder zurückgekehrt.

Seit jenem Tag habe ich mich viele Male gefragt, ob Gwains Entscheidung weise, Aed Abraths Urteil gerecht und Fands Liebe echt gewesen war. Manches Wissen ist den Göttern vorbehalten und wir Menschen bleiben zurück im Nebel, staunend und voller Zweifel, aber um so manche Erfahrung reicher.

Der Freund der Götter
Carolin Gmyrek

Wer wird sich an uns erinnern, wenn wir vergangen sind? Auch nach unserem Tod werden wir weiterleben, solange unsere Nachfahren die Geschichten unseres Lebens erzählen. Die Römer lassen die Bewohner Germaniens längst teilhaben an der besonderen Fähigkeit, Erinnerungen in Schriftzeichen festzuhalten. Doch, nein, erzählt werden müssen die Sagen der Alten! Erzählt, damit andere sie weiter- und weitererzählen. Denn das gesprochene Wort hat wesentlich mehr Macht, als viele glauben.

Carolin Gmyrek
Eigentlich kann man hier von einem wandelnden Schreiberling-Klischee ausgehen. Beginnend mit der Entdeckung der Leidenschaft für das geschriebene Wort, über die Ausbildung in einer Bibliothek bis hin zu dem nun begonnenen Germanistikstudium konnte es nur mit dem Verfassen eigener Texte enden. Die Motive schwanken zwischen Phantastik, Horror, Fantasy und den Plänen, die Weltherrschaft an sich zu reißen. Unterstützt wird sie dabei von Kobolden, maskenhaften Zauberern und kleinen, unsichtbaren Wesen, die ihr nachts (und während der Vorlesungen) Witze zuflüstern.

Schwarze Rauchschwaden zogen über den Wald hinweg und verdunkelten das ohnehin schon dürftige Mondlicht. Es war still. Das bedeutete, sie folgten ihm nicht. Weder die römischen Soldaten, noch Überlebende aus dem Dorf. Er war in Sicherheit und das war mehr, als er sich zu träumen gewagt hatte.

Dennoch blieb er vorsichtig und so leise wie möglich schlug er sich durch das trockene Unterholz. Irgendwo, nicht weit von ihm, huschte eine Maus durch das Gewühl von Ästen. Sein Magen begann zu knurren. Die Römer waren in das Dorf eingefallen, noch bevor die leichtgläubigen Bewohner ihm ein Festmahl bereiten konnten. Nun brannte das Dorf, sicherlich auch die Dorfbewohner und eine ganze Schar Römer durchstreifte den Wald. Ob sie ganz gezielt ihn suchten, oder eher Ausschau nach Überlebenden hielten, konnte er nicht sagen, aber er ahnte, was sie mit ihm tun würden, sobald sie ihn fanden. Aus diesem Grund blieb er auch nicht stehen, um seinen knurrenden Magen zu bedauern oder seinen Füßen eine kurze Pause zu gönnen. Stattdessen bewegte er sich immer weiter auf ein flackerndes Licht zu, das kaum verborgen zwischen den Ästen des Waldes hindurch schimmerte.

Ein Lager! Und wo es ein Lager gab, da gab es sicherlich auch etwas zu essen. Natürlich war es Godwin bewusst, dass auch die Römer dieses Licht sehen konnten, aber vielleicht hatte er einmal Glück in dieser sonst so glücklosen Zeit. Es war ein kleiner Schimmer Hoffnung.

Vorsichtig und leise schlich Godwin auf das Lager zu. Der Geruch von gebratenem Fleisch kroch ihm in die Nase und sein Magen begann erneut verräterisch zu knurren. Er hielt inne, lauschte und versuchte einen

Blick auf das Feuer zu erhaschen, dessen Licht den Schatten von nur einer Person an die Bäume warf. Das musste jedoch nicht heißen, dass sich in den Büschen keiner versteckte, so wie Godwin selbst. Einen Moment beobachtete er den Mann am Feuer. Seelenruhig saß dieser auf seinem Platz, den Blick auf seinen Bratenspieß gerichtet. Er war groß und hager, fast zu schlaksig, um Godwin gefährlich zu werden. Langsam hob der Mann seinen Kopf und blickte in die Richtung, in der sich Godwin versteckt hielt. Seine Augen waren sonderbar. In der Dunkelheit wirkten sie lauernd und düster, doch die Lippen des Mannes zeigten ein wissendes Grinsen.

»Wie lange willst du dort noch hocken, mein Freund?«, fragte Landolf, der scheinbar der drohenden Gefahr von den Römern entdeckt zu werden, keinerlei Beachtung schenkte. Godwin seufzte. »Bis ich mir sicher bin, dass mir keiner gefolgt ist!«

»Dir ist keiner gefolgt. Nun komm her und setz dich zu mir ans Feuer. Der Braten ist schon fast durch!«

Godwin trat aus dem Schatten der Bäume und musterte den provisorischen Bratenspieß misstrauisch. Wenn er eins wusste, so war es, dass Landolf kein guter Jäger war. Ganz im Gegenteil war er sogar der schlechteste Jäger aller Zeiten und er sollte tatsächlich was in finsterer Nacht erbeutet haben?

»Was ist das?«, fragte Godwin argwöhnisch. »Hast du am Ende doch noch Ratatoscr erwürgt und willst ihn nun verspeisen? Sicherlich wird er uns nicht gut bekommen!«

»Das, mein Freund, ist ein Hase! Und wenn es Ratatoscr wirklich gäbe, so wäre er ein Eichhörnchen, das

sich sicherlich nicht so einfach fangen lassen würde.«
Landolf blickte wieder auf den kleinen Braten und stocherte mit einem Messer in der Asche herum. »Und ich sehe, du hast nichts Essbares mitgebracht. So lass den Hasen nicht verderben, iss und erzähl mir dabei, was du im Dorf erfahren hast.«

Einen Augenblick zögerte Godwin, doch als kalter Waldnachtwind seinen Nacken kitzelte, setzte er sich neben seinen Freund und schnitt sich mit einem Messer ein Stück vom Hasen ab. Das Fleisch war nicht zu zäh oder zu trocken, sondern schien auf die perfekte Weise zubereitet. Man konnte kaum glauben, dass der Hase allein auf einem Spieß über einem offenen Feuer gebraten worden war. Godwin schnitt sich erneut ein Stück ab und steckte es sich in den Mund, während Landolf ihn dabei wissend beobachtete. Als viele weitere große Stücke Fleisch zwischen den Zähnen Godwins gelandet waren und er sie mit einem großen Schluck Bier heruntergespült hatte, lehnte er sich zufrieden zurück und seufzte glücklich.

»Eins muss man dir lassen, Landolf. Du bist zwar ein verdammt schlechter Jäger, aber dafür kannst du das wenige Erlegte wunderbar zubereiten. Du bist ein Gott am Feuer!«

»Wenn du das sagst, dann wird das wohl stimmen, mein wählerischer Freund!«

Godwin begann zu lachen und ließ sich nun vollends auf den Rücken fallen, um die wenigen Sterne zu betrachten, deren Licht es durch das Blätterdach schaffte. Langsam wurde er schläfrig, der Met machte seine Augenlieder schwer. Bevor er jedoch einschlafen konnte, räusperte sich Landolf und rüttelte ihn wieder wach. »Nun erzähl schon! Was ist im Dorf vorgefallen?

Ich habe Schreie gehört und den Gestank von verbrannten Menschen kann man sogar hier noch riechen.«

»Die Römer!«, sagte Godwin schläfrig. »Sie kamen, noch bevor ich die Dorfbewohner überzeugen konnte. Es war wirklich Pech!«

»Du warst einen ganzen Tag weg und hast sie nicht überzeugen können?«

»Es war halt schwieriger als erwartet. Allein ist es schwieriger. Ich bin Dieb, kein Redner oder Lügner. Sie waren halt klüger, als du geglaubt hast und ich habe nicht genug Wissen über diese beschissenen Götter, um ihnen die richtigen Geschichten zu erzählen, verdammt nochmal!«

Landolf schwieg eine Weile. Er war kein streitsüchtiger Mensch und reagierte eher besonnen auf die Wutausbrüche von Godwin. Eine Tatsache, die der Dieb gleichzeitig mochte und irgendwie doch hasste. Eine richtige Rauferei würde ihn vielleicht auf andere Gedanken bringen, aber Landolf erhob nie die Faust. Er redete nur!

»Welche Geschichte hast du ihnen erzählt?«, fragte Landolf. Er griff zum Trinkschlauch und genehmigte sich einen großen Schluck Met, bevor er wieder in der Glut des ehemaligen Feuers herum stocherte.

»Nun ... also ...« Godwin kratzte sich mit einer Hand am Kopf und versuchte sich daran zu erinnern, welche Eine er von den vielen Geschichten den Dorfbewohnern erzählt hatte.

»Also, welche?«, hakte Landolf nach.

»Hm ... Adwari ... diese Zwergengeschichte mit dem ausgestopften Otter und dem vielen Gold. Ich dachte mir, eine Goldgeschichte würde die Dorfbewohner schon locken, aber sie reagierten eher genervt und beschimpften mich als Dummschwätzer!«

»Du dachtest ... « Landolf machte eine Pause und warf etwas trockenes Laub auf die warme Glut. Godwin war der spöttische Unterton seines Freundes nicht entgangen. Es war nicht so, dass er sich jemals an die Überheblichkeit seines Freundes gewöhnen könnte. Irgendwann würde er es dem Schwätzer schon noch heimzahlen, doch im Moment brauchte er ihn einfach noch. Er war ein talentierter Geschichtenerzähler und Lügner, der mit seinem klugen Kopf jeglichem Bauerntölpel das letzte Schaf abquatschen konnte. Und seine Idee – gerade jetzt in der Zeit der ständigen Römerüberfälle – die Menschen mit falschen Göttergeschichten zu locken und ihren Glauben gar mit einer neuen Figur in Frage zu stellen, brachte den beiden mehr Wohlstand ein, als jegliche Räubereien es getan hätten. Natürlich hatten sie im Moment eine Pechsträhne, doch in guten Zeiten galten sie als Dichter und Künstler, als Götterversteher und als gern gesehene Gäste auf Höfen. Sie bekamen Kleider, Proviant und manchmal gar Gold und Waffen, konnten es die Stammesführer entbehren. Ach ... und Frauen waren den Skalden ebenfalls nicht abgeneigt.

»Morgen werden wir weiterziehen. Es wäre doch gelacht, wenn wir unser Glück nicht wiederfinden würden«, meinte Landolf und reichte den Metschlauch noch einmal an seinen Freund weiter, bevor er das Feuer endgültig löschte. »Um die Römer mach ich mir keine Sorgen. Denen wird bald schon jemand Einhalt gebieten, sie wissen es nur noch nicht. Wir dagegen, mein Freund, haben eine goldene Zukunft vor uns und dafür werde ich Morgen sorgen, sobald wir nur ein Dorf gefunden haben!«

Die Sonne verschwand bereits am Horizont, als die beiden Reisenden in der Ferne die ersten Umrisse von Hütten erkannten. Es war jedoch kein Dorf, sondern nur der kleine Hof einer Sippe, was nur wenig zur Besserung von Godwins Laune beitrug. Landolf schien dagegen so zuversichtlich, als hätten sie die Mauern Asgards direkt vor Augen.

»Nun gut. Wenn nicht heute, dann wohl morgen. Doch an diesem Abend, mein Freund, werden wir speisen wie die Könige!«, meinte er, während er den Sattel des Pferdes richtete und Staub von seiner Kleidung klopfte.

»Wie ziemlich arme Könige!«, erwiderte Godwin missgelaunt. Er war die ewigen Versprechungen seines Weggefährten langsam leid. Er versprach den Himmel auf Erden und präsentierte stattdessen eine Ödnis, die er zu einem Paradies log. Doch den Magen konnte er darüber nicht hinweg täuschen. Godwins Magen jedenfalls nicht.

»Oh, mein Freund!«, rief Landolf aufgeregt, als nur noch wenige Schritte sie vom Hof trennten. »Du glaubst nicht, welche Wunder wir in diesem Hause antreffen werden. Erlesene Speisen vielleicht nicht, aber dafür einen unbezahlbaren Schatz!«

»Darauf kann ich verzichten!« Godwin hauchte warme Luft in seine kalten Hände. »Ich brauch keinen Schatz, der unbezahlbar ist. Ich brauch bezahlbare Schätze und Essen und Wärme und was zu Trinken.«

»Ach, Godwin. Du Freund der Götter. Wenn du mir heute Abend noch einmal vertraust, dann wirst du ab spätestens morgen Abend keine Sorgen mehr haben. Darauf hast du mein Ehrenwort!«

Godwin wusste zwar nicht, ob Landolf so etwas wie Ehre besaß, aber er nickte dennoch. Er hatte doch in dieser kalten Nacht keine andere Wahl, als seinem Freund in diese Hütte zu folgen, zumal Landolf schon an die Tür klopfte. Aus dem Inneren der Hütte erklang Hundegebell und leises Gemurmel.

Sie warteten eine für Godwin unerträgliche Zeit, bis sie zwischen diesen Lauten auch endlich Schritte vernahmen und ihnen die Tür geöffnet wurde. Ein hochgewachsener, kräftiger und bärtiger Mann stand vor ihnen. Seine Augen waren schmal und richteten sich bedrohlich auf die Reisenden, während seine massige Gestalt ihnen die Sicht auf den warmen Innenraum versperrte. Er war eindeutig der Sippenälteste.

»Seid gegrüßt, Bruder!«, sprach Landolf selbstbewusst und deutete dabei eine Verbeugung an. »Mein Name ist Landolf und das ist mein stummer Gefährte Godwin. Wir bitten vielmals um Verzeihung, dass wir Euch und Eure Sippe in dieser späten Stunde stören, doch wir sind weit gereist und suchen einen Platz zum Ausruhen.«

»Ach, sucht ihr das?«, fragte der Mann skeptisch.

»Oh ja, Bruder. Wir sind Tag und Nacht unserer Wege gegangen um die Geschichten aus dem Asenland zu erzählen, doch wir wurden unweit von hier im Wald von Römern überfallen und davongetrieben. Seht Ihr dort noch die Rauchschwaden? Einzig dies lahmende Pferd ist uns geblieben und die Worte, die wir sprechen im Austausch für vielleicht ein wenig Speis und Trank?«

»Das Pferd?«, fragte der Mann, dessen Stirn sich zu runzeln begann.

»Ja und unsere Worte«, wiederholte Landolf. Der Mann schwieg und betrachtete die zwei ärmlich aussehenden Reisenden. Für einen kurzen Augenblick glaubte Godwin, dass Landolf dieses eine Mal mit seinen süßen Worten und Lügen nicht weiter als bis zu dieser Türschwelle kam, auf der ein unüberwindbarer Riese stand. Doch da breitete eben dieser schon die Arme aus und begann zu lachen.

»Dann verschwendet diese Worte nicht weiter an die Himmelsriesen, meine Freunde und tretet in unsere bescheidende Hütte ein, um mit euren Geschichten ein gutes Mahl zu zahlen!« Der Sippenvater tat endlich einen Schritt zurück und ließ die beiden Reisenden in die warme, große Hütte ein.

»Wir haben Gäste, Weib!«, dröhnte seine Stimme, während er die Tür hinter ihnen schloss. »Setz noch etwas Suppe auf und hol den Met!«

Godwin hätte es nicht erwartet, doch Landolf schien tatsächlich recht gehabt zu haben. Sie speisten wie Adlige in dieser bescheidenen Hütte. Das Essen war so schmackhaft, dass Godwin mehr als reichlich zugriff und sich danach mehr tot als lebendig fühlte. Der Met tat sein Übriges. Landolf erzählte derweil seine falschen Geschichten über die Götter dieser Narren.

Neben dem Sippenvater, Adalfried, lebten auf diesem ärmlichen Hof noch seine Frau, sein Sohn und dessen Gemahlin, seine Tochter – ein wirklich hübsches Ding, das für Godwins Geschmack fast zu sehr an Landolfs Lippen hing – und eine alte Vettel, die

Adalfried als seine Mutter vorstellte. Sie schien zerbrechlich. Weißhaarig und bucklig saß sie in ihrer Ecke und starrte auf Landolf. Ihr Gesicht war von den Furchen des Alters bedeckt, ihre Augen grau und leer. Unheimlich, diese Frau. Godwin erinnerte sich nicht daran, dass die Hexe sich seit der Ankunft der beiden überhaupt einmal bewegt hatte.

»… Und die Ziege zerrte. Natürlich musste da die Riesin in schallendes Gelächter ausbrechen …!«

So wie auch alle anderen in der Hütte. Diese Geschichte brach meist die letzten Mauern der Skepsis und sicherte ihnen zumeist auch einen Schlafplatz.

»Fabelhafte Geschichten, mein Freund! Ich hätte nicht gedacht, dass es noch Götter gibt, von denen meine werte Mutter mir noch nichts erzählt hat, doch dieser Schelm Loki ist großartig!«

Godwin glaubte aus der Richtung der alten Frau ein verächtliches Schnauben zu hören. Bewegt hatte sie sich noch immer nicht, aber ihre Augen schienen Landolf zu folgen wie ein Adler seiner Beute.

Er versuchte sie zu ignorieren, doch irgendetwas verhinderte, dass die Alte gänzlich aus seiner Erinnerung verschwand. Nicht einmal der Alkohol schaffte den elenden Schatten der Hexe aus seinem Kopf zu verbannen.

»Verrate mir etwas, mein Freund!« Landolf vertrug unglaublich viel. Selbst nach dem dritten großen Krug war seine Zunge so leicht wie eine Feder. Er selbst war kaum mehr zum Sprechen in der Lage. Lieber starrte er die schöne Tochter an.

»Sagt mir, wie schafft ihr es, uns armen Reisenden ein solch gutes Mahl zu bereiten, wo euer Hof doch so bescheiden anmutet? Ich habe viele Kühe und Schweine, Ziegen und Schafe gesehen. Habt ihr etwa alles für das Vieh eingetauscht? Ernährt ihr euch etwa nur von ihnen? Aber wie kommt dann dieses wundervolle Brot, die Suppe und der Met zustande?«

Adalfried begann zu lachen und schlug Landolf freundschaftlich auf den Rücken.

»Wenn du nichts weiter wissen willst, mein Freund. Ich hatte schon schlimme Dinge befürchtet, aber diese Frage beantworte ich dir gern.« Er machte eine ausschweifende Handbewegung, die den ganzen Raum umfasste und abschließend auf seine Mutter wies.

»Götter, mein Freund«, war seine Antwort. »Meine Mutter hat vor vielen Jahren einer Göttin geholfen und dafür ihren Segen erhalten. Jedenfalls erzählt es dieses alte Weib immer. Ich weiß nicht, ob ich es glauben kann, aber unsere Felder sind immer ernteeich und unser Vieh vermehrt sich fast schon zu schnell, um es zu schlachten. Was sollte also gegen die Geschichte sprechen? Solang uns also diese Göttin wohlgesonnen ist ...«

»Es klingt, wenn ich Euch unterbrechen darf, nach Idun. Die Tochter des Zwerges Ivaldi.«

»Ganz recht!«, antwortete Adalfried ein wenig enttäuscht nicht mit seinem Wissen prahlen zu können. Landolf beugte sich verschwörerisch vor. Sein Lächeln wurde zu einem breiten Grinsen und seine Stimme senkte sich zu einem Flüstern.

»Diese schöne Göttin, die die goldenen Äpfel bewacht?«

Seine Augen begannen gefährlich zu glänzen. Sie hatten den gleichen Ausdruck, wie wohl auch Godwin, wenn er an die schöne Tochter dachte.

»Genau jene!«, lachte Adalfried.

»Dann habt ihr tatsächlich Glück und auch zu danken!«

»Wir danken der Idun jeden einzelnen Tag mit unserem Schatz!«

Wieder das Blitzen in den Augen Landolfs. Bildete sich das Godwin vielleicht nur ein? War das nur die Täuschung des Mets, der bereits durch seine Adern floss? Der Alkohol trübte natürlich seine Sinne und vielleicht hatte er sich auch das Zischen, das aus der Ecke der unbeweglichen, alten Frau drang, nur eingebildet.

»Das glaub ich gern!«, sagte Landolf lauernd. »Aber auch dem Loki? Dankt ihr auch ihm?«

»Dem Loki? Wir wussten bis zu diesem Tage nicht einmal, dass es ihn gibt. Was hat er mit Idun zu schaffen?«

»Er hat sie vor ihrem Entführer Thiassi gerettet, indem er sie in eine Nuss verwandelte und sie nach Asgard zurück trug! Übrigens ist dies auch die Vorgeschichte zu der kleinen Schelmerei mit der Ziege!«

»Ach?«, lachte Adalfried. »Erzähl mir mehr davon!«

Darauf hatte Landolf nur gewartet und Godwin konnte sich nun getrost zurücklehnen. Der schwerste Schritt war geschafft und ihre Unterkunft gesichert. Landolf holte tief Luft, um seine Geschichte zu erzählen.

»Id…«

»Hör auf, Lügner!« Landolf stockte und blickte verwirrt. Zum allerersten Mal erlebte Godwin ihn sprachlos. Die Alte hatte aus ihrer Ecke geknurrt und damit ihre Anwesenheit in Landolfs Gedächtnis zurück geholt. Er schien sie nämlich vollkommen vergessen zu haben. Umso fassungsloser blickte er die alte Hexe nun an. Ihre Stimme klang rau und kantig, während sie weitersprach. Ihre Worte wählte sie mit Bedacht.

»Nichts als Lügen erzählst du und nichts als Unheil bringst du!«

Landolf lächelte, oder knirschte mit den Zähnen. Godwin konnte es durch den Schleier aus Alkohol nicht erkennen.

»Jeglichen Gott hast du mit deinen Geschichten verspottet und willst sogar noch die Idun mit deinem eigenen Dreck bewerfen. Wieso erzählst du nicht die wahre Geschichte? Von Anfang an!«

»Von Anfang an?«, fragte Landolf unschuldig. »Das war der Anfang. Einen anderen gibt es nicht!«

»Und dass dieser Nichtsnutz von einer falschen Gottheit erst die Entführung der Idun veranlasste? Was ist damit, Geschichtenweber?«

Landolf schwieg. Die Alte starrte ihn an. Ganz langsam erhob sie einen Arm und zeigte mit ihrem knöchernen Finger auf Godwins Freund. »Du erzählst Lügen, wie er es tun würde. Unwahrheiten! Du verdrehst den Dummen die Köpfe, während dein Freund ihnen die letzten Hemden vom Leibe reißt.« Ihr kratziges Lachen schallte durch den Raum. »Von wegen stumm. Hohl ist er. Folgt deinen Lügen wie alle anderen und fühlt sich doch im Vorteil! Geht und lasst mein Heim ein Ort der Götter sein!«

Selbst das Schwein hatte aufgehört zu grunzen. Die Stille drückte auf den Ohren der Hausbewohner, doch Landolf lächelte noch immer. Die Alte ließ ihren Finger sinken. Langsam und bedächtig, als würde sie einen

Angriff fürchten. Ihre Augen flackerten. In diesem Augenblick begann Adalfried zu lachen.

»Hört nicht auf die Alte. Manchmal redet sie im Wahn.« Er stand von seinem Platz auf und trat zu seiner Mutter. Er half ihr, sich auf ihren Hocker zurückzusetzen.

»Sie werden Unglück über diesen Hof bringen. Jag sie fort!«, riet sie ihrem Sohn. Ihre Stimme zitterte vor Schwäche. Von der eben noch starken, wissenden Frau war nur eine alte, kraftlose Hexe geblieben.

»Morgen, Mutter. Diese Nacht ist zu kalt, um Reisende vor die Tür zu jagen!« Er legte ihr eine Decke sacht über die Schulter und gab ihr einen Kuss auf die Stirn. Sie seufzte leise, dann schloss sie ihre Augen und ... schlief. Diese Anstrengung war wohl zu viel für sie gewesen. Godwin hörte ihr leises Schnarchen, doch sympathischer machte sie das auch nicht.

In der Dunkelheit krächzten die Raben. Sie sangen der Wala ein Lied. Sie sangen ihr vom Dieb und vom Lügner, die sich beide in ihr Haus gelogen haben. Der eine schlief, der andere wachte. *Wach auf, Wala!*

Godwin wurde von einem Schrei geweckt, der schrecklicher nicht aus tausend Höllen hätte dringen können. Langsam versuchte er sich aufzurichten, doch der Alkohol zwang ihn wieder Richtung Boden. Sein Kopf dröhnte, als hätte Donar seinen Hammer auf Godwins Schädel niedergeschmettert.

»Er ist weg!«, kreischte eine Stimme. »Jemand hat ihn uns gestohlen. Der Apfel ist weg!«

Im Zwielicht der Nacht konnte er die Alte erkennen, die sich von ihrem Lager aufgerichtet hatte. Ihre dünnen Haare hingen ihr vor dem Gesicht, doch Godwin konnte ihre Augen im Mondschein erkennen. Sie starrten ihn an. Die Hände der Alten hatten sich um ihren Stock verkrampft und zitterten vor Aufregung.

Godwins Herz begann zu rasen. Die alte Hexe war wahnsinnig geworden. Er versuchte, nach Landolf zu tasten und ihn zu wecken, ohne die Alte dabei aus den Augen zu lassen, doch er fand seinen Freund nicht. Er weitete die Suche aus, doch seine Fingerspitzen fühlten nur Stroh und alten Leinenstoff.

Vorsichtig drehte Godwin seinen Kopf zum Lager des Freundes. In diesem Moment begann die Alte wieder zu schreien. Godwin erschrak so fürchterlich, dass er den Halt verlor und mit dem Kopf auf den Boden krachte. Keinen Augenblick später spürte er zwei Hände an seinem Kragen, die ihn anhoben und wieder zurückschlugen. Sterne explodierten vor seinen Augen.

»Er ist weg!«, knurrte eine kratzige Stimme. Er roch den fauligen Atem der Hexe und spürte ihre Spucke auf seiner Haut. »Er hat den Apfel gestohlen und ist geflohen.« Wieder schlug sie ihn auf den Boden. Godwin verlor die Orientierung, während er versuchte nach der Alten zu greifen. Doch diese hatte in ihrer Wut eine unbändige Kraft entwickelt, für die Godwin keine Erklärung wusste. In ihren Augen glühte der Wahn.

»Ich habe gewusst, wer er war. Ich habe es von Anfang an gewusst.« Sie stimmte ein grausiges Lachen an. »Nun hat er uns alle ins Verderben geführt und ist selbst geflohen!«

Endlich ließ die Hexe ihn los. Godwin schnappte nach Luft und hustete, während die Alte tänzerisch zurücktaumelte. »Verrücktes Weib!«, knurrt er, doch die

Alte ignorierte ihn. Ihr Lachen wurde immer lauter. »Schelm und Narr! Dein Freund hat dich zurückgelassen. Er hat dich in Brand gesteckt und du hast es nicht einmal bemerkt. Dummkopf. Geblendeter. Verrückt bist doch nur du!« Die letzten Worte erklangen wie ein gekreischtes Lied aus ihrer Kehle. Strophe um Strophe lachte sie in die Nacht hinein und tanzte dabei, als würde es kein Morgen geben. Godwin hörte von draußen Schritte und Stimmen, doch sie wurden von den nun unverständlichen Gebrabbel der Alten übertönt. Sie drehte und drehte sich, streckte die Arme aus und wiederholte immer die gleichen Worte. »Der Apfel … der Apfel … der Narr hat ihn gestohlen … Der Apfel … der Apfel … die Schlange soll ihn holen!«

Godwin nutzte ihre Unaufmerksamkeit und rappelte sich auf. Die Alte hatte ihm den Alkohol aus dem Kopf geschlagen und bis auf die Schmerzen konnte er wieder klar denken. Stattdessen schoss nun Adrenalin durch seine Adern. Er zog sein Messer und trat langsam auf die Alte zu, die sich noch immer im Wahn drehte. Er hatte sie schon fast erreicht, da erstarrte sie und riss die Augen auf. Godwin runzelte die Stirn. Auf ihrem Gesicht war das Grinsen eines Dämons, während sie Schritt für Schritt ganz langsam auf ihn zukam. Nur noch wenig trennte sie voneinander und Godwin erhob bereits sein Messer, als aus dem Mund der Alten Blut tropfte. Ihre aufgerissenen Augen wurden leer und sie kippte vornüber. Knackend landete der Körper auf den Boden. In ihrem Rücken steckte ein Pfeil.

Godwin zitterte. Er war nicht mehr in der Lage sich zu rühren und nur das Adrenalin hielt ihn aufrecht. Vorsichtig tippte er mit einem Zeh den Körper an, doch die Alte rührte sich nicht mehr. Nur ein letzter Lufthauch entwich ihrer Kehle, was nach einem Kichern klang, dann war es vorbei.

Godwin starrte sie an, dann begann er zu lachen. Laut und schallend entlud sich seine Anspannung, während sein Messer scheppernd zu Boden fiel. Die Alte war tot. Dieser Pfeil war von den Göttern geschickt worden. Dieser Pfeil, der durch das Fenster geflogen gekommen war und der Alten ihren Wahnsinn genommen hatte. Dieser Pfeil, der ihn so schrecklich ... an das Dorf ... erinnerte.

Godwins Lachen verebbte und sein Herz begann wieder zu rasen. Erst jetzt bemerkte er den ekelhaften Geruch von Ruß und verbranntem Fleisch. Erst jetzt hörte er die Schreie und die Kampflaute und erst jetzt wurde ihm bewusst, warum niemand auf das Geschrei der Alten reagiert hatte. Godwin schlich zur Tür und machte sie vorsichtig auf. Draußen waren eine Handvoll Römer, die gegen Adalfried und seinen Sohn kämpften. Godwin verschloss wieder die Tür und trat hastig zurück. Dabei stolperte er über die Leiche der Alten und fiel zu Boden. Qualm drang durch die Ritzen und er hörte das Knacken im Gebälk. Es war vorbei. Dieses Mal würde es kein Entkommen geben. Und dieser elende Feigling Landolf hatte sich bereits aus dem Staub gemacht. Wie hatte er ihn nur zurücklassen können? Warum hatte er ihn nicht geweckt und gewarnt, sondern war allein geflohen? Godwin vergrub das Gesicht in den Händen und schrie wütend auf, als ihm die Tragweite des Verrates bewusst wurde.

»Du elender Hund!«, schrie er verzweifelt. Der Rauch nahm ihm bereits den Atem und vernebelte seinen Verstand. Schatten tanzten um ihn herum und er glaubte, die Leiche der Alten lachen zu hören.

»Von wem redest du, mein Freund?«

Godwin erschrak, als er die Stimme hörte. Dann kam die Wut zurück. Sofort ergriff er das Messer, das neben ihm lag und stemmte sich wieder nach oben.

»Du elender Feigling! Komm raus, Landolf, damit ich dich aufschlitzen kann!«, schrie Godwin, immer wieder von Husten unterbrochen.

Landolf begann sein überhebliches Lachen zu lachen, das Godwin so sehr hasste. Wo war er? Wo versteckte er sich hier zwischen Rauch und Schatten?

»Bist du nur zurückgekehrt, um mich sterben zu sehen oder hast du doch genug Mut, um mit mir zu kämpfen?«

»Ach, Godwin. Dies hier ist nicht der Kampf, den ich bestreiten will. Mich zieht es zu mächtigeren Gegnern.« Die Stimme hielt kurz inne. Godwin hatte sich durch die Dunkelheit getastet und versucht ihren Herkunftsort ausfindig zu machen. Doch als Landolf wieder zu Sprechen ansetzte, kam es aus einer ganz anderen Richtung.

»Ich wollte mich nur bei dir bedanken, mein Freund. Ohne dich hätte ich ihn nie gefunden!«

»Wen?«, krächzte Godwin.

»Den Apfel natürlich. Darum ging es doch die ganze Zeit!«

Der Dieb stockte, dann begann er herzhaft und verzweifelt zu lachen.

»Einen Apfel! Das alles hier, nur um einen Apfel zu finden. Und ich glaubte, die Hexe wäre die Wahnsinnige hier.«

»Nicht ein Apfel. *Der* Apfel. Der eine, den Idun an Sterbliche verschenkte, um sie zu schützen. Vor mir liegt eine gewaltige Schlacht, doch ich bin geschwächt. An die Bäume komm ich nicht heran, doch hier vermögen mich die Götter nicht aufzuhalten!«

»Du bist wahnsinnig. Du glaubst deine eigenen Lügen!«, kreischte Godwin gegen den Rauch.

»Vielleicht«, antwortete die Stimme. »Aber auch wenn wahr ist, was ich erlüge, so wirst du meinen Triumph kaum noch mitbekommen. Bis zu diesem Augenblick schützte der Apfel diese Hütte noch. Als ich ihn mir nahm, schwand der Schutz und die Römer kamen. Nun verabschiede ich mich und auch diese Hütte wird fallen, mein Freund!«

»WARTE!«, rief Godwin.

»Leb wohl und hab Dank. Ich werde an dich denken, wenn ich Heimdall sein Schwert in den Rachen schiebe!«

»WARTE!«, kreischte Godwin nun. Doch die Stimme blieb nun stumm. Godwin rang nach Atem. Alles drehte sich um ihn. Sein Kopf schmerzte und er spuckte Blut.

»Lan…do…lf!«, hustete er. Dann kippte er zu Boden. Mit seinem letzten Rest Bewusstsein erkannte er, wie die Römer die Hütte stürmten.

Cervisia
Tatjana Stöckler

Nach der verlorenen Schlacht im Teutoburger Wald nehmen die römischen Eroberungszüge jenseits des Rheins ein jähes Ende. Nur wenige Regionen können die Römer im fernen Germanien befrieden und verteidigen. Kaiser Domitian beginnt als Erster damit, an der Grenze zwischen Provinz und freiem Germanien militärisch zu befestigen und politische Kontrolle über den Zugang ins Reich zu gewinnen. Limes wird man sein Bauwerk viele Jahrhunderte später noch immer nennen.

Tatjana Stöckler
Extreme begleiten Tatjana Stöckler schon immer. Sie wuchs zwischen niederdeutschen Bauernhöfen und geschäftiger Hansestadt auf mit einer bodenständigen Mutter und einem abenteuerlustigen Seemann als Vater, zog kreuz und quer durch Deutschland und probierte verschiedene Berufe aus, bis sie sich mit ihrem Mann und zwei Töchtern im Rhein-Main-Gebiet niederließ. Jetzt wandert sie nur noch durch verschiedene Literatur-Genres und ist im Science Fiction genauso daheim wie im Historischen Roman, schreibt Horror- und Liebesromane. Ihre Texte zeichnen sich durch spannend angewendete, gute Recherche aus und wurden schon mehrfach preisgekrönt.

Mit Erstaunen blickte Marcus Cornelius über den Platz zwischen den aus Holzstämmen gebauten Häusern. Man hatte die Leichen entfernt, aber nicht die Blutlachen. So viel Blut! Dreiundzwanzig Tote und siebzehn Verletzte, für die der Praetor eine Erklärung forderte.

Die Palisadenwand des Limes dominierte das kleine Kastell in seinem Schatten. Für die Ansammlung von Häusern und Baracken jenseits des Kastellwalls bildete sie die einzige Existenzgrundlage. Das Tor in der Verteidigungsanlage, das zur Magna Germania hinausführte, war verriegelt.

»Wie lange schon?«, fragte Marcus den Legionär, der ihn hergeführt hatte.

»Der Überfall fand vor drei Tagen statt.«

»Nein, das Tor durch den Limes. Wie lange ist es schon verriegelt?«

Während der Soldat überlegte, versuchte Marcus, sich an dessen Namen zu erinnern. Septimus? Nein, Sextus!

»Fast vier Tage. Es wurde nach einem ganz normalen Tag geschlossen, in der Nacht kam dann der Überfall.«

Wie waren die Barbaren hereingekommen? Sie hatten keine Spuren hinterlassen. Marcus hätte zu gerne die Leichen untersucht, aber sie waren schon in einem Graben hinter der Siedlung bestattet worden. Alle hätten durch Messer und Schwert den Tod gefunden, berichteten die Überlebenden, deren Wunden Marcus begutachtet hatte. Ein Centurio hatte ihm stolz die abgebrochene Spitze eines rostigen Kurzschwertes präsentiert, die ihm ein Kamerad aus dem Schenkel gepult hatte.

Wenn die Zeugenaussagen nur nicht so viele Widersprüche enthalten würden! Von »hundert Barbaren« bis zu »eine Schar von Ungeheuern mit Flügeln und Klauen« hatte Marcus alles zu hören bekommen. Einige behaupteten sogar, die Legionäre seien aufeinander losgegangen.

»Welches Wetter herrschte denn in der Nacht?«

Sextus runzelte die Stirn. »Der Himmel war bedeckt, dazu Neumond, man sah die Hand nicht vor Augen.«

Das erklärte zumindest ansatzweise die Aussagen: Niemand hatte Genaues gesehen. Plötzlich war die Truppe angegriffen worden, und vielleicht hatte tatsächlich der eine oder andere irrtümlich seinen Kameraden bedroht. Nur – warum hatte sich niemand in den Quartieren befunden?

»Was wurde denn gefeiert?«

Aha! Wenn das nicht Schuldbewusstsein in Sextus' Augen war! Der Legionär senkte schnell den Blick und scharrte mit seiner Sandale Schmutz von einem Pflasterstein in die Fuge daneben. »Der Centurio hat vor zwei Wochen eine Sklavin mitgebracht ... Sie braute Cervisia.«

»Die Garnison war betrunken?« Marcus konnte nicht verhindern, dass er laut wurde.

Abwehrend hob Sextus die Hände. »Nein, Herr, nicht betrunken! So viel war es nicht! Nur ein einziger Krug für jeden. Davon schwinden niemandem die Sinne. Wir hatten uns nur gefreut, weil endlich wieder jemand da war, der die Kunst des Brauens beherrscht.«

Nachdenklich rieb Marcus sich über seine Wangen, die nach einer Rasur verlangten. »Ich würde gerne diese Sklavin sprechen.«

»Herr, sie fiel auch dem Überfall zum Opfer. Ein Jammer! War ein niedliches Ding.«

»So? Woher kam sie denn?«

Sextus zuckte mit den Schultern, was die Beschläge seines Brustpanzers zum Klirren brachte. »Die Patrouille fand sie in einem Waldheiligtum.«

»Eine Priesterin?«

Der Legionär schien sich über diese Frage noch keine Gedanken gemacht zu haben. Er kratzte sich am Hinterkopf. »Ob sie wichtig war, Herr? Wollte jemand sie befreien?«

»Schon möglich«, murmelte Marcus mehr zu sich selbst, aber seine Gedanken gingen noch in eine andere Richtung. In den Tempeln der Germanen standen keine Sklaven herum, die man einsammeln konnte. Also hatte die Patrouille Eingeborene überfallen und als Sklaven entführt, was wohl an der Tagesordnung war, wenn auch nicht gerne gesehen. Die Truppe sollte Aufstände bekämpfen, nicht die friedliche Bevölkerung jenseits des Limes gegen Rom aufbringen. Offiziell.

Schon möglich, dass der Centurio eine geachtete Priesterin entführt hatte, zu deren Rettung die Barbaren die Garnison überfallen hatten. Aber wieso wurde sie dann getötet? Nein, hier gab es so viele Ungereimtheiten, das konnte Marcus nicht auf sich beruhen lassen!

»Cervisia hat sie also gebraut?«

Ein seliges Lächeln erschien auf dem Gesicht des Legionärs. »Dunkles, süßes Bier, vorzüglich! Ein Jammer, dass sie tot ist.«

»Dieses Getränk würde ich gerne kosten.«

»Oh ja, Herr, Cervisia solltest du bei deiner nächsten Rast probieren.«

Dieser stupide Klotz begriff offenbar gar nicht, was Marcus vermutete.

»Sextus, führe mich ins Brauhaus!«

Einladend deutete der Legionär auf eine der Hütten neben dem Bach, deren Tür von außen mit einem großen Riegel gesichert war. »Aber von dem Bier ist nichts mehr übrig.«

Dem Haus entströmte ein durchdringender Geruch nach Hefe und Gewürzen, aber in den großen Fässern erinnerten nur noch klebrige Flecken an den einstigen Inhalt. Kessel und Pfannen sahen frisch benutzt aus, in einem Nebenraum stapelten sich Säcke mit Getreide.

Marcus stutzte. »Sag, Sextus, warum verschließt ihr die Getreidesäcke nicht?«

Der Soldat schien irritiert. »Ich könnte schwören, dass sie alle zugebunden waren, als sie hier hereingetragen wurden.«

Nun, jetzt waren sie es nicht mehr. In einer Ecke lagen leere Säcke herum, wohl die, deren Inhalt für das Bier benutzt worden war. Auf ihnen fanden sich auch die Seile zum Verschnüren. Wer öffnete alle Säcke, wenn er nur einen Bruchteil davon brauchte?

Marcus steckte seine Hand in das Getreide und ließ die Körner durch die Finger rieseln. Gerste. Beste Qualität. Keine Spur von Verunreinigungen.

Offenen Auges wanderte er durch das Brauhaus. Alles wirkte sauber, frisch gefegt. Er bückte sich. In den Fugen schimmerten hier und da verlorene Gerstenkörner auf. Um die Pfannen herum wurden es mehr. Marcus las einige davon heraus, doch da steckte noch mehr zwischen den Fugen. Mithilfe seines Messers holte er schwarze Brocken hervor.

Mit der Nase dicht über dem Boden erkannte er auf einen Blick mindestens zwanzig dieser länglichen Gebilde. Marcus legte einige davon auf seine Handfläche und ging zur Hintertür, die in einen ummauerten Garten führte, um seine Fundstücke im Licht zu betrachten.

»Mutterkorn!«, rief er.

Der Legionär folgte ihm und sah interessiert zu. »Ja, damit haben wir hier an der Grenze oft zu kämpfen. Das Getreide ist damit verunreinigt. Die Frauen müssen die Körner sorgfältig herauslesen, sonst bekommt man vom Brot Durchfall und Krämpfe.«

Oh ja, wie wahr! Das Beizen des Saatguts mit Oliventrester, welches das Getreide aus dem Imperium davor schützte, hatte sich bei den Barbaren noch nicht durchgesetzt.

Missbilligend nahm Marcus den unwürdigen Zustand des Hinterhofes zur Kenntnis. Das Unkraut wuchs kniehoch, dazwischen sah man die Hüte kleiner Pilze, und an der Mauer krochen Schlingpflanzen nach oben. »Wer pflegt diesen Garten?«

»Niemand, Herr. Der Brauer lebte mit seiner Familie in dieser Hütte, bis er starb. Dann brachte der Centurio die Sklavin. Sie wurde hier eingeschlossen, bis sie das Bier fertig hatte.«

»Und so lange kümmerte sich niemand um sie?«

Betont unauffällig betrachtete der Legionär die Wolkenformationen, bis Marcus seine Frage wiederholte.

»Nun, sie war ein hübsches Ding … Der Centurio bestand darauf, sie tagsüber in Ruhe ihre Arbeit verrichten zu lassen …«

»Aber nachts bekam sie ›Verehrerbesuche‹, ich verstehe. War sie darüber erfreut?«

Die Miene des Soldaten ersetzte eine Antwort. Wahrscheinlich würde Marcus in der Hütte Blut finden, wenn er danach suchte.

Nachdenklich betrachtete er die schwarzen Körner in seiner Hand. Eine barbarische Priesterin, versklavt, gedemütigt, zu einer Tätigkeit unter ihrer Würde gezwungen ...

Marcus hob den Blick. Nun wurde ihm einiges klar! An einem kniehohen Gestrüpp wuchsen schwarze, erbsgroße Früchte, umgeben von einem fünfzackigen, grünen Stern. Tollkirschen! Fiedrige, vertrocknete Blätter an einem bläulichen Stängel wiesen auf Schierling hin. Diese Pilze ... Er beugte sich hinunter und sah sie sich genauer an. Graue Hüte auf dünnem Stiel. Die Druiden benutzten sie für ihre Traumreisen.

»Wer weiß, was hier noch alles wächst«, murmelte Marcus, dann straffte er seine Schultern. »Also saß diese Frau hier eingesperrt und braute Bier?«

Der Legionär nickte.

»Und niemand beobachtete, was sie tat?«

Ein Kopfschütteln. »Herr, wir verstehen doch nichts davon! Die Barbaren verraten das Rezept nicht.«

»Nun, Sextus, diese Sklavin benutzte auch ein ganz besonderes Rezept. Sie machte euch ein Getränk, das nach sehr kurzer Zeit sämtliche Gespenster und Ungeheuer herbeiruft. Ihr wurdet nicht von Barbaren überfallen, sondern habt euch im Kampf gegen eingebildete Dämonen gegenseitig die Kehlen durchgeschnitten!«

»Aber Herr!« Sextus riss die Augen auf. »Das ist unmöglich!«

»Nein, mein Freund, das ist genau der Grund, warum die Patrouillen angewiesen sind, jeden Druiden zu töten, auf den sie treffen. Töten, nicht vögeln und Bierbrauen lassen, ihr Idioten!«

»Herr, meinst du etwa ... Aber es war doch eine Frau, kein Druide!«

Kopfschüttelnd drehte sich Marcus um und stapfte zurück zu dem Platz, wo seine Eskorte darauf wartete, ihn für seinen Bericht zum Praetor zu bringen.

»Schwachköpfe! Lassen sich Bier von einer Hexe brauen! Es geschieht ihnen recht, wenn sie sich dafür selbst das Schwert in die Eingeweide bohren!«

Der Zauber Kaledoniens
Aileen P. Roberts

Pictoi, »die Bemalten«, nennen die Römer die Stämme im äußersten Norden Britanniens. Diese sind unerbittliche Krieger, deren Widerstand kaum zu brechen ist. Der Antoninuswall, der einst die Grenze des Reiches markierte, ist längst an die barbarischen Stämme Kaledoniens gefallen. Nun drängen die Krieger gegen den Hadrianswall, rebellieren gegen die Weltmacht Rom und bleiben unbesiegt – bis jetzt?

Aileen P. Roberts
Aileen P. Roberts ist das Pseudonym der 1975 in Düsseldorf geborenen Schriftstellerin Claudia Lössl. Hobbys wie Reiten, Schottland mit seiner Geschichte, seinen Mythen, Land und Leuten, Schwertkampf, Bogenschießen und der Besuch von Mittelaltermärkten sind häufig Bestandteil ihrer Romane.
2009 veröffentlichte sie im Goldmann Verlag den Fantasy-Zweiteiler »Thondras Kinder«, die Fantasy-Trilogie »Weltennebel« folgte 2011. Im September 2012 ist ihr neuer historischer Fantasyroman »Der Feenturm« erschienen, ein Zeitreiseroman aus der Zeit der Kelten und Pikten, und belegte den 2. Platz beim Deutschen Phantastikpreis 2013 in der Kategorie Bester deutschsprachiger Roman. »Elvancor – Das Land jenseits der Zeit« und »Das Reich der Schatten« sind 2013 erschienen. Ende 2013 wird unter dem Pseudonym C.S. West »Der Kampf der Halblinge« bei Lübbe veröffentlicht, ein Roman, den sie mit ihrem Mann Stephan verfasst hat. Für 2014 ist die Fortsetzung der Weltennebel-Trilogie in Vorbereitung.
Aileen P. Roberts lebt mit ihrer Familie auf der Isle of Skye in Schottland.

Niemals in seinem Leben hätte Marcus Aurelius sich auszumalen vermocht, welche Strapazen die Reise in den Norden mit sich bringen würde. Die Erzählungen der Soldaten, die nach Hause zurückgekehrt waren, hatte er für Übertreibungen alter Männer gehalten, für Selbstbeweihräucherungen, die ihr Überleben im wilden Britannien noch heroischer erscheinen lassen sollten. Aber zehn Tage in Regen, Nebel und beißendem Wind hatten ihn eines Besseren belehrt. Auf dem Weg zu seinem Legionsführer Flavius Stilicho, der ihn und seine Männer als Unterstützung im Kampf gegen die Wilden angefordert hatte, wanderte sein Blick die steinernen Mauern des Hadrianswalls hinab. Dieser stellte die letzte Bastion gegen die Kaledonier dar. Noch immer rebellierten die Krieger aus dem Norden und warfen sich mit barbarischer Wildheit gegen dieses römische Bollwerk.

»Nicht sehr einladend, nicht wahr«, ertönte eine kauzige Stimme hinter ihm. Paulus, einer von Stilichos Legionären, deutete hinab in den Schleier aus Regen, der über das Land peitschte.

»Dort draußen lauern sie also, die keltischen Barbaren«, sagte Marcus mehr zu sich selbst.

»Ja, dort draußen«, bestätigte Paulus. »Aber schlimmer noch sind die Pictoi – die Bemalten. Beide Völker ähneln sich, doch die Pictoi sind grausamer, unerschrockener, mit Bemalungen auf der nackten Haut und Kriegsschreien, die einem das Blut in den Adern gefrieren lassen.« Er nickte ihm kurz zu und ging dann seines Weges, während Marcus über seine Worte nachdachte. Zu Hause in Rom hatte er Bilder der blutrünstigen Wilden gesehen und auch sie für übertrieben gehalten. Doch wenn er nun in den Nebel blickte, in die verhüllten Bäume und Büsche, so glaubte er sogar, hier und da diese Albtraumgestalten zu erahnen, wie sie auf ihn lauerten. An sich waren Marcus solche Ängste fremd. Stets stürzte er sich mit Leidenschaft in den Kampf. Für Rom, für seine Götter – und seit einiger Zeit auch für den neuen christlichen Gott, dem Stilicho diente. Doch dieses Land erdrückte ihn, kehrte seine tiefsten Ängste an die Oberfläche. Energisch drängte er sie zurück und schritt auf die Unterkunft seines Heerführers zu.

»Gott und Rom haben dich und deine Männer sicher an euer Ziel geführt!« Der Mann mit dem grauen Kinnbart drückte Marcus an seine Brust. Er selbst überragte den Heerführer um einen halben Kopf. Dennoch stellte Stilicho durchaus eine beeindruckende Persönlichkeit dar. Das ausgeprägte Kinn, die stechenden, unerbittlichen Augen und die feste Stimme – ein Mann, den seine Feinde fürchteten und seine Untergebenen ehrten. Mit fünfundzwanzig bereits einen Rang als Centurio der 1. Kohorte innezuhaben, sowie den Umstand hier zu sein, verdankte Marcus der Freundschaft seines Vaters mit Stilicho.

»Setz dich, mein Junge.« Stilicho deutete auf den einfachen Holztisch mit den grob gezimmerten Stühlen. Von Roms überquellendem Reichtum war hier wenig zu spüren, die Einrichtung war zweckmäßig, so wie in allen Soldatenunterkünften.

Dankbar nahm Marcus einen Becher mit heißem Wein, wärmte sich seine noch immer klammen Finger. »Wie geht es voran mit der Unterwerfung des Nordens?«

Ein tiefes Seufzen entstieg Stilichos Kehle. »Ich kann offen mit dir reden. Wir erringen Siege, dringen weiter zu den barbarischen Stämmen vor, glauben sie geschlagen – und am nächsten Tag fallen sie erneut über uns her.« Er senkte seine Stimme, seine Augen flackerten unruhig. »Es ist, als würde man gegen Geister kämpfen. Sie kommen aus dem Nebel, viele von ihnen kaum bekleidet, mit grausigen, heidnischen Zeichen bemalt. Sie greifen an, und verschwinden urplötzlich wieder in Senken und Tälern, als hätte es sie niemals gegeben.« Stilicho lachte bitter auf, bevor er einen kräftigen Schluck aus seinem Pokal nahm. »Unsere viel gelobten römischen Kampfordnungen sind hier völlig zwecklos.« Er schlug mit der Faust auf den Tisch. »Dieses Land ist verdammt, es verschluckt den Feind regelrecht.«

Marcus schauerte bei diesen Worten. »Hat man versucht, sie zu verfolgen?«

»Das haben wir.« Stilicho legte eine kurze Pause ein. »Und niemand ist zurückgekehrt.« Dann ließ er sich zurücksinken. »Wir haben Gefangene gemacht, doch sie sprechen nicht. Wir haben ihnen Fallen gestellt, aber die scheinen sie irgendwie zu wittern.«

Bedächtig fuhr sich Marcus über sein Kinn, spürte die Stoppeln, die sich während der letzten Tage auf seinem sonst bartlosen Gesicht gebildet hatten. Eine tägliche Rasur war ihm auf seiner Reise von Rom hierher verwehrt geblieben, so wie viele andere Annehmlichkeiten seiner Heimat.

»Dann glaubst du nicht mehr an einen Sieg?«

»Natürlich tue ich das!« Stilicho sprang auf, plötzlich glomm jener Kampfgeist in seinen Augen, für den er berühmt war. »Mit Gottes Hilfe und römischer List werden wir den Sieg erringen.« Er schlug Marcus auf die Schulter. »Und dafür brauchen wir tapfere junge Männer, so wie dich. Mach deinen Soldaten Mut. Sie werden ihn benötigen. Schon morgen brechen wir nach Norden auf.« Mit einem Kopfschütteln wanderte Stilichos Blick über ihn. »Du siehst deinem Vater so ähnlich. Das dunkelblonde Haar, die kräftigen Schultern. Ich hoffe nur, du besitzt auch seine Unerschrockenheit.«

Das hoffe ich ebenfalls, dachte Marcus, während sich ein Kribbeln in seiner Magengrube ausbreitete.

In der Nacht hatte Marcus kaum geschlafen. Das unablässige Heulen des Sturmes hatte bei ihm den Eindruck erweckt, als wollten die Geister aller ermordeten Kaledonier dieses römische Bauwerk einreißen. Auch auf den Gesichtern seiner Männer sah er Erschöpfung, doch während sie ihr morgendliches Mahl einnahmen, versuchte er für jeden ein aufmunterndes Wort zu finden. Kurz darauf waren rund fünfhundert Männer vor dem Tor versammelt. Das unruhige Schnauben von Pferden und leises Waffengeklirr erfüllten die Luft. Noch immer fiel Nieselregen vom Himmel, aber zumindest hatte der beißende Wind nachgelassen. Knarrend öffnete sich das Tor, gab den Blick auf grüne Hügel und dichte Wälder frei. Nur schemenhaft konnte Marcus durch den Dunst des Morgens in der Ferne Berge sehen.

Ist das der Weg in die Hölle, an die die Christen glauben?, schoss es ihm durch den Kopf. Aber dann trieb er sein Pferd vorwärts. Er durfte nicht zaudern, keine Schwäche vor seinen Untergebenen zeigen.

Zunächst war der Weg nach Norden noch leidlich befestigt, führte durch Täler und dichtes Buschland. Die Nervosität seiner Männer war beinahe greifbar. Bei jedem Geräusch zuckte jemand zusammen oder warf bange Blicke ins Unterholz. Wann würden sie auf die ersten Kaledonier treffen? Gegen Abend – sie waren beinahe ohne Pause geritten, da die Pferde auf dem teils moorigen, teils felsigen Untergrund kaum noch vorwärts kamen, trabte Marcus an Stilichos Seite.

»Wo liegt das Ziel unserer Reise?«

»Drei Tagesritte von hier, möglicherweise auch vier.« Kopfschüttelnd blickte er in den bleigrauen Himmel. »Sofern nicht noch mehr Regen fällt und der Weg über diesen verdammten Fluss unpassierbar wird. Unsere Legion konnte eine Siedlung unterwerfen, und wie es aussieht, ist einer dieser Clanführer verhandlungsbereit. Er will weitere Orte benennen, an denen seine barbarischen Landsleute hausen, wenn wir seinen Clan dafür verschonen.«

Feigling, schoss es Marcus durch den Kopf. Doch letztendlich war es zu ihrem Nutzen.

Tag um Tag ritten sie durch einsame Täler, mit schweißverklebten Leibern erklommen ihre Pferde raue, windumtoste Höhen, und kämpften sich durch ausgedehnte Moorgebiete. Hier und da sichteten sie verwüstete Dörfer, selten Menschen, denn diese versteckten sich, sobald sie die römischen Soldaten erspähten. Die Kaledonier waren ungepflegt, schlecht ernährt und lebten in Dreck und Elend. Weshalb nur unterwarfen sie sich nicht freiwillig? Wenn sie nur Rom die Treue schworen, würden sie von seinen Errungenschaften profitieren. Feste Behausungen, nicht diese niedrigen, stinkenden Rundhäuser mit undichten Stroh- oder Heidekrautdächern. Kanalisation, so wie es sie in Rom gab, Badehäuser und prächtige Bauten. Wie konnte man derart primitiv leben? Schon jetzt sehnte sich Marcus nach seiner Heimat, der Wärme der Sonne, die sich hier seit Tagen nicht mehr gezeigt hatte.

Am vierten Tag ihrer Reise mussten sie einen rauschenden Bergfluss überqueren. Über rund geschliffene Steine bahnte er sich seinen Weg in die Tiefe. Nur ein schmaler, steiniger Pfad, auf dem man kaum zu zweit nebeneinander reiten konnte, führte bergab. Im Tal angekommen, schickte Stilicho sie in kleineren Gruppen über den Fluss. Soldaten behielten derweil das jenseitige Ufer im Blick, denn nur zu gut hätte man hier einen Hinterhalt planen können. Die Berghänge waren von dichtem Gebüsch bedeckt, der Nebel hing auch heute so tief, dass man kaum mehr als fünfzig Schritte weit sehen konnte. Marcus führte die dritte Gruppe an. Sein Brauner schlitterte das Flussufer hinab, scheute, als er in das rauschende Gewässer treten sollte, doch Marcus trieb ihn energisch voran. Bald reichte das Wasser bis über die Flanken des Pferdes und Marcus spürte die beißende Kälte an seinen Füßen.

»Der Nebel zieht sich noch mehr zusammen«, hörte er Julius, seinen Nebenmann, über das Tosen der Fluten hinwegrufen. Tatsächlich konnte man die Soldaten nicht mehr erkennen, weder am Ufer vor ihnen, noch hinter ihnen.

»Reitet weiter!«, schrie Marcus den Männern zu. Sie trieben die Pferde vorwärts, und dann hörten sie es: grausige Schreie in einer fremden Sprache, Schwertergeklirr, römische Befehle. Vom Rauschen des Wassers verzerrt drangen die Geräusche durch den Nebel. Sofort zog Marcus sein Schwert und trieb sein Pferd voran. Die andern taten es ihm gleich. Aus dem wallenden Weiß tauchte das Ufer auf und Marcus' Truppe kämpfte sich durch die Fluten. Ein Bild des Grauens erwartete sie. Zottelige Wilde, teils mit bizarren blauen Zeichen auf der Haut, stürzten sich auf die römischen Legionäre. Herrenlose Pferde galoppierten panisch umher, Leichen lagen am Ufer, das Wasser begann sich rot zu färben. Zwei Barbaren mit kurzen Schwertern hackten auf einen von Marcus' Männern ein. Er galoppierte los, doch ehe er eintraf, lag Lucius schon leblos im Wasser und wurde abgetrieben. In diesem Augenblick hörte Marcus einen Schrei und einer der Wilden stürmte auf ihn zu. Unverständliche Worte brüllend stach er nach ihm. Im letzten Moment gelang es Marcus, sich zur Seite zu werfen, er spürte den Luftzug, als der Speer an seinem Kopf vorbeirauschte. Marcus' Pferd scheute vor dem Angreifer, stieg auf die Hinterbeine und warf ihn dabei aus dem Sattel. Geschickt rollte er sich ab und kam rasch auf die Beine. Schon sauste ein kaledonisches Schwert auf seinen Kopf zu. Marcus parierte den Schlag, wich zur Seite aus und stach dann selbst zu. Seine Klinge fuhr in die ungeschützte Seite des Feindes. Mit einem gellenden Kriegsschrei stolperte der Getroffene vorwärts und hätte Marcus beinahe verletzt, bevor er tot zusammenbrach. Einige der römischen Soldaten nahmen eine ihrer viel geübten Kampfformationen ein. Schilde formierten sich zu einer undurchdringlichen Wand und rückten gegen den Feind vor. Doch der griff von allen Seiten an. Immer mehr Barbaren drangen aus den Wäldern, stürzten sich auf die verstreuten Römer, brachen mit ihrer Übermacht selbst den Schildwall auseinander und richteten ein Massaker an. Auch viele der Bemalten fanden den Tod, doch die Verluste unter den Römern waren weitaus verheerender. Marcus kämpfte sich den Hang hinauf, focht teilweise gegen zwei oder drei Kaledonier zugleich. Der Feind warf sich ihnen – wie es schien – ohne jegliche Taktik entgegen, doch gerade das machte ihn so gefährlich und unkalkulierbar.

Jemand sprang ihn von der Seite an. Marcus konnte nur dunkles Haar erkennen, ein Schwert blitzte auf. Reflexartig wich er aus, doch der Feind krallte sich an ihm fest. So polterten sie hangabwärts. Der Kaledonier, dessen Gesichtszüge unter den blauen Kreisen und Spiralen kaum erkennbar waren, hieb mit dem Schwert nach ihm. Marcus fing die gegnerische Hand ab und drückte sie zu Boden, sodass sein Feind die Klinge loslassen musste. Nun schlug er mit bloßen Händen nach ihm, aber Marcus gelang es, sich herumzudrehen und auf den leichteren, schmaleren Gegner zu werfen. Schon kniete er über ihm, zog seinen Dolch – doch da zögerte er. Unter dem schmutzigen Hemd erkannte er eindeutige Wölbungen. *Eine Frau*, durchfuhr es ihn, bevor ihm ein Schlag auf den Kopf die Sinne raubte.

Unverständliche, leise Stimmen drangen an sein Ohr. Marcus fand sich auf feuchtem Heidekraut liegend wieder, seinen Brustpanzer hatte man ihm geraubt. Schätzungsweise fünfzig seiner Feinde konnte er unweit unter einer Gruppe Laubbäume ausmachen. Wohin brachten sie ihn? Was hatten sie mit ihm vor?

Wie konnte ich nur vergessen, dass auch ihre Frauen kämpfen? Insgeheim wunderte er sich, dass er überhaupt noch lebte.

Er prüfte seine Fesseln, musste allerdings feststellen, dass sie mehr als stramm saßen. Zumindest spürte er Steine unter sich und hoffte, im Laufe der Nacht die Stricke durchscheuern zu können, um im Schutze der Dunkelheit zu fliehen. Im Moment beachteten die Barbaren ihn nicht, redeten und lachten miteinander und nur selten traf ihn ein Blick. Vermutlich wähnten sie ihn sicher gefesselt.

Nach und nach legten sich die Männer – oder vielleicht waren auch Frauen unter ihnen – im Schutz der Bäume schlafen, ihn selbst ließen sie im Nieselregen liegen. Verbissen schabte er die Fesseln über den Stein. Als einer seiner Feinde näher kam, stellte er sich schlafend. Die Augen nur einen winzigen Schlitz weit offen, erkannte er, wie sich der Mann zu ihm herabbeugte, bemühte sich, ruhig und gleichmäßig zu atmen und betete zu allen Göttern, die ihm einfielen, dass der Kerl nicht seine Fesseln prüfen würde. Die Hand des Kaledoniers näherte sich seiner Schulter, Marcus presste die Augenlider fest aufeinander. Nichts geschah, dann hörte er leise Schritte, und war allein. Hastig stieß er die Luft aus und setzte kurz darauf seine Bemühungen fort, sich zu befreien. Die Dunkelheit hatte sich nun vollständig über das Land gesenkt. In der Ferne konnte er ein winziges Feuer erkennen, um das einige wachhabende Kaledonier saßen. Plötzlich spürte er eine Berührung an seinen Beinen. Marcus wollte sich herumdrehen, doch eine Hand an der Schulter hielt ihn auf, dann spürte er, wie jemand begann, seine Fesseln zu durchschneiden.

»Julius? Bist du es?«, flüsterte er. Sicher hatte sein Gefährte mitbekommen, was geschehen war und wollte ihn nun befreien.

»Psst!«

Marcus zwang sich selbst zur Geduld, bis sie außer Gefahr waren. Erleichterung und Freude durchflutete ihn. Offenbar hatten weitere seiner Legionsgefährten überlebt.

Es erschien ihm wie eine Ewigkeit, bis er endlich den erlösenden Ruck an seinen Fußfesseln spürte. Bevor das Blut in seinen Beinen wieder zirkulieren konnte, zog ihn sein Retter auch schon an den noch immer zusammengebundenen Händen in die Höhe. Diese Stricke durchtrennte er nicht, aber sicher war es auch besser, zunächst außer Sichtweite des Feuers zu kommen. Also stolperte Marcus hinter seinem Befreier her und schon bald tauchten sie in die Tiefen des Waldes ein, wo er nur noch Schemen erkennen konnte.

»Warte«, rief Marcus, nachdem er sich sicher war, außer Hörweite zu sein. »Willst du nicht zumindest meine Fesseln durchtrennen? Und sag, wo sind unsere Männer?«

Doch – wer auch immer ihn befreit haben mochte – hatte ihn entweder nicht gehört oder fürchtete weitere Feinde in der Nacht und verlangsamte seinen Schritt nicht. Also übte Marcus sich weiterhin in Geduld, konzentrierte sich auf den unebenen Boden. Er war durstig, müde und erschöpft, doch er hatte schon größere Strapazen auf sich genommen. Sie flohen stetig bergab, und als sie bei Morgengrauen den Wald verließen, hielt sein Retter endlich am Rande eines Tales an.

Schwer atmend lehnte sich Marcus an einen Baum, und nun drehte sich sein vermeintlicher Retter zu ihm um.

Marcus erschrak zu Tode. Dunkelblaue Augen durchbohrten ihn, blickten ihm aus einem schmalen

Gesicht entgegen, das von langen dunklen Haaren umrahmt wurde. Blaue Zeichen waren auf die Haut gemalt, und beinahe hatte Marcus das Gefühl, die Spiralen würden sich drehen.

»Was ... weshalb ... was geht hier vor?« Vor ihm stand eine Frau, jene Kaledonierfrau, die zu töten er gezögert hatte.

Jetzt musterte sie ihn von oben bis unten und Marcus fragte sich, weshalb in aller Welt sie ihn befreit hatte.

»Wer bist du und was willst du von mir?«, herrschte er sie an.

Die Frau betrachtete ihn nur schweigend. »Du verstehst mich nicht und mir ist deine Barbarensprache fremd«, murmelte er und ließ sich resigniert gegen einen Baum sinken.

Zu seiner Überraschung reichte sie ihm einen Lederbeutel, in dem es leise gluckerte. Wasser!

Kurz zögerte er, aber seine Kehle war derart ausgedörrt, dass er schließlich doch trank. »Ich verstehe deine Worte sehr wohl«, sagte sie plötzlich mit dunkler Stimme. Prompt verschluckte sich Marcus, musste husten und spuckte die Hälfte des Wassers wieder auf den Boden.

»Du verstehst mich?«

»So ist es.«

Ihre Aussprache war ein wenig ungewöhnlich. Kehliger und weniger melodisch, als er es von seinen Landsmännern gewohnt war.

»Wo hast du das gelernt?« Von Erzählungen wusste Marcus, dass manche Sklaven die Sprache der Römer erlernten. Doch dass diese Wilde hier, so weit im Norden, ihrer mächtig war, verwunderte ihn sehr. Er bemerkte, dass ihre schlanke Hand an dem kurzen Schwert an ihrer Hüfte lag, und sie jede seiner Regungen sehr genau beobachtete.

»Die Worte, die dein Volk verwendet, sind mir nicht fremd, auch wenn sie meine Zunge beleidigen.«

Empört schnaubte Marcus.

»Trink, dann gehen wir weiter«, befahl sie nun.

»Wo willst du hin? Weshalb hast du mich von den anderen fort geholt?«

»Sie hätten dich getötet.«

»Und du willst das nicht?«

Wortlos sah sie ihn an. Kein Muskel in ihrem schmalen Gesicht zuckte. Nur ihre Augen wanderten erneut über ihn.

»Wenn du zu fliehen versucht, wirst du mein Schwert spüren«, fuhr sie in ruhigem Tonfall fort.

»Wo bringst du mich hin?«, presste Marcus hervor.

»In den Norden.«

»Lebt dort dein Anführer?«

Weiße Zähne blitzten auf, als sie lachte. »Ich brauche keine Männer, die mich führen.«

Misstrauisch runzelte Marcus die Stirn. Entsprachen am Ende doch die Gerüchte der Wahrheit, dass Kaledonier auch weibliche Anführer hatten?

»Wie ist dein Name?«

»Marcus Aurelius«, antwortete er stolz, dann sah er sie auffordernd an.

»Andarta. Und nun geh voran, dieses Tal entlang in Richtung Westen.«

»Wie soll ich in diesem verdammten Land denn wissen, wo Westen ist?«, schimpfte er. »Selbst die Sonne zeigt sich nicht.«

»Du weißt nichts von meinem Land.« Sie schubste ihn voran, und als er sich wütend umdrehte, piekste sie ihn mit einem kleinen Dolch in die Schulter.

Widerstrebend ging Marcus bergab. Andarta, wenn auch eine Kriegerin, war nur eine Frau. Körperlich war er ihr überlegen und würde sie früher oder später überwältigen können.

Kleine Wasserläufe durchzogen das Tal, der Untergrund wurde immer matschiger. Häufig trat er in tiefe Löcher. Seine Schuhe waren ohnehin durchnässt, aber mit jedem Schritt schienen sie sich mehr vollzusaugen. Unterwegs reichte ihm Andarta sogar ein Stück harten Brotes.

»Möchtest du nicht meine Fesseln lösen?«

»Nein.« Sie bedachte ihn mit einem kühlen Blick. »Du würdest fliehen und ich müsste dich töten.«

Marcus betrachtete sie abwägend.

»Du hältst dich für überlegen, aber das bist du nicht«, klärte sie ihn auf, so als hätte sie seine Gedanken gelesen.

»Dann kannst du auch meine Fesseln lösen.«

»Nein, und nun geh.«

»Was hat das alles für einen Sinn?«, ereiferte sich Marcus.

»Ich will dir zeigen, was ihr zerstört.« Wieder dieser bohrende Blick. »Was ihr seit zahllosen Sommern und Wintern zu unterjochen versucht und was euch doch niemals gelingen wird.«

»Wir haben vieles erobert«, widersprach Marcus heftig. »Wir haben den Süden bezwungen, wir haben Wälle erbaut ...«

»Und den ersten bereits aufgegeben«, unterbrach Andarta.

Damit hatte sie Recht. Vom Antoniuswall hatten sich die Römer schon vor etwa einhundert Jahren zurückgezogen und nun stellte der Hadrianswall den letzten Schutz des eroberten Südens Britanniens gegen die Barbaren aus dem Norden dar.

Langsam gingen sie weiter. »Ihr versucht, ein Land und ein Volk zu unterwerfen, das nicht beherrschbar ist.«

»Rom kann alles beherrschen«, behauptete Marcus.

»Kann Rom auch Wind und Regen beherrschen? Nebel und Sonnenschein?«

»Welch eine dumme Frage ist das? Niemand vermag so etwas, außer den Göttern.«

»Das Land und selbst die Elemente sind Teil von uns.« Andarta hielt an, ihre Augen bohrten sich in seine. Als sie weitersprach, senkte sie ihre Stimme, die nun unheilschwanger klang. »Regen und Sturm schützen nur seine Bewohner, so wie sie euch schwächen. Der Nebel bietet uns Zuflucht, wenn ihr uns verfolgt. Er verbirgt uns vor euren Blicken und die Sonne verrät uns durch das Aufblitzen eurer Rüstungen euren Standort.«

Marcus ersparte sich eine Antwort. Andarta ließ ihm auch keine Zeit dazu, sondern schob ihn weiter, und blieb erst an einem Wasserfall erneut stehen. Völlig ungerührt entledigte sie sich plötzlich ihrer Kleider, legte Schwert und Dolch vor sich auf einen Stein und stieg ins Wasser.

Zu einer derartigen Schamlosigkeit hätte sich keine Römerin hinreißen lassen, aber dennoch wurde er wie magisch von ihrem schlanken, muskulösen Körper mit den geraden Beinen und den festen Brüsten angezogen. Er wollte sich abwenden, dennoch blieben seine Augen auf Andarta haften, beobachteten fasziniert, wie sie sich Blut und Schmutz aus dem Gesicht und den langen Haaren wusch.

Gewaltsam riss sich Marcus los. Als sie kurz im Wasser untertauchte, nutzte er die Gelegenheit, drehte sich um – und rannte davon, immer den Berg hinauf. Vielleicht würde ihm der verdammte Nebel ja dieses eine Mal einen Dienst erweisen. Mit gefesselten Händen war die Flucht schwierig, mehrfach strauchelte er, rappelte sich wieder auf. Sein Atem rasselte laut, während er sich vorankämpfte. Als er endlich den Berg erklommen hatte, stützte er sich erschöpft auf seine Knie. Doch da trat hinter einem Baum Andarta hervor – Marcus konnte es kaum glauben. Völlig ruhig, das Haar noch triefend vor Nässe, ihre Kleider und das Schwert in einer, den Dolch in der anderen Hand. Nackt wie sie war, die blaue Bemalung zu Schemen verblasst, kam sie auf ihn zu. Da setzte Marcus alles auf eine Karte. Unvermittelt stürzte er los, wollte sie mit seiner bloßen Körperkraft überwältigen. Schon setzte er dazu an, sie mit seiner Schulter zu rammen. Doch er lief ins Leere, plötzlich drehte sich die Welt um ihn und dann krachte er mit dem Rücken auf den Boden. Nur einen Lidschlag später saß Andarta auf seiner Brust. »Du kannst uns nicht bezwingen, Römer!« Ihre Augen funkelten, der Dolch schoss auf ihn zu und Marcus sah seinem Ende entgegen. Dann – ein Ruck. Sie hatte seine Fesseln durchtrennt und zog ihn an der Hand in die Höhe.

Auge in Auge standen sie sich gegenüber. Andartas Blick bohrte sich in ihn. Ihre Hände wanderten seinen Körper hinab. »Spüre, was mich und mein Land ausmacht.« Ohne Vorwarnung riss sie ihm die Tunika auf, begann ihn zu küssen. Wild und leidenschaftlich, ohne jegliche Skrupel. Zunächst war Marcus regelrecht schockiert, versuchte sich zu wehren. Aber diese Frau war sinnlich, schön, und versprühte eine Leidenschaft, die er niemals zuvor bei einer Römerin erlebt hatte. *Mögen mich die Götter verfluchen*, dachte er, dann gab er sich dem Feuer hin, das sie in seinen Lenden entfacht hatte. Er riss sich Beinschienen und Hose vom Leib. Andarta drängte ihn auf einen von Heidekraut und Moos bedeckten Hügel zu. Dort schlangen sich ihre Leiber in wilder Ekstase umeinander, vereinten sich: im Liebesrausch sah Marcus seltsame Bilder vor sich. Wellen, die an eine raue Küste schlugen, und er spürte ihre wogende Kraft in seinem Inneren. Dann wurde er zum Wind, der über die schneebedeckten Berggipfel fegte, zu einem Bergfluss, der dem urtümlichen Land durch sein Wasser Leben schenkte. Als er wieder zu sich kam, wusste er nicht, ob er geschlafen hatte. Andarta lag auf einen Arm gestützt neben ihm und musterte ihn. Ihr langes Haar fiel vor den nackten Oberkörper und noch einmal betrachtete er ihre sinnlichen Kurven.

»Hast du die Schönheit meines Landes gespürt?«

»Du bist schön wie die römische Göttin Venus«, kam ihm über die Lippen, bevor er es verhindern konnte.

Sie schnaubte jedoch nur, und zu seinem Bedauern bekleidete sie sich wieder. »Ich *bin* mein Land, so wie es jeder Einzelne von uns ist. Wirst du es um meinetwillen verschonen?«

»Das kann ich nicht.« Der Zauber des Augenblicks war verflogen. Auch Marcus holte seine Kleidung, von Andartas Blick verfolgt. So ungewöhnlich und wunderbar dieser Moment der Lust mit ihr gewesen sein mochte, sie war seine Feindin.

»Ich möchte dir etwas zeigen.« Sie nahm ihn an der Hand und zog ihn mit sich. Bald schon konnte er ein Dorf erkennen, das sich hinter einigen Bäumen im Nebel schemenhaft am Ufer eines Sees abzeichnete. Als nun ganz überraschend die Sonne hervorkam, glitzerten die leichten Wellen auf dem Gewässer, die feuchten, mit Schilf gedeckten Dächer der Häuser glänzten.

So als hätten die Götter tausende von Perlen über das Land verstreut, schoss es Marcus durch den Kopf. Andarta wies mit ihrem Dolch auf zwei kleine Kinder, die einem Mann entgegenrannten. Mit Schilf auf dem Rücken kam er vom See. Sie jauchzten laut, umarmten ihn, woraufhin er sein Bündel fallen ließ und sie herumwirbelte.

»Willst du diesen Kindern den Vater nehmen? Oder jenen Frauen den Mann?« Sie deutete auf zwei blonde Mädchen, die auf einem flachen Stein Teig kneteten.

»Ihre Männer haben auch Römerinnen die Väter genommen«, entgegnete Marcus bitter.

»Aber ihr seid in unser Land eingedrungen, nicht umgekehrt«, belehrte ihn Andarta. »Das ist ein großer Unterschied. Würdet ihr nicht euer Land verteidigen, eure Art zu leben?«

»Eure ist primitiv und barbarisch. Unterwerft euch und ihr könnt von unserem Wissen profitieren.«

»Euer Wissen!« Andarta lachte spöttisch auf. »Ihr wisst gar nichts.« Aber plötzlich fuhren ihre Finger wieder seinen Rücken hinab und ein wohliger Schauer durchlief ihn. »Doch ich könnte es dich lehren. Die Weisheit unseres Volkes. Bewege deine Männer zur Umkehr, dann wirst du Leben retten und selbst leben.«

Wieder deutete sie hinab. Eine junge Frau half einem tattrigen Greis zu seiner Hütte, und er fuhr ihr liebevoll über das golden schimmernde Haar.

»Ich kann das nicht, selbst wenn ich wollte! Ich bin Rom verpflichtet.«

»Bist du das?«

Misstrauisch beäugte er sie.

»Marcus, du bist anders. Du bist kein Schlächter. Bewege die Römer zur Umkehr und lerne mein Land kennen.«

»Meine Götter würden mich verfluchen.«

»Und unsere dich willkommen heißen«, versprach Andarta. »Sie würden dir für jedes Leben danken, das du rettest.«

»Das ist lächerlich«, stieß er hervor.

»Gut!« Andarta reichte ihm ihr Schwert. »Geh hinab, vernichte dieses Dorf. Es sind kaum Krieger anwesend. Töte sie und zeige den Römer in dir. Mach deinen Gott glücklich!«

Verwirrt starrte er auf die Klinge, dann auf Andarta. Was wollte sie damit bezwecken? Seine Finger schlossen sich um den Griff. Es wäre ein Leichtes, sie jetzt zu töten. Doch wie sie so dastand, inmitten von einem Sonnenstrahl, der zwischen den Wolken hervorbrach und erneut das Land erstrahlen ließ, zauderte er. Sie hatte etwas tief in ihm wachgerufen, das vielleicht schon immer dort geschlummert hatte. Andarta, geboren in diesem Land, war wie das Land, das sie umgab: wild, ungezähmt, geheimnisvoll.

Sein Blick wanderte zu dem Dorf, zu zwei kleinen Jungen, die sich um ein Stück Holz balgten. Marcus hatte getötet, aber keine Frauen und Kinder, keine wehrlosen Alten. Er wusste, römische Legionen hatten es getan. Hier in Kaledonien und auch in anderen Ländern. Dort, wo man sich ihnen nicht bedingungslos unterworfen hatte.

»Steig hinab und töte sie!«, drängte Andarta erneut.

»Nein!«

Andarta nahm sein Gesicht in ihre Hände, lächelte. Ein warmes Lächeln, so wie die Sonne, die diese Hügel liebkoste. Dann küsste sie ihn erneut, wild und ungezügelt, einem kaledonischen Sturm gleich. In ihren Augen glomm eine Kraft, die ihn an die Wellen des Meeres erinnerte. Wieder versank er in diesem Rausch, den sie schon einmal über ihn gebracht hatte.

»Marcus, wach auf, mein Junge«, vernahm er eine bekannte Stimme an seinem Ohr.

»Stilicho?« Mühsam rappelte er sich auf, blickte sich verwirrt um. Er lag am Ufer des Flusses, an dem sie überfallen worden waren. »Verdammt, was …«

»Wir mussten fliehen«, erklärte der Legionsführer. Sichtlich erschöpft, mit Verletzungen im Gesicht und an den Armen. »Ich dachte, alle wären tot, aber schließlich fanden wir dich. Ich bin froh, dass du lebst.«

Marcus kam auf die Beine, sah sich um. War er am Ende bewusstlos gewesen? Hatte alles nur geträumt? Sein Hemd war zerrissen. Doch rührte das vom Kampf oder Andartas Leidenschaft her?

»Ich hoffe, du bist nicht schwer verletzt.«

»Nein«, versicherte er zerstreut.

»Sehr gut. Lass uns reiten und jeden gefallenen Römer rächen. Diese Barbaren werden für das Blutbad büßen!«

Marcus zuckte zusammen, erkannte erst jetzt, dass seine Kameraden damit beschäftigt waren, die Leichen zusammenzutragen.

»Du musst dich stärken, Marcus!«

Zwei Tage später ritt Marcus in einer Truppe von eintausend Legionären weiter nach Norden. Stilicho hatte Verstärkung vom Wall kommen lassen: Männer mit ernsten Gesichtern, grimmig und entschlossen, den Feind zu stellen.

Nebel und Regen hatten sich verzogen, und die Sonne ließ nun das Land in hunderten von Grün- und Blautönen funkeln. »Dieser verfluchte Wind bläst einem die Seele aus dem Leib«, schimpfte gerade ein grauhaariger Centurio.

Marcus hatte den Wind willkommen geheißen, denn er vertrieb die Mücken. Er spielte mit seinen Haaren, wild und ungezähmt.

So wie Andarta, fuhr es Marcus durch den Kopf. Gewaltsam hatte er versucht, die Kaledonierin aus seinem Geist zu verbannen, sie als Wahnvorstellung in Folge einer Kopfverletzung anzusehen. Doch in jedem Felsen, jedem Busch und den schimmernden Seen glaubte er sie zu spüren.

»Wilde!«, ertönte ein Warnschrei. »Sie greifen an!«

Tatsächlich strömten aus einem Waldgebiet blau bemalte Krieger. Kampfschreie hallten durch den Wald, Waffen blitzten auf. Wie eine Welle brandeten die Angreifer auf die Römer. Marcus lauschte, glaubte sich geirrt zu haben, aber dann wurde es deutlicher. »Andarta – Andarta!«, schrien die Kaledonier.

»Hörst du das?«, wandte er sich verwirrt an den betagten Centurio.

»Ja«, krächzte er und spuckte auf den Boden. »Das müssen Icener sein. Sie verehren Andarta, ihre Göttin des Krieges und des Sieges. Narren, allesamt!«

In Marcus' Kopf drehte sich alles. *Ich bin mein Land*, hörte er Andarta in seinem Geiste. Er verharrte auf der Stelle, schaute dem Gemetzel nur zu. Plötzlich hatte er das Gefühl, Andartas Leidenschaft, ihren unbezwingbaren Willen zu spüren. Sein Herz schlug im Gleichklang mit den Kaledoniern. Mit ihnen und ihrem Land.

Er erwachte aus seiner Erstarrung, presste seinem Pferd die Schenkel in die Flanken und drängte sich zu Stilicho, der am Rande des Geschehens focht. Als er einem Kaledonier vom Pferd aus sein Schwert in den Leib rammte, hatte Marcus das Gefühl, die Klinge selbst zu spüren und er keuchte auf.

»Stilicho!«, schrie er.

Sein Heerführer drehte sich zu ihm um, bedeutete einem seiner Untergebenen ihn vor den vordringenden Kaledoniern abzuschirmen.

»Was ist, Marcus?«

»Gib den Befehl zum Rückzug!«, brachte Marcus hervor.

Verwundert sah sich Stilicho um. »Weshalb? Wir sind überlegen, haben klare Sicht. Wir können sie besiegen und ihr Dorf jenseits des Hügels einnehmen.«

»Das dürft ihr nicht! Es ist ihr Land, sie verteidigen nur ihre Art zu leben.«

»Bist du verrückt geworden, Junge?«, brauste Stilicho auf.

»Wir können sie nicht bezwingen, niemals«, schrie Marcus. »Das Land ist auf ihrer Seite. Sie sind eins mit ihm.«

»Was redest du denn für einen ausgemachten ...« Stilicho hatte seinen Satz nicht beendet, als wie von Geisterhand der Wind eine Wolkenwand über den nächsten Berg schob. Innerhalb eines Lidschlages wurde es dunkel, schwere Regentropfen fielen vom Himmel und erschwerten die Sicht.

»Bring ihn von hier fort, Antonius«, herrschte Stilicho einen Soldaten an, und warf Marcus einen mitleidigen Blick zu.

»Nein, wir müssen uns zurückziehen«, beharrte er und wehrte sich, als der Legionär sein Pferd am Zügel fasste.

»Nun komm doch zur Vernunft, Marcus«, verlangte Antonius. Aber Marcus trieb sein Pferd an, ein Ruck, und er war frei, doch Antonius verfolgte Marcus, als er zu fliehen versuchte. Er fühlte, wie ihn der Römer von hinten ansprang. Sie fielen beide zu Boden, rangen miteinander. Kurz sah Marcus noch das entsetzte Gesicht des jungen Legionärs, dann durchfuhr ein stechender Schmerz seinen Kopf. Farben explodierten vor seinen Augen; und plötzlich umfing ihn Dunkelheit.

»Marcus!« Marcus blinzelte, öffnete langsam die Augen. Andarta lächelte ihn an, hielt ihm die Hand hin und er erhob sich.

»Du bist wieder hier?«, wunderte er sich und blickte den Hügel hinab. Noch immer tobte die Schlacht. Marcus wollte schon loslaufen, aber die Frau mit dem dunklen Haar schüttelte den Kopf.

»Dies ist nicht mehr dein Kampf. Ich danke dir für das, was du getan hast.«

»Ja, aber ... ich konnte nichts ausrichten.«

»Nein, aber du hast begriffen, was ich dir zu vermitteln versuchte, hast den Zauber Kaledoniens gespürt.«

Liebevoll fuhr sie über seine Wange und ein Prickeln breitete sich in ihm aus. »In deinem nächsten Leben wirst du einer von uns sein und noch tiefer spüren, was es heißt, dieses Land mit seinem Leben zu verteidigen.«

»In meinen nächsten Leben?«, fragte er verwirrt, und als Andarta ihren Kopf drehte, zuckte er zurück. In einer Lache aus Blut lag sein Körper, die Augen weit aufgerissen und starr. Stilicho kniete neben ihm, das Gesicht vor Gram verzogen.

»Ich bin ...«

»Du hast deinen Körper verlassen und bist auf dem Weg an den Ort, den wir Anderswelt nennen.«

Er sah an sich hinab, konnte Arme und Beine erkennen und schüttelte ungläubig den Kopf. »Bist du tatsächlich Andarta, die Göttin der Kaledonier?«

Ein Lächeln erschien auf ihrem schmalen, anmutigen Gesicht, dann nahm sie ihn an der Hand. »Ich bin Kaledonien, und auch wenn die Römer noch einige Siege erringen mögen – eines Tages werden sie mein Land, unser Land, verlassen. Aber jetzt komm, Marcus. Du wirst eine Weile bei mir bleiben, bis du in einem anderen Körper hierher zurückkehrst.« Ihre Finger umschlossen die seinen, er fühlte sich von einer Sturmböe gepackt, regelrecht in die Höhe gerissen. Gemeinsam mit Andarta erhob er sich in die Lüfte, wurde zum Wind und brauste über das Land. Frei und unbezwingbar, so wie seine Bewohner.

Civitas Dei – Das Reich Gottes
Atir Kerroum

Der Gott der Christen soll den Niedergang des Imperiums aufhalten. Ein christliches Kaiserreich, frei von den falschen Götzen, sei unbesiegbar und werde in alle Ewigkeit über den Erdkreis herrschen. Doch im Ausgang des vierten Jahrhunderts gelangt im Westen ein Mann auf den Thron, der sich wieder den Göttern zuwendet. Theodosius, der Herrscher des Ostens, der alle heidnischen Kulte verboten hat, will dies nicht dulden. Mit dem größten Heer der römischen Geschichte verlässt er Konstantinopel. Seine Herausforderung gilt dem Westreich, dem Senat von Rom – und Jupiter selbst.

Atir Kerroum
Atir Kerroum, geboren 1975 in Algier, lebt und arbeitet als Rechtsanwalt in Ludwigshafen am Rhein. Seine Freizeit widmet er dem Kampf mit Schwert, Säbel und Speer.
Veröffentlichungen: »Der dritte Hau« in der Anthologie »inter mundos« (Candela Verlag, 2011), »Der Platz an der Sonne« in »Neues aus Anderswelt« (Nr. 38, Ausgabe 2/2012) und »Die Hexe von Kentigern« (Machandel Verlag, 2014).

Demjenigen, den die Götter zu empfangen bereit waren, erschien eine Marmortreppe, die ihn den Olymp hinauf geleitete zur Heimstatt der Götter.

Eine einsame Gestalt erklomm Stufe um Stufe inmitten der kahlen Ödnis des Hochgebirges. Ein breiter Strohhut beschattete die Augen des sonderlichen Wanderers. Er trug eine dalmatische Tunika aus weinrotem Brokat, Hosen aus goldbestickter Seide und darüber, als käme er aus einer längst vergangenen Zeit, die purpurgesäumte blütenweiße *Toga Praetexta* der Senatoren.

Nicomachus Flavianus hatte vier Kaisern gedient. Als Prätorianerpräfekt für Italien, Illyrien und Africa regierte er vierzig Provinzen, von Makedonien und Dakien bis nach Rätien und Mauretanien. Er war einer der gebildetsten Männer des Imperiums, von unermesslichem Reichtum und sprichwörtlicher Großzügigkeit. Vor allem anderen aber diente er Jupiter als *Flamen Dialis*, als höchster Priester Roms. Und hätte man ihm gesagt, dass das Weltreich, das seit sechs Jahrhunderten bestand, noch zu Lebzeiten seines Sohnes fallen würde wie ein fauler Apfel, so wäre er einer der wenigen gewesen, die nicht schallend gelacht hätten.

Flavianus stockte. Vor ihm saß Merkur auf der Treppe. Die Hände des Gottes ruhten untätig auf den Knien. Flavianus räusperte sich.

»Ich suche Jupiter.« Er kam sich albern vor.

Merkur wies mit dem Daumen hinter sich.

»Immer die Treppe hinauf und dann geradeaus. Du kannst ihn nicht verfehlen.«

»Ich danke dir.«

Das alles erschien so surreal. Flavianus ging drei Stufen an Merkur vorbei. Dann drehte sich Flavianus zu ihm herum.

»Vergib mir die Frage, aber warum sitzt du hier?«

»Weshalb nicht? Die Götter des Olymps werden nicht länger gebraucht.«

Flavianus schüttelte verständnislos den Kopf und stieg weiter die Treppe hinauf. Er passierte ein verharschtes Schneefeld und durchschritt einen Säulengang aus Marmor. Dahinter begann unter freiem Himmel, großartiger als alles Irdische, ein Palast aus Licht. Staunend sah Flavianus sich um. Wer, der dies erblickt hatte, konnte der lächerlichen Erscheinung eines auferstandenen Handwerkersohnes folgen?

»Es ist lange her, dass sich ein Sterblicher hierher verirrt hat«, donnerte die Stimme Jupiters. »Was führt den *Flamen Dialis* auf den Olymp?«

Die bitteren Worte brannten Flavianus auf der Zunge: *Werden die Götter nach Maxentius und Iulianus auch Eugenius im Stich lassen? Den dritten und letzten Kaiser, der sich gegen die Christen stellt?* So sehr er auch wollte, Flavianus konnte dies nicht fragen, ohne den Gott zu erzürnen. Er hatte eine geschmeidigere Rede vorbereitet, um sein Anliegen vorzutragen.

»Ich bin Virius Nicomachus Flavianus, Sohn des Virius Volusius Venustus, *Flamen Dialis*, Prätorianerpräfekt Italiens und Konsul des westlichen Reichsteils. Jupiter Optimus, wie du weißt, ist die römische Republik ein Reich unter zwei Kaisern: Eugenius herrscht in Rom über den Westen und Theodosius in Konstantinopel über den Osten. Es könnte Eintracht sein, wie unter Brüdern. Doch Theodosius sucht den Krieg. Er greift nach der Weltherrschaft und hat das Christentum zur Staatsreligion erklärt. Mit dem gewaltigsten Heer der Geschichte zieht er nach Italien. Unter dem Marschtritt seiner Legionen bebt die Erde. Die Staubwolken seiner Reiter verdunkeln die Sonne. Wo er lagert, versiegen die Flüsse. Ich bin gekommen, um die Götter zu fragen, was getan werden muss, um Theodosius aufzuhalten.«

Ungeachtet des dringlichen Vorbringens blickte Jupiter zur Seite. »Übertreibst du nicht etwas?«, fragte er gelangweilt.

»Nicht einmal unter Hannibal ist eine größere Armee auf Rom marschiert.«

Jupiter schien eine Weile zu überlegen. Schließlich deutete er mit dem Zepter auf Flavianus:

»Dann will ich dir die Antwort sagen: Wenn Eugenius siegen will, muss er den Osten aufgeben.«

»Das verstehe ich nicht«, murmelte Flavianus. »Eugenius hat niemals Anspruch auf den Osten erhoben.«

»Dann sollte ihm die Entscheidung umso leichter fallen.«

Orakel waren immer enigmatisch. Aber Jupiter hatte unmissverständlich gesagt, dass Theodosius besiegt werden konnte. Flavianus hatte mehr erreicht, als er zu hoffen gewagt hatte. Und doch ...

»Werden die Götter an Roms Seite stehen?«, fragte er mit zitternder Stimme.

»Warum sollten sie?«

Die Gegenfrage verwirrte ihn. Zu offensichtlich war die Antwort.

»Im Osten hat Theodosius alle heidnischen Kulte verboten. Wer den altehrwürdigen Göttern opfert, wird mit dem Tode bestraft. Wenn Theodosius den Krieg gewinnt, wird es den Olymp nicht mehr geben.«

Jupiter lachte und ließ Flavianus wie einen Trottel dastehen. Dann legte der Göttervater das Zepter beiseite und sprach versöhnlich: »Es ist eine alte Krankheit der Sterblichen, sich selbst für das Maß aller Dinge zu halten. Die Götter sind um ein Vielfaches älter als das Menschengeschlecht. Glaubst du, sie gingen unter, weil ein Menschlein sie verbietet? Die Götter werden immer noch sein, wenn Theodosius und sein Gottesstaat längst vergangen sind.«

»Dann kümmert es dich nicht, wenn die Tempel geplündert und geschändet werden? Wenn die Götterbilder fallen und die geweihten Schätze eingeschmolzen werden?«

Jupiter zuckte mit den Achseln. »Die Menschen haben sich von den Göttern abgewandt. Es ist ihre Entscheidung. Ich bin es müde, mich in ihre Angelegenheiten einzumischen. Die Götter brauchen die Menschen nicht.«

»Aber die Menschen brauchen die Götter! Höre mich an, Jupiter Optimus! Ich bitte nicht für mich, sondern für Rom. Rom hält dir die Treue. Es wird niemals von den Göttern abfallen! Nicht, so lange ich lebe!«

Bedauernd schüttelte Jupiter den Kopf.

»Ich kenne jedes deiner Opfer, Flavianus. Doch ich weiß genauso, dass die Senatoren, die sich heidnisch nennen, nur zu träge sind, um sich taufen zu lassen. Wenn es an der Zeit ist, werden auch sie konvertieren.«

Eindringlich trat Flavianus einen Schritt näher.

»So muss es nicht enden! Rom ist entschlossen, die Götter zu verteidigen. Aber auch der Tapferste kann ohne Kraft nicht kämpfen. Alles, worum ich dich bitte, ist ein Zeichen! Ein Zeichen, dass die Götter an Roms Seite stehen. Unsere Truppen werden Mut fassen und sie werden Theodosius vernichten. Das verspreche ich feierlich.«

Jupiter schwieg lange.

»Rom wird sein Zeichen erhalten«, entschied er endlich.

»Ich wünschte, es gäbe einen Weg, diesen Bruderkrieg zu verhindern.« Flavius Eugenius Augustus, der Kaiser mit dem Philosophenbart, sprach das alte, klassische Latein Ciceros und Quintilians. Eugenius war Grammatiklehrer und durch eine Laune des Schicksals auf den Thron gelangt. In diesem Fall hieß das Schicksal Arbogast und war Roms bester General.

»Theodosius hat seine Wahl getroffen. Während wir noch verhandeln wollten, rüstete er längst zum Krieg«, erinnerte Flavianus. »Aber die Götter werden mit Rom sein.«

»Und wir können wahrlich jeden Beistand gebrauchen.«

Obwohl Eugenius Christ war, hatte Rom doch lange auf einen Kaiser wie ihn gewartet. Einen Verteidiger des Rechts, der Traditionen und der Freiheit der Religion. Flavianus unterstützte ihn bedingungslos.

Seine Begeisterung für Arbogast, der gerade das Zelt betrat, hielt sich indes in Grenzen. Selbst unter den Barbaren war der blonde Franke eine einschüchternde Erscheinung, trotz der kostbaren Brokatgewänder, und auf seine Art schlimmer als die Hunnen. Er überragte Flavianus um mindestens einen Kopf und hatte dazu die Statur eines Gladiators. Aber er hielt an den Göttern fest.

Der Heermeister deutete eine leicht ironische Verbeugung vor dem Kaiser an und nickte höflich Flavianus zu.

»Konsul.«

Flavianus nickte zurück. »Heermeister.«

Der Barbar berichtete mit stoischer Ruhe: »Theodosius hat von Osten her die Julischen Alpen überquert. Seine Armee zählt hunderttausend Mann, darunter zwanzigtausend Goten.«

Zwar durchzog die Julischen Alpen ein hunderte Kilometer langes Verteidigungssystem aus Mauern, Sperrwerken und Kastellen, das Italien vor Invasionen schützte. Arbogast hielt es jedoch für zu schwach. Er hatte die Stellungen geräumt und erwartete den oströmischen Kaiser in Italien am Fluss Frigidus.

Flavianus räusperte sich. »Was wirst du wegen der Goten unternehmen, Arbogast?«

Arbogast lächelte. »Fürchtest du sie?«

Flavianus antwortete nicht.

»Bei Adrianopel wurde ein Narr vernichtet«, sagte Arbogast. »Jetzt liegt es an uns, seine Niederlage zu rächen. Das ist alles, was es zu den Goten zu sagen gibt.«

Die Katastrophe von Adrianopel war ein Lehrstück über menschliche Charakterschwächen. Gerade weil ihm sein Neffe mit gallischen Elitelegionen zu Hilfe eilte, hatte der damalige Kaiser hastig den Angriff befohlen, um den Ruhm des Sieges nicht teilen zu müssen. Am Ende des Tages waren er, zwei Heermeister und dreißigtausend der besten römischen Soldaten gefallen.

Das Zelt füllte sich mit Offizieren. Arbogast hatte alle Truppen und Verbündeten des westlichen Reichsteils versammelt: Britische, gallische, pannonische und illyrische Legionen. Germanische Söldner und maurische Reiter. In einem Kraftakt hatte der Senat unerhörte Geldmittel aufgebracht, um das Rom der Götter zu verteidigen.

Eine Karte wurde ausgebreitet. Arbogast erläuterte die Aufstellung und Pläne für die kommende Schlacht. Eugenius mischte sich nicht ein. Wenn jemand Theodosius aufhalten konnte, dann Arbogast, der Franke.

Dumpf hallten die Trommeln über die Hügel. Signalhörner gellten. Wie eine eherne Wand rückte Theodosius in Schlachtformation näher, das größte römische Heer der Geschichte. Ihr Götter! Zu Zeiten der Vorfahren war es dem *Flamen Dialis* verboten gewesen, eine bewaffnete Landstreitmacht zu sehen. Jetzt begriff Flavianus den Sinn dieser Vorschrift: Der Repräsentant Jupiters sollte sich durch diesen Anblick nicht erschüttern lassen. Flavianus blickte nach links zu Eugenius. Der Augustus wirkte verkleidet und eingefallen in seiner goldenen Rüstung. Eugenius war ein guter Kaiser, aber gewiss kein Soldat. Vielleicht war es auch besser so. Die Führung der Armee und alle militärischen Entscheidungen lagen unbestritten bei Arbogast. Wie ein Kriegsgott galoppierte der Heermeister durch die Reihen und hatte für jeden ein aufmunterndes Wort auf den Lippen.

Theodosius' Armee machte Halt. Die Trommeln schwiegen. Als der Wind die Staubwolken verwehte, ragten die Standarten mit dem Christogramm in den Himmel. *In diesem Zeichen siegst du immer.*

Da zuckte ein Blitz über den Horizont. In der nächsten Sekunde fuhr der Donner Flavianus in die Eingeweide. Doch es stand keine Gewitterwolke am Himmel.

»Seht!«, rief jemand.

Alle Augen gingen fort vom Feind zu dem Berg, wo der Blitz eingeschlagen hatte. Dort stand wie von Zauberhand eine überlebensgroße Statue aus goldener Bronze, kolossal und übermächtig. Jupiter.

Rom hatte sein Zeichen erhalten.

»Wo kommt diese Statue auf einmal her?«, fragte Eugenius verwirrt. »Hast du das veranlasst?«

Flavianus gönnte sich ein Schmunzeln. »Das könnte man so sehen.« Er hob die Stimme und rief den Soldaten zu: »Seht auf diesen Berg! Jupiter steht auf der Seite Roms und in *seinem* Zeichen werden *wir* siegen!«

Die Heiden unter den Männern brüllten Zustimmung und trommelten mit den Waffen gegen die Schilde. In dieser Sekunde zweifelte keiner mehr am Sieg, mochte das Heer des Theodosius auch noch so groß sein. Als Antwort darauf bebte die Erde. Tausende Hunnen galoppierten auf die Linie des Eugenius zu, als wollten sie die Schildmauer frontal angreifen. Plötzlich aber wendeten sie ihre Pferde und ließen aus dem ungebremsten Galopp ungestraft einen Pfeilhagel auf das westliche Heer regnen.

»Warum schießen wir nicht zurück?«, fragte Flavianus.

»Sie sind außer Reichweite«, erklärte Valasch. Der Offizier war Perser. »Die hunnischen Bögen tragen weiter als unsere. Aber die Skorpione werden die Hunnen zurücktreiben.«

Hunderte Katapulte schnalzten. Skorpionbolzen durchschlugen Menschenleiber und Pferdekörper. Die Hunnen zogen sich flugs zurück. Arbogasts Männer schrien ihnen Verwünschungen hinterher.

Theodosius ließ sich nicht beirren. Zehntausende Waffen schlugen im Takt gegen die Schilde. Das erste Treffen rückte vorwärts: Armenier, Colchier und Syrer. Als sie heran waren, flogen Wurfspeere, Äxte und Pfeile. Dann prallten die Fronten aufeinander zu einem blutigen Hauen und Stechen. Mann um Mann fiel. Während sich die Reihen lichteten, tobte der Kampf unerbittlich weiter. Endlich verließ die Angreifer der Mut. Sie zogen sich zurück.

»Jupiter!«, riefen ihnen die Männer hinterher. »Jupiter!« Doch kein Mann rührte sich vom Fleck. Arbogast hatte allen eingeschärft, die Position auf gar keinen Fall ohne seinen ausdrücklichen Befehl aufzugeben.

Theodosius brachte die Fliehenden vor seinem zweiten Treffen zum Stehen. Langsam formierten sie sich wieder. Theodosius beschloss nun, dass die Jupiter-Statue fallen musste. Mit dieser Aufgabe betraute er die Goten. Arbogast roch den Braten und zählte in seinem Zentrum eilends sechs kampferprobte gallische Legionen ab, die im Laufschritt zum Berg hetzten, um die dort stehenden Franken zu verstärken. Wütend stürmten die Goten gegen die Franken an und drängten sie Schritt um Schritt zurück.

»Adrianopel!« Mit diesem Schlachtruf trafen die gallischen Legionen ein und wendeten das Blatt. Doch die Flucht der Goten währte nicht lange. Den ganzen Tag über rannten die Truppen des Theodosius gegen die Armee Roms an. Nie zuvor in der Geschichte war so heftig und blutig gekämpft worden. Als die Sonne unterging, fand das Schlachten endlich ein Ende. Alleine zehntausend erschlagene und mit Pfeilen gespickte Goten bedeckten das Schlachtfeld. Theodosius zog sich in sein Lager zurück.

»Rom hat gesiegt. Preiset die Götter!« Triumphierend hob Arbogast die Faust.

Eugenius lächelte zufrieden. »Der heutige Tag ist ein Gottesurteil«, sagte er.

»Ist es wirklich vorbei?«, fragte Flavianus.

»Theodosius ist gescheitert und seine Armee ausgeblutet«, antwortete Arbogast. »Der Prinz der Colchier ist gefallen, die Goten sind nur noch halb so viele. Seine Armee ist demoralisiert. Theodosius hat keine andere Wahl, als sich zurückzuziehen. Und auch das wird ihm nicht helfen. Ich werde Truppen in die Berge schicken, damit sie ihm den Weg abschneiden. Er wird nicht einmal als Leiche nach Konstantinopel zurückkehren.«

Eugenius widersprach. »Rom hat heute schon zu viele Männer verloren. Wer soll die Grenzen verteidigen, wenn wir uns in einem Bruderkrieg gegenseitig aufreiben? Die Feinde werden uns überrennen.«

Arbogast schnaubte. »Für den Rhein garantiere ich. Und der Osten sollte nicht Eure Sorge sein.«

»Was ist deine Meinung, Flavianus?«, fragte Eugenius.

Flavianus räusperte sich. »Ich hatte einen Traum, in dem mir Jupiter erschien und mich warnte. Er sagte: Um zu siegen, müsst Ihr den Osten aufgeben. Ihr solltet Theodosius ziehen lassen, Herr.«

»Hast du öfters solche Träume?«, witzelte Arbogast.

»Bitte!«, ermahnte ihn Eugenius.

»Ist es nicht so, dass Theodosius geschlagen ist, Arbogast?«, fragte Flavianus.

Der Franke nickte.

»Hat er eine andere Wahl, als sich zurückzuziehen?«

Arbogast schüttelte den Kopf. »Ein neuerlicher Angriff wäre Selbstmord. Noch so einen Tag überlebt er nicht.«

»Die Geschichte lehrt, dass ihn bald jemand beseitigen wird«, sagte Eugenius. »Warum ein Risiko eingehen? Ich werde keinen Anspruch auf den Osten erheben. Das Orakel weist den Weg.«

Arbogast überlegte. »Lassen wir Theodosius also ziehen«, sprach er endlich.

Flavius Theodosius Augustus kniete betend vor dem Kreuz. Er hatte das Spiel verloren. Der Preis würde sein Leben sein. Und das seiner Söhne.

Schritte erklangen hinter ihm. Theodosius fasste an den Dolchgriff, denn das Schwert hatte er zum Beten abgelegt, und drehte sich herum. Seine Schultern entspannten sich. Vor ihm stand Stilicho.

»Überläufer«, sagte Stilicho. »Beinahe zwei Kohorten. Ihr Anführer sagt, er sei mit Arbogast fertig.«

»Nach dem gestrigen Tag? Bring ihn her!«

Theodosius stand auf und setzte sich auf einen Stuhl. Kaiserliche Wachen in schneeweißen Uniformen stellten sich an der Zeltwand auf. Stilicho kehrte mit dem Überläufer zurück. Dieser fiel nicht ganz protokollgerecht auf die Knie.

»Erhabener Kaiser! Gestattet mir und meinen Männern, Euch zu dienen!«

»Du bist fertig mit Eugenius, höre ich?«

»Eugenius ist Arbogasts Marionette. Rom wird von einem Barbaren beherrscht.«

»Mit Billigung des Senats.«

»Das macht den Barbaren nicht zu einem Römer.«

Arbogasts Armee war Theodosius wie eine unüberwindliche Mauer erschienen. Doch jetzt sah er die tiefen Risse. Die Römer fürchteten den wachsenden Einfluss Arbogasts und der Germanen. Eugenius wiederum war Zivilist und ohne militärische Hausmacht.

Die Anerkennung durch den Senat brachte zwar Geld, nützte dem Grammatiklehrer bei den Soldaten aber wenig. Und dann waren da noch die Christen, die mit Theodosius sympathisierten.

»Bist du Christ?«

»Nein, Herr, ich bin Heide. Aber ich werde nicht zulassen, dass ein Barbar über Rom herrscht!«

»Dann sei mir willkommen!«

Theodosius wandte sich an Stilicho: »Wir greifen im Morgengrauen an.«

»Du hast meine Erwartungen übertroffen. Und doch versagt, Flavianus. Ich hatte dich gewarnt: Wenn Eugenius siegen will, muss er den Osten aufgeben.«

»Ich verstehe nicht ...« Fragend blickte Flavianus zu Jupiter auf. »Wir haben doch alles richtig gemacht. Theodosius ist geschlagen. Wir beschlossen, ihn ziehen zu lassen, weil Rom durch den Bürgerkrieg schon zu sehr geschwächt wurde. Eugenius gab den Osten auf. Wie es dein Orakel gefordert hat.«

»Nein. Du irrst.« Jupiter schüttelte den Kopf. »Arbogast ist geschlagen. Und mit ihm Eugenius.«

»Herr?«

Flavianus schreckte aus dem Schlaf hoch und sah in das entsetzte Gesicht seines Leibdieners Agathoklus.

»Was ist das für ein Lärm?«, fragte Flavianus.

»Theodosius! Seine Männer sind im Lager! Du musst fliehen!«

Flavianus schoss vom Bett und eilte vor das Zelt. Draußen regierten Waffenlärm und blankes Chaos. Das halbe Lager brannte. Auch das Zelt des Eugenius.

»Ihr Götter! Wie konnte das geschehen!«

»Herr?«

Wenn Eugenius siegen will, muss er den Osten aufgeben. Flavianus verstand jetzt. Jupiter hatte gesagt, Theodosius müsse restlos vernichtet und der Osten sich selbst überlassen werden. Das komplette Gegenteil dessen, was sie geglaubt und beschlossen hatten. Was waren sie doch für Narren!

»Wir müssen uns beeilen!«, drängte Agathoklus.

Flavianus rannte ins Zelt zurück und warf sich eilends ein Gewand über. Ein Mann mit einem Schwert in der Hand stürmte herein. Flavianus atmete auf. Valasch.

»Ich habe Pferde gesattelt«, sagte der Perser.

»Der *Flamen Dialis* darf kein Pferd besteigen«, belehrte ihn Agathoklus.

»In diesem Fall wird der *Flamen Dialis* sterben«, gab Valasch zurück.

»Augenblick.« Hastig stopfte sich Flavianus die Börse mit Gold voll. Es gab tausend Dinge, die er mitnehmen wollte. Er musste sie zurücklassen.

Im Vertrauen auf Jupiters Vergebung saß Flavianus auf. Valasch half dem Diener aufs Pferd. Der Arme konnte nicht reiten. »Halt dich einfach nur fest!«, rief der Perser. Valasch schwang sich auf seinen Rappen, nahm das Pferd des Dieners am Zügel und dann galoppierten sie aus dem Lager.

Nach einigen Minuten des Ritts zügelte Flavianus sein Pferd und drehte sich herum. Das überrannte Feldlager glich dem brennenden Troja. Es war alles verloren.

Flavianus hätte das Pferd nicht besteigen dürfen.

»Wir müssen weiter!«, drängte Valasch.

Die Welt gehörte Theodosius und dem Christentum. Für die alte Religion gab es keinen Platz mehr.

Nicomachus Flavianus war der letzte *Flamen Dialis*. Er wandte sich an Valasch: »Ich brauche dein Schwert.«
»Wofür?«
Agathoklus wusste es.
»Nein!«, rief er. »Das darfst du nicht tun!«
»Nicht dürfen?« Flavianus lächelte. »Wie ich aus dem Leben gehe, ist die einzige Entscheidung, die mir noch bleibt.«
Valasch gab Flavianus das Schwert. Es war scharf und spitz und lang. Er ergriff es mit feuchten Händen und setzte sich die Spitze auf die Brust. Dann stieß er es sich ins Herz. Ein süßer Schmerz flammte auf. Flavianus kehrte heim zu seinen Vorfahren. Und zu den Göttern.
Leblos sackte er vom Pferd.

Die Dämmerung des Sol Invictus

Markus Cremer

Der Gott der Christen ist zum Sieger der Schlachten geworden. Das mächtige Reich der Römer wird nun unter seinem Namen beherrscht. Ein zweiter Kaiser hat seine Herrschaft im Osten des Reiches gesichert, das Land ist gespalten. Der Kaiser, der auf die Macht des Christengottes vertraut, will sich dessen Gunst versichern und hat die alten Götter verboten. Wer noch immer den erleuchteten Sohn, den Sol Invictus, als unbesiegt preist, der tut dies noch verborgener, als alle Jahrhunderte zuvor.

Markus Cremer
Der aus dem Rheinland stammende Markus Cremer wurde 1972, im Jahr der Ratte, geboren. Vor seiner derzeitigen Beschäftigung als Laborleiter in der Hirnforschung betätigte er sich als Sanitäter, Erfinder und Inhaber eines Ladens für Okkultismus. Er lebt mit seiner Frau und zwei Ratten in einem alten Haus in der Nähe von Aachen. Die Initialzündung für seine schriftstellerischen Ambitionen waren Fantasy-Rollenspiele und die Horrorgeschichten von H. P. Lovecraft.

Der junge Valerius verbarg sich im Schatten der Grabstätten an der Via Appia. Sein Herz schlug heftig, als der Trupp Legionäre vorüberzog. Der Anführer ließ die Abteilung halten. Valerius tastete nach seinem Dolch. Eine hilflose Geste, denn die kampferfahrenen Soldaten würden ihn spielend überwältigen. Ein Straßenhändler trat zwischen Grüften hervor und bot Datteln und Honig an. Der Anführer kaufte etwas, dann setzte sich der Zug endlich wieder in Bewegung. Die Sonne berührte den Horizont. Der neue Mond würde in dieser Nacht aufgehen, gemeinsam mit dem wiedererstarkten Gott des Lichtes. Lächelnd wandte sich Valerius in die Richtung des verborgenen Tempels. Seit seiner Weihe zum Raben erhoffte er sich ein Zeichen seines Gottes. Obschon er der geringsten Stufe der Dienerschaft Mithras angehörte, spürte er eine große Verantwortung. Die Bürde großer Macht, die ihm sein Gott offenbaren würde. Wenn er nur den Zeitpunkt wüsste.

Seine Gedanken galten der Nacht seiner Prüfung, in der er seinen kleinen Finger der rechten Hand verloren hatte. Ein billiges Opfer für den Gott des Lichtes, doch der Schmerz schärfte seine Wahrnehmung des göttlichen Willens. Seit diesem Tag hatte er keinen Schmerz mehr gespürt.

Aus dem Schatten trat eine Gestalt in seinen Weg. Vor Schreck blieb er stehen, unfähig etwas zu seiner Verteidigung zu unternehmen.

»Was darf ich dir anbieten?«, fragte ihn eine gehauchte Stimme, deren Süße wie Sirup in seine Ohren tröpfelte.

Nur eine Dirne, dachte er aufatmend. Der Friedhof war ein bekannter Treffpunkt der Huren Roms.

»Kein Interesse«, antwortete er schnell.

»Bist du ganz sicher? Mein Name ist Tullia und ich bin nicht teuer.«

Sein Blick glitt über die einladend geöffnete Robe der attraktiven Frau. Eine ihrer Brüste lag frei. Es bedurfte sämtlicher Willenskraft, sich von dem Anblick zu lösen.

»Ich habe zu tun«, antwortete er barsch.

»Ich kann etwas mit dir tun, was du nie mehr vergessen wirst«, hauchte sie. Zwischen ihren Brüsten baumelte ein Amulett in Fischform.

»Elende Christin!«, zischte er aufgebracht. Ohne ein weiteres Wort lief er an ihr vorbei. Ihr Lachen verfolgte ihn. Schweiß lief ihm die Stirn hinunter.

Die Verlockungen des Fleisches waren stark.

»Valerius.« Er drehte sich um und erblickte seinen Freund Aponius. Der Weinhändler winkte ihn zu sich heran.

»Warum hast du es so eilig?«, fragte er.

»Eine Hure dieser Kreuzanbeter hat es gewagt, mich anzusprechen.«

»War sie eine hübsche Dralle oder sah sie so aus wie ihr lächerlicher Gottessohn?«, fragte Aponius und leckte sich über die Lippen.

»Ich halte mich von Christen fern, so wie es jeder rechtschaffene Diener des wahren Gottes tun sollte«, ereiferte sich Valerius.

Aponius spuckte aus und erklärte: »Wird Zeit, dass wir diese Hunde ausradieren.«

»Das Dekret des wahnsinnigen Kaisers Theodosius muss endlich widerrufen werden«, sagte Valerius. »Es ist ungerecht, dass wir unsere Zusammenkünfte verbergen müssen.«

»Du hast recht, aber der dumme Pöbel folgt jetzt den falschen Versprechungen des toten Gottessohnes«, erwiderte Aponius. »Aber nicht mehr lange, soviel kann ich dir versprechen.«

Valerius wusste, dass sein Freund bereits die vierte Prüfung abgelegt hatte und in den Rang eines Löwen versetzt worden war. Eine große Ehre und sicher hatte Aponius tiefergehende Informationen erhalten, was diese Nacht geschehen würde.

»Weißt du, was passieren wird?«, fragte Valerius.

»Ich darf es dir nicht sagen«, erklärte Aponius mit ernster Stimme. »Folge mir jetzt.«

Gemeinsam schritten sie durch die Grabreihen und blieben schließlich vor den geöffneten Toren einer offenen Gruft stehen. Aus dem Inneren ertönte eine geflüsterte Frage: »Wer folgt dem Raben und dem Bräutigam?«

»Der Soldat«, beantwortete Valerius die Frage nach den Rängen des Kultes.

»Du darfst passieren, Diener des leuchtenden Gottes«, erhielten sie zur Antwort. Valerius trat ein und stieg die Stufen in absoluter Finsternis hinab. Mit jedem Schritt kam es ihm kälter und dunkler vor. Erst am Ende der Treppe ertastete er einen Vorhang und schlug ihn zur Seite. Die Tempelhalle erstrahlte im Licht unzähliger Fackeln und Kerzen. Zwei lange Reihen aus Liegen säumten den länglichen Raum. In der Mitte befand sich ein Gang, der direkt auf das Kultbild an der Stirnseite führte. Andere Mitglieder begrüßten ihn leise, doch er nahm es kaum zur Kenntnis. Seine Aufmerksamkeit wurde vom Anblick des gemalten Mithras in Anspruch genommen.

Das Bildnis muss göttlichen Ursprungs sein, dachte er. Anders war die Perfektion nicht zu erklären. Es kam ihm so vor, als würde der dargestellte Jüngling jeden Moment aus dem Bild treten.

Trommeln erklangen, dann quoll Rauch aus den Nüstern des gemalten Stieres. Valerius beeilte sich, seinen Sitzplatz einzunehmen. Der Hohepriester im Rang des Vaters trat nach vorne und begann mit der rituellen Segnung der Versammelten. Atemlos lauschte er den Worten des Alten: »Dunkle Zeiten kommen auf unser geliebtes Rom zu. Die Finsternis fremder Götter hat unser Imperium ergriffen. Einzig Mithras, der unbesiegte Gott des Lichtes, ist in der Lage, das Joch der Sektierer abzuschütteln. Sol Invictus lautet sein Name, als Jüngling tötete er den allumfassenden Stier und aus seinem Blut und Samen erschuf er unsere Welt.«

Die Menge antwortete: »Heil dir, Mithras! Schöpfer der Welt! Lichtbringer!«

Aponius beugte sich zu Valerius hinüber und flüsterte anzüglich: »Sollen wir hinterher der Christenhure das Licht zeigen?« Valerius stieß ihn zur Seite und schüttelte den Kopf. Er wollte sich ohne Störung seinem Gott hingeben, dem er ewige Treue geschworen hatte.

»Verzeih ihm, Mithras«, murmelte er.

Der Hohepriester fuhr in seiner Rede fort: »Die Dunkelheit greift um sich.« Augenblicklich verloschen sämtliche Fackeln und Kerzen. Beeindruckt versuchte Valerius etwas zu erkennen. Ein Murmeln erhob sich unter den Versammelten. Ein Licht flammte auf und beleuchtete die Darstellung des Mithras. Die Stimme des Hohepriesters schien aus dem Nichts zu kommen, als er mitteilte: »In dieser Nacht wird der Gott zu uns stoßen. Er wird unter uns fahren und die Dämonen der Finsternis fortfegen!« Gemurmel erhob sich erneut. Jemand sagte: »Endlich! Es ist so weit!« Valerius wusste nicht, was geschehen würde und starrte wie gebannt auf den gemalten Jüngling.

Bewegte er sich?

»Mithras, erhöre unser Flehen. Deine Diener erwarten dich und erhoffen deine Anwesenheit in ihrer Mitte! Fahre herab und zeige uns deine Stärke! Ich opfere meinen Geist und meinen Körper!« Hochrufe erhoben sich. Der Hohepriester fuhr fort: »Jeder hier opfert seinen Geist und seinen Körper!« Weitere Hochrufe, doch Valerius bemerkte auch irritierte Stimmen. Er flüsterte zu Aponius: »Was geht hier vor?«

»Sol Invictus wird in dieser Nacht erscheinen. Alle Anhänger unseres Gottes beten in dieser Weise zu ihm. Überall in den Ländern des großartigen Imperiums. Jetzt, in diesem Augenblick!«

Staunend sah Valerius, wie der Hohepriester sich selbst und alle Anwesenden wiederholt dem Gott Mithras darbot. Nichts geschah, bis der Hohepriester ein Zeichen gab und eine Gruppe hochrangiger Gottesdiener einen lebenden Stier den Mittelgang hindurchführten.

»Ein Opfer. Endlich!«

»Der Stier, das Urbild der Opferung. Das erste Werk unseres Gottes Mithras!« Gehalten von einem Dutzend Männer wurde das bebende Tier hereingeführt. Der Hohepriester ergriff einen Dolch und stieß ihn in den Hals des Stieres. Das Blut schoss heraus und bespritzte den Steinboden des Tempels. Valerius bemerkte, wie sich das Tier wehrte, doch mit jedem Tropfen Blut verlor es mehr und mehr Kraft.

»Mithras, komme herab!«, schrie der Hohepriester, doch nichts geschah. Mit heiserer Stimme befahl er schließlich: »Holt sie.«

Die Diener ließen den leblosen Stier zu Boden gleiten und verschwanden in einem Nebenraum. Sie kehrten bald zurück, in ihrer Mitte eine schreiende Frau in dem weißen Gewand der Keuschheit. Zu seinem Entsetzen erkannte Valerius die Unglückliche sofort wieder.

Was macht die Hure hier?, fragte er sich. *Sie entweiht den Tempel.*

»Diese Jungfrau wird sich unserem Gott opfern. Freiwillig und ohne bösen Gedanken«, erklärte der Hohepriester.

»Jetzt wird es interessant«, sagte Aponius lüstern.

Die Frau schrie und wehrte sich, doch die sie umringenden Männer zerrten sie nach vorne und auf die Knie. Den blutigen Dolch noch in der Hand näherte sich der Hohepriester der verzweifelten Frau. Kaum berührte seine Spitze die Kehle, da erfüllte ein tiefes Grollen den Tempelraum. Dem Priester entglitt die Klinge.

»Mithras«, flüsterte Valerius. »Er ist hier!«

»Sei kein Dummkopf«, erwiderte Aponius. »Ist doch nur ein Trick ...«

Der Hohepriester bäumte sich auf und schrie, als würde sich sein Leib mit glühendem Eisen füllen. Seine Augen leuchteten in unnatürlicher Weise auf. Etwas in seinem Inneren strahlte.

»Ein verdammtes Wunder!«, entfuhr es Aponius.

»ICH BIN MITHRAS!«, dröhnte es grollend aus dem Körper des Hohepriesters. Sein Leib blähte sich auf und veränderte seine Form. Haut platzte auf und formte sich zu einer neuen Form. Atemlos sah Valerius zu, wie der Hohepriester vor seinen Augen verschwand und sich stattdessen in einen schimmernden Jüngling von doppelter Mannshöhe verwandelte. Der Blick des Gottes fuhr zornig über seine Anhänger.

»Ich bin Sol Invictus! Ich bin der Bestrafer der Dämonen! Ich bin der Kämpfer des Lichts und Bezwinger des Bösen!« Die Worte schmetterten gegen seine Ohren und Valerius begriff nicht, was dort vor ihm entstand.

War dies wirklich sein geliebter Mithras?

Der Blick des Gottes richtete sich auf die entsetzte Frau vor ihm.

»Ihr duldet ein Weib in meinem Tempel?«

»Sie ist eine Hure«, rief Aponius erregt.

»Weiber haben keine Seele«, grollte der Gott. »Ihr macht sie zur Hure und es ist damit die Sünde der Männer und nicht ihre. Nehmt meine Strafe hin!«

Angst erfüllte den Raum. Ein Mann sprang auf und lief zum Ausgang. Der Gott sah auf und ein Lichtblitz hüllte den Flüchtenden ein. Brüllend verging der Mann in leuchtenden Flammen. Die Umstehenden wichen zurück. Einige warfen sich zu Boden und flehten um Gnade.

»Winselnd wollt ihr meine Gunst? Lächerlich!« Mithras ballte seine gewaltige Faust und die Flehenden gingen in Flammen auf. Valerius schnappte nach Luft.

»Ihr seid Sünder und keine Kämpfer für das Licht!« Der Gott schritt durch den Mittelgang. Flammensäulen folgten ihm. »Unwürdige!« Schreie. Rauch. Hitze. Ein Tumult brach los. Die Gemeinde bewegte sich von ihrem Gott fort. Alles strömte dem Ausgang zu.

»Wir müssen hier weg!« Aponius stieß Valerius an, doch der rührte sich nicht. Der Anblick war phantastisch und grauenhaft zugleich.

»Sempronius, der Unzucht mit seinen Kindern treibt!«, donnerte der Gott und ein gequälter Schrei war die Antwort. »Elender Sünder, der seine Mutter des Geldes wegen tötete. Stirb, Calpurnius!« Wieder erklang ein Todesschrei.

»Bleib hier, wenn du gebraten werden willst!«, rief Aponius und setzte sich in Bewegung. Weit kam er nicht, denn der Gott rief den Weinhändler an: »Aponius, der Bastard, der Huren nimmt und seine Brüder betrügt. Deine Boshaftigkeit wird fortgebrannt. Für immer!«

»Nein, nein, ich flehe dich an ...« Die Hitze schlug Valerius ins Gesicht. Sein Freund verging in überirdischem Feuer. Fasziniert sah er dem Schauspiel zu. Sein Inneres war völlig gefühllos. Die Gewalt berührte ihn nicht. Der Tod seiner Glaubensbrüder ging ihm nicht nahe. Sie waren Sünder und sie hatten zu leiden. So sah es der Kult vor und so wurde es gelebt. Der Gott sprach zu ihnen und sie hatten die Folgen zu tragen. Worüber klagten die anderen? Er verstand es nicht. Hatte er es je verstanden? Oder was geschah mit ihm?

»Valerius, du bist anders als deine Brüder«, sprach der göttliche Jüngling zu ihm. Die Stimme klang sanft und freundlich in seinen Ohren. »Deine Reinheit ist ein Geschenk. Du sollst meine Stütze sein. Mein Stellvertreter in dieser Welt der sündigen Menschen. Stelle dich der Prüfung.«

»Ja, mein Mithras«, sagte Valerius tonlos. Inmitten des rauchgeschwängerten Tempels kniete er nieder und blickte seinen Gott liebevoll an. Sein Körper wurde mit

Feuer überzogen. Die Hitze verbrannte seine Haare und seine Kleider. Die Schmerzen waren überwältigend, doch er trotzte ihnen. Seinen Gott wollte er nicht enttäuschen.

»Bist du bereit, den Verlockungen der Welt zu entsagen?«, donnerte es in seinem Verstand.

»Ja, Mithras«, hauchte Valerius und atmete Hitze und den Gestank verbrannten Fleisches ein.

»So sei es!« Sein letzter Blick fiel auf den göttlichen Jüngling, dann drangen die Flammen in seine Augen ein. Die Welt versank für Valerius in ewiger Dunkelheit. Das Bild des Gottes blieb. Wie lange er dort verharrte, konnte er nicht abschätzen. Irgendwann hörten die Todesschreie auf und beängstigende Stille senkte sich über den Tempelraum. Er richtete sich erst auf, als er spürte, dass sein Gott verschwunden war. Sein Verstand registrierte den körperlichen Schmerz, doch er verdrängte ihn. Eine zögerliche Berührung tastete nach seinem Arm. Eine Frauenstimme meldete sich ängstlich: »Wie geht es dir?«

»Tullia?«, fragte Valerius. »Du lebst?«

»Der Dämon hat mir nichts getan«, erwiderte sie fassungslos.

»Das war kein Knecht des Bösen, es war mein Gott. Mithras, der Gott des Lichtes«, erklärte er geduldig. »Ich bin sein Diener.« Er horchte in sich hinein und Bilder anderer Orte tauchten in seinen Gedanken auf. Andere Tempel. Mithräen an verschiedenen Orten. Feuer. Der rasende Jüngling, der Gericht über seine unzuverlässige Dienerschaft hielt.

»Sein letzter Diener«, fügte er schließlich hinzu. »Ich bin seine leuchtende Hoffnung, in dieser dunklen Welt der Sünde.«

»Du bist blind«, stellte die Frau fest.

»Ich kann nur nicht sehen«, gab Valerius zurück. Der Verlust schmerzte ihn nicht.

»Ich führe dich«, sagte die Frau und nahm seine Hand. Der Weg führte über die Leichen der Brüder hinweg.

»Dein Gott ist zornig gewesen«, sagte die Frau voller Abscheu. »Warum folgst du einem derart gewalttätigen Gott?«

»Er hat ihnen nur die Belohnung zuteilwerden lassen, die sie verdienten«, erklärte Valerius.

»Ich bin Christin«, sagte die Frau, als sie die oberste Treppenstufe erreichten.

»Ich weiß.« Er fragte sich, was sie mit dieser Aussage bezweckte.

»Wenn du der letzte Diener dieses Mithras bist ...«, begann sie langsam.

»Ja?«, fragte Valerius. »Willst du deinem Gott entsagen und zur Dienerin von Mithras werden? Ich fürchte leider, dass es nicht ...«

»Niemals«, sagte die Frau und versetzte ihm einen Stoß vor die Brust. Während er hilflos nach hinten fiel, hörte Valerius noch die Worte: »Stirb, Götzendiener!«

Sein Kopf traf die steinernen Stufen zuerst, danach bog sich sein Rückgrat durch und er hörte ein lautes Knacken. Er verlor das Bewusstsein. Später erwachte er in völliger Dunkelheit. Aufstehen konnte er nicht. Es gelang ihm nicht, auch nur einen Finger zu bewegen.

»Mithras?«, flehte er, doch sein Gott antwortete nicht auf sein kläglich Krächzen. Nichts geschah. Kein Schmerz. Kein Gefühl. Er begriff, dass er hier ewig liegen würde und keiner ihm helfen konnte. Seine Brüder waren tot. Der Kult war zerschlagen, von Gottes eigener Hand. Wie sollte es ihm nun gelingen, den Kult des Mithras zu neuem Glanz zu führen? Niemals? Niemals! Seine Kräfte verließen ihn Stunden später endgültig.

Wild
Katrin Langmuth

Das Römische Imperium, das weit über tausend Jahre die Geschicke Europas gelenkt hat, ist an seiner eigenen Größe zerbrochen. Die Fürsten der Barbaren haben die Macht in ihre Hände genommen. Nur wenige Jahrhunderte sind vergangen, bis der höchste Priester des Christengottes einem Herrscher der Franken namens Karl die Würde des Kaisers zurückgegeben hat, sodass dieser das Herz Europas neu ordnen konnte. Heute sind seine Knochen ebenso verblasst wie die der großen Caesaren. Das einstige Germanien wird jetzt Deutschland genannt. Und so manches prächtige Bauwerk der Römer ist genauso in Vergessenheit geraten wie die Geheimnisse, die darin schlummern.

Katrin Langmuth
Katrin Langmuth, geboren 1962 in einer mondlosen Raunacht, lebt mit ihrer Familie in einer ländlichen Gemeinde am Rande des Bayerischen Waldes, wo sie vor allem die Nähe zur Natur schätzt. Ihre weiteren Interessen liegen hauptsächlich in den Bereichen Psychologie, Philosophie und Religion. Beim Schreiben bevorzugt sie phantastische oder skurrile Themen.

»Ich muss mal!«

»Schatz, wir haben doch gerade erst in Tuttlingen an der Gaststätte gehalten!«

»Das weiß ich selbst, trotzdem muss ich!«

»Hier auf der Bundesstraße kann ich nicht einfach halten, schon gar nicht mitten in der Nacht.«

»Dann fahr eben runter! Oder soll ich mir in die Hose machen? Und kalt ist mir auch!«

Fabian verbiss sich eine Antwort und drehte die Heizung auf. Seit man Diana ansehen konnte, dass die Geburt ihres ersten Kindes nicht mehr lange auf sich warten ließ, konnte man nicht mehr mit ihr diskutieren. Als das Navigationsgerät eine Parallelstraße neben der Hauptstraße anzeigte, setzte er den Blinker, bremste behutsam und fuhr nach rechts ab, wo er den Wagen mit Warnblinkanlage neben ein paar Bäumen abstellte.

»Herrschaftszeiten!«, fuhr ihn seine momentan gar nicht so liebe Ehefrau erbost an. »Du erwartest doch nicht etwa, dass ich hier, wo tausend Autos vorbeifahren …?«

Ergeben startete Fabian den Wagen wieder und fuhr zurück auf die Bundesstraße. Hoffentlich kam bald eine Stelle, wo er gefahrlos und fernab neugieriger Blicke halten konnte.

»Langsam pressiert es wirklich!«, tönte es vom Nebensitz.

»Ich kann nicht zaubern!«, flutschte es ihm heraus. Wider besseres Wissen drückte er aufs Gas. Da, endlich, ein Parkplatz wurde angekündigt. Etwas zu schnell bog er nach links ab, weil Licht vom Gegenverkehr sichtbar wurde und stieg heftig auf die Bremse, als etwas im Scheinwerferlicht über die Straße huschte.

Ein leichter, dumpfer Schlag war zu hören, kaum wahrnehmbar, nicht einmal der Airbag löste aus.

»Scheiße! Ich glaube, ich habe ein Tier erwischt«, brachte Fabian es auf den Punkt. Er ließ den Wagen ausrollen, schaltete die Warnblinkanlage ein, stieg aus und untersuchte den Kotflügel.

»Hm, die Delle war definitiv vorher noch nicht da. Ich muss die Polizei anrufen, damit sie den Wildunfall aufnimmt.«

Während Fabian noch die Warnweste überstreifte und im Kofferraum zwischen Einkaufstüten und der vorsorglich gepackten Kliniktasche nach dem Warndreieck kramte, holte Diana die Taschenlampe aus dem Handschuhfach und verschwand zwischen den Bäumen. Bald war der Wald so dicht, dass er alle Geräusche von der Bundesstraße schluckte und sie endlich ihrem Bedürfnis nachgehen konnte. Sie hasste es, ›dabei‹ beobachtet zu werden. Die Vorstellung war noch unangenehmer als im Schein der Lampe, die sie neben sich gelegt hatte, allerlei Getier vorbeikrabbeln zu sehen. Als sie sich erleichtert hatte, richtete sie ihre Kleidung und ging zum Wagen zurück. Jedenfalls dachte sie das. Nach ein paar Schritten war sie sich dessen jedoch nicht mehr sicher. Sie müsste doch längst das Rauschen von der Straße hören. Verunsichert machte sie das Licht aus, um ihr Gehör zu schärfen. Nichts, absolute Stille, als ob der ganze Wald in dicht isolierende Watte gepackt sei. Etwas streifte ihr Haar und sie schaltete schnell die Taschenlampe wieder ein. Es war nur ein Tannenzweig, der im Wind schwankte. Vorsichtig ging sie weiter, ängstlich darauf bedacht, an keiner Wurzel hängenzubleiben. Ein Loch in der Seidenstrumpfhose hätte ihr jetzt gerade noch gefehlt! Sorgen hatte frau manchmal. Diana lachte hell auf, momentan hatte sie ganz andere Probleme. Die Blase drückte schon wieder heftig, das konnte doch wirklich nicht sein. Sie atmete tief ein, bis der Schmerz nachließ, und spürte plötzlich, wie ihre Beine feucht wurden. Als ihr klar wurde, was das bedeutete, atmete sie hektisch. Die Fruchtblase geplatzt, mitten im Wald, schlimmer konnte es kaum mehr kommen! Eine saudumme Idee von Fabian war es gewesen, so kurz vor dem errechneten Entbindungstermin noch zum sechzigsten Geburtstag seiner Mutter zu fahren! Schon die Ortswahl war rücksichtslos. Ja gut, hübsch war es dort schon gewesen und das Essen dem Anlass entsprechend vorzüglich. Und es hatte auch gutgetan, in der kleinen Kapelle eine Kerze für eine glückliche Entbindung anzuzünden, aber bei allen guten Göttern, das Kaff lag mitten in der Prärie! Eine Stunde hatten sie bei der Hinfahrt gebraucht, mit dem unförmigen Bauch eine Tortur. Sie versuchte, gelassen und tief zu atmen, wie sie es in der Geburtsvorbereitung gelernt hatte. Bis zur Frauenklinik ihres Vertrauens war es noch ein ganzes Stück zu fahren, mal davon abgesehen, dass das Auto einen Unfallschaden hatte und sie nicht wusste, in welcher Richtung es überhaupt war.

»Fabian! Fabian, hörst du mich?«, schrie sie mehrmals, doch kam keine Antwort. Wo war denn bloß ihr Handy? Hektisch wühlte sie in ihrer Handtasche, dann fiel es ihr ein, sie hatte es nach der letzten SMS an ihre Freundin auf die Mittelkonsole gelegt, verdammt! Eine Schmerzwelle lenkte sie kurz ab, dann stapfte sie weiter, sie konnte schließlich nicht bis zum Sonnenaufgang warten. Nach zwei weiteren Wehen tauchten auf einer winzigen Lichtung Mauerreste auf, anscheinend von einem aufgegebenen Bauernhof. Ein seltsamer, kurzer Pfeiler erregte ihre Aufmerksamkeit. Da waren doch Buchstaben eingeritzt! Sie beugte sich hinunter und fuhr mit dem Zeigefinger die Vertiefungen nach. Diana, unglaublich, da stand ihr Name! Das konnte doch alles nicht wahr sein! Ihr Bauch verkrampfte und sie stöhnte auf: »Heilige Jungfrau, hilf mir!«

Endlich ließ der Schmerz nach und sie konnte wieder atmen. Da bemerkte sie, dass eine Frau zwischen den Bäumen hervortrat. Erleichtert rief sie ihr zu: »Helfen Sie mir, bitte! Ich habe Wehen und weiß nicht, wie ich zum Auto komme!«

»Beruhige dich, es dauert noch! Dein Kind wird erst bei Mondaufgang das Licht der Welt erblicken.«

Diana musterte die Frau, die mit harmonischen Bewegungen einen altertümlichen Jagdbogen und einen Köcher voller Pfeile neben den Inschriftenstein legte. In schlichte naturfarbene Tücher gehüllt, die von Gewandspangen an den Schultern zusammengehalten wurden, schien sie einem antiken Historienspiel entsprungen zu sein. Der Modeschmuck, der um ihren Hals hing, irritierte, doch nicht so sehr wie das kräftige Strahlen, das von der Frau ausging. Dagegen wirkte die Taschenlampe wie eine verlöschende Streichholzflamme. Diana schaltete das nutzlose Gerät ab. Hatte sie Wahnvorstellungen, verursacht durch eine Hormonunverträglichkeit oder eine Schwangerschaftsvergiftung? Oder war dies real, eine technische Darbietung, Holografie in höchster Qualität? Sie hatte keine Zeit, darüber nachzudenken, denn die Fremde sprach sie mit voller Stimme und gestenreich an.

»Wie aufmerksam von dir, dass du an meinem Ehrentag meiner gedenkst und die Tradition aufrechterhältst, schön frisiert und mit einer Fackel zu diesem Hain zu pilgern. Ich dachte schon, die Menschen hätten mich vergessen. Es macht mich glücklich, dass auch du mir dienen willst. Wie lautet dein Name, Kindchen?«

Die Schwangere fuhr sich über ihre strenge Hochsteckfrisur, und versuchte, die entwischten Strähnchen hinter den Ohren festzuklemmen. »Diana.«

Der Schein um die Dame verstärkte sich.

»Entzückend, deine Mutter hat dich sogar nach mir benannt!«

Diana schwieg. Intuitiv wusste sie, in dieser skurrilen Situation wäre es unangebracht zu erwähnen, dass ihre Mutter schon immer euphorischer Fan einer später tragisch verunglückten Prinzessin und die Namensgebung ihrer Tochter Teil der Strategie war, den Vorsitz einer Fangemeinde zu übernehmen. Die leuchtende Dame wirkte erhaben, nein, überirdisch, das traf es besser. Waren sie nicht beim Einfahren in den Parkplatz an einer Hinweistafel zur römischen Göttin Diana vorbeigekommen? Als eine neuerliche Wehe sie heimsuchte, beschloss sie, sämtliche Ungereimtheiten zu ignorieren und auf das Naheliegende hinzuweisen: »Ich muss schnell ins Krankenhaus, helfen Sie mir bitte!«

Die Göttin, falls sie denn eine war, lächelte liebenswürdig.

»Keine Sorge, Geburtshilfe ist meine edelste Fähigkeit. Schon unzähligen Kindern habe ich ins Licht der Welt geholfen. Ich werde dir beistehen und alle Dämonen von dir und deinem Kind fernhalten.«

»Danke, das ist sehr freundlich von Ihnen. Wissen Sie, wie ich zu meinem Mann und zum Auto zurückkomme? Das steht an einem Parkplatz, direkt neben der großen Straße.«

»Gut, ich schaue nach.« Die antike Dame streckte ihre Arme wie Antennen in die Luft, dann rastete sie aus. »Stinkender Ziegenmist, das ist doch die Höhe! Da hat so ein barbarischer Rohling unwaidmännisch eines meiner Rehe zur Strecke gebracht! Dem werde ich es lehren, so mit der Natur ...«

Diana erschrak, sie musste dieses Wesen von Fabian fernhalten. »Gehen Sie nicht weg!«, schrie sie auf. »Ich muss auf dem schnellsten Weg ins Krankenhaus, mein Kind kommt!«

»Blödsinn!«, fauchte die Göttin. »Ich sagte doch schon, bis zum Mondaufgang musst du dich gedulden! Jetzt lass mich meine Arbeit tun!«

Ihr Strahlen erlosch und Diana blieb alleine mit ihren Befürchtungen und Fragen bei dem Weihestein zurück. Unter einer neuerlichen Wehe bahnten sich Wildgericht und Rotkohl den Weg an die frische Luft.

Fabian hatte inzwischen das Warndreieck aufgestellt, die Polizei informiert und den Waldrand nach seiner Frau abgesucht. Dabei fand er ein Reh, das mit seinem verletzten Hinterbein zitternd dastand. Diana mit ihrer Tierliebe würde ihm die Hölle heiß machen, sobald sie zurückkam. In ihrer Mimosenhaftigkeit war sie manchmal extrem anstrengend. Da wollte er ihren Wutanfall abschwächen, indem er sich wenigstens um die Erste Hilfe kümmerte, die äußerliche Wunde war ja auch nicht allzu groß. Ein Förster würde das Tier wahrscheinlich von seinem Leiden erlösen, aber das konnte er seiner Frau nicht antun. So schlecht war es gar nicht, seine Kenntnisse aufzufrischen und obendrein verkürzte es das Warten. Er holte den Verbandskasten aus dem Auto, faltete die Rettungsdecke auf und wickelte das Tier darin ein, damit es wegen des Schocks nicht auskühlte. Behutsam legte er es hin, tätschelte ihm den Kopf und sagte, mehr zu sich selbst: »Keine Sorge, das kriegen wir wieder hin!«

Er desinfizierte die Wunde, strich etwas antiseptische Salbe darauf und legte mit Kompressen und Fixierbinden einen gut sitzenden Verband an. Der Wehrdienst war also doch nicht ganz umsonst gewesen, wie Diana ihm erst heute bei der Feier wieder spöttisch vorgehalten hatte. Bis zum Tierarzt würde es auf jeden Fall halten. Hoffentlich geriet das Tier jetzt nicht in Panik. Er zog die Rettungsdecke straffer und musste unwillkürlich an den Braten denken, den sich einige der älteren Gäste zum Mitheimnehmen in Alufolie hatten einpacken lassen. Hoffentlich war die Keule ... das Bein nicht gebrochen. Mit dem Smartphone konnte er ja schon einmal eine Tierarztpraxis ausfindig machen.

Eilige Schritte trippelten auf ihn zu und er sagte ohne aufzusehen: »Diana, da bist du ja! Reg dich nicht auf, Süße, alles halb so schlimm, dem Reh ist nicht viel passiert, sicher nur eine kleine Fleischwunde. Ich habe schon Erste Hilfe geleistet, aber besser schaut sich ein Tierarzt das genauer an. Absolut kein Grund, sich aufzuregen.«

»Wer bist du, dass du es wagst, in diesem Ton mit mir zu sprechen, du ... Mensch! Ich bin die jungfräuliche Diana, die Tochter Jupiters und der Latona. Und ob das ein Grund ist, mich aufzuregen! Mit deinem pferdelosen Metallkasten hättest du mein Tier beinahe umgebracht!«

Fabian ließ das Handy sinken. Mit großen Augen ließ er den Wutausbruch der pulsierend schimmernden und Funken sprühenden Dame über sich ergehen. Sie schien sich gar nicht mehr beruhigen zu wollen, hatte sich mittlerweile auf das Doppelte aufgebläht und als sie gar drohte: »Ich werde die *caccia morta*, die Wilde Jagd auf dich hetzen!« und gleich darauf ein krächzender Rabe aus der Finsternis auftauchte, der eine Horde johlender, nicht eben vertrauenerweckender Gestalten anführte, sprang er instinktiv ins Auto und verriegelte es. Die unheimlichen Wesen kamen von allen Seiten herbei und schwangen Mistgabeln, Schwerter und Dengeln. Das Stöhnen und Kreischen ging ihm durch Mark und Bein, deshalb schaltete er das Radio ein. Doch als ob das Schicksal über abartigen Humor verfügte, kam ausgerechnet »Ghost Riders in the Sky«. Fabian schaltete panisch ab und hielt sich die Ohren zu. Was ging hier vor sich? Drehte er durch? Die Sagengestalten konnten doch nicht real sein! War das Essen nicht mehr ganz frisch gewesen? Betrunken war er jedenfalls nicht, er hatte Diana zuliebe sogar auf den Kräuterschnaps nach dem Essen verzichtet. Oje, Diana war da draußen im Wald! Daran hatte er gar nicht mehr gedacht. Er wünschte sich, sie wäre jetzt bei ihm.

»Aber gerne, Menschlein!« Die leuchtende Frau saß unvermittelt neben ihm und grinste diabolisch.

In einem letzten Versuch, sich zu rechtfertigen, plapperte Fabian unterwürfig los. »Glaubt mir, edle Göttin, es war ein Unfall, ich habe sogar noch gebremst ... Nichts liegt mir ferner, als absichtlich eines Eurer Tiere zu verletzen.«

Die Dame schien jedoch auf einmal nicht mehr recht zuzuhören, zu interessiert untersuchte sie die verschiedenen Knöpfe, Schalter und Schieberegler im Auto.

»Kommod hast du es hier in deiner Wohnkutsche, Mensch. Oh, und hier ist sogar ein Spiegel versteckt. Nur der Stuhl könnte etwas wärmer und flauschiger sein.«

»Moment, ich schalte die Sitzheizung an. Gleich wird es angenehmer«, biederte er sich an. Welch ein Glück, dass das Auto so gut wie neu war! Vielleicht nutzten die angenehmen Extras, um den Groll der Unsterblichen abzuschwächen. Und das war auf jeden Fall besser, als sich wie erstarrt nur zu fürchten. Als sie sich über die stickige Luft beschwerte, betätigte er das Gebläse und den elektrischen Fensterheber, wegen der drohenden Gespenster allerdings nur einen schmalen Spalt.

»Möchtet Ihr mit Musik unterhalten werden? Ich fürchte nur, der Stil entspricht nicht ganz Eurem Geschmack.«

Fabian schaltete das Radio ein. Wie befürchtet, kam noch immer der Blues Brothers-Song, doch die Göttin lächelte und wippte mit den Füßen im Takt. »Das gefällt mir. Wie bekommt ihr das Orchester in den kleinen Kasten?«

Er erklärte es ihr in einfachen Worten und zeigte ihr nicht ohne Stolz, wie sie Lautstärke und Klanghöhe oder auch den Sender ändern konnte. Ihr Zorn schien vollends zu verrauchen, die Geistergestalten zogen sich vom Auto zurück und schließlich sagte die Göttin versöhnlich: »Ich verzeihe dir, immerhin hast du dich fürsorglich um meinen Liebling gekümmert. Und jetzt muss ich wieder deine Frau umsorgen.«

»Ihr habt meine Diana gesehen?« Fabian erinnerte sich schlagartig an seine Ehefrau und verfluchte seine Unfähigkeit zum Multitasking. »Ich muss zu ihr, sie ist in den Wald gelaufen, so schnell konnte ich gar nicht schauen. Sicher braucht sie Hilfe, sonst wäre sie doch schon längst wieder zurück.«

»Beruhige dich, Mensch! Ihr geht es gut. Ich werde sie gleich zu dir geleiten. Sie hat Wehen und besteht darauf, in ein Haus mit Kranken gebracht zu werden, was immer auch sie damit meint.«

»Wehen hat sie? Jetzt schon? Ich dachte, das dauert noch zwei Wochen! Ich rufe gleich einen Krankenwagen.«

»Bei Jupiter! Da musst du aber eine laute Stimme haben, denn in einer Stunde Umkreis kann ich so etwas nicht erspüren.«

Fabian verdrehte die Augen, die göttliche Diana schien trotz ihrer beeindruckenden Fähigkeiten etwas weltfremd zu sein.

»Ich meinte mit dem Handy, damit kann ich in der Notrufzentrale anrufen, die schicken dann einen Wagen hierher.«

»Sehr zweckmäßig, diese Erfindung. Merkur wird sich freuen, nicht mehr wegen jeder Lappalie von euch behelligt zu werden!«

Sie lächelte wohlwollend und zog sich mit ihrer wilden Schar zurück, bis nur noch ein glitzernder Schimmer auf dem Lederbezug an den Spuk erinnerte.

Fabian brauchte ein paar Minuten, bis er das Zittern seiner Hände so weit unter Kontrolle hatte, dass er am Smartphone die richtigen Ziffern auswählen konnte.

Dagegen war es ein Kinderspiel zu erklären, welcher Notfall vorlag. Auch wenn es in dieser Gegend offensichtlich noch nicht allzu oft vorgekommen war, dass eine Frau in den Wehen nachts nach einem kleinen Wildunfall in den Wald gelaufen und unauffindbar war und ein Reh zum Tierarzt musste.

»Beruhigen Sie sich, ein Streifenwagen ist in der Nähe, der müsste in ein paar Minuten bei Ihnen sein. Ich versuche, schnellstmöglich einen Helikopter mit Wärmebildkamera von der Bundeswehr zu organisieren. Damit finden wir Ihre Frau ratzfatz.«

»Herzlichen Dank! Oh, Moment, der Hubschrauber ist doch nicht nötig. Ich sehe meine Frau gerade auf die Straße treten. Wir brauchen nur einen Krankenwagen. Es ist doch möglich, sie direkt in die Uniklinik zu bringen? Sie will unbedingt in der dortigen Geburtshilfeabteilung entbinden. Sie wissen ja, wenn schwangere Frauen sich etwas einbilden ...«

Verständnisvoll sicherte der Mann ihm das zu.

Fabian hatte noch kaum seine Frau in die Arme genommen, als auch schon die Polizeistreife eintraf. Der Unfall war schnell aufgenommen, der Blechschaden nur eine Lappalie. Nachdem der eine Polizist den Wagen mit der Digitalkamera fotografiert hatte, während der andere die Aussage aufnahm, bekam Fabian einen Zettel mit der Adresse des Försters in die Hand gedrückt. »Sie haben aber auch Glück! Die Rechtslage ist bei Wildunfällen nämlich eindeutig. Also wirklich nur ganz ausnahmsweise dürfen Sie das Reh zum zuständigen Förster bringen. Er hat nämlich eine schwere Sommergrippe und kann beim besten Willen nicht fahren und das Tier holen. Sein Sohn kommt zufällig heute nach Hause, der studiert Veterinärmedizin und schaut sich das Tier an. Falls es nicht zu schwer verletzt ist, kann es in seinem Wildgehege bleiben, bis er es wieder auswildern kann. Aber das ist wirklich eine einmalige Ausnahme!« Fabian bemühte sich, alles richtig zu verstehen, was gar nicht so einfach war, weil sich seine Frau wegen der starken Schmerzen in kurzen Abständen an ihn klammerte und gottserbärmlich stöhnte. Zum Glück kümmerte sich die Göttin um sie, gleich nachdem sie das Reh auf die Rückbank des Autos gelegt hatte. Er war froh, als auch die beiden Dianas endlich im Auto saßen. Um nicht völlig nutzlos herumzustehen, streichelte er das verletzte Reh, bot den Damen alle möglichen und unmöglichen Dinge an und hinderte die Göttin daran, die Wirkung der Pedale auszutesten, indem er den Schlüssel abzog. Gleichzeitig schaffte er es, reflexartig an den richtigen Stellen zu nicken und zu grinsen, als einer der Polizisten weitschweifig von den haarsträubenden Geburtsumständen seiner jüngsten Tochter erzählte. Kurz vorm Durchdrehen hörte er eine lauter werdende Sirene, erleichtert sah er in der Morgendämmerung den Rettungswagen mit Blaulicht in den Parkplatz einbiegen. Die Polizisten verabschiedeten sich, sie wurden bei einem anderen Einsatz gebraucht.

»Ich will zur Entbindung in die Klinik!«, forderte Diana nachdrücklich, während die Sanitäter ihr aussteigen halfen und sie zum Krankenwagen führten.

»Dafür haben wir keine Zeit mehr. Nach meiner Erfahrung halten Sie Ihr Kind schon in ein paar Minuten im Arm!«

»Nein!«, schrie Diana auf, als eine heftige Wehe ihr den Atem nahm. »Die Göttin sagte, es kommt nicht vor Mondaufgang!«

Fabian glaubte im Blick der Männer »Esoterikzicke!« zu lesen, doch der ältere von ihnen meinte mit der Gelassenheit von siebenundzwanzig Berufsjahren: »Dann passt es ja, der Mond ist gerade über den Horizont gestiegen. Dafür, dass er nur sichelförmig ist, leuchtet er heute besonders hell. Ein wunderbarer Augenblick, ein Kind auf die Welt zu bringen.«

Diana gab nach, sie wollte das alles nur noch so schnell wie möglich hinter sich bringen. Es war ihr sogar gleichgültig, dass nichts aus der geplanten Wassergeburt im Gebärbecken bei entspannender Meditationsmusik wurde.

»Wollt Ihr nicht meine Frau im Krankenwagen weiter unterstützen?«, fragte Fabian die Überirdische beunruhigt.

»Keine Sorge, ich stehe ihr bei. In diesem mobilen Krankenhaus müsste ich unentwegt lachen, es amüsiert mich zu sehr, dass bei euch Männer Geburtshilfe leisten!«

Fabian ließ zu, dass ihn die Göttin zum Auto zerrte. »Lass doch noch mal das Orchester musizieren!«, forderte sie ihn auf. »Und dann sollten wir auch darüber sprechen, was du mir als Dank für meinen göttlichen Beistand schenken willst.«

»Ich verspreche, wir werden nie mehr Wild essen und außerdem unser Kind nach Euch benennen!«, bot er nach kurzem Überlegen an.

»Einen Sohn?«, fragte sie spöttisch. »Und natürlich werdet ihr zwei weiterhin Wildbret zu euch nehmen. Soll die edle Waidkunst etwa vollends aussterben? Nein, ich möchte ein handfestes Geschenk, etwas, das mich immer an diese Nacht erinnern wird.«

Ratlos wischte sich Fabian den Schweiß von der Stirn. Womit konnte er die Göttin beschenken? Er brauchte schnell etwas, bevor sie verärgert seiner Familie Schaden zufügte. Sein Handy war nutzlos, sobald der Akku leer war, ebenso die Taschenlampe. Von einer Gebrauchsanleitung hatte sie auch nichts. Endlich brachte ihn der kitschig-bunte Modeschmuck am Hals der Göttin auf eine Idee. Er stieg aus und öffnete den Kofferraum. Diana hatte doch auf der Hinfahrt ein kleines Vermögen für Accessoires, wie sie es verharmlosend nannte, ausgegeben. Er zog die Tüte hervor, das war doch perfekt: Eine Handtasche in Schlangenlederoptik mit Schnappverschluss, dazu ein passendes Brillenetui und ein Handspiegel, alles in der angesagten Farbe des kommenden Herbstes, einem überaus kräftigem Signalrot.

»Jede Frau braucht so etwas!«, zitierte er den Verkäufer. »Ohne so eine formschöne, edel verarbeitete und zugleich praktische Designer-Tasche darf man sich auf keinem gesellschaftlichen Ereignis mehr sehen lassen.«

Dass er das Richtige gefunden hatte, zeigte ihm die Reaktion der Unsterblichen. Mit feuchten Augen drückte sie die Tasche an sich und schluchzte: »Danke! Das ist das allerschönste Geschenk, das ich je bekommen habe! Euer Sohn wird immer wissbegierig sein und unermüdlich daran arbeiten, die Welt zu erklären. Er wird euch stolz und glücklich machen und höchste Ehren erfahren. Eure Enkel werden in seine Fußstapfen ...«

»Lasst gut sein!«, unterbrach er ihren Redeschwall. »Im Moment möchte ich nur, dass meine Diana alles gut übersteht und unser Kind gesund auf die Welt kommt.«

»Das tut er eben. Meine *caccia morta* hält die Dämonen fern, die bis zum Sonnenaufgang ihr Unwesen treiben. Schau, soeben schickt Sol die ersten Strahlen. Wenn es dir nichts ausmacht, nennt euren Sohn doch nach meinem alten Bekannten Silvanus, dem Herrn und Hüter dieses Waldes. Das lässt ihn das lärmende Spektakel hier leichter verschmerzen.«

»Geht klar.« Ein energisches Schreien aus dem Rettungswagen ließ Fabian aufatmen, es war geschafft, er war Vater. Als er das Bündel Mensch in den Arm nahm und in das verknautschte Gesichtchen schaute, wollte ihm das Herz überlaufen. »Hallo mein Sohn, willkommen in unserer Welt! Diana möchte, dass wir dich Silvan nennen und sei ehrlich, mein Schatz.« Er zwinkerte seiner Frau zu. »Einen passenderen Namen würden wir kaum finden.«

»Meinst du, dass in seinem Ausweis als Geburtsort *Auf einem Waldparkplatz* stehen wird?«, fragte Diana.

»Aber nein, bestimmt nicht!«, beruhigte sie der Sanitäter. »Ich habe schon in der Zentrale nachgefragt, der Geburtsort ist Meßkirch. Wir sind nämlich im Waldstück Bändlehau, das gehört zur Gemarkung Heudorf und Heudorf ist eben ein Ortsteil von Meßkirch. Und jetzt fahren wir Sie in die Klinik.«

Als der Rettungswagen bereits abgefahren war, notierte sich Fabian noch die GPS-Daten des Geburtsortes seines Sohnes, vielleicht mochte es der wissbegierige zukünftige Physiknobelpreisträger ja einmal ganz genau wissen. Dann gab er die Adresse des Försters ins Navi ein, das Reh sollte nicht länger auf die Behandlung warten müssen.

»Kommt Ihr nicht mit, Göttin?«, fragte er, als die Strahlende ausstieg, die neue Tasche immer noch streichelnd.

»Nein, ich mag keine festen Behausungen, ich fühle mich im Freien einfach wohler. Aber du sorgst doch dafür, dass ich mein Reh zurückbekomme, sobald es wieder gesund ist?«

»Natürlich, das verspreche ich.«

»Dann gehab dich wohl, Mensch. Sag deiner Frau, dass auch die fremdländische Lady nach mir benannt ist, sie weiß dann schon. Und sie soll ihre Mutter von mir grüßen!«

Mit einem im Sonnenlicht kaum mehr sichtbaren Schimmern verschwand die Göttin und Fabian startete den Motor. Hoffentlich war die Frau des kranken Försters Frühaufsteherin. Er wollte so schnell wie möglich seine Schwiegermutter abholen und zur Klinik fahren. Und dort würde sie Rede und Antwort stehen müssen, wie seine Frau wirklich zu ihrem Namen gekommen war.

Die Ewige Geliebte
Silke Alagöz

Die großen Herrscher Ägyptens erlangten bereits Weltruhm, als die Ahnväter der Römer noch ihre ersten Städte bauten. Fast dreitausend Jahre beherrschte die Großmacht das Land am Nil, bis Alexander der Große die Griechen zu dessen Herrschern machte. Doch der Feldherr versäumte seine Chance, zum Ahnherr einer Dynastie zu werden. An seiner Stelle gab sein Gefolgsmann Ptolemaios den letzten Pharaonen seinen Namen. Doch auch dessen Nachfahrin Kleopatra konnte nicht verhindern, dass Ägypten letztendlich ein Teil des Römischen Imperiums wurde. Heute zeugen mächtige Ruinen von den Hinterlassenschaften der alten Kultur. Die Kraft ihrer Götter aber ist noch immer ungebrochen.

Silke Alagöz
Silke Alagöz, Jahrgang 1982, ist die Autorin zweier Phantastikromane (»Maylea – Seherin des Jenseits«, »Keltenblut«), einem Kinderbuch (»Ceylan & Luana – Der tobende Feuerdrache«) sowie mehrerer Erzählungen in diversen Anthologien und führt einen kleinen Verlag mit Namen Samhain & Beltane (www.samhain-und-beltane.de). Zusammen mit ihrer Familie lebt sie in der Nähe von Idar-Oberstein und liest in ihrer Freizeit am liebsten spannende Fantasyromane.

Seufzend fuhr Mia mit dem Handrücken über ihre schweißnasse Stirn. *Mein Gott, diese Hitze!*, stöhnte sie in Gedanken und atmete ein paarmal tief durch, um den aufkommenden Schwindel in Schach zu halten. *Wir wären besser am frühen Morgen hergekommen anstatt jetzt, in dieser Bullenhitze ...*

»Ich will unbedingt noch das Kobrafries beim Südgrab fotografieren!« Sie hörte Marcos Stimme neben sich wie durch eine Wand aus Watte. »Du kannst ja hier auf mich warten.«

Dann wandte er sich ab und ließ sie stehen.

Mia schüttelte traurig den Kopf, nachdem ihr Verlobter den Schatten der Eingangskolonnade verlassen hatte. Das war mal wieder typisch für Marco. Immer ging es nur um seine eigenen Interessen – dass Mia von der prallen Sonne schwindelig geworden war, schien ihn überhaupt nicht zu interessieren.

Sie seufzte erneut, als sie sich mit dem Rücken gegen eine der antiken Kalksteinsäulen lehnte und für einen Moment an ihr kühles Hotelzimmer dachte.

Nachdem sie vor vier Tagen in Ägypten angekommen waren, hatte sich die Befürchtung, die Mia schon seit langem verfolgte, ein weiteres Mal bestätigt: Marco war der größte Egoist, dem sie je begegnet war, und seine Ignoranz während ihres gemeinsamen Urlaubs war nur eines von mehreren unleugbaren Zeichen dafür, wie sehr sie sich mittlerweile voneinander entfernt hatten. Er dachte einfach nicht darüber nach, wie Mia sich fühlte. Nicht nur, dass er den Urlaub einfach ohne ihre Zustimmung zwei Monate vorverlegt hatte – mitten in den Sommer. Nein, kaum angekommen, hatte Marco sie auch noch dazu gedrängt, mit ihm durch die Stadt zu tigern und einen Kamelritt zu unternehmen,

335

obwohl er genau wusste, wie sehr ihr die sengende Hitze auf den Kreislauf schlagen würde. Ein Trip zu den Pyramiden von Gizeh war natürlich auch nicht ausgeblieben ... und schließlich am heutigen Tag ein Besuch der berühmten Nekropole Sakkara mit der Stufenpyramide des Pharaos Djoser. In Gizeh war ihr sogar richtig übel geworden, aber Marcos einziger Kommentar dazu war gewesen, dass sie sich doch um Himmels willen nicht immer so anstellen sollte.

Dieser Idiot ...

Mia blickte starr auf die ihr gegenüberliegende Säule und schüttelte noch einmal den Kopf. War es denn wirklich richtig gewesen, sich mit Marco zu verloben? Ihn heiraten zu wollen, obwohl sie wusste, wie selbstverliebt er war? Schon seit längerer Zeit hegte sie ernsthafte Zweifel an der Richtigkeit ihrer Entscheidung. Und mit jedem Tag, den sie in Ägypten verbrachte, nahmen diese zu. Ja, sie waren sogar so eindringlich geworden, dass sie Mia Angst machten. Dass ihr bereits öfters der Gedanke gekommen war, Marco sei auf keinen Fall der Richtige. Dabei war sie vor zwei Jahren noch felsenfest davon überzeugt gewesen, in ihm den Mann fürs Leben gefunden zu haben.

Nein ... Der Richtige, das bin nur ich ...

Überrascht zuckte Mia zusammen. War es nur Einbildung, oder hatte sie tatsächlich gerade eine Stimme in ihrem Kopf vernommen? Fremd – und doch so vertraut ...

Wie in Trance wandte sie den Kopf nach rechts und sah einen Mann, der schräg gegenüber an einer Säule lehnte und zu ihr herübersah. Sie erstarrte. Selbst jetzt, da sie auf ihn aufmerksam geworden war, schaute er nicht von ihr weg.

Mia sog scharf die Luft ein. Ihr Herz begann zu rasen, ihre Hände zu zittern. Mit einem Kribbeln in der Magengrube stellte sie fest, dass es unmöglich war, ihren Blick von den Augen des jungen Ägypters zu nehmen, die von einem tiefgründigen, satten Goldton waren und vor Sehnsucht glühten. Sein Gesicht mit der tief gebräunten Haut faszinierte sie wie kein anderes je zuvor. Es wies edle Züge auf und erinnerte an die Gesichter der Pharaonen auf den Tempelreliefs – doch zugleich wohnte ihm eine Wildheit inne, welche an die eines Raubtiers erinnerte.

Mia stockte der Atem, als der Mann sich im nächsten Moment wortlos von der Säule löste und mit anmutigen Schritten auf sie zutrat. Ihr wurde schwummerig, als er nur noch wenige Meter von ihr entfernt war. Wie von selbst hob sich ihre Hand und streckte sich ihm entgegen, während ihr Herz für einige Sekunden aussetzte und schließlich vor Sehnsucht zu schmerzen begann …

»Bin wieder da!« Marcos Stimme schrillte wie eine Kreissäge in Mias Ohren, als er plötzlich neben ihr auftauchte und sie mit schräg gelegtem Kopf ansah. »Was ist los? Hab ich was im Gesicht, oder warum guckst du so?«, wollte er wissen, nachdem Mia ihn einige Sekunden lang wortlos angestarrt hatte.

»Wieder dasselbe wie schon die ganze Zeit, was? Die Hitze?« Seine Stimme triefte vor Spott. »Dass du aber auch immer so empfindlich sein musst …« Er fasste sie am Arm, um sie mit sich in Richtung Ausgang zu ziehen. »Wir müssen los, sonst stehen wir morgen früh noch hier rum. Haben ja jetzt alles gesehen.«

Was, wenn man es genau nahm, überhaupt nicht stimmte, da Mia durch ihr Unwohlsein nur einen Teil des Djoser-Komplexes und vereinzelte Bauten aus der ptolemäisch-römischen Ära zu sehen bekommen hatte. Doch sie sprach ihre Gedanken nicht aus. Stattdessen nickte sie nur. Sie fühlte sich ohnehin nicht in der Lage, etwas halbwegs Vernünftiges zu antworten, denn sie hatte den Eindruck, gerade eben aus einem tiefen Dämmerschlaf erwacht zu sein.

»Mein Gott, nun übertreib es doch nicht so!«, stöhnte Marco, als Mia noch etwas benommen auf der Stelle verharrte. »*So* schlimm kann es doch jetzt auch wieder nicht ...«

Mitten im Satz hielt er inne und starrte an Mia vorbei wie ein Ochse, der einem Alien begegnet.

Als diese seinem angsterfüllten Blick folgte, stellte sie fest, dass auch Marco auf den Fremden aufmerksam geworden war, dessen Gesichtsausdruck sich jedoch grundlegend verändert hatte: Er war nun nicht mehr von Sehnsucht erfüllt, sondern sprühte vor Zorn. Dieses Mal waren die Augen des Mannes allerdings nicht auf Mia, sondern auf Marco gerichtet. Die Atmosphäre um sie herum begann plötzlich zu knistern und die Luft flirrte, als wäre sie sengend heiß.

Erneut wurde Mia von Schwindel befallen. Mit einem Stöhnen stützte sie sich an der dicken Säule ab und begann zu keuchen.

Marco fing mit einem Mal an zu zittern, und er rang wie ein Erstickender nach Atem, bevor er zischte: »Lass uns gehen – *sofort*!« Gröber als nötig zerrte er an ihrem Arm, um so schnell wie möglich zum Ausgang zu gelangen. Es erschreckte Mia, wie eilig er es plötzlich hatte, den Djoser-Komplex zu verlassen. Völlig sprachlos ließ sie sich von ihm mitziehen.

Marcos Schritte wurden immer schneller, und als er Mia in seiner Hast schließlich losließ, drehte diese sich noch einmal nach dem Fremden um – wobei sie mit einem überraschend heftigen Stich im Herzen feststellte, dass er verschwunden war ...

Diese Augen ... Diese wundervollen goldenen Augen ...
Sie wollten Mia nicht mehr aus dem Kopf gehen.
Mit verschränkten Armen und einem sehnsuchtsvollen Ziehen im Bauch starrte sie auf die Sphinx und die Pyramiden von Gizeh, auf die man von ihrem Hotel aus einen traumhaften Ausblick hatte. Es fand gerade die beliebte Lightshow statt, wie sie den Touristen in jeder Nacht geboten wurde.
Oh, diese Augen ... Sie hatten irgendetwas in Mia zum Klingen gebracht. Etwas, von dem sie das Gefühl hatte, es befände sich schon seit Ewigkeiten in ihrem tiefsten Innern verborgen. Etwas, das schon immer dort geschlummert hatte und durch die goldenen Augen des Geheimnisvollen erneut zum Leben erwacht war.
Doch – was war es?
Jedes Mal, wenn sie glaubte, sich an irgendetwas zu erinnern, schob sich eine schwarze Nebelwand zwischen sie und die Antwort, und sie schüttelte mit einer Verzweiflung den Kopf, von der sie mehr als überrascht war. Sie hatte in dieser Nacht bereits mehrmals versucht, Schlaf zu finden, doch immer wieder wanderten ihre Gedanken zu dem jungen Ägypter, der ihr diesen unglaublich tiefen Blick geschenkt hatte und von dem sie das Gefühl hatte, ihn zu kennen.

Mit einem Seufzen lehnte sie sich gegen die Fensterbank und verlor sich im Anblick der mächtigen Sphinx, die sie schon immer begeistert hatte. Doch nicht nur diese fasziniere Mia schon ihr Leben lang, sondern auch die zahlreichen gut erhaltenen Mumien in den großen Museen, die sie bereits als Kind voller Ehrfurcht bewundert hatte. Jedes noch so kleine Detail hatte sich Mia damals eingeprägt: Jede Falte, das Jahrtausende alte Haar, die Zähne, die Nägel, den Goldschmuck. Die aus der römischen Epoche Ägyptens stammenden Exponate gefielen ihr dabei besonders. Jedes Mal, wenn Mias Blick über die Leinenbinden glitt, schienen ihre Hände die Technik der Wicklung nachvollziehen zu können. Jahrtausendealt, und doch so vertraut – warum auch immer.

Vor zwei Jahren hatte sie Marco in ein archäologisches Museum eingeladen, in dem einige ägyptische Mumien ausgestellt waren, doch er hatte ihre Faszination dafür als »absolut eklig« bezeichnet und ihr mit abfälliger Stimme vorgeschlagen, sie könne ja Leichensezierer werden, wenn sie sich in Gegenwart der Toten so wohl fühle. Seine Worte hatten Mia damals schwer getroffen.

Marco war einfach nur ein Idiot!

»Hey, Baby!« Sie zuckte zusammen, als sich plötzlich zwei Arme von hinten um ihren Oberkörper schlangen. »Du bist ja noch wach!«

Mia rümpfte die Nase, als sie Marcos Alkoholfahne bemerkte. »Und du bist betrunken!«, erwiderte sie heftiger, als sie es eigentlich vorgehabt hatte.

Sie hasste es, wenn Marco sich nachts herumtrieb und am Ende besoffen nach Hause kam. Er benahm sich oftmals wie ein Halbstarker. Wie jemand, glaubte, in seinem Leben etwas verpasst zu haben und sich erst einmal die Hörner abstoßen zu müssen, bevor er es in seinem Beziehungsleben wirklich ernst werden ließ. Dabei ging er bereits auf die Dreißig zu!

Marco reagierte nicht auf Mias schroffen Tonfall und ließ stattdessen seine Hände über deren Brüste gleiten. »Na und?«, meinte er mit einem anzüglichen Kichern. »Ein bisschen Spaß muss sein. Und außerdem hab ich mir vorhin an der Bar Appetit geholt und will nun meine Verlobte vernaschen.« Seine Stimme wurde herausfordernd, seine Berührungen verlangend.

Mia hätte ihn vor Wut am liebsten angeschrien.

Schon wieder?! Hatte Marco sich etwa schon wieder an halbnackten, vollbusigen Bauchtänzerinnen aufgegeilt, um seine Gelüste danach mit ihr auszuleben? Es war nicht das erste Mal, dass er in einem Striplokal gesessen und sich an billigen Go-Go-Schlampen ergötzt hatte, bevor er zu ihr unter die Bettdecke gekrochen war!

Mia spürte einen schmerzhaften Stich. War *sie* ihm denn nicht gut genug? Wieso konnte er sich nicht ausschließlich an *ihrem* Körper erfreuen? Schließlich war sie nicht gerade unattraktiv, wie die interessierten Blicke der Männer in den vergangenen Jahren ihr immer wieder bestätigt hatten.

»Ich habe meine Tage!«, hörte sie sich plötzlich mit abweisender Stimme sagen und wunderte sich gleich darauf über sich selbst, denn diese Ausrede hatte sie noch nie zuvor benutzt.

Sofort lösten sich Marcos Hände von Mias Busen, und sie hörte, wie er mit einem Schnauben hinter ihr zurücktrat. »Deine Tage … Immer hast du was anderes!«, schnappte er und wandte sich beleidigt der Zimmertür zu. »Ich bin dann nochmal an der Bar!«, waren seine letzten Worte, mit denen er durch die Tür trat und sie heftiger hinter sich schloss, als es nötig gewesen wäre.

Mia hielt den Atem an und bewegte sich nicht.

Erst Minuten später wurde sie sich ihrer Tränen bewusst, die über ihre Wangen liefen. Sie war verwirrt und wusste selbst nicht, wieso sie sich plötzlich nicht mehr von ihrem Verlobten anrühren lassen wollte. Wieso sie ihn mit einem Mal so ... *abstoßend* fand!

Sie schlug die Hände vors Gesicht, während sie leise zu schluchzen begann. Im Moment war einfach alles zu viel für sie.

Und als sie kurz darauf wieder an den jungen Ägypter dachte, war sie noch viel verwirrter als zuvor – denn sie fühlte plötzlich eine unfassbar starke Sehnsucht, die sie zu überwältigen drohte und ihr Herz zerriss ...

Das war er also, der berühmte Basar Khan el-Khalili, der sich wie ein eigener Stadtteil durch die islamische Altstadt Kairos zog.

Mia sah sich trotz der Hitze interessiert an den zahllosen Ständen um. Hier fanden sich Wasserpfeifen und altägyptische Götterfiguren, dort orientalische Gewänder, Teppiche, Schmuck und Antiquitäten, und von irgendwo her wehte der Duft verschiedener Gewürze zu ihr herüber.

Marco war nach ihrer nächtlichen Auseinandersetzung erst in den frühen Morgenstunden wieder bei ihr aufgetaucht. Dass er es tatsächlich geschafft hatte, sich vor Mittag aus dem Bett zu schälen, grenzte nahezu an ein Wunder. Bisher hatten sie kaum miteinander gesprochen, und auch jetzt war Mia nicht nach Reden zumute. Sie war froh über die willkommene Abwechslung, die der Khan el-Khalili ihr bot, denn sie verspürte kein Verlangen, noch einmal mit ihrem Verlobten in Streit zu geraten.

Nach einer Weile hielt Marco an einem der Stände an und konzentrierte sich auf die feilgebotene Ware. Mia blieb derweil neben ihm stehen und starrte wortlos in das Gewimmel der Marktbesucher.

Erneut kam ihr der junge Ägypter in den Sinn – sie dachte bereits den ganzen Tag nur an ihn. Sogar in den wenigen Stunden, in denen sie geschlafen hatte, hatte sie immer wieder von ihm geträumt. Ein Seufzen entrang sich ihr, das jedoch im Lärm des Basars unterging.

Gedankenverloren ließ Mia den Blick über die unterschiedlichen Stände schweifen, wobei sie mit einem Mal einen rostroten Hund entdeckte, welcher neben einer der schmalen Seitengassen stand und sie aufmerksam musterte. Er kam auf sie zu und blieb vor ihr stehen.

»Hey!« Mia lächelte. »Was bist du denn für einer?« Sie ließ sich in die Hocke sinken und streckte ihm ihre Hand entgegen, woraufhin der Hund schwanzwedelnd nähertrat und sich sofort von ihr streicheln ließ.

»Und du hast ja Freunde mitgebracht!«, schmunzelte sie, als kurz darauf zwei weitere Hunde erschienen, die sie mit freundlichen Nasenstübern begrüßten. »Seid ihr süß!«, flüsterte Mia und vergrub ihre Hände in das weiche Hundefell. Entzückt schloss sie die Augen und begann sich zu entspannen.

Dadurch bemerkte sie jedoch erst nach einer geraumen Weile, dass die Menschenmenge, die sie eben noch umgeben hatte, ein beachtliches Stück vor ihr zurückgewichen war. Ungläubig starrte sie die Leute an, deren Augen allesamt nur auf sie gerichtet waren. Dann wandte sie sich nach Marco um, der ebenfalls auf das Schauspiel aufmerksam geworden war und abwechselnd Mia und die Hunde ansah. Sein Blick verriet Verwirrung.

Mias Herz setzte einen Schlag aus, als die Menschen mit angstvollen Mienen auf sie zeigten und noch ein Stück weiter vor ihr zurückwichen. Sie erhob sich und schaute sich verunsichert um: Mittlerweile waren es an die zwanzig, wenn nicht sogar dreißig Tiere, die sich um sie scharten, und alle blickten ihr mit respektvoll gesenkten Köpfen entgegen. Gerade so, als sei sie das Alphatier in einem Wolfsrudel!

Mit einem Mal wurde ihr kalt, und sie hatte das Gefühl, die Atmosphäre um sie herum würde sich verdichten. Ein scharfer Wind fegte über sie hinweg und fuhr durch ihr Haar. Das Licht wurde farblos und düster wie bei einem heraufziehenden Gewitter, und die Menschen um sie herum gefroren in ihren Bewegungen.

Sie hob den Blick und erstarrte, als sie direkt in die Augen desselben Ägypters sah, der ihr am Vortag in Sakkara begegnet war. Er stand nur wenige Meter von ihr entfernt und war der Einzige, der nicht vor ihr und den Hunden zurückgewichen war. Seine Augen waren erfüllt von einem lodernden Feuer – und Mia fühlte mit einem Mal eine tiefe Sehnsucht, die unwiderstehlich an ihrem Herzen riss.

Gerade trat sie auf den Fremden zu – wobei die Hunde eine Gasse bildeten, um sie durchzulassen –, als plötzlich eine Hand ihre Schulter packte und sie grob herumriss. Wie aus einer Trance erwacht, starrte sie in

Marcos Gesicht, das eine Mischung aus Wut und Angst ausdrückte.

»Sag mal ... Was soll *das* denn?« Er blickte an ihr vorbei zu der Stelle, an der der junge Ägypter stand, wobei seine Augen erneut diesen abgrundtiefen Schrecken widerspiegelten, der ihn bereits zuvor in Sakkara ergriffen hatte. »Bist du nun total bescheuert, oder was?« Er keuchte. »Was ... was macht *der* denn schon wieder hier? Mia, wer ist das? Was hast du mit dem zu schaffen?!« Marcos Stimme drohte zu ersticken. Mit zitternder Hand zeigte er auf den jungen Ägypter, der noch immer zwischen ihnen und der Menschenmenge stand und Marco mit mordlüsternem Blick fixierte. Für eine Sekunde war Mia sicher, dass seine Augen orangerot aufglühten. »Was will der von dir? Du gehörst *mir*, verdammt! *Mir!*«

Seine Finger gruben sich tiefer in Mias Fleisch und entfachten neben dem Schmerz einen unbändigen Zorn in ihr. Hasserfüllt fuhr sie zu ihm herum.

»Lass mich los!«, hörte Mia sich mit wutverzerrtem Gesicht schreien, als ihre Hände sich wie von selbst gegen Marcos Brust stemmten und ihn mit aller Kraft von sich wegstießen. Ihr Verlobter taumelte ein paar Schritte zurück, blieb wie angewurzelt stehen und gaffte sie an, als wäre sie eine Wahnsinnige.

»Du ... du hast sie ja nicht mehr alle!«, stammelte er und schüttelte mit aufgerissenen Augen den Kopf. »Ich hau ab!« Er warf sich herum und verschwand zwischen den Marktbesuchern, die Mia noch immer mit angstvollen Blicken bedachten.

Der Fremde jedoch war verschwunden, was Mia nur noch mehr aufbrachte.

»Was gibt's denn da zu glotzen?!«, keifte sie, bevor sie sich mit rasendem Herzen herumwarf, um sich einen Weg durch die Menschenmenge zu bahnen.

Eine halbe Stunde später konnte sie endlich die Tür ihres Hotelzimmers hinter sich zuknallen. Marco war noch nicht hier eingetroffen, weswegen ihr ein großer Stein vom Herzen fiel.

Mia rutschte mit dem Rücken an der Tür hinab und blieb auf den kühlen Fliesen sitzen. Alles drehte sich in ihrem Kopf, ihr wurde beinahe schwarz vor Augen. »Was passiert nur mit mir?«, wiederholte sie immer wieder voller Verzweiflung. »Was ist das für ein Fremder, der mich verfolgt?«

Erneut wollte eine Erinnerung vor ihrem inneren Auge entstehen, doch wie all die anderen zuvor wurde auch diese von einer schwarzen Nebelwand umhüllt, die es Mia unmöglich machte, auch nur einen einzigen Blick auf das zu erhaschen, was dahinter war.

Mittlerweile war Mia vollkommen sicher, dass das erneute Auftauchen des Fremden kein Zufall war. Irgendeine Verbindung schien zwischen ihnen zu bestehen, wie ein unsichtbares Band, das sie miteinander verwob. Er kam ihr so seltsam vertraut vor – so als hätte sie ihn früher einmal gekannt und mit der Zeit vergessen, wer er war. Als hätte sie ihm irgendwann einmal sehr, sehr nahe gestanden. Ihn vielleicht sogar geliebt.

Als würde diese Erkenntnis noch nicht ausreichen, stellte sie fest, dass sie Marcos Nähe plötzlich nicht mehr ertragen konnte. Er war ihr mit einem Mal zuwider, sodass sie sich nur noch wünschte, ihn für immer los zu sein und niemals wiedersehen zu müssen.

Mit einem verzweifelten Kopfschütteln begann sie zu weinen.

Wieso war plötzlich alles so anders?

Was, um Himmels willen, ging da nur vor sich?!

Im Hotelzimmer war es stockdunkel, nachdem die allabendliche Lightshow bei den Pyramiden zu Ende und Mitternacht längst vorüber war.

Mia lag ausgestreckt auf ihrem Bett und starrte in die erlösende Dunkelheit. Sie war heilfroh, dass Marco nach einem kurzen Zwischenaufenthalt das Zimmer verlassen hatte und sie erneut mit sich allein sein konnte. Er war an die Hotelbar zurückgekehrt, um sich zu amüsieren, diesmal mit einer der freizügigeren Damen, die ebenfalls hier Urlaub machten. Die ganze Zeit über hatte er beim Abendessen die blondierte Tussi vom Nachbartisch mit Blicken ausgezogen – und sie ihn. Mia hatte derweil so getan, als hätte sie nichts davon bemerkt, und sich nach dem Essen zu einem ausgedehnten Spaziergang aufgemacht.

Als sie zwei Stunden später schließlich an der Glastür zur Hotelbar vorbeigekommen war, hatte sie ihren Verlobten auch schon an der Theke sitzen sehen – rein »zufällig« neben derselben Tussi, die er im Speisesaal angeflirtet hatte. Die beiden würden mit Sicherheit eine heiße Nacht miteinander verbringen, so, wie die Hand der Blondierten auf Marcos Bein gelegen und ihre Finger sich immer weiter in Richtung Innenschenkel bewegt hatten.

Absurderweise war Mia völlig egal, dass Marco sie mit einer anderen betrog. Ihren Verlobungsring hatte sie bereits vor Stunden abgestreift und zu Boden fallen lassen ...

Ein kalter Luftzug streifte Mias Gesicht und ließ ihr Herz schneller schlagen. Die Atmosphäre um sie herum begann spürbar zu vibrieren, woraufhin eine unsichtbare Macht ihren Kopf sanft nach links drehte.

In ihrem Körper begann es zu kribbeln und ihr wurde beinahe schwindelig, als sie den stattlichen schwarzen Pharaonenhund erblickte, der wie aus dem Nichts neben ihrem Bett erschienen war. Er war von einem sanften Leuchten umgeben, und seine Augen glitzerten wie goldener Sternenstaub.

Mia empfand nicht die geringste Furcht vor dem muskulösen Tier, dessen Blick unendlich weise und intelligent erschien, keinesfalls wie der eines gewöhnlichen Hundes. Im Gegenteil – sie wusste nun mit absoluter Sicherheit, dass sie diese Goldaugen schon eine Ewigkeit kannte.

»Ich kenne dich!«, flüsterte Mia mit einem ehrfürchtigen Schauern in die Stille hinein. »Ich kenne dich schon sehr, sehr lange ...« Ihr Herz füllte sich erneut mit brennender Sehnsucht, die sie schließlich dazu bewegte, sich wie in Trance zu erheben und das Bett zu verlassen.

Kaum, dass sie vor dem nächtlichen Besucher stand, veränderte er sich auf wundersame Weise: Das Vibrieren in der Luft verstärkte sich um ein Vielfaches. Seine Konturen zerflossen und formten sich neu, als er sich aufrichtete und zu der Gestalt wurde, die Mia vor zwei Tagen in Sakkara kennengelernt hatte.

Nein – die Mia schon seit ewigen Zeiten kannte!

Kälte und blaues Zwielicht umfingen sie, als sie nun in das Gesicht des Geheimnisvollen schaute, dessen überirdische Augen ihren Blick nicht ein einziges Mal losließen. »Tia!«, wisperte er, wobei er seine Hand an ihre Wange legte, über welche unaufhaltsam Tränen liefen.

Seine Berührung war elektrisierend. Glühend ... *Göttlich.*

»Geliebter!«, flüsterte sie mit erstickter Stimme. Sie konnte es nicht glauben, einfach nicht fassen, dass sie ihm nun endlich wieder gegenüberstand. Sie, die so lange Zeit nach ihm gesucht hatte, ohne sich dessen bewusst zu sein.

Sie waren wie eine aus dem Schutt der Jahrtausende freigelegte, vollkommen vergessene Grabstätte, ihre Erinnerungen an damals, zurückgekehrt wie ein Sturm. Plötzlich hatte Mia die Jahre vor Augen, in denen sie einst *Tia* geheißen hatte. Es war die Ära gewesen, in der das Römische Imperium Ägypten regiert hatte. Neue Herrscher hatten das Land verändert, jedoch war weiterhin erlaubt gewesen, den uralten Totenkult ihrer Ahnen beizubehalten und ihre eigenen Götter zu verehren.

In eben dieser Zeit war sie, Tia, die Priesterin gewesen, die sich im Anubieion von Sakkara um die Einbalsamierung der heiligen Hunde gekümmert hatte und deren Treue zu dem mächtigen Totengott Anubis bedingungslos war. Mit Hingabe hatte sie sich stets ihrer Arbeit gewidmet und alles andere um sich herum vergessen. Ihr einziger Wunsch war es gewesen, Anubis zu dienen und in seiner Nähe zu sein.

Eines Nachts war Anubis persönlich erschienen, um Tia für ihre Treue zu danken und sie in seinem Tempel zu verführen. Brennende Liebe hatte er in ihr entfacht, und auch er offenbarte ihr seine Gefühle.

Eine unsterbliche Liebe entflammte, die sie für immer miteinander verband und welche die große Romanze zwischen Julius Caesar und Kleopatra bei weitem übertraf.

Als Tia neun Monate später Mutter eines kleinen Halbgottes wurde und noch im Kindbett verstarb, brach das Herz des unsterblichen Anubis, und er schwor sich, seine Ewige Geliebte so lange zu suchen, bis er ihre Seele eines Tages – und sollten Jahrtausende vergehen – wiederfinden würde. Wiedergeboren in einem neuen Körper ...

Und dieser Körper war ihrer, das wurde Mia nun klar.

Mit einem Seufzen strich sie über die muskulöse Brust des Gottes und musterte sein makelloses Gesicht, welches sich für Sekunden in das des wunderschönen Pharaonenhundes verwandelte. Dann versank sie in seiner Umarmung und überließ sich vollkommen seinen Zärtlichkeiten.

Es war, als wäre Mia nach unglaublich langer Zeit wieder nach Hause zurückgekehrt. Als wäre Marco nie wichtig für sie gewesen.

Weil Marco nicht der Richtige war. Er war es nie gewesen, und er würde es niemals sein. Es konnte nur den Einen geben, für immer und bis in alle Ewigkeit.

Denn sie war die Ewige Geliebte – die Geliebte des Anubis ...

Für meinen Anubis-Prinzen Bertold, dessen »Ewige Geliebte« ich nun bin ...

Schlangensiegel
Torsten Exter

Die Vergangenheit hat viele Geheimnisse begraben. Schon vor zweitausend Jahren ist manche dunkle Macht in Vergessenheit geraten, von den Göttern bezwungen und in die Schatten verbannt. Wehe dem, der den falschen Spuren folgt! Für die Unsterblichen hat Zeit keine Bedeutung.

Torsten Exter
Torsten Exter lebt, liest und schreibt irgendwo in der Lüneburger Heide. Seine Leidenschaft gilt seit später Kindheit der phantastischen Literatur, und so versinkt er an manchen Tagen stundenlang in Geschichten von fremden Welten und ihren Abenteuern, bis er erstaunt feststellt, dass der eigentlich brühend heiße Kaffee erkaltet vor ihm steht und das Mittagessen nun bei Mondlicht gekocht werden muss.
LeserInnen der »Götter des Imperiums« empfiehlt er die phantastische Anthologie »Krieger«, die ebenfalls im Verlag Torsten Low erschienen ist.

In Oakdale gab es einen Mann, der als unheimlich galt. Die Leute sagten, er sei ein Einsiedler, ein Verrückter und jemand, der nur des Nachts seinen merkwürdigen Aktivitäten nachging. Das Flüstern über den Mann begann in seiner Nachbarschaft, aber es weitete sich aus. Die Worte krochen leise von Ohr zu Ohr, die Straßen entlang. Sie drangen in die vier Himmelsrichtungen.

Nox blickte, in den finstersten Stunden dieser Nächte, mit besorgtem Blick auf Oakdale und seinen sonderbaren Bewohner. Noah Harden. Sie hatte sein Aufwachsen mitverfolgt. Zunächst mit Schmunzeln und Interesse, denn er unterschied sich deutlich von den anderen Kindern der Welt. Technik, die seltsam flimmernden, modernen Kästen, in die die Menschen regungslos starrten und bunte Plastikdinge hatten ihn nie interessiert. Er war seit seiner Kindheit von mythologischen Schriften begeistert gewesen. Er hatte die Tage, in eine weiche Decke gekuschelt, mit Geschichten von Griechen, Etruskern und Römern verbracht. Von Kaisern und Legionären las er, von gepeitschten Sklaven und gefeierten Gladiatoren. Während andere Kinder draußen spielten und später dort Bier aus Dosen tranken, flüchtete sich Noah in Texte um heidnische Götter, druidische Opferrituale und okkultes Brauchtum. Er träumte sich in das warme Mesopotamien, segelte mit Lucius Cornelius Scipio gegen die Karthager und speiste an den goldenen Tafeln des Olymps.

Sein kleines Zimmer war bald von Büchertürmen gefüllt. Er besaß Regale voller Sachbücher und Bildbände. Erzählungen und Romane reihten sich aneinander. Alte, antiquarische Werke lehnten sich an esoterische Hefte und Werke aus Kleinverlagen, deren

Programme bei den meisten Menschen wohl Skepsis und Ablehnung hervorgerufen hätten.

Als eines Nachts das düstere Flüstern von Hades in seine Träume drang, erwachte er erschrocken. Noch ehe er die Augen aufgeschlagen hatte, war er schon aus dem Bett gesprungen und auf dem Weg aus seinem Zimmer, die geträumten Worte des Totengottes in seinen Gedanken hallend. Doch er kam zu spät. Mutter und Vater lagen still in ihren Betten. Etwas bewegte sich unsichtbar in dem Raum umher, wie ein leichter Hauch, und Noah spürte die Wärme aus den Körpern seiner Eltern entschwinden. Benommen taumelte er an die Seite seiner Mutter und beugte sich über sie. Seine Bewegungen waren hölzern und sein Geist von einer schmerzenden Leere erfasst. Als pater familias, dem ältesten männlichen Familienmitglied, versuchte er den letzten, kalten Atemzug seiner Mutter zu inhalieren.

Das Gerede um Noah Harden begann bei der Beerdigung. Zum Schrecken der anwesenden Trauernden und des Pastors bestand er darauf, den Toten Münzen auf die Augen zu legen. Nachdem alle eindringlichen Versuche gescheitert waren, Noah von seinem Vorhaben abzubringen, gab der Geistliche klein bei und gewährte den Wunsch.

Über die Zeit der Trauer, in dem einsamen Haus, vermochte keiner der Nachbarn und Familienfreunde etwas zu sagen. Noah zog sich zurück. Selten sah man ihn in der Stadt und wenn doch, dann zu früher Stunde. Nur der Postbote berichtete von immer umfangreicheren Büchersendungen, die teilweise aus den entlegensten Winkeln der Welt geschickt wurden. Mit der Zeit gewöhnten sich die Menschen jedoch an den

Sonderling in ihrer Mitte. Sie schätzten die Ruhe, die von seinem Haus ausging. Nur in einer Person keimte Sorge auf wie eine kleine zitternde Pflanze.

Aalisha war mit Noah zusammen zur Schule gegangen und oft hatten sich ihre Blicke getroffen. In den Augen des stillen Jungen hatte etwas gelegen, das sie auf merkwürdige Weise angezogen hatte. Schüchternheit, vielleicht sogar Angst vor seinen Mitmenschen. Sehnsucht, so groß, dass sie kaum eine Erfüllung finden konnte. Und noch etwas anderes. Vielleicht der fehlende Mut die eigenen Träume in die Tat umzusetzen. Vielleicht einfach der Wunsch einen anderen Menschen zu haben, der eine Schulter zum Anlehnen bot. Wie gut kannte sie diese Gedanken, die sich immer wieder von hinten anschlichen und schmerzliche Stiche versetzten? Sie hätte ihn gerne angesprochen, ihn einfach gefragt, wie es ihm ging. Doch das war zu riskant. Ihr Vater duldete keinen Umgang mit Jungs. Seine kleine Prinzessin, wie er sie nannte, hatte von der Schule direkt nach Hause zu kommen. Keine Umwege, keine Gespräche, die über die Schule hinausgingen. Keine Jungs. Und so schwieg sie. Doch in manch dunklen Stunden des Abends schlich sich eine böse Vorahnung in sie. Etwas stimmte mit Noah nicht. Dann nahm sie die Halskette aus dem Nachttisch. Jene silberne Kette, die dort seit ihrer Kindheit lag und drehte den Anhänger vorsichtig in ihren Fingern. Es war eine Taube. Noahs Geschenk an sie.

Nervös und beinahe außer Atem vor Anspannung hatte er damals vor ihr gestanden. Kein Wort war aus seinem Mund gekommen. Nach ewig erscheinenden

Sekunden hatte er es geschafft, sich zu einem Lächeln durchzuringen und die schöne Silberkette hervorzuholen. Er hatte sie ihr in die Hand gedrückt und war davongerannt. Aalisha musste schmunzeln, als sie daran dachte, wie überrascht sie gewesen war und nicht verstanden hatte, was dieser schüchterne Junge ihr hatte sagen wollen.

Noahs Gedanken kreisten um die Formel. Die *eine* Formel.

Vor drei Wochen hatte er in den Spiegel geblickt und das Flackern des Wahnsinns in seinen Augen gesehen. Erwartet hatte er es seit Jahren, als wäre es der unvermeidliche Preis, den jeder für die Suche nach Wissen zu zahlen hätte. Für einen kurzen Moment hatte es Noah zweifeln lassen. An sich. An seinem Leben, allem, was seit Jahren seine Existenz am Leben hielt. Heute Morgen war dort jedoch noch etwas anderes gewesen. Gewissheit. Die Überzeugung, den richtigen Weg eingeschlagen zu haben.

Er hatte seine Bücher gewälzt. Seite um Seite. Stunde um Stunde. Wie ein Besessener hatte er alles niedergeschrieben. Zeichen, Worte, Beschwörungen, Gebete, Satzfetzen ... Krakelige Buchstaben, die er selbst oft nicht mehr entziffern konnte, nachdem er sie wie im Fieberwahn verfasst hatte. Sie standen auf unzähligen Blättern, flüsterten von den Wänden, dass sie unvollkommen waren. Er sah auf seine Hände und Arme. Buchstabe an Buchstabe drängte sich dort. Symbole und Zeichen, in Griechisch, Hebräisch und Latein. Hexenrunen aus den finsteren Germanenwäldern und arkane Schriftzeichen. Er hatte sich seit Tagen nicht gewaschen und kaum geschlafen. Der Kühlschrank war leer. Zeit zum Essen war ihm nicht vergönnt. Er lebte von Leitungswasser.

Er erhob sich aus seinem Lesesessel und besah das Chaos. Der Teppich des geräumigen Wohnzimmers war unter der dicken Papierschicht nicht mehr zu erkennen. Bücher bildeten wackelige Haufen auf dem Tisch, den Stühlen und dem alten Kamin. Die Wände waren übersät mit seiner Schrift. Es war zum Ausrasten. Er fand das letzte Stück des Puzzles einfach nicht. So sehr er auch suchte und sich mit den immergleichen Texten quälte. Die Formel blieb unvollständig. Noah sackte zu Boden und ein Krampf aus Tränen und Wut schüttelte seinen Körper.

Etwas Abscheuliches regte sich, jenseits des Weltlichen. Es hatte geträumt, den Traum eines toten Wesens. Noch wagte es nicht, die Augen zu öffnen oder einen Atemzug zu tun. Es war alleine und doch von vielen umgeben. Es versuchte herauszufinden, was den ewigen Schlaf gestört hatte und ließ seine Gedanken schweifen, bis sie zu einem Menschen drangen. Sie tasteten seinen Geist und schlüpften wie Schlangen in die Gedanken. Was das Wesen sah, erfreute es.

Es hinterließ etwas. Das Fragment einer Idee.

»Die Sprache!«

Noah fuhr aus dem Schlaf hoch, geweckt von seiner eigenen, lauten Stimme. Sie fühlte sich falsch in seinem Mund an. Wie ein Fremdkörper, der sich dort eingenistet hatte, um etwas zu gebären. Er hatte seit Tagen, Wochen nicht mehr gesprochen. Dem Lesen und Schreiben hatte er jeden winzigen Funken Aufmerksamkeit gewidmet. Seine Augen brannten nach einer viel zu kurzen Nacht und die Glieder wehrten sich mit schmerzhaftem Ziehen gegen das abrupte Ende des kurzen Schlafes. Doch etwas pulsierte in Noahs Gedanken, das dort zuvor nicht gewesen war. Es war neu und dieser Umstand verwirrte ihn. Nach endlosen Stunden, in denen er wie ein besessener Weber an den immer gleichen Ideen gestrickt hatte, erschien diese Eingebung wie ein Leuchten in tiefster Finsternis und fühlte sich wie ein Wunder an. Es gab einen Weg, eine Hoffnung auf Träume, die wahr wurden, Gestalt annahmen und ihm einladend ihre Pforte öffneten. Er spürte, dass er diese Welt nicht vermissen würde, weder ihre graue Rationalität, noch die festen Formen, in die jedes Leben gemeißelt schien. Nur ein kleines Etwas störte ihn. Zog an seinem Herzen, wie ein Anker, der sich in tiefer See verkeilt hatte und ihn zurückhalten wollte. Ein Gesicht tauchte in seinen Gedanken auf. Nur für einen Moment, dann drängte er es zurück in die Nebel scheinbaren Vergessens, wo das Echo ihres Namens flüsternd verklang. Aalisha.

Rasch streifte er sich ein paar Sachen aus dem Kleiderberg neben dem Bett über und eilte hinab, in das labyrinthische Papierchaos des Wohnzimmers. Mit zerwühlten Haaren hockte er murmelnd inmitten der Schriften und Notizen.

Er musste den Weg ändern, einen anderen Pfad einschlagen. Diese neue Spur würde ihn von der geraden Straße, die er so oft vor sich gesehen hatte, abbringen und über unebene Seitenwege führen, über vergessene Trampelpfade und in lichtferne Gänge.

Er begann zu schreiben, zu skizzieren und zu zeichnen. Aus einem Blatt wurden zwei, dann vier, zehn. Er wischte Bücher beiseite, holte andere hervor, um begierig in ihnen zu blättern, markierte Textstellen und schuf die neue Formel. Fühlte sie sich zunächst noch fremd und in einer grundlegenden Art falsch an, entwickelte sich im Laufe der Stunden eine gewisse Vertrautheit und ein tieferes Verständnis. Sie klang grausam und sprach von Grausamem. Sie war elegant und mächtig, kündete von Schönheit und etwas Vollkommenem, das der bekannten Welt fremd war.

Bald merkte Noah, dass er mehr Platz brauchte. Für die Formel, ihre Anordnung und das, was in ihrem Zentrum entstehen sollte. Er kramte wahllos Papierstapel zusammen und brachte sie mitsamt der unzähligen Bücher in die Nebenräume. Als der Abend dämmerte und sich eine unheilvolle Stille über die Häuser legte, war das Wohnzimmer leergeräumt. Zum ersten Mal, seit seine Eltern von Charon über den Styx gefahren worden waren. Und Nox, die die Nacht war und das Dunkel, ließ ihren Schwingen tiefste Schwärze entsteigen, die warnend über das Firmament zog.

Er schrieb sie auf den Boden. Im flackernden Schein einiger Kerzen vollzog er die komplizierten Linien. Er arbeitete konzentriert und mit besessener Genauigkeit. Jeder Strich musste perfekt platziert werden, jede Linie korrekt geformt sein. Es war ein Kunstwerk, das Noah zu dunkelster Stunde schuf. Seine archaischen Formen erinnerten düster an die Schriften der babylonischen Magier und die verschlüsselten Geheimbotschaften mystischer Orden des europäischen Mittelalters. Ein Flüstern schlich durch das zwielichtige Zimmer. Ein Laut, der weder zu Mensch noch Tier gehörte und ihn zur Vollendung seines Werks antrieb. Das letzte Symbol, die letzte Linie, der letzte Tropfen Farbe.

Er trat von der Wand zurück und was er sah, ließ ihn schwindeln. Übelkeit stieg flutartig seine Kehle empor und das Blut wich aus seinem erstarrten Gesicht. Das Bild war von einer Unbeschreiblichkeit, die den Geist lähmte und drohte, seinen Verstand zu zerreißen. Doch er wandte sich nicht ab. Vielmehr schärfte er seinen Blick für die zahlreichen Details, arbeitete sich mühsam vor, um nur nach und nach zuzulassen, dass er größere Teile des Gebildes in Augenschein nehmen konnte. Er stand und starrte, während die Zeit an ihm vorbeizog.

Zeus, Apollo, Athene – ihre Pforten waren ihm verschlossen geblieben. Der Schlüssel hatte sich nicht formen lassen. Zu alt, zu vergessen waren die Zutaten. Noah dachte an das warme Makedonien und den Säulensaal des Olymps. Dort, wo Götter thronten, von denen sich die moderne Welt abgewendet hatte, lag ein Paradies. Sein Paradies.

Es war Zeit, zu gehen.

Die Formel prangte auf dem Boden, einladend und warnend. Sie wirkte urtümlich in dem Haus, wie ein Relikt, das durch Zeitalter gereist war. Er atmete tief durch. Blasses Morgenlicht drang in vereinzelten Strahlen in den Raum und strich über das Tintengeflecht und seinen Schöpfer.

Sprache. Ein Zittern kroch durch seinen Körper und er spannte sich, den Traumgedanken umzusetzen. Sprache. Schrift war tot, solange sie nicht gesprochen, mit Gaumen und Zunge zum Leben erweckt wurde. Noah begann. Zunächst leise, wie in flüsterndem Zwiegespräch, dann immer lauter. Die Worte bekamen Klang, drangen vollmundig aus ihm heraus, in tiefen

Tönen, deren Hall durch das Haus geisterte. Er sprach, rief und schrie sie zuletzt nach Leibeskräften. Er zerrte sie aus sich heraus und warf sie an die Wände.

Er spürte, etwas geschah. Die Formel war perfekt. Das Portal musste sich jeden Moment öffnen.

Nichts geschah.

Etwas geschah.

Es breitete sich aus, von dem Haus, über die ganze Stadt und weiter. Instinkte regten sich und ein Geschmack, der zwingend und machtvoll war, legte sich auf Zungen, die der Witterung Folge leisteten. Sie krochen aus Büschen und Wäldern hervor. Aus Abflussschächten drängten ihre Leiber. Sie verließen Keller und Gesteinshaufen.

Noah ließ verzweifelt die Schultern hängen. Sein Ruf war nicht erhört worden. Obwohl er von seinem Traum abgerückt war, die *Dei consentes*, die Zwölfgötter des himmlischen Olymps, anzurufen und sich an eine andere Wesenheit gewandt hatte. Selbst sie gewährte keinen Einlass, ignorierte den einsamen Büchernarren mit der verschrobenen Idee, seine eigenen Augen könnten erblicken, was die Schriften in seine Träume gezaubert hatten. Sein Leben hatte er ihnen gewidmet, den alten Göttern und ihren Reichen, war selbst zu einem Priester geworden, dem letzten Rex Sacrorum in diesem Erdzeitalter.

Die scharfen Nadeln der Frustration, die sich hämisch in sein Fleisch gruben, gaben den Ausschlag. Sie stachelten ihn weiter an, wurden zu schmerzhaftem Anpeitschen. Er intonierte die Formel erneut, wütend und aufgebracht. Richtete all seine Gedanken auf sie und merkte nicht, dass sich etwas näherte. Es bewegte sich lautlos über den Boden, war durch eine Ritze im Gemäuer eingedrungen und züngelte nun vor Noahs Füßen umher. Er bemerkte den Eindringling nicht, auch nicht, wie er sich der Formel näherte und die gespaltene Zunge über die Zeichen strich.

Dann brachen sie in das Haus.

Durch Spalten quetschten sie sich, krochen aus dem Waschbecken, fielen durch den Schlot in den kalten Kamin. Glas klirrte und Scherben prasselten zu Boden. Der plötzliche Lärm schreckte Noah auf, seine Stimme setzte aus. Er traute seinen Augen nicht.

Eine Schlange hatte sich auf die Formel gelegt. Mit ihrer Länge bildete sie ein perfektes Oval, auf seinem Ring aus unheiligen Zeichen. Die Schwanzspitze berührte das Maul. Ein ewiger Kreis. Er intonierte die fehlenden Sätze der Formel. Inbrünstig und eines Priesters der alten Götter würdig.

Das Tor öffnete sich. Das Siegel der Schlange gewährte Einlass.

Stein. Glatt und trocken, wie Jahrhunderte altes Gebein. Seine Hände tasteten weiter. Vorsichtig, Stück für Stück. Er war nicht mehr daheim. Nicht mehr in der Welt der Menschen. Er hatte es nicht gewagt die Augen zu öffnen, noch nicht. Der Übergang durch das Portal war zu etwas geworden, das so widernatürlich auf ihn gewirkt hatte, dass er sich dem Tode nah wähnte. War er noch am Leben? Noah öffnete langsam die Augen. Sein Herz schlug hektisch und hart gegen die Brust. Er gönnte sich einen tiefen Atemzug. Die Luft roch alt. Uralt. Gedankenbilder von vergessenen Bibliotheken und Leichenstaub in zerfallenen Mausoleen krochen in ihm empor. Nur mit Mühe gelang es ihm, einen Hustenanfall zu unterdrücken, denn etwas näherte sich. Leise waren die Schritte, kaum zu vernehmen, und doch spürte er, dass er nicht alleine war.

Vorsichtig schob er sich vorwärts. Das Geräusch kam näher und Noah zwang sich ihm entgegenzugehen. Ein Schatten schob sich über den Boden und es war ein verwirrendes, abnormes Bild, das sich dort in tiefer Schwärze zuckend formte. Ein Oberkörper mit einem dünnen Hals. Darauf eine kugelartige Form, von der sich Dinge zu winden schienen wie dicke Wülste oder abartiger Haarwuchs, der sich algenhaft im Wind wiegte.

»Tritt näher, Mensch«, flüsterte eine Stimme und Noahs Herzschlag setzte erschrocken aus.

»Willkommen, Noah.«

Etwas stand neben ihm. Er spürte die Wärme eines Körpers, hörte das Ein- und Ausatmen und etwas anderes. Zischen. Leiber, die sich aneinander rieben, sich umeinander schlängelten.

»Medusa«, keuchte er.

Kaum hatte sich dieser groteske und erschreckende Gedanke in seinem Kopf entfaltet, schossen seine Augen gen Boden. Niemand, dem etwas an seinem Leben lag, durfte jenes Gorgonengeschöpf erblicken, das unmittelbar neben ihm stand. Ein Blick in ihr Gesicht bedeutete den Tod. Schlimmer noch. Ewige Versteinerung. Es gab Überlieferungen, in denen es hieß, dass Medusas grässliches Antlitz nicht nur den Körper des unseligen Betrachters zu Stein erstarren ließ, sondern auch Geist und Seele in ihm gefangen hielt. Lebendige Statuen. Nicht fähig sich zu rühren, aber bei vollem

Bewusstsein, für die Ewigkeit gefangen im Kerker des eigenen, bewegungslosen Leibes.

Er konnte ein Kleid ausmachen. Es war von dunkler Farbe. Der Saum berührte den Boden.

»Sieh mich an«, forderte Medusa mit Sanftmut in der Stimme.

Noah weigerte sich stumm und verkrampfte seinen Nacken.

»So viel Glauben schenkst du den alten Sagen? Dem Geschwätz von Feiglingen und unwissenden Greisen?«

Medusa schien amüsiert. Ihre Schlangen zischelten, wie ein kichernder Chor mit verrenkten Kiefern.

»Du fürchtest mich«, stellte sie fest und es schien sie zu erfreuen.

Noah nickte schwach. Er hatte Mühe zu begreifen, was hier geschah, wirklich zu begreifen, wo er war.

Stattdessen wagte er, sich umzusehen. Er wandte sich von der Gorgonenschwester ab und staunte. Die Halle, in der er sich befand, war von gigantischer Größe. Ein Palast, der jeglichen menschlichen Maßstäben spottete. Komplett in glattem Stein gehalten, erstreckte sich der Raum in alle Himmelsrichtungen. In weiten Abständen hielten schlanke Säulen die Decke. Doch es gab keine Türen. Plötzlich wirkte die imposante Halle weniger wie ein Himmelreich, sondern wie ein Gefängnis. Und, was ihn in diesem Moment noch wesentlich tiefer beunruhigte, es gab an diesem Ort kein Leben. Nur Medusa und ihn.

»Wie kann es sein, dass du existierst?«, traute er sich schließlich zu fragen.

»Medusa wurde getötet.«

Ein bösartiges Zischen ertönte. Warnend und gefährlich.

»Perseus hat dich enthauptet«, fuhr er fort.

»Mit Hilfe des Spiegels von Athene, den Flügelschuhen von Hermes und einer Tarnkappe.«

»Athene. Du wagst es diesen Hurennamen in meiner Halle auszusprechen, Mensch?« Medusa rauschte zu ihm heran, ihr Schlangenhaar spie vor kochendem Zorn.

»Ich ...«, begann er zitternd.

»Was erdreistest du dich? Aber ich will ehrlich zu dir sein. Du hast viel auf dich genommen, um mir nah zu sein, nicht wahr? Um mir dienen zu dürfen.«

Das schabende Winden der Schlangen klang wohlwollender.

»Ich bin Medusa. Ich bin nicht Medusa. Sie wurde von dem Verräter im Schlaf ermordet und ihr Haupt entwendet. Es wurde auf den Titan Atlas gerichtet und er versteinerte. Ich bin eine Medusa. Einigen Schlangen gelang es dem toten Kopf zu entfliehen. Sie wanden sich aus ihm heraus und krochen davon. Hilflos und verloren. Doch sie fanden andere. Wesen wie mich, die sie als göttliches Geschenk dankbar annahmen und ihnen ein neues Heim gaben. Ich habe eine der Medusaschlangen aufgenommen und bin zu einer Gorgone erhoben worden. Göttlich und wunderschön! Sie hat sich vermehrt. Heute bin ich ein Heim für viele. Ich bin Medusa!«

Noah musste schwer schlucken. Was er gehört hatte, war schier unglaublich, doch der nächste Schreck sollte noch tiefer sitzen. Medusa packte ihn am Arm und zog ihn mit sich. Ihre Berührung war nicht unangenehm, eher beklemmend und verunsichernd. Sie führte ihn

durch die Säulen hindurch, auf das Zentrum der Halle zu. Er erbleichte.
Da standen sie. Vielleicht fünfzehn an der Zahl. Versteinerte Menschen.
Bewegungslose Körper, deren Kleidung vom nagenden Zahn der Zeit angefressen war. Er sah einen römischen Gelehrten mit schreckgeweiteten Augen. Ein spätantiker Aristokrat kniete in verkrampfter Körperhaltung, zwei mittelalterliche Kaufmänner griffen sich mit schmerzerfüllter Mimik an die Augen, zu ihren Füßen allerhand mystische Artefakte in Form von Kettenanhängern und kleinen Devotionalien. Frauen und Männer standen und kauerten. Starr, tot, steinern.

Medusa führte ihn ein Stück weiter und er ließ es geschehen. Willenlos folgte sein Körper, in den eine Kälte kroch, die von gottverlassenem Tod flüsterte.
Er brauchte einen Moment, um zu realisieren, was er vor sich stehen sah, im fahlen Schatten der Statuen. Das Becken war kreisrund und von einer kniehohen Fassung umrandet. Wie ein breiter Brunnen thronte es im Zentrum der Halle und verströmte den verstörenden Hauch von etwas Unfassbarem. Er fühlte ein Ziehen und Drängen in sich. Etwas zerrte an seinem Geist, wie ein schwarzes Loch, dessen Gier unersättlich war. Er blickte in den grotesken Brunnen und starrte in einen dunklen Himmel von abgründiger Schwärze. Medusas Hand fuhr über das Abbild des Schattenhimmels der Unterwelt und die blassen Sterne begannen durcheinanderzuwirbeln. In schwindelerregenden Schleiern verschwommen sie, bildeten Strudel, die sich immer schneller drehten und Noah von den Beinen zu

reißen drohten. Dann erhellte sich das Bild und etwas Neues war in dem Brunnen zu sehen.

Der Olymp. Obwohl das Bildnis verschwommen und flirrend war, konnte er Einzelheiten ausmachen, die sein Herz vor Freude wild schlagen ließen. Er erblickte den Himmelspalast und er war prachtvoll. Paradiesische Früchte quollen von immergrünen Bäumen und traumhaften Pflanzen. Feinste Mosaike zierten Boden, Wände und hohe Decken. Dort saßen sie und sannen über das Schicksal der Welt. Der Göttervater, seine fünf Geschwister und heiligen Kinder. Es war ein Bild von vollkommener Reinheit. Noah hatte die Heimat der Götter gefunden.

Er spürte Medusas warme Hand seinen Arm hinabgleiten. Sie schmiegte sich plötzlich eng an ihn. Das vielfache Zischeln ihres Schlangenhaars drang unangenehm in seine Ohren. Ein Schauer lief ihm kalt über die Haut und die Härchen seines Armes stellten sich auf.

»Sie kann es durchschreiten«, hauchte Medusa zart in sein Ohr.

»Sie?« Noah war verwirrt.

»Ja, sie.«

Medusa kroch noch dichter an ihn heran. Er spürte ihr Bein an seinem, ein unruhiges Wippen und aufdringliches Reiben.

»Sie haben mir ein Fenster gelassen, die Götterbrut, die du so sehr begehrst. Doch für mich ist diese Pforte auf ewig verschlossen. Ich bin die Verstoßene, wie du weißt, kleiner Bücherwurm. Aber sie wird es durchschreiten können und Gift in den Olymp bringen. Süßes Gift. Das Gift meiner Rache. Das Gift einer neuen

Göttin. Sie wird den Olymp beherrschen, die Welt, das Universum!«

Ihre Stimme war zu einem irrsinnigen Kreischen geworden. Das Schlangennest fiel mit schrillem Gezischel in den Chor des Wahnsinns ein. Medusas Hände griffen fordernd nach seiner Kleidung. Sie zerrte und riss an dem Stoff. Er versuchte sich zu wehren, aus ihrem Griff zu winden, ohne sie anzusehen.

»Von wem sprichst du?«, schrie er in Verzweiflung.

»Von unserer Tochter, Noah.«

Er musste schlucken.

»Sie wird eine Halbgorgone sein. Und ihr wird es erlaubt sein den Olymp zu betreten. Dein Menschenblut macht es möglich. Es nimmt den Fluch der Gefangenschaft, weil sie nicht, wie ich, durch eine der Medusaschlangen zu dem wurde, was sie sein wird. Sondern durch die Liebe zwischen dir und mir. Halbgorgone – halb Mensch, halb Göttin.«

Ihre Hand glitt über seine Brust, den Bauch und tiefer. Schlanke Finger streichelten und griffen lustvoll, fordernd, verlangend. Noah schaffte es, sie ein Stück wegzuschieben, den Blick fest auf den Weltenbrunnen und den Olymp gerichtet. Medusa griff seine Hand. Sie führte sie an ihren Körper und Noah stellte mit Schrecken und Überraschung fest, dass sie sich ihres Kleides entledigt hatte. Seine Fingerspitzen trafen auf warme, geschuppte Haut, die sich trotzdem weich anfühlte. Weich und verführerisch. Sie dirigierte ihn ihren schlanken Hals entlang und er meinte, winzige Zungen über seine Knöchel streichen zu fühlen. Längst hatte er die Augen geschlossen, fest zusammengekniffen und Schweißperlen bildeten sich auf seiner Stirn. Seine Hand wanderte zwischen ihre Brüste und ertastete die vollen Hügel. Doch sie wurde rasch durch das sanfte Tal zwischen ihnen geführt und glitten weiter hinab. Der schlanke Bauch, ohne eine Wölbung, ein kleiner Bauchnabel. Noah wurde heiß und kalt. Medusas Griff verfestigte sich. Er spürte die sinnliche Erhebung ihres Venushügels, verweilte dort einen Moment, in dem Medusa ein leise gehauchtes Seufzen von sich gab.

Ihr Körper war frei von Haaren. Warm und weich, wie ein wundervolles Geheimnis, das sich nun zögerlich öffnete. Ihr Mund war plötzlich dicht vor seinem. Er spürte die Hitze ihres Körpers, jeden tiefen Atemzug, der ihm den Verstand raubte. Noah gab sich dem Kuss hin. Medusas Lippen waren weich, voll und spielten gekonnt mit seinen. Dann berührten sich ihre Zungenspitzen und Noah erschrak. Medusas Zunge war gespalten. Er riss die Augen auf.

Das gesamte Haus war in Bewegung. Wie Wellen durchlief ein schier ewiges Winden und Schlängeln die Räume. Es ballte sich zu kniehohen Bergen im Wohnzimmer. Überall zischte es. Aalisha konnte kaum einen Fuß vor den anderen setzen und doch gelang es ihr, mit äußerster Vorsicht, sich einen Weg über den lebenden Boden zu bahnen. Es gab keinen Namen für die Gefühle, die sie durchfluteten. Das Haus war ein einziges Schlangenloch geworden. Sie krochen über Tische und Stühle, bedeckten Bücher und hingen von der Deckenlampe. Dicke Knäule, in den unterschiedlichsten Farben. Kleine und große, heimische Nattern, giftige Exoten und Würgeschlangen, dicker als ihr Bein.

Ein glockenheller Ton. Noah riss den Kopf herum. Sein Puls hämmerte. Etwas war durch sein Siegel – das Schlangensiegel – gefallen. Medusa gab ein irritiertes und wütendes Grollen von sich. Es war eine Halskette, an der das Symbol von Venus hing. Ein silberner Anhänger in Form einer Taube.

Aalisha.

Ein Ruck ging durch die Schlangenschar und aufgebrachte Bewegungen kamen in die Haufen. Aalisha hatte ihre Hände zu Fäusten geballt und presste sie verzweifelt an die Lippen. Ein Zischen von giftiger Boshaftigkeit erhob sich. Die geschuppten Leiber drängten an ihre Beine, krochen sie empor. Ein Biss. Schmerz flammte in ihrer Wade auf und ließ sie einknicken. Schon waren die Schlangen über ihr, bedeckten sie mit schweren Leibern und drückten sie windend zu Boden.

Etwas geschah mit dem Siegel. Aalisha konnte es nicht sehen. Sie konnte gar nichts mehr sehen. Um ihre Augen herrschte die Schwärze unzähliger Schlangen, die auf sie krochen. Und zubissen.

Etwas schrie. Ein Schrei, geboren in einer jenseitigen Sphäre, aus purem Hass und kochender Raserei. Der Laut einer aufgebrachten Frau, der etwas gestohlen wurde. Jemand packte Aalisha und riss sie aus dem kriechenden Begräbnis.

Das Siegel war geschlossen. Eine Hand hielt die ihre.

Nox öffnete ihre dunklen Augen und sie wurden wie magisch von der kleinen Ortschaft Oakdale angezogen. Etwas hatte sich ereignet und strahlte einen diffusen

Nachhall aus, der von Verbotenem sprach. Sie sah genauer hin. Spuren aus einer verdorbenen Sphäre, die verschlossen bleiben sollte. Schlangen, die orientierungslos über graues Straßenpflaster krochen. Sie sah das Ende von etwas, das nie hätte beginnen dürfen.

Und einen Anfang.

Die Statue
Jutta Schönberg

So enden die Geschichten!, glauben viele. Die Spuren der Antike werden von ihrem Staub befreit, so oft sie gefunden werden. Die alten Schriften sind entziffert, und doch wissen alle, dass manche Rätsel nie entschlüsselt werden. Das große Erbe der Römer und Kelten, der Griechen und Ägypter – alles vergangen? Wer weiß, wie viel davon noch in uns schlummert? Wie viel davon erwachen wird, wenn wir es nur zu wecken wissen?

Jutta Schönberg

Jutta Schönberg ist promovierte Germanistin und lebt in Tübingen. Sie arbeitete als Redakteurin für das Presseamt der Universität Tübingen, als Projektkoordinatorin für die kommunale Frauenbeauftragte und als PR-Beraterin. Nach wissenschaftlichen und journalistischen Veröffentlichungen hat sie die Belletristik entdeckt. Seither verfasste sie mehrere Kurzgeschichten, wobei sie sich gerne im fantastischen Bereich tummelt, aber auch anderweitig erfolgreich ist. Zweiter Platz beim Frederic-Brown-Award 2009. Mitglied der Tübinger Autorengruppe »LiteRatten«. Derzeit schreibt sie an einem Roman.

Claudia rümpfte die Nase. An der Straße, in die sie gerade auf ihrem Spaziergang eingebogen war, stapelte sich der Sperrmüll. Schon näherten sich windige Gestalten oder Schatzjäger, um darin zu wühlen. Sie wechselte die Straßenseite. Schließlich hatte sie es nicht nötig, ihren Hausstand im Sperrmüll zusammen zu sammeln. Als alleinstehende Chefsekretärin in einer großen Chemiefirma konnte sie sich alles neu kaufen, was sie wollte. Das schätzte sie sehr. Neu, modisch und sauber. Dann war es an ihr, sich alles gut zu erhalten. Bei ihrer Ordnungsliebe war das kein Problem.

Doch auch auf dieser Seite behinderte Müll ihren Weg. Es blieb ihr nichts anderes übrig, als ab und an einen Blick darauf zu werfen, um nicht zu stolpern. Dabei fiel ihr plötzlich etwas ins Auge. Halb verborgen von einem Lampenschirm und einer Küchenschublade blinkte ein kleiner Männerkopf in der Sonne, der mit einem Kranz aus Laub geschmückt war.

Claudia blieb zögernd stehen. Dann machte sie ein paar Schritte. Doch wie magnetisch zog es sie zurück zu dem Kopf. Verlegen schaute sie nach rechts und links, ob sie auch niemand beobachtete. Dann bückte sie sich rasch und zog an dem Männerkopf. Heraus kam eine Bronzestatue, so lang wie ihr Unterarm. Auf einem massiven Sockel stand ein nackter Mann, der sich mit der linken Hand auf einen langen Stab stützte und mit der rechten Hand eine Trinkschale hob. Er schien ihr zuzuprosten. Der Mann sah aus, als würde er schwanken. Wenn sein Stab nicht wäre, fiele er um.

Claudia lachte. Sie fühlte sich durch und durch froh. Prüfend fuhr sie mit dem Zeigefinger über den Leib des Mannes. Die Statue war kein bisschen schmutzig, obwohl sie im Straßendreck gelegen hatte.

Noch einmal schaute sich Claudia verstohlen um. Dann wickelte sie die Statue sicherheitshalber in Papiertaschentücher und steckte sie in ihre Handtasche. Zum Glück hatte sie wie immer auf einem Stadtbummel ihre Einkaufstasche mitgenommen, damit sie ein eventuelles Schnäppchen verstauen konnte, so dass der Bronzemann vollständig darin verschwand. Erhobenen Hauptes und fröhlich strebte Claudia ihrer Wohnung zu.

Dort angekommen, holte sie ihren Fund hervor und betrachtete ihn genauer. Das Gesicht war fein gearbeitet: eine leicht gewölbte Stirn, eine scharfe Nase und weiche Wangen und Lippen über einem vorspringenden Kinn. Der Körper war muskulös und hatte die ideale männliche Form.

Sie holte einen Lappen und polierte die Statue, bis sie sanft schimmerte. Claudia sah sich um, wo sie ihr Fundstück am besten platzieren konnte. Natürlich auf der Kommode, wo sie schon ihre anderen Schätze wirkungsvoll drapiert hatte: ihren alten Teddybären, ihre erste Barbiepuppe, Kinderfotos, Figürchen aus Porzellan und buntem Glas. Vorsichtig schob sie die Sachen zusammen und schuf so etwas Platz. Sie stellte die Figur auf die Kommode, rückte sie ein bisschen hin und her, trat immer wieder zurück, um sie von etwas weiter und aus verschiedenen Blickwinkeln des Wohnzimmers zu betrachten.

Endlich war sie zufrieden. Sie setzte sich auf die Couch und machte den Fernseher an. Doch sie bekam nichts so recht von der Sendung mit. Immer wieder schaute sie zu ihrem Schatz. Der erhobene Kelch bereitete ihr Lust, etwas zu trinken. Sie holte sich einen Apfelsaft. Aber der schmeckte ihr nicht. Da erinnerte sie sich an die Flasche Wein, die sie geschenkt bekommen hatte. Normalerweise trank sie keinen Alkohol, aber heute würde sie sich zur Feier des Tages etwas gönnen.

Mit dem Glas Wein in der Hand hockte sie sich vor die Kommode. »Prosit«, sagte sie zu dem Bronzemann und nahm einen Schluck. Der Wein rann ihr weich die Kehle hinunter. Auf der Zunge schmeckte sie einen etwas herben Traubengeschmack und einen Hauch Leder. In ihrem Bauch machte sich Wärme breit. Sie meinte eine sonnige Landschaft mit Pinienhainen zu sehen, in der Ferne funkelte das Meer.

Während Claudia den Wein trank, wurde sie unruhiger. Irgendetwas stimmte nicht mit dem Platz der Statue. Sie schob die anderen Dinge nach und nach weiter beiseite. Aber es fühlte sich immer noch nicht richtig an.

Ein unwiderstehlicher Impuls erfasste sie. Sie wehrte sich noch einen Moment dagegen, doch dann fuhr sie mit den Armen nach vorne und fegte die ganze Dekoration rechts und links zu Boden. Sie stellte ihr Prunkstück dahin, wo es hingehörte: ganz allein in die Mitte. Das andere Zeug raffte sie zusammen und warf es in die Mülltonne. Das leise Bedauern, das sich meldete, verflog rasch, als hätte es jemand beiseite gestoßen.

Dann ließ sie ihre Blicke durchs Wohnzimmer schweifen. Kurzentschlossen ging sie zu dem Blumenstrauß auf dem Tisch, riss die Blütenblätter ab und streute sie über die Statue. Befriedigt leerte sie ihr Glas, schenkte sich gleich ein neues ein und setzte sich auf den Boden vor der Kommode. So bewunderte sie ihren geschmückten Schatz.

Nach einer Weile begann sie leise zu summen. Ein Rhythmus fuhr ihr in die Arme und sie klatschte in die

Hände. Ihr Gesang wurde lauter, Worte mischten sich ins Summen, Worte, die sie selbst nicht kannte. Bei einem weiteren Glas Wein fing sie an zu tanzen, erst sich langsam wiegend, dann immer schneller. Ihre Füße begannen, ohne ihr bewusstes Zutun wild zu stampfen.

Plötzlich klingelte es an der Tür. Ihr Nachbar.

»Könnten Sie bitte aufhören mit dem Lärm? Die Kinder sind davon aufgewacht. Sie wissen ja, wie hellhörig das Haus ist.«

In Claudias erste Verlegenheit mischte sich plötzlich Unmut. »Was geht Sie das an?«, fauchte sie und warf dem Mann die Tür vor der Nase zu.

Aber nachdem sie ihren letzten Wein in einem großen Schluck geleert hatte, hörte sie doch auf und taumelte müde, aber glücklich ins Bett.

Am nächsten Morgen hatte sie einen Kater. Nur widerwillig stand sie auf und machte sich zur Arbeit fertig. Um die Kopfschmerzen nicht noch zu verschlimmern, konnte sie ihr Haar nicht so fest hochstecken wie sonst. Das Make-up wollte ihr nicht recht gelingen. Der Lidschatten und der Lippenstift verschmierten, und sie verzitterte den Eyeliner. Ungeduldig gab sie auf. Es müsste ja wohl einmal gehen, auch wenn sie nicht ganz perfekt gestylt war.

Im Büro konnte sie sich nicht richtig konzentrieren. Immer dachte sie an ihre Statue.

Ihr Chef hatte sie am Morgen prüfend angeschaut. Er war kleiner als sie und hatte einen gehörigen Bauch und Hamsterbäckchen. Er trug eine unmoderne Hornbrille mit schwarzen Bügeln. Er sah gemütlich aus, und zu den Kunden und seinen Vorgesetzten konnte er auch sehr reizend und charmant sein. Er hatte aber auch eine andere Seite. Zu den Mitarbeitern war er streng und manchmal sarkastisch und demütigend. Aus heiterem Himmel konnte ein Donnerwetter auf einem niedergehen, ohne dass man wusste warum. Claudia war dieses Doppelgesicht unheimlich. Sie hatte gehörigen Respekt vor ihm und fürchtete seine Ausbrüche. Dabei sollte er ihr Karrieregarant sein. Denn sie hoffte, dass er möglichst bis in den Vorstand aufstieg und sie mitnahm.

Kurz vor Mittag wogte ihr Chef schnaufend aus seinem Zimmer und knallte ihr zwei Blatt Papier auf den Tisch.

»In diesen beiden Schreiben sind insgesamt vier Fehler«, presste er mit schmalen Lippen und eiskaltem Blick hervor. »Was glauben Sie, wer ich bin – Ihr Ausputzer? Passen Sie gefälligst auf!«

Wieder schaute er sie prüfend an.

»Und achten Sie auf Ihr Äußeres. Schließlich haben wir hier Kundenkontakt! Ihr Make-up ist danebengegangen und ihre Haare sind schlampig!«

Er beugte sich über sie. »Was ist? Sind Sie krank? Sie wissen, wenn Sie sich krankmelden wollen, verlange ich bereits am ersten Tag ein ärztliches Attest. Außerdem ist es Ihre Pflicht, ausgeruht zur Arbeit zu kommen, damit Sie sie ordentlich erledigen können!«

Claudia schwieg. Der Rüffel berührte sie komischerweise kaum. Dennoch sagte sie sich, dass sie diesen Abend nicht wieder trinken würde, während sie die Fehler in den Schreiben verbesserte.

Aber schon in der Mittagspause lachte sie das Schaufenster einer Weinhandlung an. Sie hatten ein Sonderangebot: drei Flaschen für den Preis von zwei.

Claudia meinte, dass sie sich das schlecht entgehen lassen konnte, und holte sich gleich sechs Flaschen.

Als sie nach der Arbeit nach Hause ging, erblickte sie ein Geschäft, das ihr bisher noch nie aufgefallen war. Es war ein kleiner Laden, irgendetwas zwischen Trödel- und Antiquitätengeschäft. In der Auslage war ein großes, kurzhaariges Fell zu sehen, das Claudia auf den ersten Blick ausnehmend gut gefiel.

»Das ist ein Hirschkalbfell«, teilte der Händler ihr mit und ließ sie es streicheln. Sofort wusste sie: Das musste sie haben. Sie tat aber so, als interessiere es sie nicht, und schaute sich weiter im Laden um.

Ganz in der Ecke und ziemlich verstaubt fand sie eine Trommel. Probeweise schlug sie darauf. Der Ton ging ihr so ins Blut, dass sie sich zwingen musste, damit aufzuhören. Doch auch diesmal schlenderte sie weiter, fasste da und dort ein Stück an und betrachtete sich dieses und jenes näher.

Schließlich langte sie wieder beim Verkäufer an der Ladentheke an. »Was kostet das und das da?« Sie wies auf das Fell und die Trommel.

Der Händler nannte den Preis.

»Unmöglich!« Claudia zeigte sich empört, obwohl der Preis niedriger war, als sie geschätzt hatte. Sie begann zu feilschen. Das hatte sie noch nie getan und war erstaunt, wie gut es ihr gelang. Nachdem sie den Verkäufer um ein Drittel heruntergehandelt hatte, schlug sie zu. Sie wickelte die Trommel in das Fell und klemmte sie sich unter den Arm. Zusammen mit dem Wein war sie nun schwer bepackt, aber sie fühlte sich kräftig wie nie.

Zuhause drapierte sie das Fell auf den Boden vor der Kommode und stellte die Trommel darauf. Sie rückte beides hin und her, bis sie mit der Platzierung zufrieden war, und sie das Gefühl hatte, dass auch der Bronzemann beifällig nickte.

Sie aß zu Abend und öffnete die erste Flasche Wein. Schließlich konnte sie dem Drang nicht mehr widerstehen und begann zu trommeln. Nach einiger Zeit sang sie dazu, wieder in einer Sprache, die sie nicht kannte. Endlich nahm sie die Trommel auf den Arm und tanzte stampfend durchs Zimmer, die Statue immer im Blick. Ihr war, als schiene eine heiße Sonne auf sie herab. Ein dünner Schweißfilm bedeckte ihre Stirn. Sie zog Schuhe und Strümpfe aus. Ihr Herz pochte im Rhythmus der Trommel. Ihre Handflächen brannten. Das Fell kitzelte ihre nackten Füße. Aber der Wein erfrischte sie.

Sie wusste nicht, wie viel Zeit vergangen war, als ihr Nachbar wieder klingelte und sich beschwerte. Wortlos schlug sie ihm die Tür vor der Nase zu und fuhr in ihrem Treiben fort, bis sie erschöpft ins Bett sank.

In der nächsten Zeit hielt sie es weiter so. Täglich bestreute sie die Statue mit frischen Blütenblättern. Täglich huldigte sie dem Bronzemann mit ihrem lauten Treiben. Sie riss Efeu von Hauswänden, wand Kränze daraus und schmückte ihre Wohnung und besonders die Kommode damit.

Zunehmend lebte sie wie in einer gläsernen Kugel. Darin waren sie und ihre Statue. Draußen waren die anderen, die sie immer undeutlicher wahrnahm.

Bei der Arbeit wurde sie noch unkonzentrierter. Sie machte weitere und schlimmere Tippfehler, verschlampte Akten, kleckerte Kaffee auf Dokumente. Ihr

Chef platzte fast vor Wut, konnte sie aber nicht anschreien, weil sie meist Kunden zu Besuch hatten.

Einmal erwischte er sie aber doch. »Was fällt Ihnen eigentlich ein? Reißen Sie sich gefälligst zusammen! Wenn Sie nicht schlafen können, nehmen Sie eben Tabletten. Wenn das so weiter geht, erteile ich Ihnen eine Abmahnung!«

Die Schreierei machte ihr immer weniger aus, und entsprechend fiel es ihr zunehmend schwerer, Unterwürfigkeit und Demut zu heucheln.

Nachts trommelte, tanzte, sang und trank sie vor der Statue. Auf das Klingeln und Klopfen ihrer Nachbarn reagierte Claudia nicht mehr. Einmal holte ihr Nachbar die Polizei. Aber als hätte sie es geahnt, hatte sie gerade mit ihrem nächtlichen Lärmen aufgehört.

Die Polizisten ermahnten sie, aber sie sagte nur »Hören Sie etwas?« und wandte sich ab.

Daraufhin hetzten ihr die Nachbarn den Vermieter auf den Hals. Der telefonierte erst, und als das nichts nützte, kam er persönlich vorbei und drohte Claudia mit Kündigung der Wohnung. Das scherte sie aber nicht. ›Geredet wird viel‹, dachte sie und zuckte die Schultern.

Eines Freitagabends war sie unruhig. Alles Trinken, Tanzen und Trommeln half nichts. Sie hörte auf, zog sich Mantel und Schuhe an und verließ das Haus. Sie streifte umher. Schließlich landete sie in einer Disco, was sonst nie ihr Fall gewesen war. Sofort stürzte sie sich ins Getümmel. Sie trank weiter Wein, scherzte, lachte mit fremden Männern und verrenkte wild ihre Glieder auf der Tanzfläche. Einer der Männer brachte sie nach Hause und sie lud ihn mit in ihre Wohnung ein.

»Ganz schön strange bei dir«, meinte der Mann, als er ihr Arrangement auf und vor der Kommode sah.

Wortlos zog sie ihn auf das Hirschkalbfell nieder.

Von nun an ging sie in mehreren Nächten aus, in Discos, Tanzschuppen, Kneipen und Bars. Jedes Mal brachte sie einen anderen Mann mit nach Haus und schlief mit ihm auf dem Fell vor der Kommode. Dann warf sie ihn hinaus.

»Wir sind doch kein Bordell hier«, sagten die Nachbarn und alarmierten erneut den Vermieter.

Eines Tages war es dann soweit. Sie überhörte den Wecker und verschlief lange. Claudia machte sich nicht mehr die Mühe, sich zu schminken und das Haar hochzustecken.

Ihr Chef schaute auf die Uhr, als sie kam, und wollte schon losbrüllen. Erst da bemerkte er ihr Aussehen.

»Was ist denn in Sie gefahren?« Seine Stimme überschlug sich fast.

»Sie kommen zu spät! Eine Stunde zu spät! Und dann wagen Sie es auch noch, hier so aufzukreuzen?« Empört deutete er auf ihr Gesicht und ihr Haar.

»Jetzt langt es mir. Jetzt bekommen Sie eine Abmahnung!« Krachend schlug er mit der Faust auf Claudias Schreibtisch.

Sie hatte gar keine Angst mehr. Im Gegenteil.

Sie schaute auf ihn herab und sah, wie seine Hamsterbäckchen zitterten und seine Nasenspitze rot wurde. Das fand sie sehr witzig.

»Lachen Sie etwa über mich?« Der Chef war aufgebracht wie noch nie.

Claudia versuchte ein »Nein« hervorzupressen. Aber es misslang ihr. Stattdessen brach sie in schallendes Gelächter aus.

»Entschuldigen Sie«, brachte sie schließlich mühsam heraus. »Aber Sie sind so komisch. Wie ein Rumpelstilzchen.«

Ihr Chef wurde totenblass und war einen Moment ganz still. Doch gleich darauf begann er zu toben.

»Das ist eine Unverschämtheit!« Er keuchte. »Sie sind entlassen!«

Vor Wut bebend wies er auf die Tür. »Verlassen Sie diese Firma! Sofort!«

Immer noch lachend ging Claudia hinaus.

Zu Hause erwartete sie ein Brief von ihrem Vermieter mit der Kündigung der Wohnung. Schulterzuckend warf sie ihn in den Papierkorb. Dann legte sie sich wieder ins Bett und schlief. Heute Nacht würde sie feiern wie nie.

Am Abend streifte sie unruhig durch verschiedene Bars und Discos, ohne den passenden Partner zu finden. Doch endlich sah sie in einer Kneipe einen Jüngling mit schwarzen Locken und kräftigen Schultern, dessen Gesichtszüge sie an ihren Bronzemann erinnerten. Sie spürte sofort, dass er es sein sollte.

Aber es war gar nicht so einfach, ihn von seinen Kumpels loszueisen. Erst als sie ihren Namen nannte, gewann sie seine Aufmerksamkeit.

»Claudia – das ist ein römischer Name«, sagte er. »Er bedeutet: aus der Familie der Claudier stammend. Das war eine berühmte römische Familie, aus der auch später Kaiser kamen.«

Das interessierte Claudia wenig, und ihre Eltern hatten davon sicher auch nichts gewusst. Sie hatten den Namen willkürlich gewählt.

»Ich habe auch einen römischen Namen«, fuhr der Schwarzlockige fort. »Ich heiße Marcus – mit c. Nach Marcus Antonius.«

Der Name sagte Claudia nichts. Aber der Jüngling reckte sich stolz. Es musste also jemand Bedeutendes sein.

»Vielleicht bist du ja eine echte Nachfahrin von Claudiern«, sagte Marcus jetzt.

Claudia dachte, dass der ja wohl einen echten Römerfimmel hatte. Aber laut sagte sie: »Und du bist bestimmt ein echter Nachkomme von Marcus Antonius.« Auch wenn sie keine Ahnung hatte, wer das war. Doch es freute den Jüngling sichtlich.

»Das würde passen«, lachte er. »Ich studiere Alte Geschichte, Spezialgebiet Römische Geschichte.«

Immerhin erklärte das den Römerfimmel. Allerdings war es nicht gerade ein Studienfach zum Angeben. Sie würde jedoch bei ihrer Wahl bleiben, denn Marcus roch gut, nach reifen Trauben und ein bisschen wie ihr Hirschkalbfell.

So schenkte Claudia ihm einen Augenaufschlag. »Dann bist du bestimmt ein Spezialist für Orgien.«

Und so kam Marcus mit ihr in die Wohnung. Zu ihrem Erstaunen stürzte er sich gleich auf ihre Statue.

»Ah, das ist ja Bacchus!«, rief er aus. »Ich wusste gar nicht, dass es heute noch Bacchanten gibt. Oder ist das jetzt wieder Mode?«

»Was?«

»Na, Bacchus, der römische Gott des Weines! Kennst du den nicht?«

Claudia schwieg. Von römischen Göttern wusste sie nichts.

»Siehst du, er trägt einen Kranz aus Weinlaub«, fuhr Marcus fort. »Und der Stecken hier, das ist ein Thyrsosstab, auch Bacchusstab genannt. Wahrscheinlich soll der den Stängel eines Riesenfenchels darstellen, daher das Büschel oben dran.«

Er schaute sich weiter in dem Zimmer um. »Hier sind ja auch Hirschkalbfell und Trommel, die Begleiter des Bacchus und Zeichen seiner Diener. Und Efeukränze. Einen schönen kleinen Tempel hast du hier zurechtgemacht.«

»Tempel?«

»Ja, ein Ort der Bacchus-Anbetung. Übrigens war das im alten Rom mal eine Zeitlang verboten. Da gab es einen Riesenskandal, eine Verschwörung von Bacchanten ...«

Claudia ärgerte sich etwas, weil er so dozierte. Doch die Wand der Glaskugel, in der sie lebte, wurde dünner.

Plötzlich schaute Marcus sie unsicher an.

»Ich hoffe, du hast kein Messer hier«, sagte er dann.

»Ein Messer? Nein, wieso?«

»Bei diesem Skandal – da soll es auch Menschenopfer gegeben haben.«

Claudia schnaubte ärgerlich. »Hier jedenfalls nicht«, entgegnete sie.

Auf einmal nahm Marcus die Statue auf und schaute sie bewundernd an. Claudia hätte sie ihm am liebsten aus der Hand gerissen. Aber etwas hielt sie zurück. Die Glaskugel bekam Risse.

Nun legte Marcus sich die Statue in den Arm wie eine Puppe. »Bacchus – was für eine schöne Arbeit. Ich habe mich schon immer gefragt, was die römischen Götter wohl anstellen würden, wenn sie in unserer modernen Zeit wiederkehren würden.«

Es sah alles so richtig aus. Der Gott schien sich in Marcus' Armbeuge zu schmiegen. Fast wirkte es so, als würden sich ihre Gesichtszüge noch mehr angleichen.

Die Glaskugel zerbarst. Plötzlich war sich Claudia ganz sicher, was sie zu tun hatte.

»Du kannst ihn haben«, sagte sie. Dann schnappte sie sich die Trommel und wickelte sie in das Hirschkalbfell. »Und das und das auch.«

»Aber ... aber wieso?«, stammelte Marcus. »D... das kannst du doch nicht machen. Das ist alles viel zu wertvoll.«

Dann sah er, dass Claudia es ernst meinte.

»V... vielen Dank«, stotterte er mit leuchtenden Augen.

Claudia packte ihn an der Schulter und drehte ihn zur Tür. »Und jetzt mach, dass du rauskommst, bevor ich es mir noch anders überlege.«

Marcus griff Bacchus und Zubehör fester und machte sich so schnell er konnte davon.

Claudia starrte in ihr Wohnzimmer. Es wirkte leer ohne den Gott. Und leer war auch ihr Herz an der Stelle, die die Statue eingenommen hatte.

Claudia weinte.

Aber langsam, ganz langsam zog in diese Leere etwas Neues ein. Claudia fühlte Stärke in sich aufsteigen, eine Stärke, wie sie sie noch nie gekannt hatte. Sie wusste, das war ein Abschiedsgeschenk des Gottes für sie, für ihre Dienste.

Ein weiteres Mal öffnete Claudia eine Flasche Wein und erstmals träumte sie ausgiebig und völlig frei von ihrer Zukunft.

Glossar

Aed Abrath	Keltische Gottheit des Feuers
Aeneas	Mythologischer Stammvater der Römer, der Legende nach Halbgott als Sohn der ➛ Venus/Aphrodite und Überlebender Trojas
Agraffe	Schmuckspange, Fibel
Andarta	Keltische Sieges- und Kriegsgöttin
Anderswelt	Mythisches Jenseits, aber auch Heimat von Feen und Göttern in der keltischen Mythologie, vor allem aus Sagen der britischen Inseln überliefert
Andraste	Keltische Kriegsgöttin, die überwiegend in Britannien verehrt wurde; eventuell eine Entsprechung Andartas
Anubieion	Ptolemäisch-römischer Tempelbezirk des Anubis in Sakkara (Ägypten)
Arbogast	*4. Jh. n.Chr., † 394; genannt »der Ältere«, römischer Heerführer fränkischer Abstammung

Arminius	*1. Jh. v.Chr., † um 21 n.Chr., genannt »der Cherusker«, Fürst des germanischen Stamms der ➙ Cherusker und Anführer des germanischen Widerstands gegen ➙ Varus; Sieger der sogenannten »Schlacht im Teutoburger Wald«
Artemis	Siehe ➙ Diana
Artoces	*1. Jh. v.Chr., † 1. Jh. v.Chr., lokaler Herrscher Iberias, wurde im Zuge des 3. Mithridatischen Krieges von ➙ Gnaeus Pompeius Magnus besiegt und lieferte diesem seine Kinder als Geiseln aus.
Asen	Göttergeschlecht der germanischen Mythologie, dem u.a. ➙ Donar und ➙ Wotan angehörten
Asgard	In der germanischen Mythologie mythische Heimat des Göttergeschlechts der ➙ Asen
Athene	Griechische Göttin der Weisheit, Tochter des ➙ Zeus; entspricht der römischen Minerva

Atrium	Zentraler Raum einer römischen Villa, nicht überdacht
Auguren	Römischer Beamter mit der Aufgabe, den Willen der Götter durch verschiedene Orakeltechniken zu erfragen, z.B. durch die Vogelschau
Aurei	Pl. von »Aureus«, römische Goldmünzen mit der Wertigkeit von 25 ➙Denaren
Auspizien	Römische Orakelmethode, durch die ➙ Auguren durchgeführte Vogelschau
Aventin	Südlichster der sieben Hügel Roms
Arverner	Keltischer Stamm, ansässig in Zentralgallien
Baal	Hauptgottheit des syrischen und afrikanischen Raumes, wurde verehrt als Wetter- und Fruchtbarkeitsgottheit
Bacchanten	Priester des ➙ Bacchus
Bacchus	Römischer Gott des Weins und der Fruchtbarkeit, der in ekstatischen Ritualen verehrt wurde;

	entspricht dem griechischen Dionysos
Belenus	Keltischer Gott des Lichtes und/oder Heilgott; er wurde verehrt im Alpenraum und Süd-Gallien
Bellona	Römische Göttin des Krieges
Bellonarius	Priester der Bellona
Bona Dea	Römische Göttin der Fruchtbarkeit, Jungfräulichkeit und Heilung
Caccia Morta	Die »wilde Jagd« – Ein Heer aus zornigen Geistern
Caesar	Siehe ➔ Gaius Julius Caesar
Campus Martius	Das Marsfeld, ein dem ➔Mars geweihter Platz im alten Rom, lag lange Zeit außerhalb der Stadtmauern und wurde u.a. für Empfänge und Triumphzüge genutzt
Castellum	Lateinische Bezeichnung eines Kastells bzw. Heerlagers
Cato	Siehe ➔ Marcus Porcius Cato Censorius

Celtoi	Griechische Bezeichnung für das Volk der Kelten
Centurie	Römische Heereinheit von hundert Soldaten
Centurio	Befehlshaber einer römischen ➤ Centurie
Cervisia	Eine von den Germanen gebraute Urform des Bieres
Charon	In der griechischen Mythologie der Fährmann, der die Seelen der Toten über den Fluss ➤ Styx in die Unterwelt bringt, sofern ihn diese bezahlen können; den Toten wurden daher bei der Bestattung Münzen mitgegeben.
Cherusker	Germanischer Stamm aus Zentralgermanien
Cicero	Siehe ➤ Marcus Tullius Cicero
Circus Maximus	Arena für Wagenrennen und andere Veranstaltungen im antiken Rom, größtes Veranstaltungsgebäude seiner Zeit
Colosseum	Das größte Amphitheater des antiken Roms, für Gladiatorenkämpfe berühmt

Curiogle	Keltisches Rundboot aus Korbgeflecht
Dei Consentes	Die zwölf am meisten verehrten römischen Götter: Jupiter, Juno, Mars, Minerva, Vesta, Ceres, Diana, Apollon, Venus, Mercurius, Neptun, Vulcanus
Denar	Römische Münze, in der Frühzeit aus Silber geprägt; im 2. Jh. v. Chr. entsprach ein Denar dem Tageslohn eines gewöhnlichen Arbeiters
Diana	Römische Göttin der Jagd, Schwester des Apollon
Donar	Vermutlich alter Fruchtbarkeitsgott, später Donnergott der Germanen, in antiken Quellen wenigstens einer der wichtigsten drei Gottheiten
Erinye	Siehe ➞Furie
Etrusker	Ursprünglich in Norditalien ansässiges Volk, später friedlich in das Römische Reich eingegliedert worden
Fanatici	Lateinischer Begriff für »die Fanatischen«

Fand	Keltisch-irische Göttin des Meeres, Elfenkönigin, gilt als Schönste unter den Göttern
Flamen Dialis	Höchster Priester des ➙ Jupiter
Flavius Eugenius Augustus	*4. Jh. n.Chr., †394 n.Chr., weströmischer Kaiser und Widersacher des oströmischen Kaisers ➙ Theodosius I., Verlierer der Schlacht am Frigidus
Flavius Stilicho	*um 362 n.Chr., †408 n.Chr., römischer Heermeister und einflussreicher Politiker, dessen Karriere im Osten des Römischen Reiches begann; verdient machte er sich u.a. als Leibwächter des oströmischen Kaisers ➙ Theodosius I. und wurde nach dessen Tod Vormund seiner Kinder; Stilicho verteidigte das Reich mehrfach gegen einfallende Barbarenvölker an den Grenzen des Reiches, später ohne Erfolg.
Forum	Marktplatz und Hauptversammlungsort, Standort zahlreicher Verwaltungsgebäude, auch als Gerichtsstätte genutzt
Forum Romanum	Das Forum Roms, Standort vieler Tempel bedeutender Gottheiten

Franken	Spätgermanischer Stammesverbund, spätere Mitbegründer des »Heiligen Römischen Reiches deutscher Nation«
Funditores	Römische Soldaten, bewaffnet mit Schleudern
Furie	Griechische Rachegöttin, auch als ➨ Erinye bezeichnet
Gaia	Griechische Göttin, Muttergottheit, Personifizierung der Erde, Mutter von ➨ Zeus/Jupiter
Gaius Cassius Longinus	*1. Jh. v.Chr., †42 v.Chr., römischer Politiker; einer der Hauptverschwörer gegen ➨ Gaius Julius Caesar und an dessen Ermordung beteiligt
Gaius Julius Caesar	*100 v.Chr., †44 v.Chr., erster römischer Alleinherrscher des Imperiums, Eroberer Galliens; im Zuge einer Verschwörung ermordet worden
Gladiator	Römische Unterhaltungskämpfer, die ihre Kraft in Schaukämpfen präsentierten, oft bis zum Tod; wurden in großer Zahl von Sklaven gestellt

Gladius	Römisches Kurzschwert
Gladsheim	Palast des ➨ Wotan in der germanischen Götterheimat ➨ Asgard
Gnaeus Julius Agricola	*40 n.Chr., †93 n.Chr., römischer Statthalter Britanniens, versuchte vergeblich, Kaledonien zu erobern
Gnaeus Pompeius Magnus	*106 v.Chr., †48 v.Chr., einflussreicher römischer Politiker und Heerführer; Gegenspieler ➨Gaius Julius Caesars, gegen welchen er während des römischen Bürgerkriegs zuletzt in der Schlacht von Pharsalos unterlag
Hadrian	➨ Publius Aelius Hadrianus
Heimdall	Spätgermanischer Gott, Wächter der Regenbogenbrücke, der Verbindung zwischen der Welt der Menschen und Asgard, der Heimat der germanischen Götter; wird teilweise auch als Stammvater der Menschen interpretiert
Hekate	Griechische Göttin der Magie und des Spuks, Wächterin der Grenze zwischen den Welten

Helvetier	Keltischer Stammesverband, ursprünglich im Alpenraum ansässig, versuchte zusammen mit anderen keltischen Stämmen nach Gallien auszuwandern, wurde dort jedoch von den einheimischen Stämmen mit Hilfe von ➛ Caesar zurückgeschlagen
Hugin	Einer der beiden weisen Raben des germanischen Gottes ➛ Wotan; sein Name bedeutet »Gedächtnis«
Hypogeum	Unterirdisches Gewölbegrab
Icener	Keltischer Stamm des südöstlichen Britanniens
Iduna	Germanische Göttin der Jugend, sie hütet die goldenen Äpfel, die die Götter unsterblich machen
Ignis Aeternus	Lat. für »Ewiges Feuer«, heiliges Feuer, das im ➛ Vestatempel gehütet wird und niemals erlöschen darf
Imperium Romanum	Lat. für »Römisches Reich«
Interpretatio Romana	Bezeichnet die Eigenart der Römer, ausländische Götter mit

	den eigenen, römischen zu identifizieren
Ivaldi	Ein Zwerg aus der germanischen Mythologie, Vater der ➡ Idun
Juno	Römische Göttin der Ehe und Geburt, entspricht der griechischen Hera, eifersüchtige Frau des ➡ Jupiter
Jupiter (Optimus)	Höchster römischer Gott, auch Donnergott und Blitzeschleuderer; hat zahlreiche Halbgötter mit Menschenfrauen gezeugt, die in der Mythologie zu Begründern von Königreichen und mächtige Helden wurden; Ehemann der ➡ Juno
Keltoi	Siehe ➡ Celtoi
Kohorte	Einheit des römischen Militärs, entspricht 500 Soldaten
Latona	Auch Leto genannt, Gestalt der griechischen und römischen Mythologie, ➡ Titanin und Geliebte des ➡ Zeus, zeugte mit diesem die Götter ➡ Artemis (bzw. ➡ Diana) und ➡ Apollon
Laverna	Römische Göttin der Diebe

Legatus	Kommandant einer römischen Legion (ca. 5000 Soldaten)
Leucothea	Griechische Meeresgöttin, in Colchis und Iberia auch als Flussgottheit verehrt
Limes	Römische Befestigungs- und Grenzanlage an der Grenze zu Magna Germania, erbaut im 1. Jh. n.Chr.
Loki	Spätgermanischer Gott des Feuers, agiert einerseits als Helfer, andererseits feindlich gegenüber den übrigen Göttern
Manannan mac Lir	Keltisch-irischer Lokalgott des Meeres, gilt ebenfalls als Beherrscher des Landes der ewigen Jugend Tir na nOg und wird in der Mythologie u.a. als Mann der ➞ Fand beschrieben
Marcus Fabius Quintilianus	*35 n.Chr., †96 n.Chr., berühmter römischer Rhetoriker und Lehrer am Hof des Kaisers Domitian
Marcus Iunius Brutus Caepio	*85 v.Chr., †42 v.Chr., römischer Politiker, gehört zu den Mördern des ➞ Gaius Julius Caesar

Marcus Crassus	Licinius	*115 v.Chr., †53 v.Chr., einflussreicher Politiker der späten römischen Republik, bekleidete das Amt des Konsuls, Zeitgenosse → Caesars
Marcus Porcius Cato Censorius		*234 v.Chr., †149 v.Chr., auch »Cato der Ältere«, Senator der römischen Republik mit stark konservativer Einstellung; befürwortete entschieden die Zerstörung der damals einflussreichen Handelsmacht Karthago; ihm wird zugeschrieben, am Ende jeder seiner Rede den Ausspruch »Im Übrigen bin ich der Meinung, Karthago muss zerstört werden« getan zu haben.
Marcus Cicero	Tullius	*106 v.Chr., †43 v.Chr., berühmter und einflussreicher römischer Politiker, Philosoph; hatte das Amt des Konsuls inne und galt als einer der bedeutendsten Redner zu seinen Lebzeiten in Rom
Marcus Traianus	Ulpius	*53 n.Chr., †117 n.Chr., römischer Kaiser, eroberte einige Provinzen im Osten des Reiches, darunter Dakien und Armenien, und vergrößerte damit das Reich auf die größte Ausdehnung sei-

	ner Geschichte; förderte durch starke Innenpolitik die Stellung Italiens im Reich und die römische Kultur in den Provinzen.
Mars	Römischer Gott des Krieges, entspricht dem griechischen Ares
Medicus	Lat. für »Arzt«
Medusa	Griechische Sagengestalt; gehört zu den sogenannten Gorgonen: Sagenwesen mit Schlangenhaaren; ihr Blick verwandelt alle, die sie ansehen, zu Stein
Merkur	Römischer Gott des Handels, der Diebe und Götterbote; entspricht dem griechischen Hermes
Mithräen	Tempel des Mithras, oft geschmückt mit Reliefs, die die Stiertöterszene des Mithras zeigen
Mithras	Römischer Kriegs- und Lichtgott mesopotamischen Ursprungs; wurde im Rahmen eines Mysterienkultes verehrt, zu dem nur Männer zugelassen wurden.

Morrigan	Irisch-keltischer Schlachtendämon, vergleichbare Gottheiten wurden auch in Britannien verehrt
Mulsum	Gewürzwein mit Honig
Munin	Einer der beiden weisen Raben ➙ Wotans, sein Name bedeutet »Erinnerung«
Nornen	Drei spätgermanische Schicksalsgöttinnen
Nox	Römische Göttin der Nacht
Olymp	Heimat der griechischen Götter, Berg in Makedonien
Optio	Niederer römischer Kommandant, dem ➙ Centurio unterstellt, mit verschiedenen möglichen Aufgaben
Paenula	Kapuzenmantel
Palla	Langes, römisches Frauengewand
Palladium	Kultbild der griechischen Göttin Pallas ➙ Athene
Pandora	Figur der griechischen Mythologie, von den Göttern zu den

	Menschen geschickte Frau als Strafe für die Frevel des Opferbetruges (durch ➤ Prometheus angestiftet). Ihr wurde eine Kiste mitgegeben, in der alle Seuchen und Qualen der Welt verwahrt wurden. Ihr wurde verboten, die Kiste zu öffnen, was sie missachtete.
Pantheon	Heiligtum, das allen Göttern geweiht ist
Parcae	Lat. für »Parzen«, römische Schicksalsgöttinnen
Pater Familias	Römisches, männliches Familienoberhaupt
Patrizier	Römischer Adeliger
Peristylium	Rechteckiger Lichthof innerhalb einer römischen Villa, von einem Säulengang umgeben und nicht überdacht
Penus	Eigentlich lat. Begriff für »Vorrat«/»Vorratskammer«; Penus vestae wurde die Schatzkammer und allerheiligster Ort des ➤ Vesta-Tempels in Rom genannt.

Perseus	Held der griechischen Mythologie; um die ihm zur Frau versprochene Andromeda vor einem Seeungeheuer zu retten, tötet er die Gorgone ➨ Medusa, indem er ihr den Kopf abschlägt; dieser ist noch immer in der Lage, alle, die ihm in die Augen sehen, zu Stein zu verwandeln, was Perseus als Waffe gegen den Titanen nutzt und siegt.
Pictoi	Siehe ➨Pikten
Pilum	Römischer Wurfspeer
Pikten	Eigentlich »die Bemalten«, vermutlich keltischstämmige Volksgruppe, in Kaledonien ansässig, von den Römern nie besiegt worden, bekannt für farbenreiche Kriegsbemalung
Plebejer	Römischer, nicht adeliger Bürger
Pluto	Römischer Gott der Unterwelt, Mann der ➨Proserpina
Pompeia Sulla	*1.Jh. v.Chr., † 1.Jh. v.Chr., Tochter des römischen Konsuls Quintus Pompeius Rufus und zweite Frau des ➨Gaius Julius Caesar; im Zuge des Skandals

	der ➟Bona Dea wurde ihr ein Verhältnis mit ➟ Publius Clodius Pulcher nachgesagt; das Gerücht führte zur Scheidung von Caesar
Pontifex Maximus	Höchstes römisches Priesteramt
Porta Collina	Nördlichstes der Stadttore der Servianischen Mauer in Rom
Porta Sanqualis	Ein Stadttor der Servianischen Mauer in Rom zum ➟ Marsfeld
Praetor	Hoher römischer Beamter, der vom Volk auf ein Jahr gewählt wurde und mit der Rechtssprechung betraut war.
Prätorianerpräfekt	Befehlshaber der Garde des römischen Kaisers
Primus Pilus	Ranghöchster ➟ Centurio einer römischen Legion
Prometheus	Sagengestalt der griechisch-römischen Mythologie; der Legende nach ist Prometheus ein ➟ Titan. Er stahl den Göttern das Feuer, um es den Menschen zu schenken und wurde dafür von ➟ Zeus hart bestraft. Den

	Menschen wurde zur Strafe ➨ Pandora gesandt, die diesen die nach ihr benannte Kiste mitbrachte und öffnete. Der Sage nach wird Prometheus später von Herkules befreit.
Proserpina	Römische Göttin der Toten und der Unterwelt, Gemahlin des ➨ Pluto und Tochter der Erdgöttin Ceres. Von Pluto wurde sie geraubt und zur Heirat und einem Leben im ➨ Tartaros gezwungen. Die Hälfte des Jahres wird ihr jedoch gewährt, auf der Erde zu leben. Damit bringt sie der Erde den Frühling und den Sommer. Sie entspricht der griechischen Persephone.
Psychopompos	Beiname des Gottes Hermes bzw. ➨ Merkur für seine Rolle als Geleiter der Seelen in die Unterwelt
Ptolemäisch	Bezeichnung für die letzte Dynastie ägyptischer Pharaonen in Ägypten; sie wurde benannt nach Ptolemaios I., einem griechischen Gefolgsmann Alexanders des Großen, der nach dessen Eroberung Ägyptens die Position des Pharaos übernahm

Publius Aelius Hadrianus	*76 n.Chr., †138 n.Chr., römischer Kaiser; betrieb überwiegend defensive Politik zur Sicherung der Reichsgrenzen; im Zuge dessen erbaute er u.a. den nach ihm benannten Hadrianswall in Britannien.
Publius Claudius Pulcher	*92 v.Chr., †52 v.Chr., Politiker der späten römischen Republik; ihm wurde ein Verhältnis mit ➨ Pompeia Sulla, der Ehefrau ➨ Caesars nachgesagt; Auslöser des Skandals der ➨ Bona Dea
Publius Cornelius Scipio Nasica Corculum	*2.Jh. v.Chr., †2.Jh. v.Chr., Politiker aus der einflussreichen Sippe der ➨ Scipionen, hatte u.a. die Ämter des Consul und ➨ Pontifex Maximus inne; Widersacher ➨ Catos im Disput um die Zerstörung Karthagos
Publius Quinctilius Varus	*46/47 v.Chr., †9 n.Chr., römischer Senator und Feldherr, später Statthalter der Provinz Germanien. Er wurde beim Auszug der 17., 18. und 19. Legion von Xanten durch den Cheruskerfürsten ➨ Arminius in einen Hinterhalt bei der sogenannten »Schlacht im Teutoburger Wald« gelockt, die zur Vernichtung der

	Legionen führte. Varus beging als Schmach über die Niederlage Selbstmord.
Quintilian	➞ Marcus Fabius Quintilianus
Ratatoscr	Figur der germanischen Mythologie, ein Eichhörnchen, das der Sage nach auf dem Weltenbaum Yggdrasil lebt und Nachrichten zwischen dem Drachen, der an der Wurzel nagt, und dem Adler, der in der Krone lebt, hin und her trägt
Regani	Keltische Muttergottheit
Rex Sacrorum	Ein hoher römischer Priester mit Abstammung aus der römischen Adelsschicht; er unterstand direkt dem ➞Pontifex Maximus
Rosmerta	Keltische Muttergottheit, Fruchtbarkeitsgöttin, wurde überwiegend in Gallien verehrt.
Rostra	Rednerplattform auf dem ➞Forum Romanum in Rom
Sacra	Lat. für »Heiligtümer« (Pl. von »sacrum« = »Heiligtum«)
Samhain	Irisch-keltisches Fest der Toten Ende Oktober

Scipio	→ Publius Cornelius Scipio Nasica Corculum
Scipionen	Beiname der alten und einflussreichen römischen Patrizier-Sippe der Cornelii; zahlreiche Angehörige dieser Familie erlangten Berühmtheit und Einfluss während der punischen Kriege gegen Karthago.
Senat	Das römische Parlament, dessen Angehörige gewählte Vertreter des Volkes waren und in der Regel der römischen Oberschicht entstammten. Während der römischen Republik stellte der Senat die Regierung des Reiches, während der Kaiserzeit wurde er dem Kaiser unterstellt.
Senator	Mitglied des römischen → Senats
Sicarii	Lat. für »Meuchelmörder«
Sidh	Irisch-keltisches Feenvolk
Silurer	Keltischer Stamm, in Britannien ansässig
Silvanus	Römischer Gott des Waldes, Mann der → Diana

Skalde	Bezeichnung für einen Dichter im altnordischen bzw. germanischen Sprachraum, der Heldenlieder erdichtet und verbreitet
Skoten	Ein Name der Einwohner Kaledoniens
Skuld	Eine der germanischen ➙ Nornen, Hüterin der Zukunft
Sleipnir	Mythisches, achtbeiniges Pferd des germanischen Göttervaters ➙ Wotan
Sol Invictus	Römischer Sonnengott, dessen Verehrung in den ersten nachchristlichen Jahrhunderten eng mit dem Mysterienkult des ➙ Mithras verbunden war und zum Teil mit diesem verschmolz.
Stilicho	➙ Flavius Stilicho
Striga	Vogelartige, weibliche Dämonen der römischen Mythologie, die Blut saugen und häufig Kinder bedrohen. Sie ähneln den griechischen Lamien.
Stultus Asinus	Lat. für »dummer Esel«
Styx	Name des Flusses, der in der griechischen Mythologie die

| | Grenze zur Unterwelt darstellt; der Fährmann → Charon setzt die Seelen der Toten über, sofern sie ihn dafür bezahlen können. |

Taranis — Keltische Gottheit, wird u.a. als Donnergott gedeutet; wurde in Gallien und Germanien verehrt

Tartaros — Name der Unterwelt in der römischen Mythologie. Sie wird beherrscht von → Pluto und seiner Frau → Proserpina

Taverna — Lat. für »Gasthaus«

Theodosius I. — *347 n.Chr., †394 n.Chr., bekannt als Theodosius der Große, oströmischer Kaiser, der nach der gewonnenen Schlacht am Frigidus für kurze Zeit letzter Kaiser des römischen Gesamtreiches war. Nach seinem Tod kam es zur endgültigen Teilung des Imperium Romanum in das West- und Oströmische Reich.

Thiassi — Figur der germanischen Mythologie, auch Thiazi genannt; Frostriese, entführte der Sage nach → Loki und forderte → Iduns Äpfel der ewigen Jugend für seine Freilassung; Thiassi wurde daraufhin von den →Asen getötet.

Titan
: Figur der griechischen Mythologie, ältestes Göttergeschlecht, das zum Beginn der Zeit über die Erde in einem sogenannten Goldenen Zeitalter herrschte. In einem langen Krieg wurden sie von den griechischen Göttern unter Anführung von → Zeus besiegt und in den → Tartaros verbannt.

Toga
: Antikes Übergewand aus einer mehreren Metern langen Stoffbahn, die gewickelt und in Falten gelegt wurde

Toga Praetexta
: Eine römische →Toga mit breitem Purpurstreifen am Saum, die von hohen römischen Beamten und Priestern getragen wurde.

Trajan
: →Marcus Ulpius Traianus

Tribun
: Hohes römisches Amt; jeder römischen Legion gehörten sechs Militärtribune an, die die Aufgabe von Offizieren übernahmen. Der höchste Militärtribun einer Legion ist Vertreter des Legionskommandanten.

Tunika	Gerade geschnittenes Hemd, entweder gegürtet oder als Untergewand unter der ➡ Toga getragen
Urd	Eine der germanischen ➡ Nornen, Hüterin der Vergangenheit
Varus	➡ Publius Quinctilius Varus
Venus	Römische Göttin der Liebe, entspricht der griechischen Aphrodite
Vercingetorix	*ca. 82 v.Chr., †46 v.Chr., keltisch-gallischer Fürst vom Stamm der ➡ Arverner, Anführer des letzten gallischen Widerstandes gegen die römischen Eroberer zu Zeiten von ➡ Caesars gallischem Krieg.
Verdandi	Eine der germanischen ➡ Nornen, Hüterin der Gegenwart
Vesta	Römische Göttin des Herdfeuers, Beschützerin des Hauses; ihre Priesterinnen verpflichteten sich zur Jungfräulichkeit
Vestalin	Zur Jungfräulichkeit verpflichtete Priesterinnen der römischen Göttin ➡ Vesta; dem Verlust der

Jungfräulichkeit wurden schlimme Folgen für die römische Gesellschaft nachgesagt; eidbrüchige Vestalinnen konnten mit dem Tod bestraft werden

Vestibül	Eingangshalle
Vexillation	Römische Heereseinheit, bestehend aus mindestens einer Legion
Via Appia	Wichtige römische Handelsstraße in Italien, führt von Rom nach Brundisium
Virius Nicomachus Flavianus	*ca. 334 n.Chr., †394 n.Chr; römischer Politiker, ranghoher Priester, Gelehrter und Wegbegleiter des Kaisers ➙ Flavius Eugenius Augustus
Virgo Vestalis Maxima	Höchste Priesterin des römischen ➙ Vestalinnen-Kultes
Vulcanus	Römischer Gott des Feuers und der Schmiede
Wala	In der germanischen Mythologie eine Frau mit übernatürlichen Kräften, in der Regel eine Hexe, Schamanin, oder Seherin, später auch »Völva« genannt

Walvater	Ein Name des germanischen Gottes → Wotan
Wotan	Germanischer Gott, zunächst lediglich Gott des Berserkerzornes, brachte den Menschen die Runenzeichen, aus denen die Zukunft zu lesen ist, wurde später zum Göttervater der Germanen
Zeus	→ Jupiter
Zimbel	Antikes Musikinstrument

Phantastik vom Feinsten

Verlag Torsten Low

Informationen über unser Verlagsprogramm unter www.verlag-torsten-low.de oder auf den folgenden Seiten.

Actionreich, humorvoll und tiefsinnig – eine spannende Sammlung, die zeigt, wie facettenreich das Thema ist! (Gesa Schwartz)

Krieger

von Ann-Kathrin Karschnick & Torsten Exter (Hrsg.)

Ihr Versprechen heißt Blut. Ihr Schicksal ist der Tod.
Sie sind Retter und Verdammnis, Schützer derer, die sie lieben, Alptraumbringer in den Reihen ihrer Feinde.
Sie wandeln in Nebeln, auf Blutpfaden, mitten in unseren Städten. Ihre Orden sind alt, ihre Narben frisch. Ihre Heimat ist das Schlachtfeld. Sie sind Söldner und Legionäre, Gladiatoren, mutige Kämpfer, Schädelspalter und Riesentöter.
Sie sind Krieger – und dies sind ihre Geschichten.

Mit Geschichten von Tina Alba, Stefanie Bender, Tom Daut, Susanne Gerdom, Markus Heitkamp, Detlef Klewer, Heike Knauber, Mike Krzywik-Groß, Stefanie Mühlsteph und Moritz Gießel, Sean O'Connell, Thomas Plischke, Bernd Rümmelein, Torsten Scheib, Heike Schrapper, Helen B. Kraft, Nina Sträter, Carsten Thomas, Christian Vogt, Judith C. Vogt, Jonas Wolf, Andreas Zwengel.

398 Seiten Taschenbuch

ISBN 978-3-940036-21-6
Preis 14,90 €

1. Platz beim Deutschen Phantastik Preis 2011

*19 phantastische Geschichten
in einer Anthologie des Fantasy-Forum*

Geschichten unter dem
Weltenbaum

von Lothar Mischke (Hrsg.)

Er ist das Zentrum der Welt. Seine Äste stützen das Himmelsgewölbe, tragen die Heimat der Götter und Lichtelfen. Seine Wurzeln umarmen das Reich des Todes und behüten die Geschöpfe der Nacht. Sein Stamm durchzieht die Welt der Menschen, Riesen und Zwerge, nährt sie und gibt ihnen Lebenskraft.
Er ist nicht einfach nur ein Baum. Er ist der Weltenbaum.

300 Seiten Taschenbuch

ISBN 978-3-940036-04-9
Preis 12,90 €

Mit einem Vorwort versehen von Bestsellerautor
Christoph Hardebusch
(http://www.christophhardebusch.de/).

*Mit Geschichten von Peter S. Beagle, Ralf Isau,
Christoph Marzi, Linda Budinger u.a.*

Die Einhörner

von Fabienne Siegmund (Hrsg.)

Seine Tränen sollen Versteinerungen lösen können. Sein gewundenes, spitz zulaufendes Horn kann zugleich Waffe sein, Heilung bringen und sogar, so der Mythos, die Rückkehr aus dem Reich des Todes verheißen. Nur selten zeigt es sich und in den Wäldern, in denen es lebt, soll ewig Frühling sein.
Das Einhorn.
Meist dargestellt als pferdeähnliches Geschöpf mit zweigeteilten Hufen und jenem Horn auf der Stirn, das ihm seinen Namen gab.
17 Autoren haben sich auf die Suche nach jenem geheimnisvollen Geschöpf gemacht. Sie fanden es in Straßenbahnen und an Bushaltestellen, begegneten ihm als Schuhputzer oder Jäger. Manchmal war es eine schöne Frau und ein andermal ein schwarzes Schattenwesen. In Träumen fanden es sich ebenso wie in den Elementen, und dann waren da auch noch immer die Wälder, wo an tiefen Seen Erinnerungen ruhen.

326 Seiten Taschenbuch

ISBN 978-3-940036-12-4
Preis 13,90 €

*Von jedem verkauften Exemplar geht eine Spende von 50
Cent an die Waldritter e.V.*

Mit Geschichten von Christian von Aster, Ju Honisch, Fabienne Siegmund und vielen anderen.

Geheimnisvolle Bibliotheken

von Carolin Gmyrek (Hrsg.)

Bibliotheken sind Orte voller Geheimnisse. Sie enthalten Wissen, Schätze, Reichtümer ... und manchmal ist das alles ein und dasselbe. Bibliotheken beherbergen wandelnde Träume, verschlossene Märchen, geheimnisvolle Kreaturen, die sich zwischen den Regalen verstecken und verborgene Welten hinter jedem Bücherdeckel. Der Geruch von altem Papier und Staub weht wie ein ruheloser Geist durch die dunklen Räume und in der Luft liegt das leise Wispern von tausenden Gedanken und Ideen. Wie ein Labyrinth breiten sich kilometerlange Gänge vor einem aus und in jeder Ecke wartet ein Geheimnis, dass einem den Atem rauben kann.

406 Seiten Taschenbuch

ISBN 978-3-940036-15-5
Preis 14,90 €

Mit Comics von Stefanie Hammes, Irene Bressel und Gabriel deVue.